哈克歷險記

美國文學之父馬克・吐溫跨越三個世紀經典雙書之二

Adventures of Huckleberry Finn

馬克・吐溫（Mark Twain）——著
宋瑛堂——譯

目錄

警語

敬告讀者：
欲從本書推敲動機者必遭起訴；
欲從本書推敲寓意者必遭流放；
欲從本書推敲情節者必遭槍斃。

軍械長G.G.依本書作者訓令

作者說明

本書引用方言數種，包括密蘇里黑奴腔、西南方偏鄉最濃的土腔、一般「派克郡」人的口音，以及深淺互異的四種派克郡口音。我呈現的這些腔調既非自由發揮，也非無中生有，而是按照親身接觸過的語法潛心寫實。

在此解說，是恐怕廣大讀者誤以為書中角色全想學同一種口音卻學不成。

作者敬上

第一章

讀過《湯姆歷險記》的讀者才曉得我是什麼人，但沒讀過也無所謂。那本書的作者是馬克．吐溫，他講的是真話，多半是。是真是假都沒關係，一輩子沒講過一、兩個謊話的人我沒見過，連寶莉姨媽、寡婦，或許瑪莉都免不了撒撒謊。寶莉是湯姆的姨媽，她和瑪莉，以及寡婦道格拉斯全在那本書裡面。那本書基本上寫的是真話，但像我剛說的，誇大的地方倒是有幾個。

那本書的結尾是，湯姆和我進山洞找到強盜藏的錢，我們因此變成小富翁，各分到價值六千美元的金幣。那些錢堆在一起，好壯觀喔。柴契爾法官他幫我們投資生利息，讓我們全年每天有一元可花——花得完才怪。寡婦道格拉斯她收容我，把我當成她的兒子來養，自認可以「教化」我。但是，天天有屋子可住的生活好痛苦啊，因為寡婦的作息規律又正常，悶透了，有一天我再也受不了，乾脆溜走。我把破布衣褲穿回身上，再睡進大糖桶，自由又滿意。不料，湯姆．索耶找到我，說他想成立一個俠盜幫，如果我能回寡婦家磨練得莊重一點，他才肯讓我加入。我只好回去囉。

寡婦見我回家，哭了起來，說我是一隻可憐的迷途羔羊，還罵了我好多難聽的話，不過她絕對沒有惡意。她讓我換回新衣服，害我只能冒汗冒不停，感覺被包得好緊。結果呢，苦日子照過。晚餐時間到，寡婦搖搖鈴，你不能不去。你到餐桌坐下，不能馬上吃，非得等寡婦低頭對著食物嘟噥幾句才行——其實桌上的東西又沒什麼不對勁——應該說，不對勁的是，桌上的東西全是分開煮出來的。如果雜七雜八的食物全丟進桶子裡，那就不是這麼一回事了，因為裡面的東西全被攪和在一起，湯汁全被混合了，滋味才更香。

晚餐過後，寡婦拿出她的書，教我認識摩西和「趕牛人家」[1]，我急著想認識他這個人。不久後，她告訴我，摩西好久以前就作古了，那我才懶得認識他咧，因為死人提不動我的興趣。

不一會兒後，我想抽菸，要求寡婦准我抽一抽，她不准。她說，抽菸是不良行為，不乾不淨，叫我應該戒菸。有些人就是這樣，遇到一個他們一竅不通的東西，劈頭就罵。以摩西的例子來看呢，她講得津津有味，其實摩西跟她非親非故的，而且掛了那麼久，對誰都起不了作用，而我想做一件對自己有點好處的事，她卻對我猛找碴，不讓我做。她自己不也吸鼻菸？鼻菸當然沒關係囉，因為她自己常吸。

她的姊姊名叫華森，身材瘦瘦的，是個還可以的老小姐，戴眼鏡，才搬進來和她同住沒多久。她帶著一本拼字書，過來和我坐。她對我努力了大概一小時，然後寡婦叫她別對我太嚴格。我差點舉白旗了。接下來一個鐘頭，氣氛悶死人了，我蠢蠢欲動。華森小姐常念我：「腳不准翹到那上面，哈克貝里。」或「不准駝背成那樣，哈克貝里，挺胸坐直。」才不過幾分鐘，她又念：「打哈欠不准同時伸懶腰，哈克貝里，你為什麼不能儘量守規矩呢？」然後，她教我認識一個壞人死後掉進去的地方，我說我倒很想去看看，把她氣壞了，其實我根本沒惡意。我只想走，隨便去哪裡都行，什麼樣的地方都不挑剔，換個環境就好。她說，心術不正才會講那種話；她說，她寧死也不會講我那種話；她說，她想過著規矩的生活，以便將來能升上那個好地方。我嘛，倒覺得她立志去的那裡沒啥好處，所以我下定決心，連試都不必試了。但我不敢講，怕講出來傷和氣，對誰都沒好處。

一提起她的那個好地方，她講個沒完。她說，能升上那地方的人，成天沒事走來走去，唱唱歌，彈彈豎琴，永永遠遠享福。那怎麼算是好地方嘛？但我憋著不講。我問她，她認為湯姆・索耶能不能升上那裡？她說，門都沒有。我聽了亂高興的，因為我希望我和他能去同一個地方。

華森小姐一直嘀咕我，吵得我好煩好無聊。後來，他們叫黑奴全進來禱告，然後大夥兒分別去睡覺。我帶著蠟燭，上樓進我房間，放在桌上，然後在窗前的椅子坐下，儘量想些開心事，可惜沒用。我感覺好寂寞，寂寞到差點想死。星星在天上亮晶晶，樹林裡的葉子沙沙響得好哀傷。我聽見遠遠有一隻貓頭鷹，嗚呼呼說著有人死了，另外也有一隻三聲夜鶯和一條狗哭著說，有人快死了。風想對我講悄悄話，我聽不出意思，反而急出一身冷汗。接著，樹林傳來一種靈異聲，就是鬼魂想講心事卻沒人聽得懂，所以才在墳墓裡無法安息，夜夜都得這樣哀嘆。我的情緒好低迷，好害怕，但願身邊有人陪伴就好了。一會兒後，有隻蜘蛛爬上我的肩膀，被我彈走，掉進燭火裡，我來不及搶救，牠就被燒焦，縮成小球了。別人不說我也知道，這是一件很不吉祥的事，看樣子我霉運當頭了。我好害怕，抖得衣褲差點穿不住。我站起來，原地繞圈三次，每次都記得在胸前比畫十字，然後拿線綁住頭上一小撮頭髮，避免巫婆靠近。但我沒把握。撿到馬蹄鐵是好

1 譯注：Bulrushers，原意是「小摩西在紙莎草叢裡被發現」。

運，應該把它釘在門上方，如果搞丟了，可以用這種方法避邪，但是，害死蜘蛛能用這種方法消霉氣嗎？我倒沒聽人說過。

我再坐下，渾身發抖，拿菸斗出來抽，因為現在整個房子一片死寂，寡婦不可能發現哈克在哈草。就這樣，過了好久，我聽見村裡傳來沉沉的鐘聲：噹——噹——噹——十二響，然後靜下來，比剛才更安靜。不一會兒，我聽見樹林裡的暗處有小樹枝折斷的聲音——有動靜了。我默默坐著聽，立刻隱約聽見樓下冒出「喵！喵！」的聲音。太好了！我說：「喵！喵！」聲音儘可能壓低，然後把蠟燭吹熄，爬窗戶出去，跳到柴棚上，滑到地面，爬進樹林子，在裡面等我的人果然是湯姆。

第二章

我和他踮腳尖，走在樹林裡的小路上，繞回寡婦家花園的盡頭，彎腰避免被樹枝削到頭。經過廚房旁邊時，我被樹根絆倒，弄出聲響，湯姆和我趕緊蹲下不敢動。高壯的黑奴吉姆坐在廚房門口，他是華森小姐的黑奴，我們能清楚看見他，因為他背後有燭光。他站起來，探頭向外看了大概一分鐘，用力聽著。然後他用黑奴口音說：

「啥人？」

他再繼續聽，然後踮腳尖走下來，站在我和湯姆的中間，我們幾乎伸手就能摸到他。我們和吉姆這麼接近，不敢出聲，可能僵了好幾分鐘吧。我的腳踝有個地方癢起來，我不敢伸手去搔癢。接著，我的耳朵開始癢，然後換我的背癢，就在兩個肩膀之間。再不抓一抓，好像會癢死啊。同樣的現象嘛，我後來遇到過好多次。和有頭有臉的人在一起的時候，或參加葬禮時，或在不想睡時偏要睡睡看——只要碰到不能抓癢的狀況，身上保證會癢起來，多到一千個地方同時癢。不久，吉姆說：

「喂，你是啥人？你躲哪？狗我貓的[2]，該不會俺聽錯了吧。哼，俺曉得怎辦：俺坐下來，坐到再聽見為止。」

於是，吉姆在我和湯姆之間的地上坐下，背靠著一棵樹，兩腳伸長，一腳差點碰到我的腿。我的鼻子開始癢了，癢到眼睛出油，但我不敢抓。然後，鼻孔裡面也癢起來。接著連鼻子下面也癢。我沒辦法再坐著不動了。這個苦哈哈的情況持續了六、七分鐘之久，感覺卻更久好幾倍。現在，我全身有十一個地方在癢。我猜我頂多能再忍耐一分鐘，但我猛咬牙，準備再撐下去。就在這關頭，吉姆的呼吸漸漸沉重，接著開始打呼——轉眼間，我不再癢了。

湯姆用嘴巴發出小小的聲響，對我打暗號，我們以狗爬式溜走，才爬三公尺，湯姆悄悄對我說，他想把吉姆綁在樹幹上，捉弄他一下，但我反對，怕吉姆醒過來會驚動屋裡的人，我半夜離家的事不就曝光了？接著湯姆說，蠟燭不夠用，他想溜進廚房，多帶幾支。我反對。我說，吉姆可能會醒過來，進廚房看誰在裡面。可惜湯姆還是想冒險，於是我們悄悄進廚房，拿走三支蠟燭，湯姆在桌上留一枚五分錢的硬幣，算是蠟燭錢。然後，我們出門，我急著想逃走，但湯姆硬是不聽話，決心爬向吉姆睡覺的地方，想對吉姆惡作劇。我等著，感覺等了好一陣子，周遭安靜又寂寞。

不久，湯姆回來了，我們直奔小路，沿著花園圍牆跑，來到房子另一邊的陡坡頂。湯姆說他剛才脫掉吉姆戴的帽子，掛在正上方的樹枝上，吉姆動了一動，幸好沒醒。事後，吉姆說，他被幾個巫婆施法術，被迷昏頭，被騎著飛遍整個州，然後才把他騎回樹下，把帽子掛在樹枝上，好讓他知道是誰搞的鬼。第二次吉姆講這件事的時候，他改說巫婆騎著他，一路往南飛到紐奧爾良。之後，他每講一次，他被騎的範圍就變得更遠，最後誇大成巫婆騎著他環遊世界，把他累得半死，背部長滿鞍瘡。吉姆得意得好囂張，幾乎不把其他黑奴看在眼裡。家住好幾公里以外的黑奴都來了，想聽吉姆講巫婆的事，吉姆成了這一帶最受重視的黑奴。外地來的黑人站著聽他講，聽得合不攏嘴，上下打量著他，把他當成奇蹟似的。黑人常在廚房爐火邊的暗處談論巫婆，但現在每當有人自以為是巫婆專家，吉姆便會插嘴說：「哼！你懂個頭啦！」自稱巫婆專家的黑奴會馬上閉嘴，乖乖退讓。吉姆把那枚五分錢硬幣串成項鍊，天天戴著，說是撒旦親手送他的護身符，說撒旦告訴他，只要對這枚硬幣念咒語，就能治百病，再難抓的巫婆都能手到擒來，但吉姆不肯說這句咒語怎麼講。遠近的黑人都來找吉姆，交出身上的東西，為的就是見識一下吉姆的五分錢。但他們不肯摸硬幣，因為硬幣被撒旦摸過。吉姆踐得不能當傭人了，因為他見過撒旦，又被巫婆騎過，臭屁得不得了。

言歸正傳。湯姆和我爬上小山頭的邊緣，往山下的村子望，見三、四盞燈亮著，大概是家裡有病人吧。天上的星火亮晶晶，一公里半寬的密西西比河從村子旁邊流過，平靜又壯觀。我們下山，在荒廢的鞣革場找到喬．哈普爾和班．羅傑斯，另外也有兩三、個男生跟他們躲在一起。我們去解放一艘輕舟，上船，順流而下四公里，來到山腰有個像大瘡疤的地方，上岸。

我們走進樹叢，湯姆叫大家發誓保密，然後指向枝葉最茂盛的地方，告知山腰上有個洞口。然後我們點蠟燭，以狗爬式進洞，爬了大約兩百公尺，山洞變得寬敞。湯姆在幾條通道裡走走探

2　譯注：dog my cats，驚嘆語。

探，不久鑽進一面岩壁下面，別人如果不仔細看，還看不出前面有個洞。裡面窄而溼冷，岩壁有水珠，我們前進一段路後，才到一個像房間的地方停下來。湯姆說：

「我們就在這裡成立一個俠盜幫，取名叫做湯姆．索耶幫，想入會的人都要宣誓，然後用自己的血簽名。」

大家都願意，於是湯姆取出一張他寫好的誓詞，朗讀給所有人聽，內容是叫成員團結一心，絕不洩露本幫的祕密。如果弟兄被壞人怎麼了，奉命殺壞人全家的弟兄必須遵守命令，不但要抄家，更要在死者胸口砍出代表本幫的十字架圖案，然後才准吃睡。不屬於本幫的人不許亂用這個符號，否則會挨告，如果挨告了還繼續使用，他是死路一條。如果成員洩露機密，喉嚨一定會被割破，屍體被燒成灰，隨地亂撒，用血塗掉血書上的簽名，全幫不許再提起他，對他的姓名下詛咒，永遠忘掉他。

大家都說，這誓言寫得好精采，問湯姆是不是自己想出來的。他說，有些是，不過其他都是從海盜書和俠盜書學來的，每個高格調的幫派都有這樣的誓言。

有些幫友認為，哪個弟兄敢洩密，**家人**也應該被處死，湯姆說，這點子不錯，於是拿筆寫下來。然後班．羅傑斯說：

「那哈克怎麼辦？他又沒家人，如果他洩密，該怎麼治他？」

「咦，他有父親啊？」湯姆說。

「他是有父親，沒錯，不過最近完全不見人影。以前他常喝醉酒，在鞣革場跟豬躺在一起，不過已經一年多沒出現在這一帶了。」

大家討論著，本想把我排除在外，因為他們說，每個成員都應該有家人或可以宰殺的親友，否則對其他成員不公平。大家抓破腦袋，都想不出辦法，最後默默坐著。我急得差點哭出來。忽然間，有了，我可以把華森小姐拱給他們——要殺就去殺她吧。大家都說：

「好啊，她可以，這樣就沒關係了，可以讓哈克加入。」

接著，人人拿針刺手指，擠血在宣誓紙上簽名，我也照做。

「好了，」班・羅傑斯說：「我們這個幫，做的是哪一行的生意？」

「只有搶劫、殺人而已。」湯姆說。

「可是，我們能搶誰？民家或牛或者——」

「只要是東西都可以！偷牛之類的東西不是俠盜行為，是竊盜，」湯姆說：「我們不是小偷。竊盜不合我們的風格。我們是攔路俠盜。我們戴面罩，在路上攔下私家馬車和公家馬車，殺掉車上的人，搶走他們的錶和錢。」

「非殺他們不可嗎？」

「那當然囉，最好殺掉他們。有些專家有不同看法，不過多數認為最好把他們殺掉——也可以留下幾個，押回這山洞，等他們被贖。」

「贖？『贖』是什麼意思？」

「我不清楚。總之是俠盜行為啦。我在書上讀過，所以我們當然要照著做。」

「可是，如果不懂，我們從哪裡做起？」

「唉，別管那麼多了，非做不可就是了。是書上寫的，我不是告訴過你嗎？你想違反書裡寫的東西，隨便亂搞一通嗎？」

「口頭講講是很簡單啦，湯姆．索耶。如果我們不清楚怎麼做，被我們抓來山洞的人怎麼個『贖』法？我想知道。快說啊，你覺得『贖』是什麼意思？」

「我不知道啦。不過，把他們留到他們被贖，意思說不定是『留到他們死為止』。」

「這樣才像話嘛。你為什麼不早講呢？我們可以把他們留到他們被贖死為止。留下他們很麻煩耶，要餵他們吃東西，他們還會一直想逃走。」

「什麼話？班．羅傑斯，有守衛看著他們，他們敢亂動就槍斃他們，他們往哪裡逃？」

「守衛！好耶！派一個人整晚不睡，眼皮不准閉，好好看緊他們。我倒覺得太蠢了。他們一被押進山洞，為什麼不乾脆一棒『贖』死他們？」

「因為書上沒有這麼寫啊。班．羅傑斯，你到底想不想照規矩行動嘛？這才像話嘛。出書的人知道怎樣做才正確，你不覺得嗎？你以為**你**可以教人家嗎？差太遠了。不行，我們只能照規矩『贖』他們。」

「好吧。我無所謂，只想說這方法很驢。那，抓到女人怎麼辦？連她們也一起宰嗎？」

「班．羅傑斯啊，假如我跟你一樣無知，我不會亂講話。宰掉女人？沒有人在書上看過這種事。女人被抓來山洞裡，你應該時時刻刻對她們畢恭畢敬，過一段時間，她們就會愛上你，永遠不想回家。」

「如果是這樣，那我同意，不過我覺得這樣做不太好，因為如果不殺女人，全帶回來，山洞過幾天就會變得很擠，而且另外還有一堆等著被贖的人，俠盜住不下去啦。不過呢，隨便你，我不想再反對了。」

小弟弟湯米・巴恩斯睡著了，被叫醒時怕得哭起來，喊著想回家找媽媽，不想再當俠盜。結果，大家取笑他，罵他是愛哭鬼，他聽了火大，說他打算把機密全部洩露出去。幸好湯姆給他五分錢，要他閉嘴，也建議大家回家，下星期再集合去搶劫殺人。

班・羅傑斯說他不能常出門，只有星期日才行，所以他提議這星期日碰面，但其他人都說，星期日做這種事會造孽，所以談不出結果。大家同意有空儘快聚在一起，討論出一個好日子。然後，大家推選湯姆・索耶當幫主，喬・哈普爾當副幫主，之後就回家。

我爬上柴棚，從窗戶鑽回房間，這時天快亮了。我的新衣服沾滿了油漬和黏土，整個人累得像條狗。

第三章

早上嘛，老小姐華森為了衣服的事訓了我一頓，但寡婦她沒罵我，只是把油和土洗乾淨，一副很難過的表情，害我暗暗發誓儘可能乖一陣子。然後，華森小姐把我拉進小房間禱告，但禱告不出什麼結果。她叫我每天禱告，說我祈求什麼就能得到什麼。哪有那麼靈？我試過了。有一次，我求到一條釣魚線，卻沒魚鉤。沒魚鉤，我要釣魚線有啥用嘛。我再禱告三、四遍，求魚鉤，可惜就是不靈驗。後來有一天，我請華森小姐代我試試看，卻被她罵我笨。她不肯說明原因，而我也想不透為什麼。

有一次，我進樹林坐下，思考了好久。我對自己說，如果祈禱要什麼就能得到什麼，那教會執事溫恩他養豬賠掉的錢怎麼祈禱不回來？寡婦的鼻菸銀盒被偷了，為什麼祈禱不回來？華森小姐為什麼胖不起來？我告訴自己，祈禱根本沒用。我回家，告訴寡婦這個心得，她說，禱告能求到的東西是「心靈禮物」。太深奧了，我不懂，但她向我解釋——我應該幫助別人，盡最大能力為別人付出一切，隨時照顧別人，從不為自己著想。就我理解，這也把華森小姐包括在內。我再進樹林，反覆思考了好久，怎麼也不覺得哪裡有好處，只便宜了別人嘛。最後呢，我決定不要再為這件事煩惱，不管了。有時候，寡婦會把我拉到一旁談天意，讓人聽了一直流口水。結果隔天，換華森小姐發言，她把寡婦講的話全推翻了。據我判斷，天意有兩個，寡婦講的天意能造福可憐蟲，不過同一條可憐蟲如果遇到華森小姐講的天意，那他只能自求多福了。我再三思考，認為如果寡婦講的天意肯收我，那我就投靠它，只不過，天意如果見我這麼無知、這麼低俗、這麼差勁，一定高興不起來。

我爸他失蹤一年多了，我覺得安心；我不想再看見他。以前他沒喝醉時，一有機會老喜歡揍我。在他失蹤之前，我常躲進樹林。最近呢，在村子上游大約二十公里的地方，聽說有人發現他在河裡溺死了。反正聽人斷定說就是他。聽人說，死者的身材和他差不多，衣服破爛，頭髮特別長，全都符合我爸的特徵。但是，聽說屍體泡水太久了，臉爛得根本不像臉，所以無法分辨長相。聽人說，他臉朝上漂浮著。他被撈上岸，埋葬在河邊。我安心了一下，但才沒幾天，我又想到一件事。滅頂的人，臉應該朝下，不可能朝天，這道理我很清楚。所以我認定，死者不是我爸，而是穿男裝的女人。於是我心情又七上八下了。我判斷，老爸遲早會回來，而我但願他永遠不再出現。

俠盜遊戲玩玩停停，持續大概一個月，我玩不下去了。其他弟兄也全一樣。我們既沒有搶劫，也沒殺害任何人，只是假想而已。我們會躲進樹林，遇到推著蔬果趕集的婦女或趕豬人就跳出來，但我們誰也沒搶。湯姆說那群豬是「金錠」，說蕪菁等蔬果是「手飾」，然後我們會到山洞熱烈討論剛才的行動，慶祝我們宰了多少人，割出多少記號。可是，俠盜遊戲有啥好處，我倒看不出來。有一次，湯姆派一個弟兄拿著火把，去村子裡跑一圈，他說這是「打訊號」（意思是叫全幫人集合），然後他說，他接到奸細的密報，明天在洞窟窪地，有一大群西班牙商人和阿拉伯富翁紮營，他們會趕兩百隻大象、六百隻駱駝、一千多隻「負重」騾，每隻都載著鑽石，而且只有四百壯士看管。我們打算照湯姆說的方式去「伏擊」他們，殺掉所有人，搶走寶物。他叫大家擦槍磨劍，準備進攻。他連蕪菁推車都搶不動，卻叫大家把槍劍準備得亮晶晶，累得大家唉唉叫，木板條和掃把做的槍劍也不見得比以前厲害。我不信我們能攻下一大群西班牙人和阿拉伯人，但我倒想看看大象和駱駝，所以我隔天──星期六──也跟著去伏擊。我們一接到訊號，馬上衝出樹林，直奔山下。哪有西班牙人和阿拉伯人？大象和駱駝一隻也沒有，只不過是主日學在辦野餐，而且參加的人全是低年級學生。我們衝進去鬧場，追著小朋友進窪地，頂多只搶到甜甜圈和果醬，班．羅傑斯倒是搶到一個碎布娃娃，喬．哈普爾搶到一本讚美詩和一份宗教小冊子。後來，老師衝過來，叫我們放下所有東西滾蛋。我沒看見什麼鑽石，也這麼告訴湯姆。他說，鑽石有好多好多啊。他還說，阿拉伯人和大象也都在。我說，既然有，我們怎麼看不見？他說，都怪我太無知，沒讀過一本叫做《唐吉訶德》的書，所以才問這種沒腦筋的問題。他說，一切都是魔法的作用。他說，那裡其實有好幾百個將士，也有大象和寶物，全都有，可惜我們遇到敵人──他說是「妖術師」，整個場面被妖術師變成娃娃主日學，只是想氣一氣我們。我說，可以，那我們的下一步應該是對付妖術師。湯姆罵我是死腦筋。

「那怎麼行？」他說：「妖術師能出動精靈啊。他們找來一大票精靈，在你來得及叫媽媽之前，就把你剁成肉醬。精靈和樹一樣高，跟教堂一樣粗。」

「哼，」我說：「找幾個精靈來幫**我們**，總可以吧？這樣不就能拿下那一群人馬？」

「你怎麼叫得動精靈？」

「不曉得。妖術師怎麼叫得動精靈？」

「呃，就是找來一個舊油燈或鐵環，摩擦幾下，精靈就會在雷聲閃電之中趕來，煙霧瀰漫。你叫他們做什麼，他們都會趕快去辦。他們連想都不必想，就能把高高的散彈廠連根拔起，對著主日學校長的頭砸下去——對誰砸都行。」

「誰能命令他們這樣橫衝直撞？」

「呃，不就是摩擦油燈或鐵環的人嘛。誰摩擦油燈或鐵環，他們就奉他為主人，他說什麼，他們全照著去做。如果主人叫他們用鑽石打造一座長六十公里的宮殿，裡面裝滿口香糖或隨便你想要的東西，然後去中國抓皇帝的女兒回來當你老婆，他們一定遵命——而且一定在隔天日出之前完成。還不只這樣：告訴你，他們可以照你的吩咐，你想把宮殿移到國內的哪裡，他們都乖乖幫你搬。」

「哼，」我說：「我覺得他們是笨豬一群。宮殿蓋好了，他們幹麼不留著自己用，何必到處移來移去？而且啊，假如我是精靈，我倒想去耶利哥城看看大魔王長什麼樣，才不會丟下正事不幹，見誰摩擦一個老油燈就趕過去聽命。」

「什麼鬼話嘛，哈克．費恩。主人一摩燈，你不想來也得來。」

「什麼！我跟樹一樣高，和教堂一樣胖耶！好吧，我乖乖來就是了，不過我會想叫主人爬全國最高的樹。」

「啐，跟你講破嘴皮也沒用，哈克．費恩。你好像什麼也不懂，百敲不破的蛋頭一個。」

接下來兩、三天，我一直思考這件事，然後決定實驗看看。我弄到一盞舊油燈和一個鐵環，進樹林去，摩擦再摩擦，汗流得和印第安人同一副德性，盤算著叫精靈蓋一棟宮殿，然後賣掉。可惜，怎麼擦也沒用，精靈一隻也沒出現，所以我斷定，整件事又是湯姆胡謅出來的鬼話。我猜他是相信真的有阿拉伯人和大象，不過就我而言，我的見解不同。我認為，整個事件怎麼看都像主日學在辦活動。

第四章

經過三、四個月，如今季節已經進入隆冬了。多數時候，我乖乖上學，學會拼字閱讀，也會稍微寫點東西，九九乘法能背到六七三十五。我認為，就算我永生不死，我也不可能再背更多了。我不把數學看在眼裡。

起先，我討厭上學，但過了一陣子之後，我變得還能忍受。每次我特別煩的時候，我就蹺課一下，隔天挨的揍反而讓我精神飽滿。所以，我上學愈久，就愈覺得輕鬆。慢慢的，我也有點習慣寡婦的管教，聽了不再覺得那麼刺耳。有房子可住，有床鋪可睡，我多半覺得很拘束，但在天氣變冷之前，我有時偷溜去樹林裡睡覺，情緒安定不少。我最愛以前的日子，但我漸漸也喜歡現在的新生活，有一點點喜歡。寡婦說，我的進步緩慢但堅定，表現令她非常滿意。她說我沒有丟她的臉。

有天吃早餐時，我一不小心打翻鹽巴罐，急忙伸手去抓一把鹽，想往左肩膀後面扔掉，趕走霉運，不料被華森小姐制止。她說：「雙手收回去，哈克貝里，東西老是被你搞得亂七八糟！」寡婦趕緊替我打圓場，可惜我很清楚的是，她講再多好話也不能為我解運。早餐後，我出門，擔心發抖著，不曉得今天有什麼倒楣事會掉到我頭上。想避開霉運的方法很多，窮煩惱也沒用，所以我乾脆什麼事也不做，只是抱著鬱悶的情緒到處蹓躂，時時提防警覺。

我走進前院，登上過籬梯，翻越高高的木板圍牆。剛下過一場小雪，地面積雪三公分厚，我見到上面有鞋印。有人從採石場上來，在過籬梯附近站一會兒，然後在院子圍牆外徘徊。奇怪的是，這人在外面逗留卻不進來，我愈想愈迷糊。我想跟著鞋印追下去，但我先彎腰看鞋印，起先什麼也沒注意到，仔細一看，才發現左靴子的鞋跟有大鐵釘交叉成十字，作用是避邪。

我馬上站直，趕快跑下山，不時回頭望，幸好沒有人跟過來。我儘快跑到柴契爾法官家。他說：

「哇，怎麼喘成這樣，孩子？你是來領利息嗎？」

「不是的，法官，」我說：「有利息給我嗎？」

「喔，有，半年的利息昨晚來了，有一百五十幾元。對你來說不是小數目。你最好讓我幫你轉投資，連同你原來的六千元，因為利息被你領走，你一定會花光。」

「不會的，法官，」我說：「我不想花錢。我一毛錢也不想領——最先那六千也不要了，全給你。我想把六千元和利息全部給你。」

他一臉驚訝，想不透原因。他說：

「孩子，你這話什麼意思？」

我說：「求求你不要問我。你願意收下吧？願不願意？」

他說：「這個嘛，我被你搞糊塗了。是不是出了什麼事？」

「拜託你收下嘛，」我說：「什麼都別問我——這樣我就不必說謊。」

他端詳我片刻，然後說：

「喔！我大概知道了。你想把所有財產賣給我——不是送給我。這才是你的意思。」

說完，他在紙上寫了一些字，默念一遍，然後說：

「好了。你看，這上面寫著『對價』，意思是我向你買，付錢給你。你收下這一元，在這裡簽收。」

我簽名後離開。

華森小姐的黑奴吉姆有個毛球，和拳頭一樣大，是從牛的第四個胃拿出來的。吉姆常用這個毛球卜卦。他說，這毛球裡面住著一個知道天下事的鬼神。所以那天夜裡，我去找吉姆，告訴他說，我爸又回村子裡了，因為我在雪地上看到他的鞋印。我想知道的是，我爸想幹什麼？他會不會住下來？吉姆拿出毛球，對它講一句話，然後舉起來，鬆手讓它落地。毛球沉穩穩掉在地上，只滾了大約三公分。吉姆再試一次，緊接著再試，結果都一樣。吉姆蹲下去跪著，耳朵湊近毛球聽著，可惜也沒用。他說毛球不肯講話。他說，有時候，毛球看到錢才肯開口。我告訴他，我有一個舊的兩毛五假銀幣，表面很光滑，鍍銀掉了一小片，露出銅的顏色，騙不倒人，就算鍍銀好端端的也一樣，因為表面太光滑了，感覺油油的，一拿出來就穿幫。（我不想說法官剛給我一元。）我對吉姆說，這銀幣看起來很假，不過毛球說不定願意收下，因為它八成分辨不出真偽。吉姆拿假錢過去嗅一嗅，咬一咬，揉揉看，然後說，他可以想辦法讓毛球以為這是真錢。他說，他可以切開一個生的愛爾蘭馬鈴薯，把硬幣插進裡面，隔天早上就看不見銅色了，也不會再有油光，村民見了也不會懷疑，見了就收，毛球更容易信以為真。我以前就知道馬鈴薯能剋假幣，只是我一時沒想到。

吉姆把硬幣放在毛球下面，然後再跪下去聽。這一次，他說毛球顯靈了。他說，如果我想聽命運，毛球可以算命給我聽。我說，那就算給我聽吧。於是，毛球告訴吉姆，吉姆轉告給我聽。他說：

「你的老爸還不曉得他想幹什麼。有時候他想離，有時候他想留。上上策是靜觀老爸的行動。兩個天使在他頭上兜圈子飛，一白一黑。白天使全身發亮，能引他走正路幾步，然後黑天使會飛過來攪局。最後成功的是哪一個天使，無人能預料。但你包準平安。你往後包準遇到相當多的禍害，相當多的歡樂。有時你會受傷，有時你會生病，但你終將痊癒。你的人生將有兩女陪伴，一白一黑，一富一貧。你將先娶貧後娶富。勸你儘量避水，勿輕言冒險，注定被吊死的人不怕水淹。」

同一夜，我點蠟燭，上樓進我房間，見到我爸他坐在裡面——可不是我活見鬼喔！

第五章

其實我進門先把門關好，轉身才看見他。我以前一見他就害怕，因為他揍我揍得好凶。我猜我這時也害怕，但才過一分鐘，我發現我其實不怕他——最先見到是真的嚇一跳，呼吸有點卡住，因為我沒料到他會出現。但我馬上回過神來，知道他不值得我擔心，我也不怕他。

他快五十歲了，外形也顯得老，長頭髮糾結骯髒，披頭散髮的，像藤蔓似的，掛在晶亮的眼珠子前面。他的黑頭髮沒有一根白絲，亂七八糟的長鬍鬚也全黑。沒被頭髮遮住的臉皮完全看不到血色，只看得見白；而且不是白人的白，是讓人看了想吐的白，是讓人起雞皮疙瘩的白——白樹蟾的白、魚肚白。至於他的衣服，全是破布。他一腳的腳踝翹到另一腳的膝蓋上，翹腳上的靴子有破洞，露出兩腳趾，還不時動來動去。他的舊帽子丟在地板上——黑色寬邊軟氈帽，帽頂像鍋蓋塌下去。

我站著看他，他坐著看我，椅子前腳稍微翹起來。我放下蠟燭。我注意到窗戶開著，可見他是從柴棚爬進來的。他不停上上下下打量我。一陣子之後，他說：

「衣服漿過，是嘛——厲害。你以為你是一個了不起的大人物，對不對？」

「是又怎樣，不是又怎樣？」我說。

「少跟老子耍嘴皮，」他說：「我不在的這段時間，你變得這麼愛裝腔作勢啊。你等老子我挫一挫你的威風吧。聽說你也在受教育，能讀書又能寫字。你以為你現在高你父親一等了，因為他不會讀寫，對不對？等著**老子**教訓吧。誰說你可以搞這些個狂妄自大的東西？——是誰教你的？」

「寡婦。是她教我的。」

「寡婦，是嗎？是誰告訴寡婦說，她可以亂管別人家的閒事？」

「沒有人告訴她。」

「哼，看老子教她怎麼管閒事。你給我聽著，不能再去上學了，聽見沒？誰敢教我兒子瞧不起父親，裝模作樣的？當心別被我逮到你又去那學校，聽見沒？你母親死前也一樣不會認字，不會寫字。全家族的人活著的時候，老少都是文盲。我就不會，而你竟敢在我面前膨風成這樣。我看不下去了——你聽見沒？哼，你讀書給老子聽聽看啊。」

我拿起一本書，開始朗讀一段華盛頓將軍打仗的內容，讀了大約半分鐘，他大手一揮，書被他打掉，飛到房間另一邊。他說：

「沒錯，你真的能讀書。剛才聽你講，我還不信。你給我聽著，不准你再裝模作樣了。老子不准。要小聰明的小鬼，我會去埋伏你的；你敢再靠近學校一步，被我逮到，你就有得受了。再過幾天，你也會開始信教。老子我沒有這種兒子。」

他拿起一張有藍有黃的圖，上面畫著一個男孩和幾頭乳牛。他說：

「這是什麼東西？」

「是老師給的，因為我成績好。」

他把圖撕碎，說：

「我可以給你更好的東西，老子賞你一頓牛皮鞭。」

他坐著嘟噥咒罵一分鐘，然後說：

「看你，現在成了一個香噴噴的公子哥兒啦，不是嗎？有床可睡，有寢具，有鏡子，地板上還有地毯，你的親爸爸卻在鞣革場和豬睡。老子沒有你這種兒子。在我揍死你之前，我會先把你這身花樣打掉。你可神氣巴拉囉，聽說你發財了。有這回事嗎？」

「他們騙你的，哪有那回事？」

「對老子講話當心點，少跟我頂嘴，我已經快忍不下去了。我才回村子兩天，老是聽見你發財的事。消息也傳到下游好遠的地方了。所以我才回來。你的那筆錢我要定了，明天去全給我拿來。」

「我又沒錢。」

「少騙我。錢在柴契爾法官手裡。你去給我弄來。我要。」

「我不是說過了，我沒錢。不信你去問柴契爾法官，他會講同樣的話。」

「好，那我去問他，我也會逼他吐錢出來，不然可以問出一個理由。對了，你口袋裡有多少？全給我。」

「我只有一塊錢而已，想用在——」

「你想用在哪裡都一樣，乖乖交出來。」

錢被他拿走，他咬咬看，確認是不是假錢，然後說他想進村子買威士忌，說他一整天沒酒可喝。他爬窗戶，站到柴棚上，又探頭進來，罵我愛裝腔作勢，想高他一等。我以為他走了，他再一次探頭進窗戶，禁止我上學，如果我再不休學，他打算去突襲我，揍我。

隔天，他喝醉了，去找柴契爾法官，臭罵法官一頓，逼法官交出錢，但法官不依。他發誓說，他會提出告訴，逼法官吐錢。

法官和寡婦請法院禁止他靠近我，申請讓兩人之一成為監護人，可惜這位法官是新來的，對我爸的臭名不熟，竟然說，除非萬不得已，法院不宜干預家務事，不應拆散家庭。新法官說，他不願意從父親手中奪走親生骨肉，柴契爾法官和寡婦只好認輸。

這下子，我爸可得意了，坐都坐不住。他說，我再不去幫他籌錢，保證把我打得渾身烏青。我向柴契爾法官借三元，被老爸拿去買醉，然後在村子裡到處鬼叫亂罵，拿著錫鍋敲到將近半夜。後來他被關了，隔天出庭，被判再坐牢一星期。然而，他說他滿意了；說他是小鬼的親爹，說他準備把兒子打得哇哇叫。

出獄後，新法官說，他想幫我爸改邪歸正。他把我爸帶回公館，給他一套乾淨體面的衣服，早午晚餐都讓他和家人同桌，對他可以說是和善到極點。晚餐後，新法官教他戒酒之類的道理，勸到他哭著說自己太傻了，糊塗耗掉大半生，從今以後他想改過自新，成為一個光明磊落的好國民，希望法官能幫助他，不要輕視他。法官說，聽他這樣講，好想把他抱進懷裡。夫人見法官哭，她自己又哭了起來。我爸說，他從小就一直被人誤解，法官說他相信。我爸說，不得志的人最想要的是同情，法官也認同他的說法，大家又哭成一團。就寢時間到，我爸他站起來，伸一手說：

「各位紳士淑女，看我的手，握住它，跟它握一握手。這隻手曾經和豬為伍，如今不是了；如今它是一個踏上新生活的人的手，它寧死不肯再走回頭路。各位記住我的話——不能忘記我說過這幾句話。這手現在乾淨了；握握看，不要怕。」

全桌人陸續和他握手，哭哭啼啼的。法官夫人甚至吻他的手。然後，他在保證書上面簽字——不會寫姓名的他以打叉代替。法官說，此時是有史以來最神聖的一刻，總之差不多是這意思啦。然後，他們送他進一間漂亮的客房。半夜三更，他渴得難受，爬窗戶出去，從門廊頂順著支柱滑下，用他的新大衣換來一瓶俗稱「四十桿」的劣酒[3]，然後爬窗戶回房間，喝得爽歪歪。快天亮時，醉醺醺的他又爬窗戶出去，從門廊上面滾下去，左手臂摔斷兩處，日出之後被人發現時，他已經被凍個半死不活。屋主進客房找人時，發現房間變得天翻地覆，連走路都有困難。

法官他覺得不是滋味。他說，像我爸這種人想自新，除非用獵槍伺候，否則別無他法。

3 譯注：喝這種酒的人走不過四十桿的距離就醉倒。

第六章

不久後，老爸的傷好了，又能到處走動。他把柴契爾法官告進法庭，逼他交出那筆錢，也因為我繼續上學而找我麻煩。有兩、三次，我被他逮到，挨他拳腳，不過我照樣上學，但我多半能躲過他，或跑得他追不上。我以前不太想上學，現在乖乖去學校是想氣死老爸。打官司是一件慢吞吞的事──感覺像他們根本不想起步，所以我偶爾會向柴契爾法官借兩、三元應付他，以免挨揍。他一拿到錢，一定去買醉；他一醉，一定在村子裡大鬧；他一鬧，一定會被抓去關。這種事他覺得很平常，太適合他的習性。

他太常去寡婦家外面閒晃，寡婦忍無可忍對他說，敢再來就等著瞧。嘩，他聽了火冒三丈喔。他說，哈克．費恩的老大是誰，他可以讓大家見識見識。春天到了，有一天，我被他埋伏到，被他押上輕舟，逆流划了五公里，在對面的伊利諾州上岸，樹很多，沒有民房，只有一棟老木屋。這附近的樹林好濃密，對地形不熟悉的人絕對找不到這棟小屋。

他從早到晚關著我，我找不到機會開溜。小屋裡只有我們兩人住，門一直鎖著，晚上睡覺時，鑰匙壓在他的頭下面。他有一把槍，我猜是他偷的。我們靠打獵釣魚填飽肚子。每隔幾天，他會把我鎖在小屋裡，自己到下游五公里的渡口，以魚和野獸交換威士忌，帶酒回來，醉得爽呼呼，然後毒打我。過了一陣子，寡婦她查出我的去處，派人過來想救我，可惜被我爸拿槍趕走了。這件事之後不久，我慢慢適應了，漸漸喜歡這裡的生活——挨打除外。

在這裡，成天過得悠閒，懶散又開心，抽抽菸，釣釣魚，沒書可讀，不必用功。過了兩個多月，我的衣褲變得破爛又骯髒，想破頭也不明白自己當初居然會那麼習慣寡婦家的生活。寡婦規定我天天要洗澡，三餐要用盤子盛著吃，儀容要整齊，定時上下床，時時刻刻照著一本書的規定去做，而且還有華森小姐老是囉唆不休。我不想再回去了。我本來戒掉粗話了，因為寡婦不喜歡，現在我又滿嘴粗話，因為老爸不反對。在這樹林裡，整體來說，我日子過得相當舒服。

可惜好景不長。我爸動不動就拿棍子打我，我忍無可忍了。我被打得全身是一條條紅腫。最近他常出去，把我鎖在裡面。有一次，他一走就是三天，我亂寂寞的。我以為他掉進河裡淹死了，以為自己休想逃出這裡了。我試過無數次，就是想不出辦法逃出小屋。這棟木屋的窗戶很小，連狗都鑽不進來。煙囪太窄，我鑽不進去。門太厚了，材料是堅實的橡木板。老爸很小心，出門前故意不在小屋裡留刀子之類的東西；我在屋裡上上下下找了大概一百次吧，不然我能找什麼事做呢？但是這一次，我終於找到一個東西：一個沒有握柄的生鏽木鋸，夾在椽和屋頂護板中間。我在鋸子上面塗油，有事可幹了。一張桌子擺在小屋的一角，桌子後面的原木牆上釘著一面舊馬毯，避免風從縫隙鑽進來把燭火吹熄。我鑽到桌子下，掀開毯子，想鋸斷最底下的一根粗原木，鋸開一個夠我鑽出去的洞。這工程很累人，短時間沒辦法完成。眼看就要鋸開了，這時聽見老爸的槍聲從樹林傳回來。我趕快消除鋸木屑，放下毯子，把鋸子藏好。不久後，老爸進門。

他心情不好——換句話說，他今天很正常。他說他進村子一趟，發現情況統統不對勁。他的律師說，如果能開庭，他這官司是贏定了，錢可以到手，可惜能延後開庭的辦法很多，柴契爾法官全會。而且，村民猜，以後會有另一場官司，會想拆散父子，把我交給寡婦監護，村民猜這官司這次會打贏。我聽了好震驚，因為我再也不想回寡婦家了，不願再過那麼悶、那麼「文明」的生活。接著，老爸飆起髒話來，罵完後再罵一遍，以確定剛才沒有漏罵掉任何人，然後再將所有人亂罵一通，連他不認識的一大票人都罵到了，也罵到他一時想不起名字的一些人，照樣罵個沒完。

他說，他想看看寡婦怎麼救哈克。他說，他會等著他們出花招。他知道離這裡十多公里有個能藏我的地方，他們找得頭破血流也找不到我。我聽了，心情又七上八下，但只維持一分鐘。等到他想把我押到別的地方時，我不會任他擺布。

老爸叫我去輕舟拿他的東西。船上有一袋二十公斤重的粗玉米粉、半隻煙燻豬肉、彈藥、一瓶四加侖裝的威士忌、作為填絮用的一本舊書和兩份報紙，另外也有麻繩。我把東西扛回小屋一趟，然後回來坐在船頭休息。我思考整件事，心想，我逃走的時候，應該帶走槍和釣線，躲進樹林去。我猜我不會一直躲在同一個地方，可能去流浪全國，儘量在晚上行動，靠打獵和釣魚來填飽肚子，跑得好遠好遠，讓老爸和寡婦再也找不到我。我判斷，如果今晚老爸喝得夠醉，我就能鋸斷木頭逃走。他應該會喝得爛醉。我滿腦子計畫逃走，結果沒注意到我在船上坐了多久，最後老爸喊我，問我是睡著了還是掉進河裡了，我才回神。

我把東西全帶到小屋，然後天快黑了。我煮晚餐，老爸灌了一、兩大口酒，變得有點醉，又亂罵起來。昨天他在村裡喝醉，整晚躺在水溝裡，渾身髒得可以，從頭到腳全是泥巴，乍看之下以為他是上帝剛用黏土捏成的亞當。酒瘋一發作，他總是對準政府開砲。這次他罵說：

「這算哪門子政府嘛！哼，胡搞瞎搞嘛。搞出一個準備搶人兒子的法律——親生兒子啊，花了好大的心血和錢，苦心拉拔的兒子啊。等到兒子終於長大了，終於能幹活，終於能反哺，老爸終於能休息了，這時候竟然殺出一條法律咬他。這算哪門子政府！還不只這樣呢。法律替那個老法官柴契爾撐腰，不讓我碰我自己的財產。法律怎麼搞的，搞得一個身價超過六千元的人躲進這種老不拉幾的小屋，害他穿著豬都不屑穿的衣服到處跑。這算哪門子政府嘛！國民怎麼跟這種政府爭權利嘛。有時候，我想乾脆離開這國家，永遠不回來。沒錯，我當面告訴過他們，我告訴老柴契爾過。很多人都聽見了，能告訴你我說了什麼。我說啊，給我兩分錢，我願意離開這個臭國家，永遠不再靠近一步。我說得到做得到。我說啊，看看我這頂帽子——這稱得上是帽子嗎？——帽頂開花，一戴整個帽子就掉到我下巴，根本不算帽子嘛，倒比較像我的頭被塞進火爐煙囪裡。你看看，我說，竟然要我戴這種帽子——如果我能爭到權利，全村比我更有錢的人沒幾個。

「對嘛，這政府好能幹，好能幹啊。舉個例子給你聽。有個俄亥俄州來的自由黑鬼，他是個黑白雜種，白得幾乎和白人沒兩樣，上衣也白到不得了，帽子也是炫亮到極點，全鎮人穿的衣服沒有一個比他更高級，而且他還戴金錶和項鍊，拿著一支銀頭手杖，是全州最跩的灰髮老紳士啊。結果誰知道，聽說啊，人家他是大學教授喔，能講好幾國語言咧，是萬事通喲。那還不算最糟糕。聽說他如果在他的居住地，他可以**投票**。哼，聽到這裡，老子氣炸了。我心想，美國會淪落到什麼地步？那天是選舉日，要不是我醉得走不動，不然我就去投票了。不過呢，有人告訴我說，美國有一州的黑鬼有投票權，我火大了。我說，老子再也不投票了。我是真的這樣講，他們全聽到了。就算美國爛光光，我這輩子不會再投票了。結果，看看那黑鬼冷靜的樣子——哼，要不是老子推他一把，他才不肯讓路呢。我問鎮民，這黑鬼為什麼沒被拍賣掉？——我真的想知道。結果他們怎麼回答？他們說啊，黑鬼在這一州住滿六個月才能賣，他住得還不夠久。看吧，我舉這例子給你。一個政府，不能買賣自由黑鬼，要等他在州裡住滿六個月才能賣，這算哪門子政府，還敢自稱政府，還敢擺官架子，自以為是政府，居然要直挺挺坐個整整六個月，才動得了一個滿地爬、愛偷東西、該下地獄的白上衣自由黑鬼——」

老爸講個沒完，沒注意到軟趴趴的老腿想帶他去哪裡。他一頭栽進醃豬肉桶，兩條小腿被刮破皮，接下來用最激烈的字眼痛罵——大抵是針對黑鬼和政府，也順便穿插幾句罵醃桶的髒話，單腳在小屋裡蹦蹦跳跳，抱著另一腳的小腿，接著換腿蹦，最後他忽然伸左腳踹桶，踹得桶子嘎嘎響。失策啊，因為左腳的靴尖開花，兩根腳趾露在外面。這一踹，他痛得哀哀叫，讓人聽得毛髮直豎。他跌到地上，握著腳趾頭，在泥土裡打滾，把剛才罵過的對象搬出來，從頭再罵一遍才過癮。他自己後來也承認。他說老頭子索貝里．海根罵得最凶的那幾年，他聽他罵過，他自稱比海根罵得更厲害，不過我猜這話多少是往自己臉貼金。

晚餐後，老爸拿起酒瓶狂灌，說他喝的是兩個醉漢的份，能醉成震顫譫妄症——這是他的說法。我研判他會醉得迷茫茫大約一小時，然後我可以偷鑰匙開門，不然就鋸洞逃走。他灌了再灌，倒在毛毯上。可惜我運氣不好。他沒有呼呼大睡；他唉聲嘆氣，呻吟著，翻來翻去，拳頭亂揮，久久安定不下來，反倒是我覺得好睏，盡力想撐開眼皮，最後還是不知不覺睡著了，連蠟燭也沒吹熄。

不知道睡了多久，我忽然被一陣慘叫聲驚醒。老爸四處亂跳著，表情狂亂，一直嚷嚷有蛇有蛇，說牠們正從他的腿往上爬，然後蹦一下，大叫說，蛇咬到他臉頰了——可是我根本沒看到蛇。他嚇慘了，在小屋裡橫衝直撞，叫著，「快抓走牠！快抓走牠！牠正在咬我脖子啊！」我從沒見過人的眼神這麼狂亂。不過一陣子，他累壞了，倒地喘著氣，然後急著滾來滾去，東踹西踹的，雙手對著空氣亂抓亂捶，尖叫說，他被惡魔揪住了。一會兒後，他鬧夠了，靜靜躺一下，呻吟著。然後，他變得更安靜，一聲也不哼。我聽得見樹林深處傳來貓頭鷹和野狼聲，氣氛靜得恐怖。老爸在角落躺著。不久，他抬起上半身，歪頭聽著，然後以非常低沉的嗓音說：

「砰咚——砰咚——砰咚，是死人的腳步聲啊；砰咚——砰咚——砰咚；死人對著我走過來了。可是我不想走啊。慘了，他們進來了！別抓我——不要！手放開——好冰啊，放手。唉，饒過我這可憐的傢伙吧！」

接著，他以狗爬式爬走，哀求鬼魂放過他，然後用毛毯包住身體，躲進舊松木桌底下，繼續哀求，也一直哭。我用毯子壓住耳朵照樣聽得見。

不久後，他滾出桌子下面，跳著站起來，表情慌亂，見到我，朝我走過來，拿著折疊刀追著我到處跑，說我是死神派來的，說他想砍死我，不讓我再對付他。我哀求他，告訴他說，我是哈克啊，但他笑了，尖著嗓門鬼笑一聲，咆哮叫罵，繼續追趕我。有一次，我轉進死角，掉頭從他腋下鑽過去，被他抓住，刀子戳到我夾克的兩肩中間，我還以為死定了。幸好，我以閃電的速度脫夾克，成功逃生。追了一陣子，他累垮了，背靠著門躺下，說他想休息一下子再殺我。他用身體壓著刀，說他想睡個覺，等他養足了力氣，再讓我瞧瞧誰是老子。

他打盹幾下就睡著。不久，我來到老籐椅邊，爬上去，動作儘量放輕，避免出聲，然後把槍拿下來。我拿著填彈棒，捅一捅，確定裡面有彈藥，然後側放在蕪菁桶上，槍口指向老爸，之後我坐在槍後面，等著他動作。時間走得好慢好靜啊。

第七章

「起來！你在搞什麼鬼？」

我睜眼四下看一看，不曉得這裡是哪裡。太陽出來了，而我卻睡得好熟。老爸站在我面前，一副不高興的樣子，看起來也病懨懨的。他說：

「你拿這把槍幹什麼？」

我判斷他不清楚自己昨晚瘋成什麼樣子，所以我說：

「有人想進來，所以我拿著槍等他。」

「你幹麼不叫醒我？」

「有啊，我試過，你就是叫不醒，連動一下都不動。」

「好吧，算了，別成天站在哪裡喳喳呼呼的，趕快出去，看看有沒有釣到魚當早餐。我待會兒就出去。」

他打開門鎖，我衝出去，一口氣登上河岸，留意到河上漂來樹枝和樹皮，知道水位已經開始上升了。假如我在村子裡，現在一定很開心。六月河湧，年年會帶給我好運，因為每次河水開始上漲，柴薪會順流沖下來，也有被沖散的木筏，有時候一次漂來十幾根木筏的木頭，你只要撈上岸，就能賣給木材行和鋸木廠。

我沿著河岸走，一面留意老爸，一面看著河水能沖來什麼好東西。哇，一晃眼，就漂來一艘獨木舟，而且很中看，差不多四公尺長，像鴨子一樣，高高浮在河面上。我學青蛙，衣服也不脫，一頭跳進河水，衝過去抓獨木舟。有些人喜歡惡作劇，會故意躺在獨木舟裡躲著，等人過來拉船，他才起身嘲笑傻子。我以為會碰到這種搗蛋鬼，幸好這次不是。這艘是實實在在的無主獨木舟，我爬上船，划她去靠岸。我心想，老爸看見這船一定會高興——她大概能賣十元。但是，我划到河岸時，還沒看見老爸的身影。我把船划進一條像河溝的小溪，藤蔓和柳枝掛滿天，這時我想到一個妙計：我可以把船好好藏起來，等我擺脫老爸，逃出小屋時，就不必躲進樹林，可以搭這艘獨木舟順河漂大概八十公里，找個地方紮營，長住下去；靠雙腿流浪多辛苦。

這裡離小屋很近，我好像一直聽見老爸走來的聲音。我把船藏起來，然後躲在一堆柳枝葉後面，偷看到老爸正在同一條小路不遠的地方，拿著槍瞄準一隻鳥。他應該沒看見我剛才的動作。

在他過來的時候，我正努力把「曳釣繩」拖上岸。他嫌我慢吞吞，囉唆我兩、三句，我騙說剛才掉進河裡，所以才拖這麼久。我身體溼答答，怕他問，所以想出這藉口推脫。曳釣繩總共釣上五條鯰魚，被我們帶回小屋。

早餐後，我們都累歪了，躺下來睡覺，我想到，我逃跑以後，老爸和寡婦會想抓我回去，而我能跑多遠要看運氣，什麼樣的狀況都可能發生，不如現在想個辦法，一開始就讓老爸和寡婦死心。我一時想不出辦法，但不久後，老爸起來再喝一桶水，說：

「要是又有人偷偷摸摸過來，你可要叫醒我，聽到沒？那人來這裡，絕對是不懷好意，沒吃我一槍算他狗運。下次你應該叫醒我，聽見沒？」

說完，他躺下去，繼續再睡。他剛說的話產生一個我求之不得的靈感：我對自己說，我可以現在耍一點把戲，讓大家不會想追查我。

正午十二點前後，我們外出，沿河往上走。河水流得相當急，很多漂浮木被高水位沖刷下來。一艘破木筏這時漂過來了，剩九根原木綁在一起。我們划輕舟過去，把木筏拖上岸，然後吃午餐。一般人會整天守在河邊，看看還能撈到什麼，老爸的作風卻不是這樣。一次撈到九根原木就夠看了，他可以帶去村子裡賣錢。他把我鎖進小屋，下午大約三點半，自己划輕舟拖著木筏出發。我判斷，他今晚應該不會回家。我等到他走了夠久，然後拿出鋸子，繼續鋸同一根木頭。他還沒划到對岸，我已經鑽洞出來了，他和木筏在遠方的水面上只是一個小點。

我拿起裝在布袋裡的粗玉米粉，扛去我藏獨木舟的地方，推開垂掛船上的枝葉和藤蔓，把布袋放進船上，然後把半隻醃豬和威士忌一一搬過來，也帶走所有的咖啡、砂糖、彈藥、填絮、水桶、水瓢、長柄勺、錫杯、我的舊鋸子、兩條毛毯、煎鍋、咖啡壺、釣魚線、火柴，只要值一點錢的東西都帶走，把小屋搜刮乾淨。我想帶走斧頭，可惜只在柴堆那裡有一把，我留著是另有打算。我拿走槍之後，沒東西可拿了。

我鑽洞出來，也前後拖了一大堆東西出來，地面被我磨禿了，所以我儘可能掩飾外面的痕跡。我在這附近撒沙土，遮住平滑的地面和鋸木屑，然後把我鋸斷的木頭裝回原位，下面塞兩顆石頭，外面再用一塊石頭抵住木頭，因為被鋸斷的地方原本往上彎，和地面有點距離。人如果站在一公尺半外的地方，看不出這地方被鋸過，完全不會注意到。何況，這裡是小屋後面，不太可能有人會來這裡晃蕩。

從這裡到獨木舟全是草地，我不怕留下腳印。我四處走走看看。我站上河岸，瞭望河面。一切平安。我拿起槍，進樹林幾步，本想打幾隻鳥，卻發現一頭野豬。豬如果從草原農場逃走，在灘地住一小陣子，就會變成野豬。我射中牠，抱牠回營地。

我拿起斧頭，砍破屋門，劈得破碎不堪。我把豬抱進小屋，帶到接近桌子的地方，用斧頭砍破牠的喉嚨，讓牠在土地上流血。我說的「土地」是真的土地，泥土被踩硬了，沒鋪木板。然後呢，我找來一個舊布袋，在裡面裝一堆大石頭——我拉得動的限度——從豬的位置開始拖這袋石頭，拖出門口，穿越樹林，來到河邊，把布袋丟進河裡，看著它下沉不見。別人一眼就知道有東西被拖過來這裡。我好希望湯姆．索耶在身邊；我知道他對這種事會感興趣，會想插手加一點花招。在這一方面，沒有人的點子比得上湯姆。

我嘛，我最後一招是從自己腦袋瓜扯下一撮頭髮，讓斧頭沾好多血，把頭髮黏在斧頭背上，然後把斧頭甩進角落。接著，我抱起死豬，用夾克包住他抱在胸前（不讓牠滴血），往河邊走了好一大段路，然後才河葬豬屍。這時，我又想到一個點子。我去獨木舟拿玉米粉的布袋和鋸子，帶進小屋。我把布袋扛到原本的位置，在布袋下面鋸開一個孔——這裡沒有刀叉可用，老爸煮食全靠他那把折疊刀。接著，我帶著布袋，在草地上走了大約一百公尺，穿越小屋東邊的柳樹林，來到一個八公里寬的淺湖，裡面長滿燈芯草，季節對的時候也有好多鴨子。淺湖的另一邊有一個河灣或小溪，水從這裡流出去好幾公里，不知流到哪裡，總之沒有流進河裡。布袋裡的粗玉米粉從小屋一路漏，留下細細一行痕跡，延伸到湖邊。我也把老爸的磨刀石留在那裡，布置成不小心留下來似的。接著，我用細繩把布袋破洞封住，然後連帶鋸子帶回獨木舟。

天快黑了，我把獨木舟划進河邊有柳樹遮住的地方，等月亮露臉，把船綁在柳樹幹，然後吃點東西，躺在船上抽菸斗，思考大計。我對自己說，他們會照著那袋石頭留下的痕跡，查到河邊，然後打撈我的屍體。他們也會跟著玉米粉查到湖邊，順著小溪的流向追查搶劫殺人的盜匪。就算他們沿河找我，除了撈屍，他們也不抱其他希望，打撈一陣子就厭煩了，不會再想起我。這樣最好，我想去哪裡住都行。對我來說，賈克森氏島就可以了。我對賈克森氏島的環境滿熟悉的，也不會有人找上那裡。住下來之後，我可以趁夜划水上岸進村子，偷偷撿一些我要的東西。好，就選賈克森氏島吧。

我很累，不知不覺睡著了，醒來一時不曉得這裡是什麼地方。我坐起來，左看右看，有點害怕，然後才想起來。河面看起來有好幾公里寬，月光很強，我連漂浮在河面的木頭都能一根根數出來，離岸幾百公尺的地方一片黑沉沉的。大小東西完全靜悄悄，看起來很晚了，一**嗅**就知道很晚。你應該懂我的意思吧——我不知道能用什麼形容詞比較好。

我好好伸個懶腰，打個哈欠，正想去解開船繩上路，這時聽見河面傳來一種聲音。我仔細聽。不久，我聽出所以然了。在安靜的半夜，河船上的槳架會搖出這種悶悶的規律聲響。我撥開柳葉偷偷看——有了，一艘輕舟，浮在對面的河上。我我看不清船上有多少人。船一直接近我，來到和我平行的地方時，我看見船上只有一個人。我心想，大概是老爸，但我沒料到是他。他順流下去，不久在緩水灘靠岸，然後從我身邊走過去，近到我伸槍出去就能碰到他。果然是老爸，沒錯。而且，從他搖槳的動作判斷，他沒喝醉。

一秒也不能耽擱，我一溜煙沿河岸黑影順流划水，動作輕，划了四公里，然後往河心移四百多公尺或更遠，因為獨木舟快到渡口了，我怕被人看見，怕有人會對我招手。我下船，躲在漂浮木之間，然後躺在獨木舟的底部，讓她隨波逐流。我就這樣躺著，好好休息一陣，抽著菸斗，看著天空；一朵雲也沒有。在月光下躺著望天，感覺夜空好深沉，我從來不知道。而且在這樣的夜裡，聲音能傳好遠好遠！我聽見渡口有人在交談。他們講的話我聽得一清二楚。其中一個男人說，白天慢慢快要比晚上長了，另一個說，今天晚上可絕對不會一晃眼就天亮吧。他們笑一笑，那人再講一遍，兩人再哈哈笑一遍。然後，這兩人叫醒另一個人，告訴他這個笑話，哈哈又笑起來，但這人不笑，簡短罵一句話，叫他們別吵他。第一個人說，他回家會把笑話講給老婆聽——老婆一定會覺得很好笑；不過他也說，這和他以前講過的笑話沒得比。我聽其中一人說，快三點了，希望白天不要再拖一個多星期才來。之後，聊天聲愈來愈遠，我聽不清楚了，但我能聽見噥噥的講話，偶爾聽得見笑聲，只不過感覺好遙遠。

獨木舟漂過渡口了。我爬起來，見到賈克森氏島就在四公里的下游，樹長得很密，整個島霸占河道中間，陰森龐大而堅固，好像一艘沒燈的汽輪。我看不見島頭的那片沙洲——全被淹沒了。

不過幾分鐘，獨木舟漂到賈克森氏島了。河水很急，船一下子就衝過島頭，我趕快跳進一個止水灘，上岸，這一邊的對面是伊利諾州。我知道岸邊有一個深窪，撥開柳樹才能把獨木舟推進去綁好，別人從外面看不見。

我走上賈克森氏島，在島頭的一根原木坐下，望著大河、黑色漂浮木、遠在五公里外的村子，那裡有三、四盞燈閃爍著。上游大約一公里多，有個超大的木筏漂過來，中間有一盞燈。我看著它慢慢前進，等它來到和我幾乎平行的地方，我聽見有人說：「快撸尾槳，對！把船頭轉向右邊！」我聽見很清楚，好像那人就在我身邊。

天空這時出現一點點灰色，所以我走進樹林，在早餐前躺下來睡個覺。

第八章

我醒來的時候，太陽高高掛在天上，我猜已經八點多了。我躺在陰涼的草地上，想著事情，感覺精神飽滿，既舒適又滿意。我從枝葉之間的一、兩個洞看得見日光，但賈克森氏島上的大樹長得很密，樹林裡光線暗淡，太陽被枝葉過濾成斑斑點點，照在地上，不時微微移動，顯示有一小陣微風在吹。兩隻松鼠坐在樹枝上，對我吱吱喳喳講話，態度很友善。

我懶散舒服得不得了，不想起來煮早餐。在我又差點睡著的時候，我好像聽見上游的河面遠遠傳來低沉的「轟」聲。我爬起來，用手肘支撐上身，不久又聽見。我跳起來，從樹葉的縫隙向外看，見到上游很遠的地方冒出一團煙——差不多在和渡口平行的地方。那裡有一艘載了好多人的渡輪，正順著河水漂流下來。我懂了。「轟！」我看見渡輪一旁冒出一股白煙。他們對著河面發射大砲，其實是想把我的屍體震到水面。

我肚子滿餓的，但起火生煙，不被人發現才怪，所以我只好坐在樹林裡，看著大砲煙，聽著轟隆隆的聲音。河水在這一帶有一公里半寬，在夏天早上，河上的風景怎麼看都漂亮，所以我看著他們打撈我屍體，看得還算開心，只可惜肚子咕咕叫。後來呢，我正好想到，打撈河屍的時候，常用的做法是在長條麵包裡面灌水銀，放麵包順水漂走，因為水銀麵包懂得怎麼尋溺水屍，漂對了地方會打住。所以，我想說，我可以注意一下，看看其中一條會不會漂過來找我，我可以接住它。我換到面對伊利諾州的岸邊，碰碰運氣，果然沒失望。比平常寬一倍的一條麵包漂過來，我拿長棍子差點勾到，可惜腳滑了一下，麵包漂走了。我當然是站在急流最靠近岸邊的地方，這我懂。但不久以後，又漂來一條麵包，這一次我贏了。我拔掉塞子，甩掉裡面一小滴水銀，拿起麵包猛咬。這條屬於「麵包店賣的麵包」，專門給上流人士吃的，才不是粗人吃的那種玉米餅。

我在樹葉裡面躲好，坐在原木上，嚼著麵包，看著渡輪，感覺樂悠悠。接著，我想到一件事。我說，寡婦或牧師或什麼人，說不定祈禱這條麵包能找到我，結果禱告真的靈驗了，這表示禱告真的有神力，不對，應該說，如果是寡婦或牧師之類的人禱告，才有靈驗的機會，換我禱告就沒用。而且我猜，只有在祈求正經的東西時，禱告才會靈驗。

我點菸斗，長長吸一大口，好快活，繼續觀賞渡輪戲。渡輪順流漂游，我猜我大概有機會看看船上有誰，因為渡輪遲早會跟著麵包，接近我這邊。等渡輪很靠近我的時候，我熄菸，走向我撈麵包的地方，在岸邊的一小塊空地上，趴在倒樹後面觀察。這支樹幹有個分岔口，方便我偷窺。

渡輪來了，漂得好近，如果拿木板搭到岸邊，乘客就能下船。該有的人幾乎全在渡輪上：老爸、柴契爾法官、貝西．柴契爾[4]、喬．哈普爾、湯姆．索耶、湯姆的寶莉姨媽、弟弟席德、姨

---

4 譯注：哈克和湯姆的女友貝琪不熟，名字記錯了。

媽的女兒瑪莉，另外還有好多人，大家都在討論命案，不過船長插嘴說：

「仔細看好喔，最靠近岸邊的急流在這裡，說不定他在這邊會被沖上岸，被水邊的樹叢勾住。希望如此。」

我倒不希望如此。大家全擠過來，挨在欄杆邊，幾乎正對著我的臉，所有人全力凝神尋找。我能清清楚楚看見他們，他們卻看不見我。然後，船長大聲喊：

「站開！」大砲在我正前方發射了，把我的耳朵震聾，我也被煙燻得差點瞎眼，以為這下子死定了。幸好是空包彈，不然他們就真的有屍體可收了。謝天謝地的是，我沒受傷。渡輪繼續漂流，繞過賈克森氏島的肩膀，脫離我視線。我偶爾聽得見轟隆聲，愈來愈遠，一個小時之後就再也聽不到。賈克森氏島有五公里長，我猜渡輪已經漂到島尾巴了，準備放棄打撈。我猜錯了。渡輪繞過島尾巴，掉頭過來，從密蘇里州那邊逆流上來，靠蒸汽推進，邊走邊放大砲。我穿越樹林到另一邊看他們。渡輪來到和島頭平行的地方，不再轟砲了，漸漸靠向密蘇里岸，收工回村子去。

我知道我現在沒事了。不會又有人跑來找我。我從獨木舟把家當帶進樹林，好好紮個營，用毯子搭成像帳篷的東西，把家當放進去，以免被雨淋溼。我釣到一條鯰魚，拿鋸子劈開，接近日落時才生營火煮晚餐。然後，我放釣線進河裡，以便明早有魚可吃。

天黑了，我坐在營火邊抽菸，覺得相當滿足，但沒過多久，心情變得有點寂寞，於是我去河岸坐，聽急流沖刷的聲音，數著星星和順流而下的漂浮木和木筏，然後去睡覺。寂寞的時候，用這種方法殺時間最管用。人總不會一直寂寞下去吧，過幾天就能適應了。

就這樣過了三天三夜，沒有變化，同樣的情形一再重複。但到了第四天，我往下游探索整個島。我是這個島的老大，這島可以說是全歸我管，我想摸清楚這島的一切，但我最主要是想消磨時間。我找到相當多草莓，成熟了，正值盛產期。我也找到青色的北美野葡萄和還綠綠的覆盆子莓。黑莓才剛生出青果實。我判斷，這些野果子過一陣子能派上用場。

我進樹林深處東看西看，最後來到離島尾巴應該不太遠的地方。我帶槍過來，但還沒有打到什麼動物；槍是帶來護身的。等我快回家的時候，我才會打獵帶回營地。大約在這時候，我差點踩到一條大蛇，看見牠鑽進花草裡溜走，我追過去，想對牠開一槍，腳步很急促，結果突然間，我踩進一團還在冒煙的營火灰燼。

我的心臟在肺臟之間狂跳。我一秒也不觀望，趕緊收槍，儘快踮腳尖偷偷撤退，不時停一下，躲在濃密的樹葉裡面聽聽看，可惜我喘得太用力，根本聽不見其他聲音。我繼續悄悄走一段路，再聽聽看，同樣的動作一再重複。一出現樹樁，我會以為是人。樹枝一被我踩斷，我會覺得呼吸被人砍成兩截，而我喘的是比較短的那一半。

我回到營地，精神不是很好，肚子裡的勇氣流失掉不少，不過我說，現在不是打混的時刻。於是我把所有家當搬回獨木舟，以免被發現。我也把營火撲滅，把柴灰打散，布置成像去年留下來的舊營地。然後我爬到樹上。

我大概在樹上待了兩小時，什麼也沒看見，什麼也沒聽到——只覺得**好像**聽到或看見一千種東西。我總不能永遠躲在樹上吧，所以我最後下樹了，但我一直躲在濃密的樹林裡，隨時提高警覺。我能吃的只有野莓和早餐吃剩的東西。

入夜以後，我餓慌了，到處黑壓壓的，趁月亮還沒出來，我下水，划獨木舟到對岸的伊利諾州，離賈克森氏島大約三百多公尺。我進伊利諾州的樹林，煮一頓晚餐，正要決定在這裡過夜時，聽見叩叩答答聲，心想：「馬來了。」接著我聽見講話聲。我儘快把所有東西搬進獨木舟，然後潛進樹林看個究竟。沒走多遠我就聽見一個男人說：

「找到好地方就紮營吧，這兩匹馬快累垮了。我們找找看。」

我轉身就逃，輕輕划船離開，然後把獨木舟綁在老地方，乾脆就睡在獨木舟裡面好了。

可惜我睡不好，腦子裡想著好多東西。每次我醒來，總以為有人掐我脖子，所以再睡也沒好處。沒過多久，我告訴自己，這種日子我過不下去。另外有誰住在這島上，我死也要查個清楚。想到這裡，心情立刻變好。

我拿起槳，划離岸邊一、兩步，讓獨木舟躲在陰影裡順流而下。月亮好亮，陰影外的世界跟白天一樣明顯。我漂流了一個小時，萬物都睡熟了，像石頭一樣沒動作。漂到這時候，我差不多到島尾，一小陣清風動了起來，等於在說，快天亮了。我搖槳轉彎，讓船頭對準島岸，然後帶槍溜下船，鑽進樹林邊緣，在原木上坐下，從樹葉空隙看動靜。我看見月亮下班了，黑暗開始籠罩河面，但才過一會兒，我看見樹梢上空露出淺淺的光，知道天就快亮了。於是，我拿著槍，悄悄朝我踩到營火的方向走去，每隔一、兩分鐘停下來仔細聽。可惜，我運氣不好，不知怎麼著，一直找錯地方。幸好又過沒多久，有了，我瞥見樹林遠處有火光。我謹慎慢慢挨近。沒過多久，我夠靠近了，看得見營地，見到地上躺著一個人。我差點起雞皮疙瘩。那人用毯子包住頭，頭差一點就碰到營火。我躲在大約兩公尺外的樹叢後面，持續監視他。這時候，天漸漸亮起來。不久，那人打哈欠伸懶腰，推開毯子，居然是華森小姐的黑奴吉姆！看見他，我當然是樂得跳上天去了。我說：

「哈囉，吉姆！」我說著蹦出樹叢。

他被嚇一大跳，以驚慌的表情瞪著我，然後跪下去，合著雙手說：

「別害俺啊！不要！俺從沒礙到鬼。俺一向喜歡死人，一向儘量幫助他們。你住河底就好了，趕快回去吧，別再來糾纏老吉姆。俺一直都是你的朋友。」

我嘛，我趕緊勸他相信我沒死。我好高興遇到吉姆。我現在不寂寞了。我告訴他，我不怕他揭發我躲在這裡。我一直講話，他只坐著看我，不吭聲。然後我說：

「天亮了，我們煮早餐吧。你把營火弄旺一點。」

「搞營火幹麼？煮草莓之類的東西嗎？你不是有槍嗎？咱們可以弄點比草莓好的東西來吃。」

「草莓之類的東西，」我說：「你只吃草莓過活嗎？」

「俺弄不到別的東西。」他說。

「哇，你在島上待多久了，吉姆？」

「俺在你被殺死的那一晚來的。」

「什麼？待這麼久了？」

「是的，沒錯。」

「你一直只吃那種垃圾啊？」

「是的，老大，吃不到別的東西。」

「那你一定餓慘了，對不對？」

「餓到吃得下一整個馬。大概吃得下。你在島上待多久了？」

「從我被殺死的那天晚上起。」

「不會吧！哇，那你吃啥過活？喔對，你有一個槍。你有槍。那就好。你快去打獵吧，火交給俺負責。」

我們走去獨木舟，他選在樹木之間一片空曠的草地生火，我去拿玉米粉、醃豬肉、咖啡、咖啡壺、煎鍋、砂糖、錫杯，吉姆很驚訝，因為他猜這全是巫術變出來的東西。我也釣到一條很大的鯰魚，吉姆用他的刀清魚，然後煎一煎。

早餐煮好時，我們閒坐在草地上，吃著熱騰騰的食物。餓壞了的吉姆豁出去了，張口猛咬。吃飽後，我們懶洋洋躺著，不多久後吉姆說：

「對了，哈克，如果你沒在小屋被殺死，那裡死的是誰？」

我把事情從頭到尾講給他聽，他稱讚我聰明。他說，湯姆．索耶也想不出比我更好的計畫。然後我說：

「吉姆，你怎麼來這裡？你是怎麼來的？」

他顯得相當為難，足足一分鐘講不出話。然後他說：

「俺最好別說。」

「為什麼，吉姆？」

「唉，俺有俺的苦衷。不過，如果俺告訴你，哈克，你可不准告密喔，行嗎？」

「我敢告密就被咒死，吉姆。」

「好，那俺相信你，哈克。俺——俺**棄主逃走**了。」

「吉姆！」

「咦，你說過不會告俺密的，你明明說不會告密的，哈克。」

「呃，對啦。我說話算話，不會告密的。就把我當成老實印第安人，不告密就不告密。就算保密會害我被人討厭，害我被罵是解放黑奴的壞份子，我也甘願。我說不講就不會講，反正我再也不回村子去了。所以，你快講吧，全講給我聽。」

「好吧，是這樣的，老小姐她——華森小姐她老挑剔俺，對俺好狠心，不過她老說她不會把俺賣去南方的紐奧爾良。不過呢，俺注意到，最近有個黑奴販子，常來寡婦家，俺愈想愈不安心。結果咧，有個晚上，時辰挺晚的，門沒關緊，俺聽見老小姐告訴寡婦說，她想把俺賣去紐奧爾良，被寡婦反對，不過她說她能賣到八百元。八百可不是小數目呀，她哪推得掉。寡婦逼她發誓不會賣俺，不過俺沒留下來聽完。俺急著趕快逃走呀，告訴你。

「俺溜出門，衝下山，本來想去村子上游的岸邊偷一個小船，不過那裡有好多人，俺躲進岸邊那家垮掉的製桶店，等大家走開。結果啊，一等就等了整夜，老是有人在。到了早上差不多六點呢，有小船經過，大概八、九個小船吧，船上的人都說，你爸進村子說你被殺死了。那幾個小船裡載滿了看熱鬧的淑女和紳士，大家都想去小屋看看。有時候，他們會靠岸休息，然後才開向對岸。從他們講的話，俺才知道命案。哈克，俺聽說你掛了，俺好難過哦，不過現在俺不難過了。

「俺整天躲在影子裡面。俺好餓，不過我不怕，因為俺曉得老小姐和寡婦她們早餐一吃完就出門，她們想去參加教徒的露天營會，晚上才回家，而她們也曉得俺白天出去放牛，所以她們沒見俺在家也不會懷疑，所以她們到晚上天黑以後才會發現俺不在家。其他傭人也不會發現俺走了，因為華森小姐和寡婦一出門，他們馬上放自己一天假。

「俺在河邊等到天黑了，才沿著河邊的路往上走，走了差不多三公里多吧，來到沒有房子的地方。俺早決定該怎麼辦。如果俺一直用兩腳逃，會被狗鼻子嗅到去向。如果俺偷小船過河，一定會有人發現小船不見了，會曉得俺划到對岸了，會查出俺的去向。所以囉，俺覺得就用木筏吧，木筏不會留下痕跡。

「不久，俺看見岬角另一頭有燈火，所以俺走進河裡，推著一根原木，游過河的一半，然後躲進漂浮木中間，把頭壓低，逆著河水游呀游，等到木筏漂過來，俺抓到船尾拉住。雲多了起來，有一陣子挺暗的，所以俺爬到木筏上面，躺在木板上。剛才的燈是燈籠，河的中間船上有好多人，好遠好遠。河水正在上漲，水流得很急，所以俺想，在早上四點之前，俺就流到下游四十公里外了，然後俺在天亮之前下船，游上岸，然後躲進伊利諾州那邊的樹林。

「可惜俺運氣背。木筏快到島頭的時候呢，有個男人提燈籠來筏尾了，俺覺得再等也不是辦法，所以俺溜下水，游來這個島。俺嘛，俺本想說，去哪裡上岸都行，結果偏偏這裡的岸都太陡。快到島尾的時候，俺才發現一個好地方。俺躲進樹林，然後判斷說，既然來人提著燈籠到處照，俺不想再用木筏了。俺用帽子壓著菸斗和一個便宜的菸草塊和幾個火柴，所以它們沒溼，俺暫時沒問題。」

「照你這麼說，你這幾天沒有麵包和肉可吃囉？你為什麼不去抓泥龜來吃呢？」

「泥龜怎麼個抓法？又不能偷偷走過去抓。拿石頭砸也不是法子。而且，晚上黑漆漆的，怎麼抓得到？白天俺也不會傻到去岸邊等人發現。」

「也對啦。你當然只能一直躲在樹林裡。你有沒有聽見他們在放砲？」

「有啊。俺知道他們在找你。俺看見他們經過這裡，俺躲在樹叢裡看到的。」

有幾隻幼鳥正在學飛，一次飛一、兩公尺，吉姆說這是下雨的前兆。他說，小雞也會有相同的動作，所以小小鳥這樣飛，表示雨就快來了。我想去抓幾隻，但吉姆不准我。他說這樣會剋死人的。他說，他父親有一次病得很重，他們家有人抓到一隻鳥，老祖母說他會被剋死，結果真的掛了。

吉姆也說，想煮來吃的東西不能數，因為一數牠們，歹運就會跟著來。日落以後抖桌布，也有同樣的後果。他也說，如果養蜂人死了，一定要在隔天日出之前告訴蜜蜂，不然蜜蜂會全變得沒力，不想採蜜，然後死掉。吉姆說，蜜蜂不會叮白痴，我才不相信，因為我親身試過好多次，牠們都不叮我。

這些迷信我聽過其中幾個。吉姆懂得千奇百怪的兆頭。他說他幾乎全都知道。我說，咦，這些兆頭好像全跟壞運有關，於是我問，有沒有吉兆？他說：

「少得很吶。而且懂吉兆有啥用？想避開好事嗎？」他說：「手毛和胸毛多，表示將來有財運。像這樣的兆頭嘛，的確有點用啦，因為這樣能知道很久以後的事。例如說呢，窮了好久好久，人搞不好會很灰心，說不定悶到自殺了，如果能提早知道自己有財運，就不會白死。」

「吉姆，那你的手毛和胸毛多嗎？」

「何必問這問題呢？你沒長眼睛嗎？」

「呃，那你是有錢人嗎？」

「不是，不過俺有陣子很有錢的，將來還會再發財。有一次，俺有十四塊錢，被俺拿去投資，結果沒了。」

「你投資什麼東西，吉姆？」

「俺嘛，俺先搞家畜。」

「哪一種家畜？」

「不就是牲口嗎？牛啦。俺花十塊錢買了一個乳牛。不過呢，俺以後不會再對牲口砸錢了。那個母牛被俺養死了。」

「十元被你賠掉了。」

「沒有賠光。俺只賠九塊錢。牛皮和牛脂被俺賣掉，換到一塊錢和一角。」

「你剩下五元和一角。你有沒有再投資什麼東西？」

「有。布拉迪敘老先生不是有個獨腳黑奴嗎？他嘛，他開了一個銀行，到處宣傳說，現在投資一塊錢，年底能收四塊多。結果，所有黑奴都投資了，不過他們的錢不多。錢很多的人只有俺。俺硬要連本帶利收更多錢，所以對他說，要是不讓俺多賺一點，俺就自己去開一個銀行。那黑奴當然不想讓俺開銀行囉，因為他說，生意不夠多，容不下兩家銀行，所以他說，俺可以投資俺的五塊錢，他年底會付俺三十五。

「所以俺投資了。然後呢，俺想把那三十五塊錢再投資，愈滾愈大。有個黑奴他名叫鮑伯，他撈到一個平底筏，不給他的主人知道，俺向他買來，告訴他，年底的那三十五塊錢就給他去收。結果就在那天夜裡，平底筏被偷了，隔天獨腳黑奴說，銀行倒店了，沒有一個人領得到錢了。」

「你剩下的那一角呢，吉姆？」

「俺本來想花掉算了，不過俺做了一個夢，夢叫俺把那一角送給一個叫做巴倫的黑奴——他全名叫『巴倫之驢』。他嘛，人家都說他是一個大傻蛋。不過聽人說，他的運氣好得很，俺曉得俺運氣背。夢說，那一角給巴倫去投資吧，他可以幫俺生錢。結果呐，巴倫他拿走錢，上教堂聽牧師說，捐錢給窮人是借錢給天父，將來包準能收回一百倍的錢。所以巴倫他把那一角錢捐給窮人，然後等著看結果。」

「結果怎樣，吉姆？」

「結啥果？那一角錢俺討不回來，巴倫他也討不回來。下次如果沒擔保，俺不會再掏錢給人了。包準能收回一百倍，這是牧師說的！要是俺能把那一角錢給討回來，俺就高興不計較了。」

「反正你沒關係啦，吉姆，因為你注定會有發財的機會。」

「對啊，你想想看，俺現在不就是個有錢人嗎？俺是自己的主人，而俺值八百塊錢呐。但願那筆錢在俺手上，俺就沒有別的奢望了。」

第九章

在我探險的期間，我探到差不多是島的正中央的一個地方，我現在想去看看，於是我和吉姆出發，不久就找到了，因為這島才五公里長、三百多公尺寬。

這地方大約十二公尺高，坡地或山脊長而陡，爬起來還不算太累，但因為四面的山坡都很陡，樹叢很茂盛，我們好不容易才走到山頂。我們在山頂攀爬遊走，沒過多久，在接近山頂的地方發現一個好大的岩洞，面向伊利諾州的那邊。山洞有兩、三個房間湊在一起那麼大，吉姆能挺直腰杆走進去，裡面很涼。吉姆想馬上把家當全擺進這裡，但我說，老是爬上爬下，不累死人才怪。

吉姆說，如果我們把獨木舟藏好，把所有家當搬進山洞，一有人登島，我們就衝進這裡躲起來，他們放狗也找不到我們。更何況，他說小小鳥預報會下雨，問我想讓東西被淋溼嗎？

我們回去坐獨木舟，划到和山洞平行的地方，把所有家當帶上山洞，然後就近找個地方，把獨木舟藏進濃密的柳樹下。我們從釣線取下幾條魚，再把釣線放回河裡，準備煮飯。

洞口大到可以把一個大木桶滾進去。在洞口的一邊，地面稍微向外凸出，表面很平坦，適合生火，我們就選在這裡煮飯。

我們在洞裡攤開幾條毛毯當地毯，在洞裡用餐。我們把所有東西放在最方便拿取的地方。不久後，天空陰了，雷電開始大作，看來小小鳥沒料錯。雨馬上跟著來，嘩嘩下得好急，風也颳到我沒見過的程度。這種暴風雨在夏天很常見，天空會變得黑壓壓，外面看起來一片青黑色，好美。大雨打下來，有點遠的樹木變得昏暗，好像蜘蛛網。有時候，一陣強風吹來，樹被颳得彎腰，白白的樹葉背面被掀過來見人。緊接著來了一陣強到不行的風，吹得樹枝像發瘋般舉手亂揮。接下來，在天色青黑到極點的時候——啪滋！一陣光亮，讓人看得見好遠的樹梢在暴風雨裡搖頭，比平常看得見的範圍還遠幾百公尺。轉眼間，天又變回陰森森，接著又聽見劈啪打雷聲，然後是咚隆、嘟噥、噗通的聲響從天而降，滾向世界的腳底，好像空木桶滾下樓梯似的——這樓梯很長，桶子滾了再滾。

「吉姆，這裡很不錯，」我說：「全世界我最想住的地方就是這裡。再給我一塊魚肉和一點熱的玉米麵包。」

「哼，要不是有吉姆，你也不會在這裡。你一定會困在樹林裡，沒午餐可吃，也會差點被淹死。是真的，蜜糖。小雞曉得什麼時候會下雨，小鳥也會的，孩子。」[5]

河水繼續漲漲漲，連續十到十二天，最後連河堤都淹沒了，島上的低地和伊利諾州灘地水深一公尺多。在伊利諾州那邊，河面有好幾公里寬，但在密蘇里這邊的寬度一成不變，全是將近半公里寬，因為密蘇里岸全是一面高高的懸崖。

5　譯注：重見天日的刪減篇章〈吉姆與冰屍〉原應接在此處，詳見第三三二頁。

白天，我們划獨木舟，遊遍全島。即使外面的太陽火辣辣，樹林深處照樣陰涼得很。我們在樹木之間繞來繞去，有時候藤蔓長得特別密，我們不得不後退，另外找路走。每次我們來到斷掉的老樹旁，都能看到裡面躲著兔子和蛇之類的東西。島上淹水一、兩天之後，動物餓慌了，變得很乖順，可以把獨木舟直接划到牠們身邊，想摸的話，伸手就摸得到。但是蛇和烏龜例外，牠們會趕緊鑽進水裡。我們的那座山脊上有好多野生動物，想要多少寵物都不成問題。

有個晚上，我們撈到一艘木筏的一小部分，材質是上好的木板，三公尺半寬，大約有四公尺半長，筏面堅固而平直，能浮出水面十五公分。我們白天有時看到鋸好的木頭流過，但我們因為怕被人發現，所以不敢去撈。

另外一個晚上，快要天亮的時候，我們來到島頭，見到一棟木板房漂到西邊，有兩層樓，歪得很嚴重。我們划船過去，從樓上的窗戶爬進去，可惜太暗了，什麼也看不見，只好把獨木舟綁緊，坐在船上等天亮。

快漂到島尾的時候，天開始亮了。我們往窗戶裡面看，模模糊糊看得見一張床、一張桌子、兩張舊椅子，地上有好多東西，衣服掛在牆壁上。最裡面的角落地上趴著一樣東西，看起來像男人。吉姆說：

「哈囉！」

那東西沒動作。所以我再喊一遍，吉姆接著說：

「那人不是在睡覺——他死了。你待在這裡別動，俺去看一看。」

他走過去，彎腰看，說：

「是一個死人，男的。對，沒錯。而且全身光溜溜。他被人從背後開一槍。俺猜他死了兩、三天。進來吧，哈克，不過你別看他的臉，太鬼聳了。」

我連一眼也不想瞄。吉姆對他身上扔幾條破布遮住，其實根本不必，我不想看他。地板上有幾堆髒兮兮的舊紙牌，有幾支舊的威士忌酒瓶，有兩個黑布做的面具，牆上有好多用木炭寫的字畫，粗俗得不得了。牆壁也掛著兩件髒舊的平紋布女洋裝、一頂遮陽帽、幾件女人內衣褲，也掛著幾件男人的衣褲。我們把這些東西全裝進獨木舟——說不定以後用得上。地上有一頂男孩戴的草帽，上面有斑點，也被我帶走。有個裝過奶水的瓶子，也有一個給嬰兒吸的奶嘴。要不是奶瓶破了，不然我們也想帶走。這裡有個低級的舊箱子，也有一個鉸鏈壞掉的毛皮箱，箱蓋全開著，可惜裡面沒什麼值錢的東西。這裡的東西亂七八糟的，可見屋裡的人走得很急，多數的東西來不及帶走。

我們找到一個舊的錫燈籠、一把沒有握柄的屠刀、一支全新的單刃折疊刀——店裡賣不值錢的小東西、很多獸脂燭、一個錫燭臺、一個水瓢、一個錫杯，也從床上拉下一條破爛的拼花布棉被。有個縫紉包裡有縫衣針、大頭針、蜂蠟、鈕釦、縫衣線等等，好多東西。我們也找到一把小斧頭和幾根釘子，有一條跟我的小指頭一樣粗的釣魚線，魚鉤超大。有一捲羊皮、一條皮做的狗項圈、一個馬蹄鐵、幾小瓶沒標籤的藥。我們正要離開的時候，我撿到一個還可以用的金屬梳子，吉姆找到一個破舊的小提琴弓和一支木腿。木腿的束帶斷了，但其他部分還算可以，只不過對我來說太長了，給吉姆用嫌太短，另外一支也到處找不到。

因此，整體看來，我們的收穫很豐富。我們上船準備離開時，發現已經漂到島的下游四百多公尺外，天色很亮，所以我叫吉姆趴在獨木舟裡面，用拼花布蓋住他，因為如果他坐起來，別人遠遠就能一眼看出他是黑奴。我把獨木舟划向伊利諾州岸，又被河水沖下將近一公里。我藉著岸邊的止水區悄悄前進，沒遇到意外，沒看見人影。我們平安回家了。

第十章

早餐後，我想聊聊河屋裡的死人，想知道他是怎麼死的，但吉姆不想談。他說這件事會招厄運，何況他也說，那人可能會變鬼來嚇我們。吉姆說，和安葬的人比起來，沒有被埋進地下的人更有可能陰魂不散。聽起來挺合理的，所以我不再多說什麼，但我忍不住一直想這件事，但願能查出槍手是誰，為什麼要殺人。

我們亂翻撿回來的衣服，在一件舊毛毯大衣找到被縫進襯裡的八元銀幣。吉姆說，這件大衣是屋裡的人偷來的，因為原主知道衣服裡面藏錢，不可能扔下不帶走。我說我猜那人也是被同一批人殺死的，但吉姆不想談。我說：

「你說你怕引來壞運，那我昨天不是在山頂撿起蛇皮嗎？你說，用手去碰蛇皮是全天下最不吉利的事，結果咧，今天的收穫這麼多，還賺到八元，這算什麼壞運！像這種壞運，我倒希望天天遇到，吉姆。」

「你別計較，蜜糖，你別計較了。你少在那裡得意。壞運就快來了，別怪俺告訴你，就快來了。」

壞運的確找上門了。上面這段對話發生在星期二，結果在星期五午餐後，我們躺在山頂下面的草地，沒菸抽了，我進山洞再拿一些，竟然發現裡面有一條響尾蛇。我宰了牠，把蛇屍捲成圈，擺在吉姆的毛毯尾上面，布置成活蛇的樣子，吉姆會被嚇得哇哇叫，一定很好玩。到了晚上，我把蛇屍的事全忘光了，正要點火，吉姆一屁股在毛毯坐下，竟然被死蛇的老伴咬一口。

吉姆唉叫一聲跳起來，燭火照過去，最先顯示的是活蛇盤捲起來，準備再次咬人。我拿棍子一棒打死牠，吉姆趕快拿起老爸的威士忌酒瓶猛灌。

他打赤腳，響尾蛇咬到他的腳跟。這全是我的錯，因為我忘記死蛇的老伴爬過來相隨是常見的現象。吉姆叫我砍斷蛇頭丟掉，然後剝掉蛇皮，切下一截蛇肉來烤。我照他的指示去做。他吃掉烤蛇肉，說蛇肉能攻毒。他也叫我切下響尾蛇的尾巴，纏在他手腕上。他說這樣做也有幫助。然後我悄悄溜出去，把兩條死蛇甩進樹叢裡，因為我不想讓吉姆發現這全是我的錯，有辦法瞞就隱瞞下去。

吉姆拿著酒瓶猛吸，偶爾會發瘋，左右搖擺著，鬼叫不停，但每當他平靜下來，他會繼續再喝酒。他的腳丫子腫得好大，腿也一樣，幸好一陣子後，他開始醉了，所以我判斷他平安了，但我寧願被蛇咬，也不願被老爸的威士忌毒死。

吉姆躺了四天四夜，最後腫消了，他又能走動。見識到後果，我決心再也不要用手撿蛇皮。吉姆說他認為我下次會相信他。他也說，撿蛇皮會引來天大的厄運，更慘的禍害可能還在後頭。他說，他寧可向左轉頭去看新月一千遍，也不會傻到用手去撿蛇皮。我嘛，也漸漸有同感了，只不過我從小就認為，天下很少有比向左轉頭看新月更粗心更愚蠢的舉動。老頭子漢克・邦可就做過一次，還向人吹噓，結果才不到兩年，他酒醉從散彈廠上面掉下去，整個人幾乎可以說是在地面碎成一灘，下葬時，兩片穀倉門夾著屍體當棺材用。這是聽人說的，我沒親眼看見。老爸告訴過我。不過，總之，這種後果全是因為看月亮的方式不對，傻透頂。

過了幾天，水位回跌，我們做的第一件事是剝兔子皮，拿大魚鉤，用兔肉做魚餌，釣到一條和人一樣大的鯰魚，有將近兩公尺長，九十多公斤重。我們當然拿牠沒法子；想抓牠，一定會被甩到伊利諾州。我們只是坐著看鯰魚死命掙扎，最後淹死了。我們在牠的肚子裡發現一個銅鈕釦和一顆圓球，雜七雜八的東西很多。我們拿小斧頭把球劈開，裡面有個線軸。吉姆說，線軸被鯰魚吃進肚子很久了，被包了一層又一層，才會形成這個球。我猜這魚是密西西比河史上被抓到最大的一條。吉姆說，他沒見過比這條更大的魚。如果能扛到村子去，一定能賣到好價錢。村子裡有一家雜貨商場，常常論磅拍賣這種巨魚，大家都買一些，肉質雪白，炸起來吃很爽口。

隔天早上，我說日子變得好沉悶，我想去找點新鮮事做。我說，我考慮過河去打聽一下情況。吉姆贊成，但他說，我應該等天黑再去，快進快出。接著，他深思一陣說，我們不是撿到很多舊衣服嗎？你可以打扮成女孩進村子。我覺得這點子很不錯。於是，我們把平紋布洋裝改短。我穿上洋裝，把長褲捲到膝蓋。吉姆拿鉤子固定在後面，衣服變得合身。我戴上遮陽帽，帽帶在下巴打個結，別人如果想看清我的長相，等於是從火爐煙管的接口往下看。吉姆說，即使是白天，也幾乎沒有人能認出我。我演練一整天，熟悉幾個重要動作，後來覺得差不多可以了，只不過吉姆嫌我走路不像女生。我常把洋裝往上拉，插手進褲袋，他叫我要戒掉。我記下來，動作慢慢有進步了。

天一黑，我沿伊利諾州的河岸逆流划獨木舟，然後穿越河道，划到渡輪下游不遠的地方，順著河水漂到村尾。我把獨木舟拴好，沿著河堤走。這裡有一間很久沒人住的小房子，裡面亮著燈火，我懷疑最近是誰搬進去住了。我偷偷走向窗外偷窺。裡面有個大約四十歲的女人，靠著松木桌上的燭火打毛線。我不認得她的長相。她不是本地人，因為全村的臉我都認識。太幸運了，因為我剛剛還心虛，擔心不該來這裡冒險。我好怕被人認出嗓音。但是，這村這麼小，如果這女人在這裡住了兩天，我說不定能套出我想知道的所有消息。於是，我敲敲門，決心不要忘記自己是女生。

第十一章

「進來，」女人說。我進門了。她說：「找椅子坐。」我坐下。她以晶亮的小眼珠上下打量我，然後說：

「妳叫什麼名字？」

「莎拉．威廉斯。」

「妳家住哪裡？在這附近嗎？」

「不是的，夫人。我住胡克村，在下游十一公里。我一路走上來，現在全身好累。」

「妳一定也餓了吧，我猜。我去找東西給妳吃。」

「不用了，夫人，我不餓。我本來餓得很，在下游三公里的一個農莊休息過，現在不餓了。所以才拖得這麼晚。我母親病了，沒錢，什麼也沒有。我是來找我舅舅亞布納．摩爾的。我母親說他住在這個村上游的那一邊。我沒來過這裡。妳認識他嗎？」

「不認識；我還沒機會認識村民。我才搬來這裡不到兩個星期。從這裡到那一邊，路滿遠的，妳最好在我們家過夜吧。帽子脫下吧。」

「不用了，」我說：「我大概休息一下就好，然後趕路。我不怕黑。」

她說她不能放我自己走，也說她丈夫不久就會回家，頂多再等一個半小時，然後她會請丈夫帶我去找舅舅。接著，她聊起丈夫的事，提到上游有哪些親戚，下游有哪些親戚，說著以前日子有多好，放著好日子不過，搬來這裡，不知是不是失策。她講個沒完，我擔心向她探聽村裡的消息是不是失策。幸好，沒過多久，她提到我爸和命案的事，我很願意讓她儘量長舌。她告訴我，哈克和湯姆．索耶找到六千元（只不過被她說成一萬），也說我爸的命多苦，我的命多苦，最後才提到我被殺死的事。

「凶手是誰啊？我們在胡克村，聽到不少消息，可是我們不曉得殺哈克．費恩的凶手是誰。」

「我猜啊，我們這村子有特別多人也想查凶手，有些人認為是老費恩自己下的毒手。」

「不會吧！真的嗎？」

「多數人最先懷疑的就是他。他差一點點就被村民拖出去處死了，只是他自己不知道而已。不過在黃昏前，大家改變看法，判斷凶手是個名叫吉姆的逃亡黑奴。」

「他為什——」

我住嘴。我猜我最好別亂講話。她繼續囉唆，完全沒注意到我剛才想插嘴。

「哈克．費恩被殺的那一夜啊，黑奴逃走了，所以有人懸賞三百元，另外也有人懸賞捉拿老費恩——兩百元。告訴妳，命案隔天早上，他進村裡宣傳，然後跟著村民搭渡輪去找，之後他就不見人影了。天還沒黑，村民就想拖他出來處死了，可惜被他逃走了。結果呢，隔天，有人發現黑奴也不見了。命案那天晚上十點以後，就沒有人看見那黑奴了，所以罪嫌賴到他身上。大家討論得好熱鬧。隔天，老費恩回來了，去跟柴契爾法官大鬧，吵著要錢，想去搜遍伊利諾州抓黑奴法辦。法官給他一點錢，那天晚上他喝醉了，和兩個滿臉橫肉的外地人一直逗留到凌晨，然後跟著他們走，後來就再也不見他的影子。大家認為，他會等風平浪靜才回來，因為現在大家咬定孩子是他殺的，他也把現場布置成謀財害命的樣子，因為打官司太耗時間，他想早一點爭到哈克的錢。村民說，他惡毒到做得出這種事。我覺得他的生性是滿狡猾的。如果他拖了一年再回來，應該不會有事。據說，在他身上找不到證據啊。等風波平靜下來，哈克的錢就能輕鬆進他口袋。」

「對，我想是的，夫人。我覺得天塌下來也攔不住他。大家是不是還認定凶手是那個黑奴？」

「唉，不是人人都這麼認為啦。很多人認定是他殺的。不過，黑奴很快就會被抓到，到時候可以嚇唬嚇唬他，說不定他會講實話。」

「村民開始在找他了嗎？」

「哇，你好天真啊！三百元等著人去搶，這種事不是天天都有吧？有些人認為，那黑奴沒有跑太遠。我也這麼相信，不過我不想到處宣傳。我們家隔壁有個小木屋，裡面住著一對老夫婦。幾天前，我和他們聊起來，他們碰巧說，河心的那個島叫做賈克森氏島，幾乎沒有人會去。我問，沒人住那島上嗎？他們說，對，一個人也沒有。我不再多說，不過我想了一想，幾乎能確定我見過那個島上冒煙，在那之前的一、兩天，差不多是從島頭冒出來的，所以我心想，黑奴該不會躲在島上吧？登島去找一找，應該不麻煩吧？後來我一直沒再看見煙，所以如果真的是黑奴，我猜他大概也走了。不過我丈夫正要過去找找看，他帶了另一個人。他去上游找過了，但他今天一回家，我馬上告訴他。那是兩個鐘頭前的事了。」

我好緊張，根本坐不住，兩手非找事情做不可，所以拿起桌上的縫衣針穿線。我的手在抖，怎麼穿也穿不進去。婦人停嘴了，我抬頭看，她看著我，表情很奇怪，嘴角有一點笑意。我放下針線，露出對懸賞很有興趣的模樣——是真的有興趣——說：

「三百元可不是一個小數字啊。要是我母親有這筆錢就好了。妳丈夫今晚想過去島上嗎？」

「對啊，他帶著我剛提到的那人，一起往村頭去找船，也看能不能再借到一支槍。他們打算午夜以後登島。」

「等到白天，看得比較清楚，不是比較容易找嗎？」

「對，不過呢，白天的追兵也容易被黑奴看到吧？等到半夜以後，黑奴很可能會睡大覺，他們就能偷偷進樹林，如果黑奴有營火，天黑更容易找到他。」

「我倒沒有想過這一點。」

婦人開始以相當詭異的眼光看我，我一點也不自在。不久後她說：

「蜜糖，妳剛說妳叫什麼名字來著？」

「瑪——瑪麗．威廉斯。」

不知怎麼的，我記得剛才好像不是自稱瑪麗，所以我頭低低的——我剛才好像自稱莎拉。我覺得像被逼到牆角了，也惟恐自己露出心虛的模樣。我但願她能再講話。她靜靜坐得愈久，我的心情就更七上八下。她終於再開口說：

「蜜糖，妳剛進門時，好像自稱是莎拉，對吧？」

「喔，是的，夫人。莎拉·瑪麗·威廉斯。莎拉是我的首名，有些人叫我莎拉，有些人叫我瑪麗。」

「原來是這樣啊。」

「是的，夫人。」

我比較不緊張了，但我還是但願能離開這裡。我還不敢抬頭。

婦人開始談景氣多差，日子過得多克難，老鼠多囂張霸道，囉唆了一大堆，我也恢復鎮定。她說的沒錯，老鼠真的很多，有一隻不時從屋角的洞伸鼻子出來。她說，她單獨在家的時候，總不忘準備一個能隨手砸老鼠的東西，不然老鼠會鬧得她不安寧。她拿出一個糾成一團的鉛條給我看，說她平常用這東西砸得很準，不過一、兩天前她扭傷手臂了，不知現在的準頭怎樣。她算準時機，見到一隻老鼠跑出來，丟鉛條去砸牠，可惜差太遠了，她喊「哎呀！」一聲，手臂好痛。然後她叫我試試，看能不能砸中下一隻。我想在她丈夫回家之前離開，但我當然不能露出馬腳。我拿起她的鉛條，一見老鼠探鼻子出來，馬上砸下去，要不是牠躲得快，保證現在是病懨懨的老鼠一隻。她說我神準，預測我一定能砸中下一隻。她去撿鉛條回來，也帶一束毛線，要我幫她忙。我舉起雙手，她把毛線放進我手裡，繼續講著她丈夫的事。她忽然改口說：

「要看緊老鼠喔。這鉛條最好擺在大腿上，比較省事。」

說著，她鬆手，讓鉛條掉到我大腿上，我趕緊合腿接住，她繼續講話。但她只講了一分鐘。然後，她拿走毛線，正對著我的臉，以非常和氣的口氣說：

「好了，說實話吧，你的真名是什麼？」

「什——什麼，夫人？」

「你的真名是什麼？是比爾嗎？或是湯姆、鮑伯？到底是什麼？」

我猜我抖得像風中的樹葉，不知怎麼辦才好。但我說：

「夫人，請別嘲笑我這樣可憐的小妹妹。如果嫌我礙事，我就——」

「你不礙事。坐下吧，不要走。我不會傷害你的，我也不會告你的密。你可以信任我，把祕密說出來給我聽，我不但不會講出去，而且還會幫助你。你要我丈夫幫忙，他也願意。我知道你是個逃家的學徒，沒什麼大不了的，又不是做什麼壞事。你受到很糟的待遇，所以下定決心逃走。願主保祐你，孩子，我不會告發你的。快講吧，乖孩子，到底有什麼苦衷。」

於是，我說，再假裝也不是辦法，乾脆把心裡的事全吐出來，希望她能信守承諾。然後我告訴她，我父母都死了，依法被交給一個狠心的老農夫養。他住在離河邊五十公里遠的鄉下，對我很壞，我無法再忍受下去了。我趁他出遠門兩、三天，偷走幾件他女兒的舊衣服，離家出走，五十公里路走了三夜。我白天躲起來睡覺，晚上趕路，從家裡帶出來的一袋麵包和肉夠我吃，吃得很飽。我說我相信舅舅摩爾會照顧我，所以才想去葛申鎮投靠他。

「葛申鎮嗎，孩子？這裡不是葛申鎮。這裡是聖彼得斯堡。葛申鎮在上游十五公里。是誰說這裡是葛申？」

「不會吧？今天一大早，我正要照常進樹林裡睡覺，遇到一個男人，他告訴我說，走到三叉路口的時候，我應該走右邊那條路，繼續走八公里，就能走到葛申鎮。」

「他喝醉了吧。他對你指錯路了。」

「呃，他的確有點酒醉的樣子，不過現在沒關係了，我該趕路了，天亮之前應該能到葛申。」

「等一等。我去幫你弄一點零嘴，給你帶上路。」

她去幫我準備零嘴，說：

「對了，趴著的牛想站起來，是頭先起來還是屁股？不准你思考，馬上回答。最先起來的是哪一邊？」

「答案是屁股，夫人。」

「好。那馬呢？」

「頭先起來，夫人。」

「青苔長在樹的哪一邊？」

「北邊。」

「如果山坡上有十五頭母牛正在吃草，有幾隻的頭會朝同一個方向？」

「全部十五隻，夫人。」

「好吧，看這樣，你確實在鄉下住過。我還以為你又想戲弄我呢。說吧，你的真名是什麼？」

「喬治．彼得斯，夫人。」

「那你就牢牢記住吧，喬治，可不要又忘了，臨走前自稱你是亞歷山大，在我逮到時又改說是喬治．亞歷山大。另外，你穿那件平紋舊洋裝，騙不過女人的。你假扮女生的演技差多了，但可能也還能唬住男人。願主保祐你了，孩子。你拿針想穿線的時候呢，拿針的一手不應該動，動的應該是拿線的那一手，這樣才能穿線成功，多數女人都用這種方法，男人卻老是用你那種方法。另外呢，你想砸老鼠或什麼東西的時候，應該把腳尖踮起來，手儘可能高舉，裝得很彆扭，然後砸中老鼠身邊一到兩公尺。砸的時候，整條手臂應該僵直，好像肩膀有個樞軸，這樣才像女生。男生的習慣動作是手肘和手腕用力，整條手臂伸到旁邊去。而且啊，你要記住，如果有東西快掉進女生的大腿，女生會張腿，讓東西掉到地上，不會合起來接住，不像你合腿接住鉛條的反應。你穿針的時候，我就認出你是男生，接著想出幾個法子來測試，看看我有沒有猜錯。好了，趕快去找你舅舅吧，莎拉．瑪麗．威廉斯．喬治．亞歷山大．彼得斯。你如果遇到麻煩，可以託人通知茱蒂絲．洛富妥斯夫人，這是我的姓名，我會盡力幫你脫困。河邊有條路，你照著走。下次你出遠門，記得帶鞋襪。河邊的路石子多得很，光腳走到葛申鎮的時候，兩腳一定很痛。」

我走上河堤，走了大約五十公尺，然後掉頭，溜回我停靠獨木舟的地方，就在那棟房子下游不遠處。我跳進獨木舟，急忙划向上游，來到和島頭平行的地方，然後橫切河道過去。現在不必遮臉了，我乾脆脫掉遮陽帽。獨木舟划到差不多是河心的時候，我聽見鐘聲，所以停止動作仔細聽，河面傳來的鐘聲很微弱，幸好很清晰——十一點。獨木舟在島頭靠岸的時候，雖然我喘得不得了，我一秒也不耽擱，直衝我的舊營地那片樹林，在河水淹不著的乾地生一團大火。

然後，我跳回獨木舟，用盡全力，划回我和吉姆的家——在兩公里半外的下游。我靠岸登島，踏著泥漿穿越樹林，上山回山洞，看見吉姆躺在地上呼呼大睡。我叫醒他，說：

「趕快起來，動作快，吉姆！一分鐘也不能拖。有人來抓我們了！」

吉姆一句也不問，一個字也不說，但他接下來半小時的動作顯示他有多麼害怕。我們把所有的家當全搬上藏在柳樹灣裡的木筏，隨時準備推筏子出走。我們的第一件事就是撲滅山洞裡的營火，之後再也不拿著蠟燭出洞。

我把獨木舟划出岸邊一小段距離，望一望，就算附近有船，我也看不見，因為星光加陰影讓人很難辨別事物。然後，我們櫓木筏出離開小灣，順著有影子的地方往下漂，安安靜靜通過島尾，一聲也不吭。

第十二章

木筏慢慢漂流，終於離開整個島的時候，大概快凌晨一點了。如果有船經過，我們將準備坐上獨木舟，往伊利諾州的河岸衝刺。幸好我們沒有遇到船，因為我們的考慮不夠週到，沒想到應該先把槍放進獨木舟，也應該帶走釣線和食物。剛才太急著走，來不及考慮這麼多東西。把東西全擺進木筏表示缺乏判斷力。

如果追兵登島，我預料他們會發現我生的營火，會整晚守著，等吉姆現身。總之這樣做能引開他們。就算營火騙不倒他們，也不是我的錯，因為我是儘可能低估他們。

天空亮起第一道光線的時候，我們靠岸伊利諾州那邊，把木筏綁在一個大彎道的沙洲上，拿小斧頭劈斷一些三角葉楊的樹枝蓋住木筏，布置成河岸坍方的模樣。這座沙洲長滿三角葉楊，像耙齒一樣密密麻麻。

在這一段河，密蘇里岸有山，伊利諾岸的樹林濃密，河水的主流靠密蘇里那邊走，所以我們不怕被船遇到。我們在沙洲躺整天，看著木筏和蒸汽船沿著密蘇里岸往下游走，逆流的蒸汽船則走河心，對抗大河。我把我和婦人對話的內容說給吉姆聽，吉姆說她的頭腦不簡單，如果她自己想捉拿我們，她可不會坐下來守營火，她會帶狗來抓人。我說，那她幹麼不叫丈夫去牽一條狗來?吉姆說，她一定是等丈夫準備出發時，才想到狗的好處。吉姆相信，他們一定是去村頭借狗，所以才拖延這麼久，不然早就殺過來了，我們現在也不會在村子下游二十五公里的沙洲休息，沒有被抓回村子去。我說，只要沒被他們追上，原因是什麼都不重要。

天漸漸黑了，我們從三角葉楊樹叢探頭出去，左右看，也望向河面，見不到人影，於是吉姆拆掉木筏最上層的木板，搭建一座小棚子，以遮住豔陽和雨水，保持東西乾燥。吉姆在棚子裡面鋪地板，比筏面高出三、四十公分，蒸汽船激起的波浪就打不溼我們的毛毯和家當。我們在棚子的中間鋪一層泥土，大約十五公分厚，用木板框住固定，方便我們在溼冷的時候生火。棚子能避免營火被發現。我們也做了一根方向槳備用，因為方向槳有可能會被河裡的雜物勾斷。我們切斷叉子形狀的一根短樹枝，用來掛燈籠，因為一見蒸汽船順流下來時，我們非亮燈不可，否則會被大船撞翻。遇到逆流的船時，我們不必點燈，除非我們的木筏正好在所謂的「交會口」[6]，因為這時的水位仍相當高，最矮的河岸仍有一小部分泡水，因此逆流的船不一定走河道，有時會找水流比較緩和的地方走。

第二晚，我們漂流了七、八個小時，每小時的流速超過六公里。我們釣釣魚，聊聊天，偶爾下水游一游，趕走瞌睡蟲。在安靜的大河上漂流，躺著望星星，感覺有點嚴肅，一點也不想大聲講話。我們也不常哈哈笑，只能沉著嗓子嘿嘿嘿。一般來說，我們遇到的天氣好得很，完全沒出狀況，這天晚上平安，隔天和第三天也一樣。

6 譯注：換河道前進的安全地帶。

每一夜，我們經過城鎮，有些在黑黑的山坡上，只見一床閃爍的燈火，一棟房屋也看不清楚。到了第五晚，我們通過聖路易斯，感覺好像整個世界亮起來了。聖彼得斯堡人常說，聖路易斯的人口有兩、三萬，我以前根本不信，如今在安靜的凌晨兩點，我見到那一大片漂亮的燈火，我才相信有那麼多人。城裡沒有聲響，大家全在睡覺。

每一夜，接近十點時，我常溜上岸，進小村莊，花一角或一角半，買玉米粉、醃豬肉之類的食物。有時候，我看到不安分睡覺的雞，會順手抓走。老爸常說，有機會就抓雞走，因為就算你不要，也很容易就找到想要的人，好事一定有好報。我爸抓到雞，豈有拱手送人的道理？總之，那是他的說法。

在天快亮的時候，我會溜進玉米田，借走一顆西瓜、香瓜，或南瓜，或剛長好的包穀之類的作物。老爸常說，借借東西沒關係，只要有心將來還給人家就好。可是，寡婦說：「借」只是「偷」的委婉語，正直的人絕不會做那種事。吉姆說，他覺得寡婦對一半，我爸也對一半，所以最好的辦法是，我們列出一個單子，從裡面剔除兩、三項以後不能再借的東西，其他東西不妨繼續再借。於是，有一天，我們在河面漂流，討論了整晚，想決定是要剔除西瓜或甜瓜或香瓜或什麼作物。接近天亮時，我們總算討論出一個滿意的結果，決定剔除小蘋果和柿子。在決定之前，我們覺得這兩種水果留著比較好，但現在我們不計較了。我很高興能討論出一個結果，因為小蘋果的滋味不怎麼樣，而柿子再過兩、三個月才成熟。

偶爾有水鳥太早起床或太晚回巢，會被我們打來吃。整體來說，我們的日子過得滿高檔的。

漂過了聖路易斯的第五晚，午夜之後，來了一場好大的暴風雨，雷電交加，雨水從天空嘩嘩倒下來。我們躲在木筏的棚子裡，任木筏去自生自滅了。閃電劈下來的時候，我們看得見前方是直直的大河，兩岸是高高的岩壁。沒過多久，我說：「哇，吉姆，快看那邊！」有一艘蒸汽船撞河岩自殺了。我們的木筏正朝著她前進。閃電照得她一清二楚，船身傾斜，上層甲板有一部分露出水面，固定煙囪的每一條小鋼纜也清晰可見。閃電也照亮大鈴鐺旁邊的一張椅子，椅背掛著一頂舊的寬邊軟氈帽。

夜這麼深，風雨這麼強，氣氛又這麼神祕，我嘛，我的想法和天下的男孩子一樣，見到河心躺著一艘破船，既悲哀又淒涼，多想登船去稍微探一探，看看船上有什麼好東西。於是我說：

「我們上船去吧，吉姆。」

吉姆起先是死也不肯。他說：

「上破船去搞什麼鬼？俺才不想去。現在情況好得不得了，亂搞反而會破壞好事，這是《聖經》講的。而且，搞不好破船上面有人在看守。」

「看守你奶奶啦，」我說：「船沉到只剩高級船員睡的甲板艙和駕駛艙，有啥好看守？在風雨這麼大的夜裡，破船隨時可能裂開被沖走，誰想冒生命危險上船搶劫甲板艙和駕駛艙？」吉姆無言以對，索性不爭辯。我接著說：「何況，我們可以進船長室，看看有什麼值得借來用的東西。我敢說，一定有雪茄——一根五分錢，白花花的銀子啊。蒸汽船的船長各個是有錢人，一個月能賺六十元，想買什麼就買，不會計較一、兩分錢。吉姆，我受不了誘惑。你在口袋準備一支蠟燭吧，我們上船去搜搜看。這種破船如果被湯姆．索耶遇到，你猜他會不會放她走？門都沒有咧。他會把登船的事扯成冒險，會當成一件誓死達成的任務。他會不會在探險時耍些個人風格呢？會不會弄一點花招？他呀，他會搞得像哥倫布發現天堂。要是湯姆能在這裡就好了。」

吉姆嘟噥一、兩聲，還是屈服了。他建議我們沒必要儘量少開口，講話儘量小聲。閃電正好劈下來，再度照亮破船，我們搆到右舷的起重吊桿，把木筏繫在桿子上。

這邊的甲板翹得很高，我們摸黑往下走，偷偷來到左舷，用腳慢慢摸索前進甲板艙，伸手以免被纜繩絆倒，因為天黑漆漆的，完全看不清楚纜繩在哪裡。不過多久，我們來到靠近船前的天窗，爬上去，接著來到船長室的前面，門開著。甲板艙的走廊尾，他爺爺的，竟然亮著一盞燈！幾乎在同一瞬間，我們好像聽見那邊有人低聲講著話！

吉姆悄悄說，他很不安心，叫我還是跟他走。我說，好吧。我正要往木筏的方向走，卻聽見有人在哀嚎：

「求求你們，弟兄，饒了我吧，我發誓不會告密！」

另一人以大嗓門說：

「少騙人，吉姆．騰納。你以前也耍過這一招。你老想多分一點贓，每次都得逞，因為如果不讓你多分一點，你發誓會揭發我們。不過這一次，你發誓也沒用。你是全國最惡劣、最奸詐的狗雜種。」

這時候，黑奴吉姆已經走向木筏，我被好奇心煎熬得半死。我對自己說，湯姆才不會在這關頭撤退咧，我也不會。我想去探探裡面在搞什麼鬼。於是，我在小走廊上爬行，摸黑往船尾走，來到交叉口之前的最後一間艙房。我向裡面一看，見到一個男人手腳被綁著，躺在地板上，另有兩個男人站在他前面，其中一個提著燈火微弱的燈籠，另一個握著手槍，指著地上的人頭說：

「我是真的想動手！而且應該動手！你這個賤骨頭！」

地板上的人縮頭，連連說：「唉，求求你饒了我，比爾，我是真的不會去告發。」

每次聽他這麼講，提燈的人會笑著說：

「當然不會囉！你吐過的字裡面，沒有一句比這更有誠意了。」有一次，提燈人說：「聽聽他哀求的聲音！要不是我們先逮到他，把他綁緊，他肯定會宰掉我們兩個。有啥好爭的？只因為我們想維護自己的**權益**，就這樣而已。不過呢，我諒你這下子沒辦法威脅任何人了，吉姆．騰納。比爾，手槍收起來。」

比爾說：

「我不想，杰克．帕卡德。我是贊成殺他，他不是用同樣的方式宰了老哈特菲德嗎？他死了活該。」

「可是，我不希望他死，我有我的理由。」

「杰克．帕卡德，有你講這句好話，願天賜福你的心！只要我有一口氣在，絕不會忘記你的恩德！」地板上的男人說，有點口齒不清。

帕卡德沒注意到他，只把燈籠掛在鐵釘上，朝我躲的暗處走過來，要比爾跟進。我學小龍蝦，儘快倒退爬，後退了大約兩公尺，但船傾斜得嚴重，我的動作快不起來。為了避免被踩被逮，我爬進樓上的艙房。那人摸黑過來，帕卡德來到我這間艙房時說：

「來，進這裡。」

他進門，比爾跟著進來，但在他們進來之前，我躲到上鋪去，縮在角落，好後悔冒這個險。

接著，他們站在艙房裡，雙手握著上鋪的邊緣，講著話。我看不見他們，但他們喝過威士忌，我從酒臭味嗅得出他們站在哪裡。幸好我不喝威士忌。就算我喝也沒關係，因為我嚇得連呼吸都不敢，不會被他們嗅到追殺。更何況，在這種緊要關頭，怎麼能一面呼吸、一面聽他們講話？他們壓低聲音，態度很認真。比爾主張斃掉騰納。他說：

「他說過他會告密，他就一定會。現在，我們和他鬧翻了，還那樣整他，就算我們把我們的份統統給他，他也不會變卦。我敢打包票，他鐵定會我們的事全抖出去。你好好聽我說，我主張幫他解脫。」

「我也是。」帕卡德說，嗓子壓得非常低。

「可惡，我剛還有點以為你不願意。好吧，沒關係了，我們動手吧。」

「別急，我還沒講完。你聽我說。斃掉他是個好辦法，不過做這種事另外有個比較安靜的方式。我想講的是：同樣是要他的命，我們可以想個不必開槍的法子，絞刑架我們能躲就躲，沒必要拿自己的命當賭注。你覺得呢？」

「有道理。不過，你打算這次怎麼搞？」

「這個嘛，我的構想是，我們可以去艙房再搜刮一下，看看還能找到什麼好東西，然後上岸，把贓物藏起來。然後等著。依我看來，這條破船頂多再撐個兩小時，就會被河水沖垮，他難逃被淹死的命運，怪得了誰呢？我認為，這樣做比槍斃他好幾倍。殺人這檔子事，我比較不贊成直接動手。直接殺人不夠聰明，良心也難安。我說的有沒有道理？」

「對，有道理。不過，如果船沒被沖垮，那怎麼辦？」

「呃，我們就等兩個鐘頭看看吧，到時候再想辦法，行嗎？」

「可以。來吧。」

他們走出房間，我從上鋪爬下來，渾身是冷汗，手忙腳亂往前走，四周黑得像焦油，但我還是沉著嗓子低喊：「吉姆！」他回應了，就在我手肘邊，發出近似怨嘆的聲音。我說：

「快，吉姆，沒空在這裡瞎耗時間怨嘆了。這船上有一幫子凶殺犯，我們最好趕快去找他們的小船，放她流走，以免那兩個壞人搭小船溜掉，剩下的那個會死得很慘。不過，如果我們能找到小船，他們三個全會死得慘兮兮，因為他們會被警長抓到。快！快一點！我去左舷找，右舷給你負責。你從木筏停靠的地方開始找，我——」

「哇呀，糟糕了，老天，老天爺呀！木筏？木筏不見了，繩子鬆掉了，她流走啦！咱們跑不掉啦！」

第十三章

我呼吸暫停，差點暈倒。竟然和一票壞人被困在這種破船上！但現在沒空感嘆了。應該趕快找小船才對，非搶占不可。於是，我們發著抖，從右舷往船尾走，動作很慢，感覺像走了一星期才走到船尾。連一艘小船的影子也沒看到。吉姆說他不可能再找下去了，他怕得幾乎不剩一滴氣力，他說。但我勸他加一把勁，被留在破船上可不是一件好笑的事。於是，我們繼續再慢慢找。我們往甲板艙區的船尾找，來到船尾，然後往船頭爬上天窗，抓著窗板前進，因為河水淹到天窗的邊緣了。接近交叉口的門時，終於發現小船了！幾乎看不見。謝天謝地啊。我多想趕緊跳上船，不巧這時候門開了。男人之一探頭，只離我將近一公尺，我還以為死定了，幸好他又縮頭回去，說：

「該死的燈籠藏起來啦，比爾！」

他把一袋東西丟進小船，然後上船坐下。接著，比爾也上船。帕卡德低聲說：

「準備好了沒？出發！」

我虛弱得很，差點抓不緊窗板。這時比爾說：

「等一等，你有沒有搜他身？」

「沒有。你呢？」

「沒有。所以說，他的那一份還在他身上。」

「搞什麼嘛，贓物帶走一堆，竟然擱著錢不拿。」

「他嘛，會不會懷疑我們打什麼主意？」

「不至於吧。不過，錢非帶走不可。來吧。」

兩人下小船，進甲板艙。

門被重重摔上，因為船的這一邊傾斜。不到半秒，我上船了，吉姆也跟著滾進來。我拿出刀子，割斷繩索，出發了！

我們不敢碰槳，悄悄話也不敢說，幾乎連呼吸都不敢。我們靜悄悄，被急流沖走，漂過明輪外殼的頂端，漂過船尾，然後再過一、兩秒，破船的影子已經在一百公尺外，被暗夜淹沒，完全看不見。我們心知，安全了。

順流漂了三、四百公尺，我們見到甲板艙門口出現一個小光點，一秒就不見了，有此可見壞人錯過了逃生船，漸漸了解到，他們兩個遇到的麻煩和騰納一樣大。

吉姆划著槳，我們趕去追木筏。到了這時候，我才開始為船上那三人操心，大概剛才太緊張了，所以沒空。我漸漸認為，即使是凶殺犯，遇到這種麻煩也太可怕了。我在心裡說，扔下他們三個等死，我自己不也變成殺人凶手？我能安心嗎？於是我對吉姆說：

「等天一亮，我們在那上游或下游一百公尺，找個適合藏你和小船的地方靠岸，然後我編個故事，去找人救那三個壞人，好讓他們有機會上絞刑架。」

可惜這點子不理想，因為不久後風雨又來了，這次的威力比剛才更強。雨猛灌下來，一盞燈也看不到，我猜大家都睡了。我們順著流水直下，尋找燈火，尋找我們的木筏。找了好久，雨勢終於變小，但烏雲不走，閃電一直嗚咽著。後來，一陣閃光照亮漂在前面的一個黑東西，我們趕快划過去。

果然是我們的木筏，我們高高興興地爬上去。我們看見下游右岸有一盞燈，所以我說，我去。壞人從破船上偷來的贓物塞得小船半滿，被我們搬到木筏上，集合成一堆。我叫吉姆繼續漂流，走了大約三公里後，亮燈等我回木筏。然後，我搖著槳，朝剛才見到的燈火前進，快到的時候，我又見到岸上另有三、四盞燈，在山坡上。那裡有個村莊。我朝燈火的上游靠過去，停槳順水流。我漂過時，看到燈火其實是一盞燈籠，掛在船頭旗杆上，船是一艘雙船體的渡輪。我跳上渡輪，到處找不到看守員，想著他到底在哪裡睡覺。沒過多久，我發現他坐在船頭纜柱邊，頭垂在兩腳間。我輕輕搖他的肩膀兩、三下，然後假哭。

他動了一下，有點驚訝，但一發現來人是個小孩，他打個哈欠，伸伸手腳，然後說：

「哈囉，什麼事？別哭嘛，小老弟。你碰到什麼麻煩？」

我說：

「我爸，和我媽，和我姊，他們——」

然後我痛哭失聲。他說：

「唉，別傷心嘛。不要哭成那樣。人遇到麻煩是難免的，再大的麻煩，遲早都會過去的嘛。他們怎麼了？」

「他們——他們——你是這船的看守員嗎？」

「對，」他說，有點自鳴得意的樣子。「我是船長，也是船主、大副、舵手、看守員、水手長，有時也身兼貨物和乘客。我雖然不像老吉姆．宏百克那麼有錢，也不能像他那樣砸錢，那樣對阿貓阿狗慷慨，不過呢，我告訴他很多次，就算有機會，我也不肯跟他換位子。因為啊，我說，船上的生活才是我要的生活，如果要我住在村子三公里外的地方，住在永遠沒有新鮮事的地方，就算他把所有財產讓給我，推給我再多錢，我也不願意。我說啊——」

我打斷他，說：

「他們的麻煩大了，而且——」

「誰的麻煩大了？」

「不就是我爸媽和姊姊和胡克小姐嘛。如果你可以把渡輪開上去那裡——」

「上去哪裡？他們在哪裡？」

「在破船上面。」

「哪個破船？」

「只有一個啊。」

「你指的該不會是沃特．史考特號吧？」

「對。」

「哇呀！他們上那船做什麼？找死嗎？」

「呃，他們不是故意上去的。」

「我想也是！唉呀，他們再不快走就沒救了！他們為什麼去惹這種麻煩啊？」

「一不小心而已。胡克小姐她是外地人，來到這個村子——」

「對，布氏渡口村——繼續講。」

「她來布氏渡口村拜訪朋友，今天傍晚她帶著女黑奴，坐上運馬的渡輪，想去她朋友家過夜。她朋友姓什麼小姐來著——我忘記了，結果渡輪的方向槳掉了，往下游漂流，船尾在前面，漂了差不多三公里，像鞍囊一樣砸中破船，渡船工和女黑奴和馬全都落水了，幸好胡克小姐她抓住破船爬上去。天黑大概一個鐘頭，我們的商船經過破船，暗得看不見，快撞上時才發現，已經來不及了，幸好我們全都平安，只有比爾．威普他——唉，他在世的時候，是最好心的傢伙！但願死的是我就好了，真的。」

「我的媽啊！我沒聽到過比這更慘的事了。然後呢？你們怎麼辦？」

「我們嘛，我們大叫了好久，可是，河那麼寬，怎麼喊救命也沒人聽得見。所以我爸說，應該游泳到岸上，想辦法找人過來救命。會游泳的人只有我一個，所以我衝下水去，胡克小姐她說，如果不能早點找到救星，她叫我來這裡找她伯父幫忙。我在下游差不多一公里半的地方上岸，一直到處找人過來想辦法，可是他們都說，『什麼？夜這麼深，河水這麼急，怎麼救？扯淡嘛。你應該去找蒸汽渡輪才對。』如果你可以去——」

「哇，我是很想幫忙啦，但是，可惡啊，我可能沒法子幫忙，不過，這種事，**酬勞**找誰討呢？你認為你爸他——」

「錢不是問題啦。胡克小姐她**特別**告訴我說，她伯父宏百克——」

「不會吧！宏百克真的是她的伯伯？你聽好，你趕快跑去那邊那盞燈，到了之後往西跑，大概跑了四百多公尺後，你會看見客棧，叫他們儘快帶你去找吉姆．宏百克，請他付錢。你可不要隨便亂跑，因為他會想知道消息。通知他，我會在他趕到村子之前平安救回他的姪女。你動作快一點，我在這裡轉個彎，去叫醒輪機員。」

我跑向他指的燈火，但一見他轉彎，我就掉頭回去小船，解開繩子，沿著岸邊的緩流向上游划大約六百公尺，儘量躲在木船之間，因為我想等著看渡輪出發，心才定得下來。不過整體來說，費了這麼大的心血，為的是救壞人，願意做這種事的人不多，我想一想就覺得安慰。但願寡婦能知道這件事。我救這幾個惡棍，我判斷她會臉上有光，因為寡婦和善人最有興趣幫助壞蛋和懶蟲。

不久後，我來到破船附近，昏昏暗暗的，她正慢慢被沖走！我不禁渾身打一陣寒顫，然後猛划小船過去，見破船吃水非常深，一眼就知道船上的人沒有活命的機會了。我繞破船划一圈，喊叫幾聲，但沒有聽到回應，靜悄悄一片。我為那一夥壞人感到有點沉痛，但也不是太沉重，因為我猜，如果他們心腸能硬到做這種壞事，我也硬得起心腸。

渡輪來了；我來個大轉彎，順流划到河心，大概脫離渡輪的視野之後，我才停槳，回頭看渡輪繞行破船，尋找胡克小姐的屍體，因為船長知道她伯父宏百克會想收屍。不久，渡輪放棄搜救，往岸邊跑，我也使勁搖槳，快速順流而下。

感覺過了好久，吉姆的燈才出現，看起來像遠在一千公里以外。等到我划到吉姆的木筏時，東邊的天空已開始露出一點點灰色，於是我們找到一個小島，把木筏藏好，把小船弄沉，然後躺下來睡死。

第十四章

後來，我們醒了，一件件檢查壞人從破船上偷來的贓物，裡面有靴子、毛毯、衣褲，以及其他各種東西，另外也有好幾本書、一支小望遠鏡、三盒雪茄。我們兩人從來沒擁有這麼多寶貝。盒子裡的雪茄是高級品。整個下午，我們躺在樹林裡聊天，我也讀讀書，心情很愉快。我把破船上的事和找渡輪的經過告訴吉姆，也說這種事叫做奇遇，但他說，他不想再碰到什麼奇遇。他說，我進甲板艙的那時，他往回爬走，發現木筏不見了，差點嚇死，因為他心想，接下來的路無論怎麼走，都是死路一條。他的想法是，如果找不到救星，他會被淹死；如果被救走，救他的人一定會把他押回主人家領賞，然後他絕對會被華森小姐賣到南方。他說得有道理；他的話幾乎都有道理；他的理智超過一般黑奴。

我讀書給吉姆聽，內容是國王、公爵、伯爵之類的人，他們穿得多花稍，排場多大，彼此稱呼尊王、皇上、爵爺之類的，不喊「先生」。吉姆聽了眼睛瞪得好圓，聽得津津有味。他說：

「你不講，俺還不曉得有這麼多貴族吶。俺聽過的只有一個，就是老國王『唆囉門』，除非你把撲克牌上面的國王都算進去。國王有多少錢？」

「多少錢？」我說：「什麼話？他們想要的話，一個月弄到一千元也不成問題，而且是想要多少就有多少，大大小小的東西全是他的。」

「哇，那也太爽了吧？那，哈克，國王都幹些什麼活？」

「**他們**啊，什麼都不必做！告訴你，他們整天坐著沒事做。」

「不可能吧。真的嗎？」

「當然是真的。他們坐著沒事做，除非嘛，戰爭開打了，然後他們就去打仗。不過沒戰爭的時候呢，他們就閒著沒事做，不然就是清一清喉嚨。清喉嚨，然後吐——噓！你剛有沒有聽見聲音？」

我們出去看，只見一艘蒸汽船轉彎時，明輪呼呼轉，於是我們回原位。

「對啊，」我說：「也有時候呢，他們找不到事做，會去搞國會。如果有人敢不聽他的話，會被他一刀砍斷頭。不過呢，國王平常都待在後宮。」

「待在啥宮？」

「後宮。」

「什麼是後宮？」

「就是他規定老婆住的地方啦。你沒聽過後宮嗎？索羅門王他就有一間；他有差不多一百萬個老婆。」

「哇，對，真的有；俺——俺忘了他老婆成群的事。後宮大概像個包膳宿的客棧吧，嬰兒室裡面八成吵得哇哇叫。俺猜他的大小老婆一定常吵架吧，吵上加吵啊。而且，聽說『唆囉門王』是有史以來最聰明的人。俺才不信咧，因為啊，聰明人哪會笨到住在那種吱喳嘰呱的鳥地方嘛。

會才怪咧。聰明人會另外蓋一間給他們住，讓他們盡情去吵得像鍋爐工廠，然後他想休息的時候，就直接把工廠門關起來。」

「這個嘛，不管了，總之他真的是史上最聰明的人啦，因為這是寡婦親口教我的。」

「寡婦怎麼教，俺才不在乎咧。『唆囉門王』根本算不上是聰明人。他的想法有些根本是傻得活見鬼了。有一次，他想把小孩劈成兩半，你聽過嗎？」

「有，寡婦教得很仔細。」

「那就好！他的觀念難道不是全世界最爛的嗎？你稍微想想看就能懂。哪，那邊有個樹樁[7]，就當它是個女人好了，另一個女人是你，假設俺是『唆囉門王』，你這張一元鈔票就當作是一個小孩好了。你們來找俺要鈔票了，俺怎麼反應？俺是不是應該到處問鄰居，這張鈔票應該歸誰，問出結果後，才可以把好端端的鈔票給對人？有點常識的人都會這樣做，對不對？錯，俺把鈔票砍成兩半，一半給你，另一半給另一個女人。『唆囉門王』想對小孩做的事就是這樣。好，俺再問你：鈔票被劈成兩半，有什麼用處？又不能拿去買東西。半個小孩又有啥用？給俺一百萬，俺也不收半個小孩。」

「可惡啊，吉姆，你誤解這故事的重點了。啐，你差了十萬八千里了。」

「誰？俺嗎？少來了。別跟俺談啥重點。故事有沒有道理，俺一看就曉得。把小孩劈成兩半，這哪有道理？兩個女人爭的不是半個小孩，而是一個完整的小孩。人家爭的是一個完整的小孩，他卻想用半個小孩解決問題，那他是蠢到底了。哈克，少跟俺談『唆囉門王』的事。俺對他熟得很。」

「可是我告訴你，你搞錯重點了。」

「去他的重點！俺懂的東西俺全知道。告訴你好了，真正的重點在更遠的地方，在更深的地方。這跟『唆囉門王』長大的環境有關係。以一個只有一、兩個小孩的男人來說，他會白白浪費掉自己的骨肉嗎？才不會咧，他哪捨得。他最懂小孩的價值。反過來說呢，家裡有五百萬個小孩跑來跑去的男人，對他來說，小孩就不是同一回事。叫他把小孩當貓一樣劈成兩半，他連眼皮都不眨一下就砍，反正小孩多的是嘛。缺了一、兩個小孩，對唆囉門王來說又沒妨礙。他哪算人！」

我從來沒遇到過這樣的黑奴。一個想法在他腦海成形以後，你想把那個想法趕走就難了。他是我見過最反對索羅門王的黑奴。我不想再聊索羅門王了，改提別的國王。我說，很久以前在法國，有個路易十六世國王被砍頭，也提到他有個名叫「黃泰子」（皇太子）的小兒子原本會當上國王，結果被人抓去關進牢裡，有人說，他後來死在裡面。

「可憐的小傢伙。」

「不過也有人說，他逃出來了，跑到美國來。」

「那太好了！不過，他日子會寂寞得很，因為這裡沒國王，對吧，哈克？」

「對。」

「那他搞不起什麼氣候了。他怎麼過日子？」

7　譯注：Annotated版誤解為that's the hard part。

「呃，我不知道。他們有些人當警察，有些人教法文。」

「什麼，哈克？法國人跟咱們講的話不一樣嗎？」

「當然不一樣囉，吉姆。他們講的話，你完全聽不懂，一個字也聽不懂。」

「你愈講，俺愈糊塗了！怎麼會這樣？」

「不曉得，總之是這樣就對了。我從書裡學到他們的嘰呱文。假如有人對你說，扒你屋法魚，你會怎麼想？」

「俺什麼想法也沒有，只會狠狠捶他的頭一下，如果他不是白人的話。黑奴敢那樣罵俺，俺才不會饒他。」

「哼，人家又不是罵你。他的意思只是，你會講法語嗎？」

「那他幹麼不直接這樣講？」

「有啊，那就是法國人講這句話的意思啊。」

「哼，荒謬透頂了，俺不想再聽這種鬼話，完全沒道理。」

「這樣吧，吉姆，我打個比方：貓會講人話嗎？」

「貓不會。」

「那，乳牛會嗎？」

「乳牛也不會。」

「好，那貓會講牛話嗎？牛會講貓話嗎？」

「都不會。」

「所以說，牠們講話講不通，是天經地義的事吧？」

「當然。」

「好，那貓和牛不會講人話，也是天經地義的事囉？」

「絕對是嘛。」

「好。那麼，法國人講的話和我們不一樣，這為什麼不是天經地義的事？你回答給我聽。」

「貓是人嗎，哈克？」

「不是。」

「好，那麼，貓沒有道理會講人話。牛是人嗎？牛是貓嗎？」

「都不是。」

「好，那麼，她不必懂牛話，也不必懂人話。法國人是人嗎？」

「是。」

「看吧，我就說嘛！可惡，他幹麼不講人話？換你回答給我聽聽！」

再跟他辯也是白費口水，怎麼教黑奴辯論也教不會，我乾脆死心了。

第十五章

我們判斷，再過三晚，木筏就能漂到目的地凱洛鎮，地點在伊利諾州的尾巴，也就是和俄亥俄河交會的地方。到了凱洛，我們打算賣掉木筏，改搭蒸汽輪，從俄亥俄河逆流而上，進入兩旁都是廢奴州的天下，然後就安全了。

結果到了第二晚，霧飄進來了，在霧裡航行也不是辦法，所以我們划向沙洲停靠。沒想到，我划獨木舟靠岸，拿著木筏的繩子想去綁在岸上，卻發現沙洲上只有小樹可以綁。沙洲的險坡邊緣有一棵小樹，我把繩子繞在樹幹上綁緊，可惜這裡的水流很急，木筏一眨眼就被沖走，把小樹連根拔起。我見到濃霧逼近，又慌又害怕，僵成了木頭人，大概有半分鐘那麼久沒動作，然後，連木筏的影子都看不到了，二十公尺以外的東西全霧茫茫。我跳進獨木舟，衝向船尾，拿起槳，往後用力划一下，獨木舟竟然不動。原來是，我剛才太急了，忘記解開船繩。我下船去解，但心情太緊張，兩手抖得好厲害，怎麼弄也解不開繩子。

獨木舟終於划得動時，我趕緊衝過去，全心追木筏，順著沙洲岸應該就能追上。誰知道，這沙洲不到六十公尺長，獨木舟一衝過沙洲尾，整個人就被白霧團團包圍，東西南北分不清，方向感跟死人半斤八兩。

我心想，再划也沒用，兩、三下就撞上沙洲、岸邊之類的東西，最好還是靜靜坐著，順水漂流。但是，遇到這種狀況，再穩的人都會緊張，誰能握著雙手乖乖坐好？我「嗚」一聲，聽吉姆回應。一個小小的「嗚」聲從下游飄來，振作了我的心情。我飆船過去追，仔細再聽聽看。又聽見嗚聲時，我才發現，我根本搞錯了方向，太偏右邊了。好，我把船頭轉向嗚聲的左邊，卻也無法把距離拉近，因為我的方向一下子左、一下子右，改來改去，幸好主要的方向還是往下游直奔。

我但願傻吉姆的腦筋夠靈光，懂得拿起錫鍋子敲，而且要敲個不停，可惜他沒想到這點子，我照樣東聽一聲嗚，西聽一聲嗚，愈聽愈迷糊。我繼續奮鬥，後來聽見嗚聲改從我後面傳來。我的麻煩可大了。這嗚聲如果不是閒人在亂喊，就是我的方向顛倒了。

我放下槳。我再一次聽見嗚聲，又是在我後面，不過位置變了。嗚聲一次又一次傳來，每次的方位都不一樣，我也一直回應。後來，嗚聲又換到我前面，我才知道河水把船頭對準下游，如果真是吉姆、而不是哪個筏夫在亂喊，我就沒事了。霧裡的人聲很難分辨，因為霧裡的東西看起來不自然，聽起來也不自然。

嗚聲持續來，過了大約一分鐘，我直衝一個險坡而去，岸上有大樹的朦朧鬼影，急流把我沖向左，水裡有很多障礙物被沖刷得狂吼。

又過一、兩秒，四周再度白茫茫一片，完全無聲。我靜靜坐著不動，聽著自己的心臟噗噗噗，跳了大概一百下才敢呼吸。

我放棄了。我知道問題出在哪裡。剛才的險坡是一座島，不是漂個十分鐘就能通過的沙洲。

吉姆被沖到島的另一邊去了。這島上有大樹，是個不折不扣的島，可能有八、九公里長，超過一公里寬。

我保持安靜，豎起耳朵聽了大約十五分鐘吧。我當然繼續漂流，時速七、八公里。說是這樣說，當時根本不會想到這些東西。人遇到這種情形，感覺就像靜靜在水面上躺著，如果瞥見障礙物從身旁滑過去，你不會想著自己漂得多快，反而會停止呼吸想著：哇，那個障礙物飆得多快啊！半夜被困在濃霧中的滋味怎樣？你試過一次就知道有多麼淒涼。

經過大約半小時，我偶爾嗚叫幾聲，最後聽見回應了，在好遠的地方。我想跟過去，但沒有辦法。我判斷我很快會遇到一群沙洲，因為我隱約看見兩旁全是小沙洲，有時候沙洲之間的水道變得很窄，也有的沙洲我雖然看不見，急流卻把垂掛岸邊的枯樹叢和垃圾沖得嘩嘩響，所以我知道沙洲在附近。不一會兒，我又聽不見嗚嗚聲了，追起來比追鬼火還難，只好隨便東划西划一陣子。聲音忽左忽右的，位置變得這麼頻繁，這麼快，哪能辨別方向？

有四、五次，我忙著推開島岸，獨木舟才不至於把小島撞翻，因此我判斷，木筏一定也常撞到岸邊，不然就是流速比我快一些，超前我，脫離聽力的範圍。

後來，河面好像開闊起來，但我聽不見嗚聲。吉姆該不會撞到河裡的障礙物，該不會完蛋了吧？我累壞了，在獨木舟裡面躺下，自言自語說，我管不了那麼多了。我當然不想睡著，但我實在好睏，趕不走瞌睡蟲，所以我心想，乾脆睡一下就好。

但我可能睡了不只一下，因為我醒來時，看見霧散了，星星在天上亮晶晶，河道大轉彎，我的獨木舟兜半圈，船尾向前衝。起先，我以為自己在做夢，不清楚這裡是什麼地方；漸漸記得睡前的狀況時，卻覺得像上星期的模糊印象。

這裡的河道寬得不像話，兩岸的樹林比先前高大濃密，藉著星光，我只看見扎實的兩道牆。我往下游望，看見水面上有一個黑點，趕快追過去，追上時卻發現只不過是兩條鋸過的原木綁在一起。然後，我又看見一個黑點，急忙去追，又落空，接著又有另一個黑點，這次對了。果然是木筏。

我划到木筏時，吉姆垂頭坐著，睡著了，右手臂按著方向槳，另一支槳被撞斷了，木筏上面有很多枝葉和泥土。看樣子，木筏被整得七葷八素。

我把獨木舟繫好，爬上木筏，在吉姆身邊躺下，然後假裝打哈欠，伸四肢，伸拳頭頂一下吉姆，說：

「哈囉，吉姆，我剛是不是睡著了？你怎麼不叫醒我？」

「俺的老祖公呀，是你嗎，哈克？你沒死！你沒被淹死！你回來了？蜜糖，這太棒了，感覺不像真的。讓俺看看你，孩子，讓俺摸摸你。沒錯，你沒死！你回來了，活得好好的，同一個哈克，還是老樣子，謝天謝地啊！」

「你是怎麼了，吉姆？你喝醉了嗎？」

「喝醉？俺喝醉了？俺哪有機會喝酒？」

「不然，你怎麼發酒瘋？」

「俺哪有發酒瘋？」

「**哪有**？你一直講我回來了，講個沒完，好像我剛剛走了似的。」

「哈克，哈克．費恩，你看著俺的眼睛，看著俺眼睛。你剛才是不是走了？」

「走了？你扯到哪裡去啦？我哪裡也沒去啊。我又能去哪裡？」

「嗯，老大，這事不太對勁，真的。俺是俺嗎？俺是誰？俺在這裡嗎？不然俺在哪裡？俺最想知道的是這個。」

「呃，我認為你在這裡，一看就知道，不過我覺得你是個腦筋打結的老傻瓜，吉姆。」

「俺是嗎？好，那你回答俺：你剛才有沒有划獨木舟，帶著繩子去沙洲，想把木筏綁住？」

「我沒有。哪來的沙洲？我又沒看見沙洲。」

「你沒看見沙洲？聽著，剛才繩子是不是沒綁緊，結果木筏被沖跑了，一直流一直流，你划獨木舟跟不上，消失在霧裡，對不對？」

「哪來的霧？」

「剛才明明有霧啊！整晚不散的霧。而且，你一直嗚嗚叫，俺也一直嗚，最後咱們被幾個島沖散了，一人迷路，另一人差不多也算迷路，因為他不曉得自己在哪裡。俺的木筏也好幾次撞島，搞得好狼狽，險些淹死，不是嗎？老大，你講講看啊，是或不是？你回答給俺聽。」

「哇，吉姆，一口氣問太多了啦。我沒看見霧，沒看見島，也沒遇到過危險，什麼也沒有。我整晚坐這裡，跟你聊天，聊到十分鐘前，你睡著了，我八成也跟著睡著。你不可能趁機喝酒，所以你當然是做了一個夢。」

「見鬼了。才十分鐘，哪能夢那麼多？」

「好了，不要辯了，你真的是做夢了，因為你講的事一個也沒發生過。」

「可是，哈克，俺記得很清楚，剛才——」

「再清楚也一樣，全是你夢見的啦。我一直在這裡，不可能不知道。」

大約五分鐘，吉姆講不出話，呆呆坐著反覆思考，最後才說：

「唉，算了，俺大概是做了一個夢吧，哈克。可是，狗我貓的，剛剛那個夢是俺做過最逼真的一個。而且，俺沒做過這麼累人的夢。」

「累沒關係啦，因為做夢有時候的確會累，跟白天做事一樣。不過，你做的這個夢聽起來好生動，快講給我聽，吉姆。」

吉姆從頭到尾講整個事件的經過，不同的是他加點油、添些醋。然後他說，應該把這個夢「詮釋」一下，因為夢帶有警告的味道。他說，第一個沙洲代表一個想對我們行善的人，急流則代表一個想防止我們接近善人的壞人。嗚嗚叫代表警告，三不五時傳來，我們如果不盡力去理解，反而會一頭栽進壞運。那一群沙洲代表我們即將遇到的麻煩，我們會遇到愛吵架的人和各種黑心人，但如果我們少管閒事，被罵不回嘴，別招惹他們，就能安然過關，脫離迷霧，進入安全的大河面，也就是廢奴州，不會再遇到麻煩。

我上木筏之後不久，烏雲來了，現在天空又漸漸無雲。

「對啦，你是詮釋得滿有道理的，吉姆，」我說：「不過呢，**這些個東西**，又代表什麼？」

我指的是木筏上的樹葉、垃圾、斷槳，現在全看得清清楚楚。

吉姆看看垃圾，然後看我，視線再轉回垃圾。他已經認定整件事是一場夢了，一時之間好像甩不掉這觀念，無法立刻回歸現實。等到他終於想通了，他眼睛盯著我，臉上的笑容飄走了，說：

「這些個東西代表啥?俺來告訴你。俺剛才一直嗚嗚呼叫你,忙得累垮了,睡著了,俺的心差點碎了,只因為你被沖走了,至於俺和木筏的下場怎樣,俺也不在乎了。等俺醒來,發現你平安回來了,俺的淚跟著來,謝天謝地到差點沒跪下去吻你的腳丫。而你呢,你滿腦子想的竟然是怎麼唬得老吉姆團團轉。你搞的這種東西是垃圾,對著朋友頭上倒泥土、害他們丟臉的那種人也是垃圾。」

說完,他慢慢站起來,走進棚子,不再講話。但這樣就夠了。我覺得自己好賤,差點想親他的腳丫,求他把剛才的話收回嘴裡去。

撐了十五分鐘,我才鼓起勇氣去向黑奴低頭。我確實是向他認錯了,事後一點也不後悔。我再也不會動壞心眼捉弄他了。我要是知道剛才的惡作劇會傷他的心,我也不會對他調皮搗蛋。

第十六章

我們幾乎睡掉整個白天，天黑了才出發，前面不遠處有一艘特別長的木筏，拖得像馬車隊那麼長。大木筏的四邊各有一支長槳，所以我們判斷她八成載了起碼三十人。她有五座大棚子，間隔很寬，中間有個開放式的營火，四邊各有一支很高的旗杆。她的排場好大。在這樣的木筏上當筏伕，走起路來一定有風。

我們漂流到河道急轉彎的地方，雲漸漸遮住夜空，悶熱了起來。這裡的河道非常寬，兩旁都是密實如牆的大樹，幾乎看不見空隙，也見不到光。我和吉姆聊著凱洛鎮，猜著說，就算到了凱洛，我們八成也不知道，因為我聽人家說，凱洛鎮的房子不過十幾棟，如果全不點燈，我們路過了，哪知道是該靠岸的時候了？吉姆說，兩條大河相連的地方會出現雙色河的現象，一看就知道。但我說，我們可能會誤以為通過島尾巴，進入同樣的一條河。吉姆聽了煩惱起來，我也是。因此，現在的問題是，怎麼辦？我說，等一下只要一看到燈火，我就馬上划獨木舟上岸，騙人說，我爸開著商船快來了，他才開始做生意不久，想知道凱洛還有多遠才到。吉姆覺得這點子不錯，於是我們抽菸等時機。[8]

這時候沒事可做，只能留神找城鎮的燈光，以免錯過。他說，他絕對不會看走眼，因為看到凱洛鎮的那一刻，他就成了自由人，但如果他錯過了，木筏又進入擁奴區，自由的機會就不會再來。每過一小陣子，他會跳起來說：

「那是不是？」

可惜不是，只是鬼火，或是螢火蟲，他只好再坐下，繼續和剛才一樣仔細看。吉姆說，這麼接近自由，他樂得既發抖又發燒。至於我嘛，我可以告訴你，聽見他這麼講，我也發抖又發燒，因為我開始產生一個想法：他就快自由了——這應該怪罪誰？哇，都怪**我**不好。我再怎麼想，也覺得自己做了虧心事，煩惱到坐立不安，姿勢一直換個不停。我正在做的這事情到底是什麼事，我到現在才真正理解。弄懂了之後，這件事黏在我良心上，愈來愈燙。我儘量勸自己，錯不在我身上，因為我又沒逼吉姆脫離名正言順的主人，可是，再勸也沒用，因為每次良心都會跳出來說：「可是，你明明知道他想投奔自由，你大可划獨木舟上岸報案。」這話沒錯，我拗不過良心，所以心頭才打結。良心對我說：「可憐的華森小姐哪裡虧待你了？你居然眼睜睜讓她的黑奴溜走，也不通知一聲？那個可憐的老太太哪裡虧待你了，你竟然這麼狠心對待她？人家她儘量教你讀《聖經》，儘量教你懂規矩，儘量以她懂的方式善待你。哪裡虧待你了？」

我覺得自己好狠心好丟臉，差點想死了算了。我在木筏上走來走去，碎動個沒完，暗罵著自己，吉姆也在我身邊走來走去，兩人都靜不下來。每次他高興得跳著說：「那就是凱洛！」整句話像子彈射穿我，我心想，如果凱洛真的到了，我大概會因為悲哀過度而翹辮子。

吉姆一直在講話，而我則在心裡自言自語。他說著，一進入廢奴州，他想做的第一件事是存錢，再也不亂花一分錢，等錢存夠了，他會去把他老婆買回來。他老婆的主人在華森小姐家附近開農場。夫妻重逢以後，他們努力工作，把兩個孩子買回來。如果孩子的主人不肯賣，他們會去找廢奴派人士幫忙，把孩子搶回來。

聽他講這種話，我差點愣住了。他以前從來不敢講這種話。他估計自己快自由了，馬上嘴臉大變。俗話果然說得沒錯：「送黑奴一吋，他想爭一呎。」我心想，這全怪我沒頭腦。這木筏上有個黑奴，差不多是我一手幫助逃脫的黑奴，竟然振振有詞說他想把自己的孩子搶回去，我連他兒子的主人是誰都不認識，對方根本也沒動過我一根汗毛。

聽見吉姆講這種話，我很遺憾；他把自己的人格貶得太低了。我的良心震撼到前所未有的程度，最後我只好對它說：「你手下留情吧！現在還來得及，我一看見燈火就划船上岸通報。」我覺得好自在好快樂，立刻覺得像羽毛一樣輕飄飄，所有的煩惱都飛走了。我繼續睜大眼睛找燈火，哼起歌來。後來，燈火出現了。吉姆高歌：

「咱們安全了，哈克，安全了！跳起來敲腳跟吧！好凱洛鎮終於到了，我一看就知道！」

我說：

8　譯注：此處接佚散的〈筏伕記〉，詳見第三三七頁。一八八三年的手稿曾出現這一章，後礙於篇幅等種種因素而割愛，之後幾年再版，作者幾度有機會把這一章植回原位卻未果。這一章曾出現在一八八三年出版的馬克．吐溫回憶錄《密西西比河上生活》。

「我划獨木舟去看看，吉姆。因為，也有可能不是。」

他跳起來，把獨木舟準備好，把他的舊外套鋪在裡面讓我坐，遞槳給我。我一出發，他就說：

「再沒多久，俺就快歡呼說，俺有今天，功勞全在哈克身上。俺自由了；要不是有哈克在，俺不會有自由的一天，這是哈克的功勞。吉姆一輩子不會忘記你的，哈克，你是吉姆一生最棒的朋友，老吉姆現在的朋友**只有你**一個。」

我划著獨木舟，本來急著想叫人來抓他，但一聽他這麼說，我洩氣了，划水的動作也慢下來，不太確定自己是不是慶幸能離開。獨木舟划出五十公尺之後，吉姆說：

「去吧，真誠的老友哈克，對老吉姆信守諾言的白人紳士，只有你一個。」

哇，我渾身不舒服了。但我告訴自己，我非做不可，不能半路退出。就在這時候，來了一艘輕舟，上面坐有兩個帶槍的男人。他們停船，我也停下。其中一人說：

「那邊是啥？」

「是木筏的一部分。」我說。

「是你坐的嗎？」

「是的，先生。」

「上面有沒有其他人？」

「只有一個，先生。」

「今天晚上，河道轉彎那邊的上游，有五個黑鬼逃脫了。你木筏上的人是黑是白？」

我沒有馬上回答。我是想答，字卻吐不出來，盡力了一、兩秒，想硬著頭皮講，可惜我的男子漢氣魄不夠，勇氣還比不過小白兔。我發現我在畏縮，於是我放棄了，說：

「他是白人。」

「我們還是去親眼看看吧。」

「我正希望你們去看，」我說：「因為我爸他在上面，也許你們能幫我把筏子拖到有燈光的那邊岸上。我爸他病了，我媽和我妹瑪麗安也是。」

「太可憐了！孩子，我們急著走，不過該幫的忙還是得幫一下。來吧，拿你的槳努力划，我們過去吧。」

我努力划著槳，他們也賣力前進，划了一、兩下之後，我說：

「我可以告訴你，我爸他會非常感激你們的。我一看到人，就求他們幫我把筏子拖上岸，可惜沒有人願意，我自己一個人也沒力划到岸邊。」

「唉，那也太沒良心了吧。不過也有點奇怪。孩子啊，你父親是怎麼了？」

「他——他嘛——呃，沒什麼大不了的。」

他們停止拉船的動作。這時離木筏只剩一小段距離。其中一人說：

「孩子，你在撒謊。你爸究竟怎麼一回事？給我老老實實回答，對你比較好。」

「我會的，先生，我會的，老實說——不過，求求你不要丟下我們不管。他生的是——紳士們，你們只管往前拉就好了，讓我把船頭繩丟給你們，你們根本不必靠近筏子——拜託拜託。」

「放她走，約翰，放她走！」其中一人說。輕舟撤退了。「別靠近，小子，待在下風處。可惡，風該不會把它吹到我們這邊吧？你爸得的是天花，你清楚得很，幹麼不直接講明白呢？統統被傳染到，你才甘心嗎？」

「呃，」我慌得口齒不清說：「以前我這麼一講，所有人都被我嚇跑了嘛。」

「可憐蟲，你說的不是沒道理。我們真的很替你感到難過，不過我們——唉，算了，我們不想被傳染到天花啦，你知道。這樣吧，我建議你，別想自己划去靠岸，否則木筏會被你撞個稀爛。你就順水漂個大概三十公里，河的左邊會有一個鎮，到那時候，天亮很久了，你可以求救說，家人全病倒了，忽冷忽熱。我們這樣做是對你仁慈，希望你和我們隔開三十公里，這樣才乖。那邊有燈火，沒錯，不過你上岸也不是辦法，因為那邊只是堆放木材的場子。對了，我猜你父親很窮，我敢說他時運不濟。這樣吧，我在這塊板子上擺個二十元金幣，讓板子漂到你旁邊，你把錢收下。扔下你，我覺得自己太狠心，不過我的媽呀！天花可不是鬧著玩的，你懂不懂？」

「等一下，帕克，」另一人說：「幫我把這二十元也放在板子上。再會了，小子，照帕克先生的話去做喔，你就不會出事。」

「沒錯，孩子，再會了，再會。如果你看見逃走的黑鬼，你幫忙抓他們，就能賺一點錢。」

「再會了，先生，」我說：「我有能力的話，不會白白讓逃走的黑鬼從我身邊溜掉。」

他們走了，我回自己的木筏，心情很差很鬱悶，因為我非常清楚自己做錯事了，但我知道，我想學走正道也沒用。不從小開始走正道的人，永遠也沒機會。危機來的時候，因為從小的底子就不扎實，想學好也學不來，只好認了。然後，我想了一分鐘，對自己說，等一等，假設你走正道，拱出吉姆，心情會比現在好嗎？我說，不會，心情會難過，和現在一樣。我說，走正道很麻煩，而做壞事不麻煩，而兩個得到的結果都相同，那學走正道又有什麼用嘛？我進退不得。我回答不出來。於是，我不想再為這事情傷腦筋了，從今以後，我會找當時最省事的一條路走。

我走進棚子，發現吉姆不在裡面。我東找西找，全看不見人。我喊：

「吉姆！」

「俺在這，哈克。他們走了沒？別大聲講話。」

他躲在尾槳下面，泡在河水裡，只露出鼻子。我告訴他，他們走了，他聽了才上木筏。他說：

「你們剛才講的話俺全聽見了，俺躲進河裡，如果他們上筏子，俺就準備衝上岸。不過啊，哈克，你真行啊，把他們唬住了！你把他們嚇跑，妙透了！俺告訴你，孩子，你的妙計救了老吉姆，老吉姆一輩子不會忘記你，蜜糖。」

然後，我們討論金幣的事。能各分二十元，收穫好豐富。吉姆說，有這筆錢，我們能搭蒸汽輪睡統艙，也夠我們當旅費，想到廢奴州的哪裡都不成問題。他說，木筏再漂三十公里也不算遠，但他但願早點到目的地。

天快亮的時候，我們靠岸，把木筏繫緊，吉姆刻意把木筏藏好。然後，我們整天忙著把家當綁成幾包，為離開筏子做好準備。

晚上大約十點，河道向左彎的下游出現城鎮的燈火。

我划獨木舟去打聽，不久發現有一艘輕舟，上面有個男人，正在放曳釣繩。我繞過去說：

「先生，那個鎮是凱洛嗎？」

「凱洛？不是。你一定是個死呆子。」

「不然是什麼鎮，先生？」

「想知道，就自己去看看。如果你敢再煩我半分鐘，就給你顏色瞧瞧。」

我划回木筏。吉姆好失望，不過我說沒關係，下一站就是凱洛了吧。

天亮之前，我們又通過一個鎮，我划獨木舟去看，可惜岸很高，我沒上岸問。吉姆說，凱洛不是在高地上。我本來知道，後來忘了。這裡有個沙洲，離左岸還不算太遠，我們就在這裡停靠休息。我開始懷疑一件事。吉姆也是。我說：

「說不定，那晚霧茫茫的，我們路過凱洛了，傻傻不曉得。」

他說：

「咱們別講這種事了，哈克。黑奴命苦，盼不到好運。俺一直就懷疑那個響尾蛇皮的壞運還沒結束。」

「但願我沒看見那蛇皮就好了，吉姆，我真希望我沒見到它。」

「又不是你的錯，哈克，你又不知道。你別再怪罪自己了。」

天亮了，我們果然見到清澈的俄亥俄河在我們這邊，而另一邊黃泥滾滾，是俗稱老泥河的密西西比河！我們果然漂過了凱洛鎮。

我們商量著從頭到尾的行動。木筏當然沒力逆流而上，所以我們無法靠岸。我們沒法子，只好等天黑，然後划獨木舟出去碰運氣。於是，我們睡掉白天，躲在三角葉楊叢裡，養足精神。快天黑時，我們回木筏，竟然發現獨木舟不見了！

我們好一陣子講不出話，找不到話可講，兩人心裡都明白，又是響尾蛇皮在作怪，何必白費口水呢？講話只會讓人覺得我們在雞蛋裡挑骨頭，絕對會引來更多壞運，而且壞事一定會接二連三來，一直鬧到我們不敢再開口。

沒過多久，我們討論下一步最好怎麼走，想不出辦法，只能坐著木筏漂流，等到有機會買獨木舟才能回去。這附近沒有人，我們不想用借的，不想學老爸，因為用借的可能會引來追兵。

於是，我們等天黑，然後坐木筏出發。

用手拿蛇皮是笨到底的行為，如果有誰不相信，現在見到我們被蛇皮整成這樣，再繼續讀看看蛇皮還能對我們搞什麼鬼，一定會相信蛇皮不是好惹的。

平常，賣獨木舟的商人會坐在木筏上，在岸邊等人來買，但我們隨處找了三個多小時，就是見不到這種木筏。夜色變灰白，濃得化不開，比這更難纏的現象只有濃霧。這時候看不清河的線條，也沒辦法分辨遠近。夜深了，到處靜悄悄，這時有一艘蒸汽船逆流殺過來。我們趕快點燈，希望她看得見我們的木筏。逆流的船通常不會靠近我們；她們會靠邊，沿著沙洲走，專找河礁下游水流比較緩和的路線，但像這樣的深夜，她們會硬擠進河道往上走，霸佔整條河。

我們聽得見她噗噗前進，但看不見她，直到她接近我們。她直衝著我們過來。通常，她們會用這種方法，試探能靠近小船到什麼程度而不碰撞。有時候，明輪會咬斷小船的槳，然後舵手會探頭出來哈哈笑，自以為好聰明。她來了，我們說，她想試試看能不能削一削我們，可是，她好像根本沒有稍微轉彎的意思。這蒸汽船好大一艘，來得急，看起來像一朵被鬼火蠅的幼蟲包圍的烏雲。然而，她忽然鼓起來，大得嚇人，一長排鍋爐門開著，亮出火辣辣的牙齒，巨無霸的船頭和護欄掛在我們的正上方。有人對我們嚷一聲，然後搖鈴喊停，接著是哇哇咒罵一通以及蒸汽咻咻響——吉姆跳下水，我也往另一邊跳，她則正對著木筏殺過來，撞個稀爛。

我急忙潛水——我打算潛到河底，因為九十公尺的明輪就快壓到我頭上了，我想讓得遠遠的。平常我能憋氣一分鐘，這一次我大概憋了一分半才換氣，憋到肺快爆炸了，我才衝破水面，衝到連胳肢窩都浮到河面上，我才把鼻子裡的水噴出去，喘喘氣。當然，這裡的河水很急；當然，引擎停止才十秒，大船又啟動了，哪管得著筏伕的死活。現在，大船踏著水花往上游跑，被濃濃的夜色淹沒，只不過，我還聽得見她。

我喊著找吉姆十幾次，沒聽到回應，只好抓起我「踩水」時踹到的木板，推著往岸邊游。但我發現，水對著左岸流去，這表示我正在河道的交會口，於是我換方向，改游向那裡。

這個斜流的交會口長達三公里，我花了好一陣子才穿越。我安全登陸了，爬上河岸，只看得見比較近的地方，在凹凸不平的地上東摸西找，摸索了超過四個足球場那麼長，冷不防才走到一棟老式的鄉下雙棟式原木豪宅。我本想拔腿從房子旁邊溜走，不料屋裡有好幾條狗跳出來，對著我一直汪汪狂吠，我明白最好還是別亂動。

第十七章

過了大約一分鐘，有個男人躲在窗戶裡面說：

「快準備好，兒子們！來人是誰啊？」

我說：

「是我。」

「誰是你？」

「先生，我是喬治．傑克森。」

「你想要什麼？」

「我什麼也不要，先生，我只是路過而已，可是這群狗不讓我過。」

「三更半夜的，你幹麼來這裡閒晃？說啊？」

「先生，我不是在閒晃。我剛從蒸汽船落水了。」

「喔，是嗎？喂，誰幫我點一盞燈過來。你剛說你叫什麼名字來著？」

「喬治．傑克森，先生。我只是一個小男生。」

「聽著，如果你講的是實話，你就用不著害怕，沒有人會傷害你。不過，你別想亂動，在你現在的地方站好。你們快去叫醒鮑伯和湯姆，去拿槍過來。喬治．傑克森，有沒有人跟你一起來？」

「沒有，先生，只有我。」

我聽見屋裡有騷動的聲音，見到一盞燈。男人喊：

「貝茲，妳這個笨婆子，快把燈拿走啦——妳沒頭腦是嗎？拿去放在前門後面的地板上。鮑伯，你和湯姆如果準備好了，趕快各就各位。」

「全準備好了。」

「好，喬治．傑克森，你認不認識薛普森家？」

「不認識，先生，我從來沒聽過他們。」

「哼，有可能不認識，但也有可能認識。大家準備好。喬治．傑克森，你往前踏一步。動作給我放慢，不准走得太急。如果你身旁有人，叫他別過來，他一露臉，馬上就挨槍子。好了，你向前走。慢慢來，自己推開門，開到只夠你擠進來就好，聽見沒？」

我不急；就算我想急也沒用。我慢慢踏出一步，接著再一步，四周靜悄悄，好像只聽見自己的心跳。狗和人一樣不吭聲，只不過牠們緊跟著我前進。站上三根原木搭成的門階時，我聽見屋裡的人開鎖、打開橫桿、拉出插鎖。我把一手放在門把上，稍微推一下，再推一下，直到有人說：「好了，夠了，伸頭進來。」我伸頭，卻我擔心腦袋瓜被他們砍掉。

蠟燭放在地板上，屋裡所有人看著，我看著他們，看了大概十五秒。三個大漢舉槍對準我，讓我畏縮一下，沒騙你。年紀最大的一個大約六十歲，頭髮快變白了，另外兩人三十幾歲，三人全都長得端正，是好人家的公子。另外有個模樣溫柔到極點的老太太，一頭灰髮，背後另有兩個比較年輕的女人，我看不太清楚她們的長相。老紳士說：

「好，我想沒關係了，進來吧。」

我一踏進門，老紳士立刻鎖上門，加橫桿和插鎖，還叫那兩個年輕人收槍，所有人進一間大客廳，地板上鋪著新的碎布地毯。大家聚在角落，避開房子正面的窗口，側面沒有窗戶。他們舉起蠟燭，仔細看著我，全都說：「他嘛，一點也不像薛普森家的人，五官完全沒有薛普森家的模樣。」然後，老紳士說，他想搜身，看看我身上有沒有武器。他說他沒有惡意，只想確定一下，希望我不介意。他只用手摸摸我口袋外面，不伸進去，然後說可以了。他叫我放輕鬆，不要拘束，介紹自己給大家認識，但老太太說：

「唉呀，我的好索爾啊，人家他渾身溼答答的，好可憐哪，你不認為人家他的肚子可能餓慌了嗎？」

「妳說的沒錯，瑞秋——我忘了。」

老太太說：

「貝茲——」這位貝茲是女黑奴。「妳快進廚房，儘快幫他弄點東西吃，他好可憐。女孩子，妳們誰去叫醒巴克吧，告訴他——不用了，他來了。巴克，你帶這個外地來的小孩，去幫他換掉這身溼衣服，借你的乾衣服給他穿。」

巴克看起來年紀和我差不多，十三、四歲吧，不同的只是他稍微比我高壯。他全身上下只穿一件上衣，頭髮亂糟糟，邊走進大客廳邊打哈欠，用拳頭揉睡眼，另一手拖來一支槍。他說：

「不是薛普森家的人嗎？」

他們說，不是，是虛驚一場。

「哼，」巴克說：「他們要是敢來，我大概能打死一個。」

大家全笑了，鮑伯說：

「什麼話，巴克，你動作這樣慢吞吞，我們全家不被他們抓去削頭皮才怪。」

「呃，剛才又沒人來叫我。你們老是扔下我，不夠意思嘛；我根本沒機會露一手。」

「你別急嘛，巴克，孩子，」老紳士說：「你好好等著，以後機會多的是，現在就別懊惱了。你去吧，聽你母親的話。」

我們上樓回他的房間，他給我一件他的粗布上衣、短夾克、長褲，讓我換上。在我換衣服的同時，他問我叫什麼名字，我還來不及回答，他就開始講他前天在樹林裡打到一隻藍鴉和一隻小兔子，然後問我知不知道蠟燭熄滅時摩西在哪裡。我說我不知道，說我從來沒聽過。

「那就猜猜看嘛。」他說。

「我根本沒聽人提過，」我說：「從哪裡猜起？」

「可以隨便猜啊，怎麼不行？很簡單嘛。」

「**哪一根**蠟燭？」我說。

「隨便一根蠟燭都行。」他說。

「我不知道他在哪裡，」我說：「他到底在哪裡？」

「哎喲，他在**黑暗**裡啦！不然能去哪裡！」

「呃，你既然知道他在哪裡，何必問我呢？」

「可惡，你不懂得猜謎語嗎？對了，你想在我家住多久？你想住多久都行。我們可以一起玩翻天——學校放暑假了。你有沒有養狗？我有一條狗——他懂得跳進河裡，叼回你丟出去的木頭。星期天的時候，你喜不喜歡打扮得整整齊齊，搞得傻到不行？我當然不喜歡囉，老是被我媽逼著做。馬褲討厭死了！穿起來好熱，不想穿又不行。你準備好了沒？好，跟我走，小老弟。」

冷的玉米餅、冷的鹹牛肉、奶油、酪奶，他們在樓下為我準備的就是這些，而我從來沒有吃過這麼棒的一餐。巴克和母親和所有人都拿著玉米梗菸斗抽著，只有女黑奴例外，她不在，另外兩個年輕女人在，但她們不抽菸。大家抽菸聊天，我邊吃邊講話。這兩個年輕女人身上裹著碎花布棉被，頭髮垂在背部。大家一直問我問題，我說我爸和我和全家人原本住在阿肯色州南部的一座小農場，我姊姊瑪麗安跟人私奔結婚了，從此沒消沒息。我哥比爾去抓他們，也是一去不回，後來湯姆和摩特死了，最後只剩下我和老爸，他受了好多罪，瘦到只剩骨頭。他死後，因為農場不是我們家的，我帶著剩下的家當搭輪船統艙北上，不幸掉到河裡，所以才來到這裡。他們聽了就說，我可以把這裡當自己的家，想住多久就住多久。天快亮了，大家都去睡覺，我也去和巴克睡同一張床。早上醒來，該死，我竟然忘記自己叫什麼名字。我在床上再躺一小時，半天記不起來。巴克醒時，我說：

「巴克，你會不會拼字？」

「會啊。」他說。

「我敢打賭，你不會拼我的姓名。」我說。

「你敢賭，我就敢拼給你聽，」他說。

「好啊，」我說：「拼給我聽。」

「G-e-o-r-g-e J-a-x-o-n。喬治．傑克森。就這樣。」他說。

「哇，」我說：「你真的會，我不該看扁你。我這名字，如果想一口氣拼對，而且不能仔細研究，可不是一件容易的事喔。」

我暗暗記下，下次有人叫我拼的時候，才不會出醜。背熟以後，我就能隨口講出來，好像我從小習慣似的。

這家人很和氣，房子也很體面。我從來沒在鄉下看過這麼棒、這麼氣派的房子。正門不用鐵門閂，不用繫著鹿皮繩的木門閂，而是一個能轉動的黃銅門把，和鎮上的房子一樣。大客廳裡沒有床，見不到床鋪的影子，而在城鎮裡面，好多人家的大客廳裡都有床。這裡有個大壁爐，爐底鋪磚頭，磚頭刷洗得很乾淨，紅紅的，是拿磚頭硬磨出來的紅色。有時候，他們和鎮上的人一樣，用一種叫做「西班牙棕」的紅水漆來刷磚面。爐邊有個黃銅做的大柴架，一整段鋸好的原木也能擺上去。壁爐架中間有個時鐘，玻璃面的下半部畫著一個城鎮，鐘面中間有個圓圈，畫成太陽，太陽背面看得見鐘擺搖來搖去。聽見這時鐘滴答響，感覺好美妙。有時候，沿街叫賣的人來了，徹底刷洗時鐘一下，把她整修一新，她又會開始走動，敲了一百五十下才會累得走不動。別人出再多錢，他們也不肯賣。

時鐘兩邊各有一隻稀奇古怪的大鸚鵡，好像是用石膏做的，畫得好華麗。一隻鸚鵡旁邊有一隻陶貓，另一隻鸚鵡旁邊有一隻陶狗，對貓狗按一按，它們會發出吱聲，但嘴巴不會動，其他部位也沒變化，更不理人。原來，吱聲是從底部冒出來的。貓狗後面各攤開一支野火雞翅膀做的大扇子。在大客廳的正中央有張桌子，上面擺著一個可愛的陶籃子，裡面堆放著蘋果、柳橙、桃子、葡萄，比真水果來得更紅更黃更漂亮，可惜不是真的，近看就獻醜了——有些地方掉了漆，裡面有白白的東西露出來，大概是石膏吧。

桌布是一片美麗的油布，上面畫著一支代表美國的紅藍色展翅鷹，周圍以圖樣點綴。家人說，這桌布是遠從費城買來的。桌上也有幾本書，在桌子的四角疊得整齊完美，其中一大本是有很多插圖的傳家《聖經》。有一本是《天路歷程》，我偶爾會翻翻看，讀了不少，內容寫的是一個離家出走的男人，但書裡沒解釋為什麼。書裡的言論很有意思，但也不容易懂。也有一本叫做《情誼之禮》[9]，裡面有好多好看的圖和詩，但我不讀詩。有一本是亨利．克雷的《演說集》。有一本是剛德醫師的《家醫寶典》，寫了好多東西，告訴人在生病或死掉時該怎麼辦。也有一本讚美詩，另外也有很多其他的書。大客廳裡有一張上等的籐座扶手椅，很完整，中間沒有被坐凹垮成舊籃子。

牆上掛著幾幅複製畫，多半是華盛頓和拉法葉的畫像，也有戰役圖、《高地瑪麗》，另外也有一幅叫做《簽署獨立宣言》的畫。有幾幅是他們所謂的炭筆畫，是十五歲女兒的遺作。我從

9　譯注：《情誼之禮》（*Friendship's Offering*），每年秋季出版的詩文集，是當時耶誕節流行的贈禮。

沒看過這種風格的圖畫，多數比平常的作品用了更多黑色。其中一幅畫著一個穿著單薄黑衣的女人，腋下被束得很緊，袖子中間鼓成包心菜似的。她戴著好大一頂女帽，像勺子又像鏟子，蒙著黑紗，纖白的腳踝用黑帶子交叉纏著，腳上穿著超小號的黑拖鞋，像鑿子似的。她在一棵垂柳下面，右肘倚在墓碑上，一副沉思的模樣，另一手拿著白手帕和縫紉包，垂在身旁。圖的最下面寫著：「嘆盼不到與君重逢時」。另一幅是個年輕的淑女，頭髮全盤在頭頂，插一支梳齒簪，看起來像椅背。她拿著手帕捂臉哭，另一手是一隻兩腳朝天的死鳥，最下面寫著：「喟嘆悅耳鳴吟不復存」。另外有一幅畫，裡面有個年輕的淑女，在窗口仰望月亮，淚水流下臉頰，一手有一張展開的信紙，邊緣有黑色的封箋蠟，另一手拿著項鍊的墜子盒壓嘴巴，最下面寫著：「喟嘆君何在」。全都畫得不錯，我想是，但不知怎麼搞的，我看不出興趣來，因為每次我心情稍微不好，這些畫總讓我起雞皮疙瘩。她死了，全家都很傷心，因為她打算多畫完幾幅再走，而從她的作品看來，她小小年紀就死，後人的損失多大。但我從她的性情來判斷，她住墓園反而會比較開心。她正想完成家人口中最傑出的一幅畫的時候，不幸病了，每天每夜祈禱上蒼允許她活到作品完成才死，可惜天不應。在這幅沒完成的畫裡，主角是個年輕女人，穿著白色的長袍，站在橋的欄杆上，準備跳橋，頭髮垂到腰，頭抬著看月亮，淚水流滿臉，有一雙手交叉在胸前，有一雙手向前方伸直，有一雙手朝天對準月球——她是想看看哪一雙手最適合，然後塗掉另外兩雙。但是，我剛才說過，她來不及決定就死了，現在這幅畫被掛在她房間的床頭牆壁上，每年她的生日一到，家人會在這幅畫上面掛鮮花。然後全年用小窗簾遮住。畫裡的姑娘表情甜美溫柔，可惜手太多了，我總覺得她長得太像蜘蛛。

這女兒在世時，有剪貼的習慣，常剪下《長老教會觀察報》裡的訃聞，以及各種事故和忍耐受苦的新聞，從裡面找靈感寫詩。她的詩寫得非常不錯。有個名叫史蒂芬·道凌·巴茨的男孩掉到井裡淹死了，她寫了以下這首詩紀念他：

《詠嘆巴茨魂》

小巴茨是否病倒？
人心是否為之沉重？
小巴茨是否早夭？
親友是否追思哀慟？

小巴茨另有死因。
親友心固然哀沉，
並非疼惜其罹病，
無白日咳纏身，
亦不見麻疹紅印，
再惡毒之病瘟，
亦無以玷污巴茨之名。

單相思未侵擾
鬈髮如浪之腦袋，
胃腸疾未翻攪
小巴茨之臟海。

且噙淚聽我
訴盡其遭遇，
撒手人寰只因
不幸失足墜井。
搶救不及，
一命歸陰。
自此魂飛九重天，
貴為天堂之佳賓。

這女兒的姓名是艾默琳・葛蘭傑富。如果她十四歲不到就能寫出這種詩，將來能成就什麼佳作，沒有人能預料。巴克說她能隨手就寫詩，不算什麼。她從來不必停筆思考。他說，她能劈啪寫一行詩，如果找不到能押韻的下一句，她會乾脆刪掉重寫，繼續找韻腳。她不挑剔；丟給她什麼題材，只要是感傷的東西，她都能寫。每次有人死了，不管是男女老幼，屍體冷掉之前，她就能寫好一首「讚詞」——這是她的用語。鄰居說，先來的是醫生，然後艾默琳跟著來，最後才是抬棺人——只有一次，抬棺人趕在她之前出現，因為死者姓惠斯勒，她苦思不出能押韻的字。之後，她變了一個樣子。她從來不喊苦，但她一天比一天憔悴，沒有再活多久。可憐的東西，有好幾次，她的畫把我搞得很痛苦，害我暗暗對她嘀咕，我強迫自己上樓進她以前的小房間，拿她的剪貼簿出來讀一讀解悶。這家子大大小小，包括死人在內，我全喜歡，絕不會為了一點小事就討厭他們。可憐的艾默琳，在世時為好多死人寫詩，死後卻沒人肯為她寫東西，我總覺得不太對，所以我嘗試自己下苦心，想寫一、兩段詩，可惜怎麼寫就是不順手。他們把艾默琳的房間維持得整潔，所有東西都按照她生前的習慣擺好，不再有人睡她那間。雖然家裡有不少黑奴，老太太仍親自打掃她的房間，也常進去裡面縫紉、讀《聖經》。

話回到我剛才提的那間大客廳，裡面的窗戶掛著美麗的白窗簾，上面畫著城牆掛滿藤蔓的城堡，牛群下山來喝水。大客廳也有一小臺舊鋼琴，裡面大概裝了幾個錫鍋，在鋼琴伴奏下，年輕淑女唱《緣起緣滅》，彈著《布拉格之役》，我從沒聽過更美的音樂。家裡的所有房廳牆上都塗著灰泥漆，多數鋪著地毯，整棟房子外面都塗白漆。

這棟雙合屋之間有個開放式的大空間，上面有屋頂，下面有地板，有時候在中午，這裡會擺著一張餐桌，是個舒服涼爽的好地方。再棒的地方也比不過這裡。而且，煮的東西好吃，分量更是多如山！

第十八章

葛蘭傑富上校是個鄉紳，徹頭徹尾都是紳士，他的家人也一樣。據說他的出身高貴，而寡婦道格拉斯曾說，馬的血統重要，人的家世也一樣重要。沒有人能否認她是我們村裡的頭號貴族。老爸也常這樣講，只不過他自己頂多算是一條賤價黃鯰魚。葛蘭傑富上校非常高，非常瘦，瘦臉陰森蒼白，到處找不到一絲血色。他每天早上把鬍子刮得乾乾淨淨。他的嘴唇薄得不能再薄，鼻孔細得不能再細，鼻樑高，眉毛濃厚，眼珠子黑得不能再黑，眼眶很深，所以總讓人覺得它們躲在山洞裡面看你。他的額頭突出，頭髮黑而直，垂到肩膀。他的手細長。他每天穿乾淨的上衣，從頭到腳的行頭全是亞麻布，白得讓人看了眼睛痛。每到星期日，他穿藍色燕尾服，上面有黃銅釦子。他的手杖是桃花心木做的，杖頭是銀。他上下裡外沒有一絲輕浮，一點也沒有，講話也不會大小聲，親切得不得了——你能感受到，所以信得過他。有時候他會微笑，讓人看了舒服，但當他挺直腰杆，像一根旗杆的時候，當他的眼睛從眉毛下面發出閃電的時候，你會嚇得想先爬樹躲起來再說。他不必叫任何人守規矩，因為他所到之處，沒有人敢亂來。大家也都歡迎他；他多數時候是陽光——我的意思是，他一出現，氣氛變得像晴天。每當他變成一團黑雲，天會變黑，維持半分鐘，這樣就夠了，之後一個星期不會再出狀況。

早上，他和妻子下樓時，全家都起立問安，等他們坐下才坐下。然後湯姆和鮑伯去餐具櫥倒酒，調一杯苦味酒給他，他會舉杯等湯姆和鮑伯也調好自己的酒，然後兩個兒子鞠躬說：「孝敬您，父親大人，和母親大人。」夫妻倆也以最微小的動作回禮，說聲謝謝，三人才一起喝酒。鮑伯和湯姆的杯底剩一點糖和威士忌或蘋果白蘭地，他們會加一匙水，涮一涮，給我和巴克，讓我們也向老人家敬敬酒。

鮑伯是老大，湯姆是老二，兩人都長得高大俊美，肩膀非常寬，臉被晒成褐色，黑髮留長，眼珠也烏黑。他們從頭到腳穿白亞麻布的衣褲，和父親一樣，另外戴著寬邊的巴拿馬帽。

夏洛蒂也在，二十五歲，個子高，態度驕傲高貴，你不去煩她，她不會臭臉。不過，她的臉一臭，會像她父親一樣，把人嚇得不敢動。她長得很美。

她的妹妹蘇菲亞也一樣，但她的美和姊姊不同。她像鴿子那麼溫柔甜美，只有二十歲。

每人都有專屬的黑奴，巴克也有。我的黑奴日子過得太輕鬆了，因為我不習慣讓人伺候，巴克的黑奴則忙得團團轉。

葛蘭傑富全家就這幾個，但本來還多幾個，除了病死的艾默琳之外，另外還死了三個兒子。

葛蘭傑富上校有好幾座農場，黑奴超過一百個。有時候，家裡會來一大票人，騎馬二十多公里過來住五、六天，去河邊和河上郊遊，白天在樹林裡跳舞野餐，晚上在屋裡辦酒席。這些人多半是葛蘭傑富家的親戚，男人常帶著槍，各個都是高尚又好看的人。

這一帶另外有一群貴族，共有五、六戶，多數姓薛普森，出身名門，教養很好，和葛蘭傑富家族一樣有錢而高貴。薛普森家和葛蘭傑富家搭汽輪的碼頭是同一個，離我們家上游大約三公里。有時候，我和我們家一堆人去碼頭，會看見很多騎著駿馬的薛普森家人。

有一天，巴克和我進樹林打獵，過馬路的時候，聽見一匹馬來了。巴克說：

「快！跳進樹林去！」

我們跳進樹林，然後撥開樹葉向外看，不久，一個相貌堂堂的年輕人騎馬經過，身手熟練，有軍人的架子，槍橫放在鞍環上。我以前看過他。他是薛普森家的少爺哈爾尼。我聽見巴克的槍從我旁邊開火，哈爾尼的帽子被射掉，滾到地上。哈爾尼拿起槍，對著我們躲的地方直衝過來。我們趕快穿越樹林。這片林子的樹葉不太密，所以我能回頭看，閃躲子彈。有兩次，我看見哈爾尼的槍對準巴克，然後他掉頭騎走了，可能是去撿帽子吧，我猜，我看不見。我們不敢停，一路跑回家。上校的眼睛亮了一下，主要是高興吧，我判斷，然後臉皮垮下去。他用有點柔和的語氣說：

「我不喜歡躲進樹叢裡開槍。你為什麼不走到路上，孩子？」

「薛普森家老是喜歡占便宜，父親，他們才不會像你那樣。」

夏洛蒂小姐她像皇后一樣，額頭抬得高高的，聽著巴克講過程，鼻孔擴張，眼珠子發火。巴克的兩個哥哥臉色陰沉，但一句話也不說。蘇菲亞小姐她的臉色變白，聽見對方沒受傷才恢復血色。

我把巴克帶到樹下的玉米架旁邊，馬上問他：

「你剛真的想殺他嗎？巴克？」

「對呀，那當然。」

「他對你做了什麼事？」

「他？沒有啊，從來沒有。」

「那你幹麼要他死？」

「呃，沒什麼啊！還不就因為世仇的關係嘛。」

「什麼是世仇？」

「哇，你是哪裡長大的人啊？你不曉得世仇是什麼？」

「從來沒聽過，教我吧。」

「世仇嘛，」巴克說：「就是一個人和別人吵架，殺了他，然後死者的兄弟反過來殺人償命，接著，雙方的兄弟槓上了，連親戚都跳進來助陣，最後呢，兩邊的人都死光光，世仇就消失了。不過這過程有點慢，會拖很久。」

「你們兩家吵架很久嗎，巴克？」

「呃，我猜是吧！三十年前開始的，差不多是吧。兩家好像在爭什麼，告進法院去，其中一邊贏了，另一邊跑去槍斃打贏官司的人，這是理所當然的反應。任何人都會這樣做。」

「兩家一開始爭的是什麼，巴克？爭田產嗎？」

「大概是吧。我不清楚。」

「呃，那開第一槍的是誰？是葛蘭傑富家或薛普森家？」

「啐，我哪知道？都好久以前的事了。」

「沒有人知道嗎？」

「喔，有啊，我爸他知道，好像吧，另外有幾個老一輩大概也知道，不過他們現在不清楚當初吵的是什麼。」

「總共死了很多人吧，巴克？」

「對啊，葬禮辦不完哪。不過，有的人不一定會死，例如我爸，他中過幾顆散彈，他不在乎，反正他那麼瘦，身上多幾顆也重不到哪裡去。鮑伯被獵刀劃過幾刀，湯姆也受過一、兩個傷。」

「今年有沒有人被殺死，巴克？」

「有，我們家和他們家各一個。大概三個月前，我有個十四歲的堂哥巴德，有天他騎馬經過對岸的樹林，沒帶武器——都怪他太鈍了啦——他騎馬到一個很安靜的地方，聽見一匹馬追過來，看見薛普森家的老頭伯帝跟過來，一手舉著槍，白頭髮在風中飄。巴德他不跳馬躲進樹叢，反而自認能騎贏老頭，結果老頭緊追不捨，追了八公里多吧，距離愈拉愈近，最後巴德知道再跑也沒用了，停下來面對他，好讓子彈打中正面，你懂吧。老頭騎過來槍斃他。不過，老頭得意不到一個星期，就在我們家人的槍下躺平了。」

「我覺得那老頭是懦夫，巴克。」

「他才不是懦夫咧。完全不是。薛普森家的人沒有一個是懦夫。葛蘭傑富家也是。有一次，那老頭一對三，打了半小時，最後打贏了我們家。那天他們四個人全騎著馬，老頭跳馬躲進一個小柴堆後面，用馬擋子彈，不過葛蘭傑富家的三人不下馬，騎馬繞著老頭跑跳，對他撒子彈，老頭也對他們撒子彈。他和他的馬最後活著回家，不過身上破了好幾個洞，腳也瘸了，不過葛蘭傑富家的三個人是被抬回家的——當天死了一個，隔天又死一個。如果有誰想出去打懦夫，遇到薛普森家的人可不能隨便亂來，因為他們家不出懦夫。」

下個星期日，我們全去大約五公里外的教堂，所有人都騎馬去，男人帶槍，巴克也是，全用腳夾著，不然就是靠在隨手拿得到的牆邊。薛普森家族也一樣。這牧師的佈道滿爛的，囉唆一堆兄弟仁義之類的無聊話，大家卻稱讚說他講得有道理，回家路上談個不停，一直談信念、善行、天恩、前緣宿命，和一堆我聽不懂的東西，害我覺得這天是我最難受的星期日之一。

午餐後大約一小時，有些人坐在椅子上，有些進自己房間，全都在打盹兒，氣氛變得很悶。巴克和一條狗躺在草地上晒太陽，睡大頭覺，我上樓回我們的房間，本來也想睡個午覺，結果發現嬌滴滴的蘇菲亞姊姊站在她的房間門口。她的房間在我們隔壁。她拉我進她房間，用很輕很輕的動作關門，問我這姊姊對我好不好，我說，是的；她接著問我願不願意幫她一個忙，不能告訴別人喔，我說我願意。她說她把《聖經》忘在教堂裡，擺在座位上，左右座各有一本雜書。她拜託我悄悄溜去教堂，幫她拿《聖經》回來，不能向任何人透露一個字。我答應她。我偷溜出門，默默走去教堂，發現教堂裡面沒人，只見一、兩條豬，因為門沒鎖，教堂的地板是厚木板鋪成的，在夏天很涼爽，豬喜歡進來睡。你有沒有發現：多數人只在非去不可的情況進教堂，豬卻不一樣。

我在心裡想，這事不太對勁。女孩子家，哪會為了《聖經》著急？我拿起她的《聖經》，搖一搖，結果掉出一張紙條，上面用鉛筆寫著：「兩點半」。我從頭到尾翻找一遍，沒再翻出東西來。我猜不透紙條的意思，只好把紙條夾回《聖經》裡，帶回家，上樓，看見蘇菲亞正在她房間門口等我。她拉我進去，關門，然後翻《聖經》，找到紙條，一讀到上面的字就顯得高興。我還來不及反應，手就被她抓過去捏一捏。她說我是全世界最乖的小孩，不許我說出去。她的臉火紅了一分鐘，眼神好亮，讓她美上加美。我著實暗暗吃驚，不過等到我恢復正常呼吸後，我問她紙條寫的是什麼，她反問我有沒有讀過上面的字，我說沒有，她問我識不識字，我說：「只看得懂印刷體。」她說，這張紙條只不過是書籤，用來記住她讀到哪一頁，然後她說我可以出去玩了。

我走向河邊，反覆思考這件事，不久後，我發現我的黑奴傑克緊跟在我背後。一脫離家中人的視線範圍，傑克回頭看、左右看了一下，然後衝向我，說：

「喬治少爺，如果你能過來沼澤那邊，俺可以帶你去看一窩子的水蝮蛇。」

我在心裡嘀咕：怪事，他昨天也講過同一句話。水蝮蛇又不是什麼寶貝，有誰會想去看？他又不是不知道。我想知道他在打什麼主意。於是我說：

「好吧，你帶路。」

我跟著走一公里，然後他涉水進沼澤，水淹到腳踝，又走了一公里，來到一小片平地，土很乾，樹林、樹叢、藤蔓很茂盛。

「你從那裡鑽進去，再走幾步路就到了，喬治少爺。你想看的東西就在那邊。俺早就看過了，不想再看。」

說完，他踩著水離開，不久就被樹遮住。我探頭進樹林，走一走，來到一小塊空地，跟臥房差不多大，四周掛滿藤蔓，裡面睡著一個男人——不會吧，竟然是我的老朋友吉姆！

我叫醒他，以為他見到我會大吃一驚，其實不是。他高興得差點哭了，但沒有驚訝的表情。他說，木筏被輪船撞翻的那一夜，他游泳跟在我後面，聽得見我喊的每一聲，但他不敢回應，因為怕人聽見，怕被抓回去當奴隸。他說：

「俺受了一點傷，游不快，所以愈游愈落後，最後差了一大截。你上岸的時候，俺心想，俺跑步可以跟上，不必喊你，不過俺一看見那棟房子，腳步就放慢了。俺和你隔太遠，聽不清楚他們對你講啥——俺也怕他們家的狗。不過，後來安靜下來了，俺曉得你進房子了，俺就打算躲進樹林去，等天亮再說。隔天一大早，有幾個黑奴準備去田裡幹活，看見俺，帶俺來這地方躲著，因為有水，狗追不到這裡。他們每晚帶東西過來給俺吃，跟俺說你的情況。」

「吉姆，你為什麼不早點叫傑克帶我來？」

「呃，哈克，在還想不出法子的時候，打擾你也沒用吧。不過，現在俺有辦法了。俺一有機會就買鍋子和糧食，晚上忙著修補木筏——」

「**哪來的**木筏，吉姆？」

「咱們的老木筏啊。」

「你是說，我們的老木筏沒被壓得粉身碎骨？」

「她沒有啦。她是破了不少——有一邊毀了，不過，沒有太嚴重。可惜咱們的家當全不見了。要不是夜色那麼暗，要不是咱們潛得那麼深，要不是咱們嚇成那樣，要不是咱們像俗話說的傻得像南瓜，咱們一定看得見木筏。不過呢，沒看見也好，因為現在她被修好了，和新的一樣好用，而且咱們雖然丟了家當，現在全換新東西可以用。」

「對了，吉姆，你是怎麼找回木筏的——被你撈到的嗎？」

「俺躲在樹林裡，去哪撈木筏？不是啦，有幾個黑奴，他們在河轉彎的地方，發現她被河裡的東西勾住，把她拖進小溪，藏在柳樹下，然後為了爭木筏吵得好凶，誰都不讓誰，不久傳到俺耳朵。俺站出來勸架說，這筏子不是你們的，是俺和你的。俺問他們，誰敢搶走白人紳士的財物？竟敢偷來藏在這裡？然後，俺給他們一人一毛錢，他們才心服了，俺祝福他們以後再撈到木筏賺大錢。這些個黑奴，他們對俺好得很，俺缺什麼，他們都幫俺弄來，不必要求第二遍，蜜糖。那個傑克是個好黑奴，腦袋很靈光。」

「對。他從沒說你躲在這裡，只叫我跟他來，說要帶我來看一窩水蝮蛇。他的想法是，萬一出事了，他可以撇清關係，說他從來沒看見我們兩個在一起，而他說的是實話。」

隔天發生的事，我不想談太詳細，簡單講幾句就行了。天亮時，我醒來，翻身想繼續睡，卻發現家裡好安靜——好像沒有人在走動，和平常不同。接下來，我發現巴克已經下床不見了。所以我起床，滿腦子疑問，下樓，也沒看見人影，到處靜悄悄的。外面也一樣。我心想，怎麼會這樣？來到柴堆旁邊，我遇到黑奴傑克。我說：

「怎麼一回事？」

他說：

「你不曉得嗎，喬治少爺？」

「我不知道。」我說。

「好吧，告訴你，蘇菲亞小姐跟人私奔了！真的。半夜不曉得幾點，她溜走了，家人猜她八成是跑去嫁給薛普森家的哈爾尼少爺，你知道。家人在大概半小時之前發現的——不只半小時吧。而且，俺告訴你，他們急得很哪，拿起槍、跳上馬，動作快到從來沒見過！女人家趕快去通知親戚，老爺索爾和兒子帶槍騎馬，沿著河邊往上追，想逮到薛普森家的少爺甃了他，不讓他帶蘇菲亞小姐過河。俺猜他們有苦吃了。」

「巴克不叫醒我就走了。」

「哼，他哪可能叫醒你？他們才不想把你拖下水。巴克少爺他忙著把子彈裝進槍裡，說他死也要抓一個薛普森家的人回來。他們一定會死很多人，俺猜。巴克少爺一有機會，一定會拖一個回來。」

我沿河儘快往上游跑，沒過多久，漸漸聽見遠方的槍聲。在蒸汽船的碼頭，我見到木材行和柴堆，進樹林和樹叢裡找個好地方，然後爬上三角葉楊的樹幹分岔處躲著看。樹的前面不遠有一堆一公尺高的柴薪，我本打算先躲進那裡。後來才知道，幸好沒有。

有四、五個男人騎著馬，飛也似的來到木材行前的空地，叫罵連連，想射中碼頭旁柴薪堆後面的兩個小伙子，但打不到。每次一有人從河邊的柴薪堆冒出來，就會引來子彈。兩個小伙子背對背蹲在柴薪後面，以便留意兩邊的動靜。

後來，騎馬的人不再飛奔，也停止叫罵，開始騎向木材行，這時其中一個男孩站起來，舉槍墊在柴薪上瞄準，射中其中一人落馬。所有人跳下馬，救起受傷的弟兄，想把他抬進店裡。趁這時候，兩個男孩拔腿開跑，朝著我躲的這棵樹過來，半路就被對方察覺到。對方跳上馬追過來，差距是漸漸拉近了，但也沒用，因為兩個男孩提前跑了一大段距離。兩男孩躲進我這棵樹前面的柴薪堆後面，奪回優勢。其中一個男孩是巴克，另一個大約十九歲，身材很瘦。

騎馬人叫罵一陣之後就騎走了。他們一脫離視線，我馬上呼叫巴克，告訴他情況。樹上忽然冒出我的聲音，他一時搞不清楚狀況，驚訝無比。他叫我提神守好，見對方一回來就通報。他說對方可能想搞花招——不會離開太久。我好想下樹但沒膽子下去。巴克開始又哭又罵，說他和堂哥喬（十九歲的小伙子）一定要為今天的事討個公道。他說他父親和兩個哥哥都死了，仇家也死了兩三人。他說他們中了薛普森家的埋伏。巴克說他父親和兩個哥哥應該等親戚來才開戰才對——他們不是薛普森家的對手。我問他，哈爾尼和蘇菲亞小姐怎麼了。他說他們渡河沒事了。我聽了很高興，但巴克氣得一直說，那天沒一槍射死哈爾尼，才會有今天——我從沒聽過這麼惡毒的話。

忽然間，砰！砰！砰！砰！連續三四槍——原來是騎馬人下馬了，繞路悄悄穿越樹林，從背後偷襲！兩個男生都受了傷，直衝河邊跳河，順流往下游，追兵沿著岸邊對著他們狂射，吶喊著，「斃了他們，斃了他們！」我聽了好想吐，差點從樹上摔下去。我不想把事情經過全講出來，因為我怕又渾身不舒服。那一夜，我去岸邊找他們，現在我但願沒去，因為我永遠忘不掉——好幾次，我夢見他們。

我在樹上躲到天黑，才敢下樹。有幾次，我聽見樹林裡有開槍的聲音。有兩次，我看見一小群人帶槍騎馬跑過木材行，所以我猜這一仗還沒打完。我的心情很沉重，於是我下定決心，再也不靠近葛蘭傑富家了，因為我認為錯好像在我自己。我判斷，那紙條是通知蘇菲亞小姐在兩點半碰面然後私奔，而我應該把紙條的事告訴她父親，也應抖出她言行奇怪的現象，這樣一來，說不定她會被父親禁足，這件慘事就不會被引爆。

我爬樹下來，偷偷沿河岸找，發現水邊躺著兩個屍體，把他們拉上岸，然後用土埋他們的臉，儘快離開。埋巴克的臉時，我稍微哭了一下，因為他對我實在太好了。

現在天色全暗了。我不想再靠近葛蘭傑富家一步。我穿過樹林，走向沼澤。吉姆不在島上，所以我趕快直奔小溪，撥開柳葉走，一心想跳上木筏，離開這個傷心地。什麼！木筏不見了！完蛋了，我好害怕！幾乎有一分鐘不能呼吸。然後，我喊一聲。離我不到八公尺的地方有人說：

「太好了！是你嗎，蜜糖？你可別出聲喔。」

是吉姆——他講過的話裡面，就數這句最好聽。我沿著岸邊跑幾步，跳上木筏，吉姆他抓我過去抱緊，好高興見到我。他說：

「天佑你啊，孩子，俺以為你又掛了。傑克來過，他說他認定你中彈了，因為你一直沒回家，所以俺這才決定划筏子到小溪口準備出發，只等傑克來通知，確定你是不是掛了。蜜糖，神呀，俺好高興你回來了。」

我說：

「這就好，太好了，他們不會來找我，會以為我死了，以為我的屍體在河上漂流——那邊另外有些東西會讓他們誤以為我死了——你別浪費時間了，吉姆，我們趕緊出發吧，儘快划進大河去。」

划了三公里，最後划到密西西比河的中央，我的心才放下。然後，我們點亮燈籠做訊號，判斷我們又自由安全了。我從昨天到現在沒吃東西，所以吉姆拿出玉米餅、酪奶、豬肉、包心菜、蔬菜——東西只要煮對了，美味勝過山珍。我邊吃晚餐邊聊天，談得好開心。能遠離世仇，我高興得不得了，吉姆也高興能脫離沼澤。我們說，到頭來，沒有一個地方比木筏更像家。其他地方感覺好擠好悶，木筏卻不會這樣，總覺得好自由、好自在、好舒服。

第十九章

日子過了兩三天。我大概可以說，時光如梭，因為日子溜得好靜、好順、好祥和。以下是我們消磨時間的方法。大河流到這裡，河道寬得不像話，有時候有兩公里寬。我們晚上趕路，白天靠岸躲著。快天亮時，我們會停止前進，找地方靠岸繫好——幾乎每次都找沙洲下游的水流緩和處，然後砍幾支嫩三角葉楊和柳樹，遮住木筏。接著，我們放釣線進河水，然後泡進河裡游泳，一來可以洗洗澡，二來可以涼快一下。然後，我們在低窪的沙地坐下，水深大概到膝蓋，看著白天流逝。四處沒有一絲聲響——完全靜悄悄的——好像整個世界都睡著了，頂多偶爾有牛蛙呱呱叫。黑夜快結束時，最先看到的是水面出現一條灰沉沉的線——是對岸的樹林，別的東西全看不清楚。然後天邊出現灰白的一片，向外擴散開來，河水的顏色也變得柔和，不再黑漆漆，變成灰色，遠遠可見幾個小黑斑——商船之類的東西。黑色的長線代表木筏。有時聽得見槳和槳架摩擦出的吱嘎聲；有時靜到聽得見人聲，從好遠的地方飄過來，變得模糊。也有時候，看見河面出現一道水紋，一看就知道，急流下面有個障礙物，所以才把水面攪成這樣。水面有薄霧盤捲而上，東方漸漸發紅，河面也是，隱約看得見對岸樹林邊緣有一座小木屋，很可能是鋸木廠，論堆計價的木頭堆得空隙好大，大到狗都能鑽進鑽出。接著，清風飄起來，對著你搧風，好清新涼爽也好香，因為風送來樹林和花朵的氣息。但有時候不是這樣，因為有人隨地扔雀鱔之類的死魚，變得臭薰薰。接著，白天來臨，太陽下的一切都露笑臉，鳥兒唱得好起勁！

現在升一點煙也不會被人注意到，於是我們從釣線抓幾條魚上來，煮一頓熱騰騰的早餐。飯後，我們欣賞著河上的孤寂風情，懶散沒事做，不久就睡著。後來醒了，睜眼看一看前後左右，也許見到蒸汽船邊咳嗽邊逆流而上，遠在河的另一邊，只分得清她屬於尾輪船或側輪船。之後大約一小時，再也聽不見聲音，看不見東西——只有凝重的孤寂。接下來，你會看見木筏遠遠漂過，也許能見到水手在上面劈柴，因為水手幾乎總在木筏上劈柴。你看得見斧頭閃一下光，劈下去——暫時聽不到聲音，在斧頭又提到頭上的時候，你才聽見「啪剎！」——聲音在河面傳這麼久才到。我們就這樣打發白天，閒著沒事做，聆聽這片安靜的世界。起濃霧時，路過的木筏和大小船隻都敲著錫鍋，以免被蒸汽船撞翻。有時商船或木筏經過時靠得太近，我們聽得見他們在交談笑罵聲，聽得很清楚，但完全看不見人影，令人覺得好恐怖，好像空氣裡有幽靈在作怪。吉姆說他相信是幽靈，但我說：

「不是啦。幽靈才不會說：『該死的霧真該死。』」

天一黑，我們馬上出航。木筏划到河心，我們就隨她去漂流，讓水流帶著走，然後我們點菸斗，兩腿泡河水，聊遍天下事——我們總是光著身體，白天晚上都一樣，蚊子多才穿衣服——巴克家人幫我做的新衣服太高級了，穿起來很不舒服，何況我也不太愛穿衣服。

有時候，好久好久，整條河都是我們的，看不到其他人，隔著河水看得見遠方有河岸和小島，也許看得見火光——是小屋窗口的一支蠟燭。有時在河面上也有一、兩點火光——在木筏或商船上。也許你聽得見別人的船上傳來小提琴音樂或歌聲。木筏上的生活好美。我們頭上有天空，有星星點綴著，我們常躺著望星空，討論星星是有人做出來的，或是天空生出來的。我判斷，**做**這麼多顆，耗太多時間了吧，不可能是做的。吉姆說，有可能是月亮**生**出來的，呃，有幾分道理啦，所以我不反對，因為我見過青蛙一次下好多蛋，幾乎和星星一樣多，所以當然有可能。我們也看著星星掉下來，看著它們畫過天邊。吉姆猜它們是臭掉了，被踹出鳥窩。

晚上有一、兩次，我們會看見蒸汽船在黑暗中航行，不時見她的煙囪嘔出好大一團火花，看著火花像雨落到河面，看起來怪漂亮一把的。然後，輪船轉個彎，船燈會眨一眨消失，噗噗聲也停息，河面恢復寂靜。船走了很久以後，浪才會打過來，拍得我們的木筏輕輕晃，然後不知有多久，什麼聲音都沒了，青蛙之類的叫聲例外。

午夜過後，岸上的人們去睡覺，河岸陷入漆黑兩、三小時，小屋窗口不再有火光。這種火光是我們的時鐘——出現第一盞，表示快天亮了，我們該立刻找地方把木筏繫好。

有天早上快天亮時，我撿到一艘獨木舟，跳進去划著橫渡一條窄河道，來到大岸邊——只划了兩百公尺就到——然後逆流划進一條小溪，兩旁是絲柏樹林，因為我想找找有沒有漿果可摘。我正要通過一個牛過溪的地方時，看見兩個男人從這條牛路沒命狂飆過來。慘了。每次有誰在追誰，我就以為他們追的是我——不然來人也有可能想抓吉姆。我正想趕緊划走，但他們已經很接近我，對我大喊，求我救命——說著他們沒做壞事卻被人追捕——說後面有人帶狗追過來了。他們想直接跳進獨木舟，但我說：

「別跳進來。我還沒聽見狗和馬的聲音，你們還來得及鑽進矮樹叢，沿小溪往上走一段路，然後涉水過來我這裡上船，這樣狗就嗅不到這裡來。」

他們照我的話去做，不久後上船，我加速回沙洲，過了大概五或十分鐘，我們聽見狗和人追來，吆喝著。我們聽見來人朝著小溪跑過來，但看不見人。他們好像停下來逗留一陣子。然後，我們愈划愈遠，漸漸聽不太見他們。等到我們脫離樹林一公里半，進入大河，一切變得靜悄悄。我們划向沙洲，躲進三角葉楊裡，得救了。

這兩人一老一年輕，老人七十幾歲上下，更老也說不定，整顆頭光禿禿，鬍鬚快全白了，戴著破舊的寬邊軟氈帽，藍羊毛衣骯髒，藍牛仔褲舊得像破布，褲腳塞進靴子，自製的吊褲帶只有一條。他的牛仔布舊大衣的尾巴很長，袖子亂縫了一排油亮的銅釦子，兩人都提著鼓鼓的、看起來很低級的地毯織手提包。

年輕人三十歲左右，穿著和老人差不多落魄。早餐後，大家全躺著聊天，我們發現的第一件事是，這兩人彼此不認識。

「你闖了什麼禍？」禿頭老人問另一人。

「我嘛，我賣一種能消除牙石的器材——效果真的很強，強到連琺瑯質也一起摳穿了。不過，我待了太久，早該提早一晚離開的。我溜走的途中，在鎮的這一邊遇到你也在跑路，你說他們快追過來了，求我救你逃走。我說，我自己的麻煩也快來了，乾脆跟你一塊兒溜之大吉。我的故事就這麼簡單——你呢？」

「我嘛，我辦了一個振興戒酒運動的東西，搞了大概一個星期，成了大小女人家的新寵，因為，不騙你喲，我把村裡的酒鬼搞得裡外不是人，每晚能進帳多到五、六塊錢——每人收一角錢，小孩和黑鬼免費，生意一天比一天好，結果不曉得怎麼著，昨晚有個小謠言到處傳，說我有空常偷喝酒。今天早上，有個黑鬼叫醒我，說鎮民暗地裡聚集起來，牽狗帶馬的，就快趕過來抓我了。幸好他通知我，我能早他們半小時開溜，看他們有沒有法子追上我。假如我被他們逮到，包準會被他們潑焦油撒羽毛，把我架在桿子上遊街。我那時不餓，所以早餐就省了。」

「老人啊，」青年說：「我建議我倆可以合作看看。意下如何？」

「我不排斥這主意。你走哪一行？主業是——？」

青年說：「打零工是我的行業，也做一點專利膏藥、演戲——主要是悲劇，有機會也搞一點迷幻術和骨相學。有時為了換換口味，我也教學生唱歌學地理。有時候也辦個演講會——我做的事情可多著呢——隨手能做的事就做，所以也稱不上是本行。你呢？」

老人說：「我做過不少醫藥方面的東西，專長是徒手療法——治癌症和癱瘓之類的。如果找得到搭檔幫我刺探，我算命也算得挺準。佈道也是我的本行，常去教徒營會，到處傳教。」

大家好一陣子講不出話，然後青年嘆氣說：

「苦哉！」

「你喊啥苦？」禿頭老人說。

「我竟然屈就這種生活，竟然委身和這種人為伍。」說著，他拿破布擦眼角。

「講啥屁話，我們這種人有啥不好，為什麼配不上你？」禿頭說，語氣很衝很高傲。

「的確配得上我，這是我應得的下場；往日高高在上的我，是被誰拖垮到這田地？都怪我自己。我不怪罪**你們**，紳士們——絕無此意。我不怪罪任何人。這全是我自找的。且讓冰冷的塵世作威作福吧；我能預知的一件事是，世上總為我留一塊墳地。地球照樣運轉，照樣奪走我所擁有的一切——至親、財產——一切一切，但奪不走我的墳。有朝一日，我將躺進墓穴，忘卻一切，這顆可憐破碎的心也將長眠。」他繼續啜泣。

「去你的破心，」禿頭佬說：「你捧著破心給**我們**看幹什麼？我們又沒對你怎樣？」

「對，不是你們的錯，我知道。我不是在怪罪你們，紳士們。淪落至此，全是我自作孽——是的，全怪我自己。受難是我理所當然的下場，理所當然，我無一句怨言。」

「從哪裡淪落下來的？你本來有多高貴？」

「啊，說來你們也不會相信，全世界都一直不信我，毋須費唇舌，說出來也沒用。我身世的祕密——」

「你身世的祕密！這話是啥——」

「紳士們，」青年以非常嚴肅的態度說：「我對各位有信心，不妨對各位表白。依照世襲制度，我是公爵！」

吉姆一聽，眼珠子差點掉出來，我猜我也好不到哪裡。接著，禿頭佬說：「騙誰！你不是當真吧？」

「是真的。我曾祖父是布里基沃特公爵的長子，於十七世紀末葉投奔美國，想呼吸自由純淨的空氣，然後結婚，死後留下一子，而他的父親大約在此同時逝世，次子奪走爵位和家產，無視理應繼任公爵的嬰孩。我就是該嬰孩之直系後代，是名正言順的布里基沃特公爵。如今我淪落至此，空惆悵，貴族之名位遭剝奪，被人追捕，被冰冷的塵世鄙夷，衣裝襤褸，筋疲力盡，心痛難忍，委身木筏，與罪犯為伍！」

吉姆非常同情他，我也是。我們盡力安慰他，但他說，安慰的用處不大，再安慰也沒用。他說，如果我們有心認同他的名位，作用就比其他動作更有效。怎麼認同？我們請他教。他說，我們對他講話時，應該尊稱他「公爵」、「尊主」、「爵爺」，直呼「布里基沃特」也無妨，反正是封號而不是姓。他也叫我們午餐時服侍他，他想做的大小事全幫他做好。

全都很容易辦到嘛，我們願意照做。午餐期間，吉姆站在一旁服侍他，一直說：「爵爺是否要這要那？」旁人看得出他有多得意。

沒過多久，禿頭佬變得不愛講話，沒話可講，對公爵的派頭也看不太順眼。他好像在盤算什麼。到了下午，他說：

「告訴你好了，布里基齷齪[10]，」他說：「我為你難過到了極點，不過，遇到這種難題的人不獨你一個。」

「是嗎？」

「對。受到冤屈，被迫從高處降到平地的人不只你一個。」

「苦啊！」

「身世暗藏玄機的人不只你一個。」說著，媽呀，他也哭了起來。

「等一等！你這話什麼意思？」

「布里基齷齪，我信得過你嗎？」禿頭佬說，仍帶一點哭音。

「以個人性命擔保！」他握住禿頭佬的手，捏一捏，說：「身世玄機何在，願聞其詳！」

「布里基齷齪，我是已故法國皇太子！」

這一次，吉姆和我當然只能乾瞪眼。然後公爵說：

「你是什麼？」

「沒錯，朋友，千真萬確——此時此刻，你眼前的人正是失蹤的可憐兒皇太子嚕易十七世，是路易十六和瑪麗安脫哇內特皇后的兒子。」

「你！以你這年紀！不可能！你是說，你是查理曼大帝[11]。你少說也有六、七百歲了。」

「是苦難造成的，布里基齷齪，是苦難造成的。苦難讓我鬍鬚灰白，使我童山濯濯。是的，紳士們，你們眼前、身穿藍牛仔布、置身苦海、被迫流浪、流亡、被踐踏的我，正是名正言順的法國苦王。」

說完，他哇哇大哭，害我和吉姆為他好難過，不曉得怎麼辦才好。但反過來說，能帶他一起走，我們既高興又覺得光榮。於是，我們比照公爵的待遇，也儘量讓他舒服一點。但他說，這樣做也沒用，除非一死百了，否則他沒有舒服的一天。只不過，他說，如果大家能照他與生俱來的權利對待他，講話時向他行單膝禮，開口必尊稱他「吾主」，三餐先奉伺他，等他下令才坐下，這樣做，他的日子才會好過一些。就這樣，我和吉姆對他王來王去的，為他做這做那，等他准我們才敢坐下。他的心情有了很大的起色，所以變得開朗舒服起來。至於公爵呢，公爵有點嫉妒

---

10 譯注：Bilgewater，禿頭佬有意或無意講成「艙底的污水」。

11 譯注：Charlemagne，西元七四二年至八一四年，法國國王、西羅馬帝國皇帝。

他，情況的進展令他臉色難看，一點也不服氣。儘管如此，國王對他是真的很友善，說公爵的曾祖父和歷代布里基齷齪公爵都頗受他先父的禮遇，常邀他們進皇宮做客。然而，公爵仍氣呼呼好久，直到後來國王說：

「既然我們被湊在這木筏上，布里基齷齪，要再待多久還不曉得，何苦嫉妒成那樣呢？只會讓氣氛更僵。我天生不是公爵，又不是我的錯，而你天生不是國王，也不是你的錯，苦惱有啥用呢？盡其在我，知福惜福吧，這是我的座右銘。我們被湊在這裡，也不見得是壞事嘛——吃得飽，日子輕鬆。來吧，伸出你的手，公爵，讓大家交個朋友。」

公爵伸手，吉姆和我見了很高興，彆扭的氣氛全被趕走了，心情變好，因為木筏上如果勾心鬥角，日子可就悽慘了。不管你怎麼說，人在木筏上，最重要的是讓每一個人過得滿意，和和氣氣彼此對待。

我不久就想通了，這兩人是騙子，根本不是國王公爵，不過是不入流的無賴漢、詐欺犯。但我憋著不說，從不脫下假面具，自己知道就好。這樣最妥當，可以省下吵架的力氣，不會製造麻煩。想叫我們尊稱國王公爵，我沒意見，只求家裡平靜無事。我覺得沒必要告訴吉姆，所以沒對他說。我爸教過我的東西只有一個：和這種貨色相處的上策，就是順著他們的意思去做準沒錯。

第二十章

這兩人問了我們好多問題，問我們砍樹葉遮木筏做什麼，問我們為什麼白天靠岸不趕路——難道吉姆是棄主的黑奴？

我說：「什麼話！黑奴想逃，怎麼可能往**南方**跑？」

對，他們想想覺得有道理。我有必要解釋其他東西，於是我說：

「我家本來住密蘇里州派克郡，我在那裡出生，後來家人死到剩下我爸和我弟弟艾克。我爸嘛，他打算收拾這裡，南下去投靠我伯伯班。在紐奧爾良下游七十公里以外的河邊，伯伯有個小農莊，養一匹馬。我爸他滿窮的，欠了一些錢，還完債以後，只剩十六元和黑奴一個——就是吉姆。錢不夠帶我們南下兩千多公里，有沒有搭船都一樣。結果呢，河水上漲了，有天我爸他走運，撿到這個破木筏，可以一起去紐奧爾良。可惜，老爸他的運氣維持不久。有天夜裡，一個蒸汽船撞掉木筏的前角，所有人都落水，潛到不會被明輪壓到的地方。吉姆和我浮上水面，沒受傷，不過我爸他喝醉了，我弟他才四歲大，兩人一直沒上來。結果呢，隔天或後天，我們遇到好多麻煩，因為大家老是划著小船來，想抓走吉姆，認定說吉姆是逃脫的黑鬼。現在我們不敢在白天趕路了，晚上不會有人找碴。」

公爵說：

「且讓我靜一靜，由我來研擬一套白天趕路的良方。我將全盤思考，我將構思一套解決之道。今天我們暫且維持原狀，因為我們當然不想在光天化日之下通過遠處那鎮，可能不妥。」

傍晚，烏雲漸漸多起來，好像快下雨了。熱閃電在低空亂竄，樹葉也開始發抖——一眼就知道，老天爺要撒野了。公爵和國王見不對勁，趕快去打量棚子，檢查床鋪的狀況如何。我的床是乾草鋪成的床墊，比吉姆的床舒服——他的床是用玉米殼鋪的。玉米殼床難免會夾帶乾玉米梗，常刺痛人，而且翻身會把玉米殼壓得像枯葉子一樣沙沙叫，起床也一樣吵。公爵看了，當然想睡我的床，但國王不准。國王說：

「位階有差別，你應該知道，你也應該明白玉米殼床不適合我睡。爵爺你就睡玉米殼床吧。」

吉姆和我緊張了一分鐘，擔心兩人又鬧意見，幸好公爵說：

「我命苦，總在鐵鞋跟的壓迫下，賤如泥濘。多舛的命運已打倒我那曾經高傲的心靈，我屈服，我認輸，這是我的命運。在此塵世上我獨行。讓我受苦吧，我能逆來順受。」

天全暗下來了，我們馬上出發。國王叫我們儘量划向河心，等漂過這鎮好一段距離才點燈。沒過多久，我們見到一小撮燈火——鄉鎮來了。通過之後，我們再漂個大約一公里，沒事。來到下游不到一千多公尺的地方，我們掛燈籠當作訊號。大約十點，風雨和雷電都來了，熱鬧得很，國王吩咐我和吉姆輪班，等天氣轉好才能睡，他自己和公爵則爬進棚子睡覺。我先站崗到十二點，但我即使有床也不想睡，因為這種暴風雨很少來，不是每天都能看到的。哇塞，風颳得咻咻叫啊！每隔一兩秒，一道閃電劈下來，照亮周圍一公里的白浪頭，也看得見被雨淋成灰色的小島，樹在狂風裡搖頭彎腰。接著來的是啪察！轟！轟！轟隆隆隆轟隆隆——聲音愈鑽愈遠，最後聽不見。然後，又一道閃電劈下來，接著再來致命的一擊。有幾次，河浪差點把我打出木筏，但我沒穿衣褲，完全不在乎。我們沒撞到障礙物，因為雷電不停來，一陣陣照亮障礙物的跡象，讓我們能及早轉彎躲過。

我分到的是大夜班，到了這時候，我滿睏的，於是吉姆說他可以幫我守前半夜。吉姆總是這麼容易通融。我爬進棚子，但國王和公爵的腿攤得老開，我根本睡不進去，乾脆睡外面。淋雨我不在乎，因為這雨不冷，現在浪也不太高。但是，大約兩點，浪又起來了，吉姆本想叫醒我，卻又想說，反正浪還沒大到會出事，所以不吵我。然而，他料錯了，因為不久後，一陣大浪冷不防拍過來，把我沖下水，吉姆差點笑死。他是有史以來最會動不動就笑的黑奴。

換我站崗，吉姆他躺下就呼呼大睡。後來，風雨過了，不再回來。我見到第一盞屋裡的燈火時，馬上叫醒他，把木筏划去藏起來等天黑。

早餐後，國王拿出一副髒舊的撲克牌，和公爵玩「七點」，一局賭五分錢。一陣子後，他們玩膩了，想「策畫攻勢」——這是他們的用語。公爵從他的地毯包裡找出很多小張的印刷傳單，朗讀出宣傳的內容。其中一張印著：「巴黎名醫亞曼德．迪蒙特班」即將在某某地「以骨相學為題發表演講」，月日的地方留白，入場費一角，「腦殼分區圖解每張酌收兩毛五。」公爵說，這上面廣告的就是他。在另一張上面，他是「享譽全球的莎翁悲劇大師蓋瑞克二世，倫敦竹瑞巷劇團明星。」另外幾張寫著各種姓名，擅長的東西有好多種，例如拿「占卜杖」尋水覓金、「解消巫咒」等等。後來他說：

「不過呢，劇場謬思才深得我心。王君，你可曾上臺演過戲？」

「沒有。」國王說。

「三日之內你應試試身手，遜位王，」公爵說：「到了下一座像樣的城鎮，我們可以包下一廳，表演理察三世裡的鬥劍場面，以及羅密歐與茱麗葉裡的陽臺戲。你意下如何？」

「我願意，舉雙手贊成，只要有油水可撈就算我一份，布里基齷齪。不過呢，告訴你好了，我對演戲一竅不通，戲也沒看過幾場。我爸以前是常找戲班來皇宮演戲啦，不過我那時年紀還太小。你可以教我嗎？」

「那還不容易！」

「好，我正愁沒有新鮮事可做呢。我們即刻開始吧。」

公爵從頭到尾教他認識羅密歐與茱麗葉的故事，說明茱麗葉的角色，也說他自己習慣扮演羅密歐，國王只好反串女主角。

「可是，公爵啊，茱麗葉是個小女孩哪，大光頭白鬍鬚的我扮演她，看起來不奇怪嗎？」

「不會，你用不著操心，鄉巴佬顧不了那麼多[12]。更何況，你一穿上戲服就能改頭換面。而且茱麗葉站在陽臺上，想在睡前享受一下月光，戴著皺皺的睡帽，也穿著睡衣。這些角色的戲服在這裡。」

他拿出兩、三套俗豔的簾布平紋裝，說是理察三世和另一個傢伙的中世紀盔甲，搭配一件白棉長睡衣和一頂皺皺的睡帽。國王滿意了，於是公爵拿書出來，以最華麗的方式手舞足蹈，一面朗讀一面示範正確的演法。然後他把書交給國王，叫他背臺詞。

河道轉彎再過大約五公里，有個俗稱單馬鎮的小小鎮，意思是一匹馬就能負責全鎮載人運貨的工作。午餐後，公爵說他想出一個白天趕路、不會危害到吉姆的方法。他說他想進這個鎮安排一下。國王說他也想去，看能不能一頭撞上財運。我們的咖啡喝完了，吉姆叫我最好跟著划獨木舟去，再買一點咖啡。

我們進鎮上，發現全鎮靜悄悄，街上沒人影，到處像星期日一樣一片死寂。我們在某戶的後院找到一個正在晒太陽的生病黑奴，他說全鎮的人如果不是年紀太老太小、或是病太重，全都去教徒營會了。營會在鎮外大約三公里的樹林裡。國王問到路，說他想過去運作一下，試試手氣，我如果想去也可以一起去。

公爵說，他想找的是印刷店。我們在木工店樓上找到一間小印刷行——木匠和印刷行老闆全去營會了，門沒鎖。印刷行裡面很髒亂，到處是油墨印，牆壁上滿是印著懸賞馬和黑奴的傳單。公爵脫掉外套，說他自己就能應付，於是我和國王出去找營會。

這天熱昏頭了，我們走了半小時，終於到了，滿頭大汗。營會裡有多達一千人，來自方圓三十公里，樹林裡停滿了載人載貨的馬車，馬飼料在貨車槽裡，馬猛踏地趕蒼蠅。有幾座用桿子搭建的棚子，以枝葉充當屋頂，攤販在裡面賣檸檬水、薑麵包、成堆的西瓜、綠玉米等等東西。

佈道在相同的棚子裡舉行，不同的是規模比較大，能容納比較多人。棚子裡有幾條長椅，做法是把原木鋸成木板後，平的一面給屁股坐，半圓的樹皮朝下，鑿洞用棍子充當椅腳，沒有椅

12 譯注：男人飾演女角在當時是常態。

背。棚子的一邊有高高的講臺，讓牧師站著講道。現場的婦女戴著遮陽帽，貧富不等，有些穿著斜紋粗布罩衫，中等的穿方格布罩衫，少數幾個比較年輕的穿平紋布衣服。有幾個年輕男子打赤腳，有些小孩只穿粗麻紗上衣，光著屁股。有幾個老婆婆正在打毛線，有些少男少女忙著眉目傳情。

在我們參觀的第一座棚子裡，牧師叫大家照著他複誦讚美詩。他先念兩句，讓大家照著朗誦，聽起來有點盛大，因為這裡面有好多人，大家喊得好有精神。接著，牧師再念兩句，讓大家跟著唱。大夥愈唱愈起勁，嗓門愈來愈大，最後有些人開始悶哼，有些人開始吼叫。然後，牧師開始佈道，講得振振有詞，走到講臺一邊，回頭再往另一邊走，接著走到最前面，對著信徒彎腰，雙手和上身動個不停，使出渾身解數叫喊。偶爾，他會高舉《聖經》，攤開來，忽左忽右拿給信徒看，嚷嚷著：「蟒蛇正在野地裡囂張！提高警覺啊！」信徒會跟著喊：「榮光啊！阿門！」牧師一直喊，信徒又哼又唉，又哭又喊阿門：

「喔，來吧，過來懺悔者的長椅！來吧，灰頭土臉的罪人！（阿門！）來吧，有病痛者！（阿門！）來吧，瘸跛盲人！（阿門！）來吧，窮苦者，卑微者！（阿門！）來吧，疲憊、髒污、苦難者！帶著破碎的心前來吧！帶著悔恨的心前來吧！蒙罪蒙土穿著破衣來吧！潔身的水是免費的，天堂的大門是敞開的！喔，進來吧，歇息吧！」（阿門！榮光，榮光哈利路亞！）

就這樣喊著。到後來，叫嚷和哭聲太大，根本聽不清牧師講什麼，到處有信徒站起來，用盡渾身的力氣走到最前排的懺悔座，淚流滿面。前排坐滿了懺悔者時，大家高歌、吶喊，撲倒在鋪乾草的地上，場面只有瘋狂兩字能形容。

我嘛，我一回過神來，發現國王出動了，聽得見他的嗓門比所有人高一度，接著，只見他衝上講臺，牧師請他對信徒講講話，他答應了。他告訴信徒，他是個海盜，在印度洋縱橫三十年，今年春天，水手大打一架後，人數劇降，他只好返鄉招募新血，結果謝天謝地的是，昨晚他遇到強盜，一文不剩，被押上蒸汽船，現在他慶幸不已，因為這是他遇過最幸運的一件事；現在的他徹底洗心革面了，一生中從沒這麼快樂過。雖然他窮，他想從現在開始努力掙錢，重返印度洋，貢獻餘生勸其他海盜棄暗投明，因為他熟悉印度洋上的海盜習性，比任何人的勸說都更有效。雖然他身無分文，重返印度洋遙遙無期，但他最後總有辦法回去。他會逢海盜就勸說：「你可別謝我，可別歸功於我，功勞全在親愛的泊克村營會的信徒身上，他們是全人類的親兄弟和恩人，而臺上親愛的牧師，他是海盜擁有過的朋友當中最真誠的一位！」

然後，他哭出來，大家也是。接著，有人喊：「捐錢給他，捐錢給他！」還真的耶，有五、六人跳起來捐錢，但有人喊：「讓**他**拿帽子去接錢！」大家跟著喊，連牧師也附和。

於是，國王拿著自己的帽子繞場，頻頻擦眼淚，祝福大家，讚美大家，感謝他們這麼善待遠從外地來的窮海盜。每隔一會兒，就有美到不能再美的女孩淚流滿臉，向前問能不能親他一下留念，他每次都答應。有些女孩被他又親又抱了多達五、六次，更有人邀請他做客一星期，大家都想拉他回去長住，說是他們的榮幸。但他說，因為今天是營會的最後一天，大家的好意他只能心領了，況且他急著回印度洋，想馬上勸說海盜。

我們回木筏後，國王數錢，發現他總共拿到八十七元七毛五。另外，在回來的路上，穿越樹林時，他在馬車下面撿到一大壺三加侖裝的威士忌。國王說，總的來說，在傳教這一行，他從來沒有撈到這麼多錢。他說，在營會裡，想把場面炒熱，最靈的方法是高談勸海盜改信基督教，如果勸的是印第安人之類的異教徒，聽眾的反應不會這麼激烈。

公爵本來以為自己賺得好飽，結果發現國王比他更厲害，心裡不是滋味。在印刷行裡，他幫農夫印了兩份賣馬單，賺到現金四元。有人想在報紙上登十元的廣告，他說，如果能預付，他只收四元就登，對方接受了。訂報紙的價錢是一年兩元，但他接到三個訂戶，預付訂報費每戶只收五角；訂戶原本想依慣例用柴薪和洋蔥抵，但他說他剛頂下這印刷行，價格已經儘可能壓到最低了，打算以現金交易的方式來經營。他自創一首短詩，只有三段，有點甜蜜，有點哀傷，詩名是「冰冷的塵世，儘管壓垮這顆玻璃心吧」，而且把一切安排好，只等著上報，一分錢也不花。最後，他帶走九元五角，說他今天是踏踏實實賺到這筆錢。

然後，他拿出他印好的傳單給我們看，說這傳單是免費的，我們自己留著用，上面印著一個逃走的黑奴，竹竿綁著一個包袱，扛在肩膀上，下面寫著：「懸賞兩百元」。內容詳細描寫吉姆的特徵，說他去年冬天從紐奧爾良下游六十公里的聖莎克斯農場逃脫，很可能往北逃，能抓到他並歸還者可得賞金，開銷另計。

「現在，」公爵說：「明天開始，我們如果想趕路，白天也沒問題。每次一有人過來，我們可以用繩索把吉姆手腳綁住，把他放進棚子裡躺著，拿出這張懸賞單給對方看，說我們在上游逮到這黑奴，但窮到沒錢搭蒸汽船，所以向朋友借這艘小筏子，想南下領賞。手銬和腳鏈套在吉姆身上會比較好看，但和我們編的窮故事搭不太起來。太像首飾了。繩子才比較像話。套一句舞台術語，『三一律』的時、地、劇情非前後一致不可。」

大家都稱讚公爵好聰明，也說白天趕路應該不成問題。我們判斷，今晚可以多趕一點路，因為公爵在小小鎮印刷行搞的把戲肯定會鬧出大風波，我們想儘早遠走高飛。之後，只要我們高興，就能勇往直前了。

我們先躲著不動，直到將近十點才划出去，然後順水漂流，離小鎮遠遠的，直到看不見小鎮才點燈籠掛起來。

凌晨四點，吉姆叫我起床換班，說：

「哈克，這一趟，咱們還會再遇到其他國王嗎？」

「不至於吧，」我說：「大概不會。」

「呃，」他說：「那就好。遇到一、兩個，俺還不怕，不過這樣就夠了。這一個酒喝得好凶吶，而且那個公爵也不見得比較好。」

吉姆想聽聽法文，曾想叫國王講法文，被我看見，但國王說，他在美國待太久了，而且人生好坎坷，法文全忘光了。

第二十一章

太陽出來了，但我們不靠岸，繼續趕路。後來，國王和公爵起床了，外表有倦意，不過他們跳河游個泳之後，精神提升了不少。早餐後，國王他在木筏一角坐下，脫掉靴子，捲起褲管，伸腳進河裡泡水享受，點菸斗，背羅密歐與茱麗葉的臺詞。背得差不多了，他和公爵開始一同練習。每一句話，公爵都反覆教他怎樣念才正確，教他怎麼嘆息，怎麼把一手放在心上。練習一陣子後，他說國王表現相當不錯，「只有一個缺點，」他說：「叫『羅密歐』的時候，不應該用吼的，聽起來像公牛在叫。你的聲音應該柔和，應該病懨懨的，有氣無力，像這樣——羅哦——密歐！這樣才對。因為，你知道，茱麗葉是個溫柔可親的小女孩子，不會像公驢子嗥嗥鬼叫。」

接下來呢，公爵用橡木板條做成兩把長劍，一人一支，開始練習比劍，公爵自稱理察三世。他們在木筏上大搖大擺，走來走去，精采得很。不過後來，國王一腳沒踩好，跌進河裡了，之後他們休息，聊起各人以前在河上遇到的各種鮮事。

午餐後，公爵說：

「這樣吧，卡佩[13]，既然我們想把這場戲演成上乘之作，我們最好多加一點料進去，應該再準備一點東西，以應付安可。」

「安什麼口，布里基齷齪？」

公爵說明「安可」的意思，然後說：

「我就表演『蘇格蘭民俗舞』或『水手號笛舞』，你呢……讓我想想看……有了，你可以表演哈姆雷特的獨白。」

「哈姆雷特的哪個？」

「不就是哈姆雷特的獨白嘛，是莎士比亞最負盛名的傑作。哇，唯美啊，唯美！總能博得滿堂彩。我只帶一本，這本裡面找不到哈姆雷特的獨白，不過我大概能憑印象把臺詞湊齊。讓我來回走幾趟，看看能不能從記憶庫裡翻出來。」

於是，他大步來回走，想了又想，偶爾猛皺眉，揚起眉毛，接著一手捏額頭，踹跚後退，發出類似呻吟的聲音。然後，他嘆氣，接著假裝掉下一滴眼淚。看著他，就像看到一齣好戲。後來，他想到了。他叫我們專心聽。然後，他擺出高貴無比的態度，一腿伸向前，兩手平舉，頭向後仰，看著天空，開始咬牙咒罵，一面朗誦臺詞，一面嚎叫個不停，挺胸亂揮兩手，打敗我見過所有演員的演技。他把獨白教給國王記誦，我很容易就背起來了：[14]

---

13 譯注：Capet，公爵把茱麗葉的姓 Capulet 和法王路易十六的姓 Capet 搞混了。

14 譯注：其獨白內容融合了《哈姆雷特》、《馬克白》和《理察三世》的臺詞，混搭亂湊。

活著或一死，這是短刀出鞘
所鑄成的人生苦長；
誰願背負重擔，
直至伯南．伍德前來敦席南。
惟死後的莫名恐懼
擾人清夢，
而安眠乃天然佳餚，
令吾人寧可盡射多舛命運之箭，
不願投奔未知之境。
此乃令吾人裹足之敬意：
敲門喚醒丹肯吧！尚祈；
孰能忍受歲月之鞭笞奚落，
隱忍暴君之欺壓、驕君之冷眼，
律法之延宕，心酸之安寧，
時當夜半靜悄荒涼，
墓園打哈欠，
傾吐平日肅穆之黑衣味，
但旅人一去不復返之祕境

對人間吐納瘴氣惡疾，
因此勇氣之本色猶如俗諺裡之苦貓，
難耐憂煩而病弱，
而籠罩吾人屋頂之烏雲，
因此飄無定向，徬徨無依
此即求之不得之結局。
但稍安勿躁，美人兒奧菲立雅：
勿啟沉重之大理石腮幫，
速去修女院——速啟程！

老頭國王喜歡這段獨白，不久後，演技就練到一流的水準，就像他從娘胎出來，就為了表演這段似的。演到入戲，他的手比畫起來，臺詞念得好起勁，滔滔不絕。

我們一有機會，公爵他馬上找人印表演單，之後我們又漂流兩、三天，木筏上一反常態，氣氛變得很熱鬧，因為比劍和排演——公爵的用語——接連不斷，全天不休息。有天早上，我們深入阿肯色州，見到河道轉彎的地方有個單馬小鎮。我們在上游不到一千三百公尺的小溪口靠岸。這裡長滿絲柏樹，形成一條綠色隧道。除了吉姆外，所有人都坐上獨木舟，進小鎮看看有沒有演戲的機會。

我們的運氣很好，有個馬戲團在這天下午有一場表演，鄉下人已經開始聚集，駕著搖搖晃晃的舊馬車或騎馬進來。馬戲團會在天黑之前離開，所以說，我們在鎮上表演的機會不小。公爵他租下法院，我們到處去貼傳單，上面印著：

莎劇重現！

眾所矚目！

僅此一晚！

聞名全球悲劇演員大合作

倫敦竹瑞巷劇團大衛．蓋瑞克二世領銜，

倫敦皮卡迪利街、普丁巷、白教堂、皇家乾草市場劇團以及皇家歐陸劇團之艾德蒙．基恩一世，

攜手演出唯美莎翁名劇

羅密歐與茱麗葉之

陽臺戲！

羅密歐……蓋瑞克先生飾

茱麗葉……基恩先生飾

全團傾力合作！

新戲服、新布景、新道具！

附贈：

緊張刺激、劍技精湛、令人心跳暫停的
理察三世之
比劍決戰！
理察三世……蓋瑞克先生飾
李奇蒙……基恩先生飾

此外：
（應觀眾要求）
歷久彌新的哈姆雷特獨白！
由名家基恩詮釋！
曾在巴黎連續演出三百場！
僅此一夜，
明日即將應邀緊急赴歐演出！
入場費兩角五，兒童與下人一角。

我們進鎮上閒逛。店家和民房幾乎全是搖搖欲墜、奄奄一息的木框型老房子，從來沒上過漆，離地架高一公尺多，以免河水氾濫淹進家裡。民房四周有小花園，可惜好像只長得出曼陀羅花和向日葵，灰燼一堆堆，院子裡有蜷縮的舊靴子、舊鞋子、破瓶子、破布、報銷的錫器皿，圍牆以種類不同的木板在不同年代釘成一片，東倒西歪，院子門通常只有一個鉸鏈，而且是皮做的鉸鏈。有些圍牆曾經塗過白漆，年代不詳，但公爵說，應該是在哥倫布的時代塗一遍就算數了。花園裡常見豬進來逛，居民會趕牠們走。

所有商店都在開同一條街上，門前撐著樸素的白篷子，鄉下人把馬繫在篷杆上。篷子下面有幾個裝乾貨的空箱子，沒事做的人整天坐在這上面，把玩著單刃折疊刀，嚼著菸草，打打哈欠，伸伸懶腰——滿差勁的一群人。他們通常戴著寬如雨傘的黃草帽，不穿外套或襯衣，彼此稱呼比爾、巴克、漢克、喬、安迪，口氣懶散，尾音拖得老長，夾雜很多髒字。每根篷杆只有一個懶人挨著，手幾乎總是放在褲子口袋裡，只在借菸塊或搔癢時，才伸出手。他們的對話總是夾雜很重的土腔：

「漢克，給我一塊菸啦。」

「不行，我只剩一塊而已。去找比爾要。」

也許比爾給他一塊菸，也許他騙說他沒菸。這種懶漢有些人一直是窮光蛋，從來沒有自己的菸可嚼，想解癮只能伸手借。他們會向別人說：「希望你能借我一塊菸，傑克，我的最後一塊，剛剛給班・湯姆森借走了。」每次講這種話都差不多是謊言，只騙得過外地人；但傑克不是外地人，他說：

「你給他一塊菸，是嗎？你妹的貓的奶奶也給了。雷夫・巴克納，你昨天借的那幾塊菸先還我，我就能借你一、兩噸，也不會跟你追究利息。」

「咦，我不是有一次還你一些了嗎？」

「對，你還了大概六塊。不過，你借的是商店賣的高級菸，還的是劣等黑菸。」

商店菸是平直的黑菸條，但這些游手好閒的人嚼的是天然菸葉縮成的菸塊。他們借菸時，通常不會拿刀子切，而是直接用牙齒咬住，然後用手猛拉，扯成兩半，把一半交還給原主。有時候，菸塊的原主哀怨看著對方送還的一半，以諷刺的語氣說：

「這樣吧，菸塊給我，菸條你拿去吧。」

這鎮上沒有鋪路，大街小巷的地上只見泥巴，黑得像焦油，有些地方深達大約三十公分，所有街巷的泥巴都有六、七公分深。豬到處閒晃呼嚕叫，有時街上躺著一頭母豬，霸佔路中間，幾隻小豬正在吸奶，母豬則旁若無人，閉眼甩耳朵，看起來像趴著就有薪水可領那麼幸福。不久後，懶漢會喊：「喂，狗兒子！快去咬啊，小虎！」左右各來了一、兩隻狗，想咬豬耳朵，母豬嚇得唧唧叫逃命，後面又有三、四十隻狗快追過來了，所有懶漢會站起來看豬狗一起跑，笑得好開心，有熱鬧可看真爽。然後，他們會坐回原位，直到狗打架為止。最能讓他們完全清醒、全身暢快的莫過於狗打架——比狗打架更精采的只有對野狗淋松節油點火，或在狗尾巴綁個錫鍋讓牠跑到沒命。

在河邊，有些房子蓋到岸邊的水上，現在變得歪七扭八，差不多快塌進河裡了，居民已經搬走。有些房子的一角出現河岸侵蝕的現象，整個角落都懸空，裡面還住著人，但很危險，因為有時一口氣坍方的土地大如一整棟房子。有時候，深四百多碼的一整排土地會跟著塌，一直塌，一個夏天就整片塌光光。像這樣的鎮必須一直往後搬家，一直退一直退，因為密西西比對著他啃咬個沒完。

這天愈接近正午，街上的馬車和馬就愈多，晚到的人一直進來。有小孩的鄉下家庭帶午餐來，直接在馬車上吃。有不少人在喝威士忌，我就看見三個酒醉打架的場面。後來，有人喊：

「老波格茲來了！他每個月從鄉下來解酒癮一次。兄弟們，他來了！」

所有懶漢都面露喜色，我猜他們常恥笑波格茲。其中一個說：

「不曉得他這次想點名扁誰啊。如果他這二十年來真的每罵一個就揍一個，他的名氣一定響噹噹。」

另一人說：「我倒希望老波來威脅我，因為這樣一來，我就曉得我再活個一千年也不成問題。」

波格茲騎馬衝刺過來，學印第安人嗚啊鬼叫，喊著：

「讓路啊你們，老子要上戰場啦，棺材快要漲價啦。」

他醉了，騎著馬到處穿梭。他五十幾歲，臉紅通通，大家對他大呼小叫，嘲笑他，罵他，他也罵回去，說他待會兒再回來收拾這些人，讓他們躺平；他說他現在沒空，因為他進鎮上是為了殺老上校歇爾朋，而他的處世之道是：「有肉先嚼，開胃湯不急。」

他看見我，騎過來說：

「打哪兒來的，小子？找死嗎？」

他一說完就騎走。我被嚇破膽了，但有個男人說：

「唬你的啦！他喝醉了，老是講這種瘋話。他是全阿肯色州本性最好的一個，不論有沒有醉，從來沒傷害過人。」

波格茲騎到全鎮最大一間商店前，低頭看涼篷布幕底下，嚷著：

「出來，歐爾朋！給我出來，見見被你騙得團團轉的人。你是我想追殺的人，老子非逮到你不可！」

他就這樣講個不停，用他想得到最難聽的話罵歐爾朋，圍觀的鎮民塞滿整條街，邊聽邊笑。沒過多久，一位大約五十五歲、長相孤傲的人走出店門——他是全鎮服裝最高級的一個，沒人比得上。民眾見他走來，馬上靠邊站，讓他通過。他對波格茲開口了，語氣非常和緩平靜，說：

「我厭倦了你的行為，不過，我可以忍受到下午一點。記住，一點整。一點一過，如果你敢再張嘴罵我，你跑再遠，我一定找得到。」

話一說完，他轉身進店裡，鎮民顯得很安靜，沒人敢動，笑聲不再有。波格茲騎馬離開，沿街以最大的嗓門辱罵老上校，不久又掉頭回來，停在店門前，繼續罵個夠。有幾人圍過來，勸他趕快閉嘴，但他不聽。鎮民告訴他，再過大約十五分鐘就下午一點了，勸他非回家不可，應該立刻離開。可惜勸不動。波格茲用盡全身氣力亂罵一通，把帽子扔到泥地上，騎馬踩過去，不久後再度飆馬離開，灰髮飄揚。有機會勸說的人想盡力哄他下馬，想把他鎖起來，等他醉醒再說。可惜他不聽。他又在街上衝刺，再痛罵歐爾朋一頓。沒過多久，有人說：

「去叫他女兒來！快點去，去找他女兒；有時他肯聽女兒的話。勸得動波格茲的人只有她。」

有人跑步離開。我在街上走了幾步，停下來。過了大約五或十分鐘，波格茲回來了，這次不騎馬，左右各有一個朋友攙扶著他，催他趕快走。他不吭聲，表情不安，一秒也不逗留，自己也儘量趕快走。有人喊：

「波格茲！」

我望過去，看看是誰在喊，結果是歇爾朋上校。他在街上站得直挺挺，右手舉槍——不是瞄準人，槍口對著前方的天空。在同一瞬間，我看到一個少女跑過來，兩個男人跟在她身邊。波格茲和朋友轉身看誰在喊他的姓，一見到手槍，朋友趕緊跳到一旁，槍口慢慢下降，對準正前方——兩槍管都準備開火。波格茲高舉雙手說：「哇，主啊，別開槍！」砰！第一槍發射，他向後跌幾步，兩手亂抓著空氣——砰！又來一槍，他向後重重跌在地上，雙手向前伸。少女驚叫一聲，衝向前去，撲倒在父親身上，哭著說：「哎呀，他殺了他啊，他殺了他啊！」鎮民圍過來，用肩膀和手肘推擠，伸長脖子想看，最內圈的人一直推他們後退，喊著，「退後，退後啊！給他新鮮空氣，給他新鮮空氣！」

上校他把手槍丟到地上，原地向後轉，走開。

鎮民把波格茲扶進一家小藥房，人群繼續推擠，全鎮都跟進，我也衝去窗外占一個好位子，靠得很近，看得見波格茲。他被平放在地板上，頭下墊一大本《聖經》，另一本《聖經》打開，鋪在他胸膛。在擺《聖經》之前，他們先把他的上衣撕開，我看見子彈射進去的傷口。他長喘了大約十幾次，每吸一口氣，《聖經》跟著胸膛升高，吐氣時落下。之後，他就躺著不動了，死了。鎮民把女兒拉開，帶她走，她則哭叫不停。她大約十六歲，長相非常甜美溫柔，但受到驚嚇而蒼白得可怕。

不久後呢，全鎮都到齊了，鑽、擠、推、扯的動作也全用上了，大家都想擠到窗口看個仔細，占到好位子的人豈肯讓位呢？站後面的人不服，一直說：「喂，看夠了沒，你們，老是占著不走，不太好吧，不公平嘛，怎麼不給別人一個機會呢？其他人跟你們一樣有權利看。」

見鎮民爭吵不休，我擔心有人鬧事，所以鑽出人群。街上擠滿人，大家都很激動。親眼見到事情經過的每個人都講給別人聽，大家圍過來，伸長脖子聽個夠。有個高瘦的男人，留著長髮，火爐管型的白毛大帽子推得老高，拿著彎柄手杖，在波格茲中槍的地方和歇爾朋開槍的地方做記號，鎮民緊跟在他背後走，觀看他的每一個動作，點點頭，表示他們明白這人的用意。在他用手杖畫記號時，大家稍微彎腰，雙手杵在大腿上看著。來到上校剛才站的地方，他站得直挺挺的，皺眉，把帽沿壓低，遮住眼睛，喊：「波格茲！」然後慢慢平舉手杖，說：「砰！」向後跌幾步，再說：「砰！」接著倒地躺平。見到這場面的人都說，事情的經過完全是這樣，他的表演完全正確。然後，有十幾人拿出酒瓶請他喝。

後來呢，有人說，應該把上校拖出來處決。才過大約一分鐘，大家都這樣說；於是，大家出發了，邊走邊吼，情緒瘋狂，見晒衣繩就扯下來帶著，為絞刑做準備。

第二十二章

鎮民湧向歇爾朋上校家，學印第安人發狂嗚嗚叫，來不及讓路的人或東西一定會被撞倒，踩成爛泥，場面很可怕。小孩驚叫著，在暴民最前面跑，想躲開大家的腳。沿路每一家的窗戶都擠滿女人頭，每棵樹上都有黑奴小孩，每道圍牆裡面全有年輕男女黑奴往外望。暴民快要接近時，他們會慌張溜走，以免被抓到。很多婦女和女孩哭了，好緊張，幾乎被嚇死。

暴民聚集在上校家圍牆前面，擠到不能再擠，吵得聽不見自己的想法。上校的小前院有二十英呎長。有些人高呼「推倒圍牆！推倒圍牆！」隨後是一陣撕扯敲打的吵鬧聲，圍牆倒了，人牆的最前端像波浪一樣撲進去。

就在這時候，上校站上小門廊的屋頂上，一手舉著雙管槍立定，一副完全鎮定從容的樣子，一聲不吭。吵鬧聲停止，人潮稍微往後縮。

上校不吭聲，只站在屋頂上向下看，安靜得好嚇人，讓人渾身不舒服。上校慢慢轉著眼珠，看下面的人群，被他視線射到的鎮民想瞪回去，但瞪不贏上校，視線最後下垂，見不得人似的。不久後，上校嘿嘿笑了笑；這種笑不好聽，而是吃麵包嚼到沙子的那種感覺。

然後他用不屑的語氣，慢吞吞說：

「憑**你們**，竟然想動私刑！有意思啊。你們哪來的勇氣，竟然敢來處決**一個男子漢**！你們勇氣夠大，敢對孤苦無依的婦女潑焦油撒羽毛，但面對一個**好漢**，你們膽量夠大、敢對他動手嗎？如果是**好漢**，哪怕槓上你們這種人一千個，只要在光天化日之下，只要你們不偷偷暗算他，他都能安然無恙。

「我認識你們嗎？我對你們的認識透徹，知道你們生長在南方，而我住過北方，所以我懂得普通南北方人。普通人是孬種。在北方，任何一個想踐踏他的人皆可踐踏他，他回家後祈求自己以謙遜的態度忍氣吞聲。在南方，在大白天，一個人單打獨鬥，打劫一輛載滿男人的公共馬車。你們的報紙盛讚你們勇敢，捧得你們自認比其他地方的人民更勇敢——可惜你們的勇氣和其他人相去無幾。你們的陪審團為何不判凶殺犯絞刑？因為他們害怕夜裡背後挨凶殺犯的友人一槍——凶殺犯的友人確實會動手。

「所以，陪審團屢屢判無罪，然後，一個**男子漢**半夜率領一百個蒙面孬種，處決歹徒。你們錯就錯在你們沒帶一個男子漢過來，另一個錯誤是，你們沒遮臉，也沒等到半夜就來了。你們帶來**半條**好漢——巴克．哈寇尼斯，站在那裡——要不是有他帶頭慫恿，你們頂多放放話、出出氣就算了。

「你們原本不想來。普通人不喜歡惹事冒險。**你們**不喜歡惹事冒險。但是，只要有**半條**男子漢——像那個巴克．哈寇尼斯——高呼『處決他！處決他！』你們想退縮卻不敢——害怕被人發現你的本性是**孬種**，於是你們也跟著嚷嚷，跟著那個半條漢子起鬨，一路殺過來，口口聲聲說你們準備做什麼大事。世上最可悲的就是暴民；軍隊就是這麼一回事——一群暴民；他們上戰場時，憑的不是與生俱來的勇氣，而是向狐群狗黨借來的勇氣，向軍官借來的勇氣。反觀一群缺乏**男子漢**帶頭的暴民，這才是比可悲更可悲。**你們**現在應該做的事是夾著尾巴回家，爬進洞裡躲起來。想好好動私刑，就應該在半夜動手，循南方的習俗。好了，還不快滾！帶走你們那個半條漢子！」說完，上校舉起槍管，搭在左臂上，預備開火。

民眾突然後退，然後全體鳥獸散，往四面八方逃走，巴克．哈寇尼斯他也跟在大家後面逃命，狼狽得很。我可以留下來看熱鬧，但我不想。

我去馬戲團帳篷後面閒晃，等看守人走過去，然後從帳篷下面鑽進裡面。我有二十元的金幣，另外也有一點小錢，不過我覺得最好還是省著用，畢竟我在外面人生地不熟，不曉得什麼時候用得著這些錢，謹慎一點準沒錯。如果真的想不出辦法，我倒不反對花錢看馬戲團，但浪費錢看馬戲團不是好主意。

這馬戲團表演好精采。開場時，場面好盛大，一男一女並肩騎馬，一對接一對進場，男人只穿襯褲和內衣，不穿鞋，也沒有馬蹬，雙手放在大腿上，態度輕鬆自在，總共大概有二十個男人吧。每個女士皮膚都嬌嫩，美得像天仙，看起來是一群如假包換的皇后，穿著價值幾百萬的衣服，點綴著鑽石。這場面真浩大。我從沒看過這麼美的景象。接著，他們一個接一個站上馬背，繞場揮手，動作輕飄飄，像水紋蕩漾，好優雅，男人看起來好高，好輕巧，好英挺，邊繞場邊點著頭，頭快碰到帳篷頂了。每位女士的玫瑰花瓣衣在腰間絲柔輕擺，整個人看來像一支漂亮到極點的陽傘。

然後，他們愈走愈快，所有人跳起舞來，起先一腳向前平舉，然後換另一腳，馬和馬之間的距離愈縮愈短，領班繞著帳篷中央柱子團團轉，抽著鞭子喊「嗨！嗨！」小丑跟在他後面開玩笑。後來，所有人放下馬繩，所有淑女反手插腰，所有紳士雙手插胸，然後，每匹馬翹起前腳，搭在前面那匹馬的屁股上。最後，一個接一個，大家都下馬，跳進場子裡，以我見過最優美的姿勢鞠躬，然後匆匆跑開，所有觀眾猛拍手叫好，差點瘋了。

整個表演期間，驚人的特技接連不斷，小丑也一直耍寶，差點笑死觀眾。領班每講一句話，小丑立刻用最好笑的話頂回去，反應比眨眼還快，讓人真佩服他怎麼想得到出這麼多笑話，而且每一句都隨口就講得恰到好處，我實在沒辦法理解。換成我嘛，連續思考一整年，也想不出這麼多笑話。後來，一個醉漢想闖進場子裡——他說他想騎馬，說他的技巧比誰都高明。馬戲團的人跟他理論，想把他趕出場，但他聽不進去，害得整個節目暫停。然後，觀眾開始對著醉漢叫罵，取笑他，他聽了很生氣，繞著場子亂跑大罵，觀眾也火大了，很多男人離開座位，擠向場子，喊著：「揍扁他！揍扁他！趕他走！」有一、兩個女人驚叫起來。領班看情況不對，站出來演講幾句，說他不希望場面失控，也說如果醉漢能保證不再鬧場，他可以准醉漢騎馬，看醉漢有沒有辦法不摔下來。觀眾聽了哈哈笑，准他試試看。醉漢爬上馬背，馬竟然狂奔起來，到處蹦跳著，兩個馬戲團人拉著馬勒，不讓馬亂跳。醉漢抱緊馬脖子，馬每蹦一下，他的腳就跟著飛天，全場觀眾站起來笑罵，樂到擠出眼油。儘管馬戲團人員再努力，最後果然還是拉不住馬。馬衝走了，繞著場子沒命狂飆，一圈又一圈，酒鬼抓著馬脖子趴著，一腳幾乎垂到地面，接著換另一腳，觀眾的情緒沸騰了。我倒不覺得有趣；看他那麼危險，我發抖都來不及了。幸好，不久後，他拚命爬起來，坐上馬背，抓住馬勒，身體歪來歪去。過了一分鐘後，他跳一下，扔掉馬勒，在馬背上站直！馬像房子失火般亂跑。醉漢站在馬背上，被馬載著航行，一副輕鬆自在的樣子，好像一生從來沒醉過似的。然後，他開始脫衣褲，每脫一件就往天上甩，動作很快，一下子就衣褲滿天飛，總共脫掉十七套。最後的他苗條又英俊，穿著你見過最華麗、最漂亮的衣褲，對著胯下的馬抽鞭子，抽得牠活蹦亂跳，最後退場，他也對觀眾一鞠躬，跳舞進更衣室，驚喜不已的觀眾歡呼連連。

領班發現自己被耍了，臉色比天下所有領班都更難看。原來醉漢是自己人啊！他自己一人想出全套惡作劇，假扮醉漢，不告訴其他人。我嘛，我也中計了，覺得很心虛，但是，送我一千元，我也不願意像領班被耍成那樣。比這團更棒的馬戲團，世上大概有吧，只是我從沒見過。總之，對我來說，這團表演得夠精采了。下次再讓我遇到，無論在哪裡，我都願意再看一次。

同一天的晚上，我們的戲上演了，但觀眾只來了十二個——只夠抵開銷，而且觀眾笑個不停，讓公爵好生氣。戲還沒演完，觀眾早走光光，只剩一個小男生，他睡著了。於是公爵說，這些阿肯色的土包子有眼不識莎翁；他們想看的是低俗喜劇，甚至是比低俗喜劇更糟糕的東西吧，他猜。他說他能捏準村民的喜好。隔天早上，他弄到幾大張包裝紙和黑漆，畫了幾張傳單，去村裡到處貼。傳單上寫著：

僅此三夜！藉法院公演！舉世聞名悲劇演員大衛・蓋瑞克二世暨艾德蒙・基恩一世領銜！來自倫敦與歐陸劇場，演出緊張刺激悲劇《國王之麒麟》：另名《無雙皇族》！入場費五角。

傳單最底下注明：

婦孺禁入。

「好了，」他說：「都寫得這麼白了，如果村民再不來，那我有眼不識阿肯色。」

第二十三章

接下來整天，他和國王忙著搭建舞台、掛布幕，在臺前插一排蠟燭充當腳燈。到了晚上，場地裡面一轉眼就坐滿男觀眾。公爵見沒位子坐了，才不再守門收錢，從後面繞進舞台，走到布幕前面，對觀眾讚美這齣悲劇兩、三句，說這戲是史上最緊張刺激的一場，接著吹噓劇情，把主角艾德蒙·基恩一世捧上天。等觀眾的期望被推抬得夠高了，他拉起布幕，國王大搖大擺爬出來，四肢著地，渾身光溜溜，滿是七彩漆的條紋和圓圈，像彩虹一樣顯眼。至於他的身上另外有什麼，不說也罷，這一幕怪透了，不過也能笑死人。觀眾差點笑到斷氣。國王耍寶夠了，跳進布幕後面，觀眾鼓掌歡呼，氣氛熱翻天了，他才又回來，再耍寶一次，接著重新再來一遍。看老白痴搞這種鬧劇有多好笑？連笨牛都笑得出來才對。

然後，公爵把布幕放下來，對觀眾鞠躬連連，說這場偉大的悲劇應倫敦觀眾要求，將在竹瑞巷緊急演出，座位已經被搶購一空，因此只能在本地再演兩夜。說完，他再一鞠躬，說，如果觀眾享受到樂子，也從中獲得知識，希望大家能口耳相傳，告知朋友前來欣賞，他將感激至深。

二十個觀眾大喊：

「什麼？結束了？就這樣而已？」

公爵說，是的。這可熱鬧了。所有觀眾都喊：「上當了！」氣得站起來，準備衝上臺，找悲劇演員算帳。但這時有個長相端正的大漢跳上座位，大聲說：

「等一等！容我講句話，紳士們。」大家停下來聽。「我們全上當了，被騙得慘兮兮。不過我想，我們可不願意成為全村人的笑柄，死也不肯讓此事到此結束。大家不妨靜靜離開這裡，到處宣揚這齣戲多精采，推銷給全村其他人！這樣一來，全村都上同一個當。各位認為可行嗎？」（「當然可行啊！——法官的話有道理！」大家喊著。）「好，就這樣——大家不要透露上當的事。快回家去，推薦大家來欣賞悲劇。」

隔天，全村上下只聽得到這戲多精采的好評。晚上，觀眾又坐滿全廳，我們用同一個把戲耍他們。國王、公爵和我回木筏後，大家一起吃晚餐，後來到了午夜前後，他們叫我和吉姆把木筏划到河道中間，漂流到村子下游大約三公里的地方藏起來。

第三晚，全場又坐滿人——但這次的觀眾全是前兩晚上當的人。我在門口，站在公爵旁邊，見到每個人口袋都鼓鼓的，不然就是外套裡面夾帶東西——帶了什麼東西來，我猜不到，總之絕對不是什麼香水——我嗅到整桶的臭蛋、爛包心菜之類的東西。另外，我對死貓的臭味最熟了，一嗅就知道有觀眾也帶了一隻來。總共有六十四人進場。我推擠進去，臭味好多種，我一下子就被熏得受不了。沒位子可賣的時候，公爵給某人兩毛五，叫他幫忙看門一會兒，然後他自己繞向舞台門，我跟著走。等到我們一轉過彎，躲進夜色裡，他就說：

「走快一點，一脫離村子，趕快向木筏的位置沒命狂奔，像被惡魔追殺！」

我照他的話去做，他也一樣，兩人在同一時間衝回木筏，不到兩秒就順河划走，四周黑漆漆，一片安靜。木筏輕輕移向河心，沒人開口。可憐的國王，一定被觀眾鬧得吹鬍子瞪眼睛吧，我猜。才不是。不久後，他從棚子裡爬出來，說：

「怎麼著，公爵，老戲碼這次演得如何？」他今天根本沒踏進村子一步。

漂到村子下游大約十五公里，我們才敢點燈，然後生火煮晚餐。國王和公爵聊著他們服務村民的方式，笑到骨架子都快鬆了。公爵說：

「那些生手啊，平頭印第安人啊！我就知道第一場觀眾會保密，會把其他村民騙進場。我也早知道，到了第三場，他們會反過來，耍暗招對付我們。是啊，好戲現在輪到他們演了，我倒想知道他們能賺多少。我多想知道他們怎麼善用這機會。材料帶得那麼豐富，他們如果想辦野餐，保證辦得成。」

三個晚上，這兩個金光黨進帳四百六十五元，多到用馬車才拖得動，這種現象我從沒看過。後來，他們睡著了，開始打呼，吉姆說：

「做國王的人，怎麼會搞這種事啊，哈克，你不吃驚嗎？」

「我不會。」我說。

「怎麼不會，哈克？」

「不會就不會嘛，因為這跟他們的血統有關係。我猜他們全是這樣子。」

「可是，哈克，咱們的這兩個國王是很常見的金光黨啊。他們真的是，完全是常見的金光黨。」

「我不就說嗎，就我所知，天下國王多半是金光黨。」

「是嗎？」

「只要你讀過一次，你就曉得。看看亨利八世就知道。和他比較起來啊，我們的這個等於是主日學的校長。看看查理二世、愛德華二世、理察三世、路易十四世、路易十五世、詹姆士二世，和另外四十個王。另外呢，還有撒克遜七王國的每一個王，古時候他們常到處作怪鬧事。不蓋你，老亨利八世全盛期有多厲害，你看了才知道。花心蘿蔔一個。他每天娶一個新老婆，隔天早上砍掉她的頭，一副滿不在乎的樣子，好像叫人煮蛋給他吃似的。『去找奈兒．葛溫過來，』他說。她被帶過來。隔天早上，他說：『砍掉她的頭！』她的頭被砍掉。『去找珍．蕭爾過來。』他說。她來了。隔天早上，他說：『砍掉她的頭！』她的頭被砍掉。『搖鈴叫菲兒．羅沙蒙過來。』菲兒．羅沙蒙應鈴聲來了。隔天早上，『砍掉她的頭。』他每娶一個新娘，洞房夜就叫她們講一個故事。就這樣，他娶一個宰一個，收集到一千零一個故事以後，寫成一本書，叫做《末日審判書》——這書名取得好，能說明整件事。吉姆，你不懂國王，我懂。從我讀到的歷史裡面，我們的這個老騙子還算挺乾淨的呢。亨利王他發神經了，想整一整美國，結果他怎麼整？他先通知一聲嗎？先給美國一點顏色看嗎？沒有。他突然把波士頓港所有的茶葉倒進海裡，搞出一個獨立宣言，諒他們不敢找死。他的作風就是那樣，哪管別人水深火熱。他懷疑過自己父親威靈頓公爵。哼，結果他怎麼對付他？叫他過來嗎？才不是——直接把老爸當成貓，壓進酒桶裡淹死了事。別人的錢擺在他身邊，他怎麼處理？全進他的口袋。有人請他做工，付錢給他，沒有坐下來監工，結果他怎麼搞？他做遍所有事，就是不碰他應該做的那一件。他一張開嘴巴，會怎樣？要是他不趕快閉嘴，一定會有一條謊言溜出來。亨利王就是這種王八。假如木筏上載的國王是他那一種，那個村子會被他騙得更慘好幾倍。我不是說我們的國王是小綿羊，照事實來看，這兩個才不是。不過，他們完全比不上亨利那頭老羊。我想說的是，國王就是國王，你看不下去，就假裝沒看見。總的來說，他們是滿差勁的一群人，跟他們的教養有關係。」

「可是，咱們這一個臭翻天啊，哈克。」

「這嘛，吉姆，他們全都臭，我們沒辦法，歷史書裡也沒寫拿他們怎麼辦。」

「至於公爵他嘛，他還可以，有些方面還不算太差。」

「對，公爵就不一樣了。不過也沒有差太遠。以公爵來說，我們的這一個是粗人，他喝醉的時候，沒有一個近視眼能分辨他是公爵還是國王。」

「哼，不管是公爵是王，俺不想再收留他們了，哈克。俺差不多受夠了。」

「我和你的感想一樣，吉姆。不過，既然被我們遇到了，我們應該記住他們的地位，能忍就忍吧。有時候，我但願世上能有哪個國家沒有國王。」

這兩個根本不是真的國王公爵，告訴吉姆又有什麼用呢？完全沒好處。何況，正如我講過的，他們和真王也沒兩樣。

我去睡覺，吉姆沒有叫醒我換班。他常讓我繼續睡。天快亮時，我醒過來，見他坐著，頭垂在兩膝之間，自顧自唉唉哭著。我假裝沒看見。我知道他在哭什麼。他想念遠方的老婆和小孩，心情很差，害思鄉病，因為他一輩子從沒出過遠門。我不相信他和白人一樣關心妻小。黑奴竟會關心家人，感覺不太自然，不過我猜他的確在關心。他常像這樣，以為我睡著了，半夜唉聲嘆氣，說：「可憐的小莉莎白！可憐的小強尼！俺心裡好苦啊，大概永遠不能再見到你們了！」吉姆他是個很不錯的黑奴。

不過這一次，我忍不住跟他講話，聊起他的老婆和小孩，沒過多久，他說：

「俺這次這麼難過的原因是，俺剛才聽見河岸那邊轟的一聲，然後嘩的一聲，讓俺回想起有一次對俺的小莉莎白好凶。那時她只差不多四歲大，染上猩紅熱，病得好嚴重哪，幸好她活過來了。有一天，她站在門邊，俺對她說：

「『去把門關上。』

「她站在那，一直沒動作，對我抬頭像在傻笑。俺生氣了，再叫她去關門，嗓門很大，俺說：

「『沒聽見嗎？去把門關上！』

「她跟剛才一樣站著，沒動作，只抬頭傻笑。俺氣炸了！俺說：

「『看俺敢不敢揍死妳！』

「說完俺打她一巴掌，打得她跌倒，然後俺去另一間，大概十分鐘後回來，門照樣開著，她站在門口，低頭哭著，淚一直流。哇，俺這可火大了！俺衝向她，就在這時候——這門是往裡開的那一種——這時候來了一陣風，門被關上，在她背後撞出轟的一聲，結果，哇呀，她一動也不動！俺差點喘不過氣，俺覺得太——太——不曉得怎麼形容啦。俺偷偷走開，手腳抖得好厲害，偷偷繞到她後面，小力慢慢開門，輕輕從她背後伸頭，突然把嗓門開到最大，對她喊『砰！』**她竟然一動也不動！**唉，哈克，俺哭出來，把她抱進懷裡說：『唉，可憐的小東西！萬能的天父上帝原諒可憐的老吉姆吧，因為只要他活在世上的一天，他不能原諒自己！』哈克啊，她變成聾子和啞巴了，完全聽不見也不會講話了！俺竟然對她那麼凶！」

第二十四章

隔天傍晚，木筏來到一個兩岸各有一個小鎮的地方，河心有個小沙洲，我們把木筏停進柳樹下，公爵和國王開始思考怎麼對付這兩個鎮。吉姆他對公爵說，希望他們這次只花幾個鐘頭就回來，因為他被綁在棚子裡躺整天，很辛苦也很無聊。每次我們留他一人待在木筏上，一定要把他綁起來，不然不巧被人看見他獨自在木筏上走來走去，絕對會認定他是逃走的黑奴。公爵聽了之後說，被綁整天的確有點辛苦，他會想個妙計來解決。

公爵這人的腦筋出奇靈光，很快就想出一個辦法。他讓吉姆穿上里爾王的服裝——簾布平紋長袍、白馬毛假髮和鬍鬚，然後拿出劇場用的漆，塗滿吉姆的臉、耳朵、雙手、脖子，整個人被塗成死氣沉沉的一片藍，好像泡水九天的屍體，我從沒見過比他更恐怖的死相。然後，公爵在一片屋瓦上面寫說：

這阿拉伯人有病——但不發神經時不會傷人。

他把這片屋瓦釘在板條上，立在棚子前面一公尺半。吉姆滿意了。他說，這總勝過每天挨綁，一聽見聲響就嚇得渾身發抖，度日如年。公爵說他可以自由走動，放輕鬆，如果有人過來管閒事，他應該蹦出棚子，稍微表演一下，學野獸嚎叫一、兩聲，閒人大概就會被嚇跑，不會再來煩他。公爵的判斷聽起來很有道理，不過一般人哪會等到吉姆嚎叫？吉姆看起來不但像死人，而且比死人更嚇人。

無雙戲撈錢容易，這兩個金光黨想再試試看，卻又覺得不太安全，因為消息有可能已經傳到這一帶了。他們苦思不出合適的花招，所以最後公爵說，他想先休息一下，動腦筋一、兩個小時，看看能不能在阿肯色州的村子搞什麼戲碼。既然一時想不出好點子，國王想先去對岸的村子走走看，相信天主會指點財源——撒旦才會吧，我想。上回靠岸時，我們全都向商店買衣服，現在國王換上新衣，叫我也換。我當然照他的話去做。國王的新行頭全是黑色，看起來很筆挺，很有派頭。我從不知道換衣服的變化能這麼大。之前他看起來像個最差勁的老廢物，現在呢，每次他摘掉那頂新的白高帽，鞠躬微笑，表現得高貴善良又虔誠，簡直剛從諾亞方舟走出來似的，搞不好是《聖經》〈利未記〉的主角呢。吉姆打掃獨木舟，我把槳準備好。在村子上游大約五公里的岬角下面，有一艘大汽輪已經靠岸兩小時了，工人一直在搬貨物上船。國王說：

「以我這一身打扮，我看我最好自稱是從聖路易斯或辛辛那堤之類的大城市來的。哈克貝里，划向那隻蒸汽船，我們搭船進那村子。」

有蒸汽船可搭，我高興都來不及了。我把獨木舟划到村子上游一公里，划向岸邊，然後沿著崖岸尋找緩水處。不久，我們遇到一個外表天真的正直鄉村青年，坐在木頭上，擦著臉上的汗水，因為今天熱得很。他身邊有兩個大地毯包。

「對準岸上划去，」國王說。我照做。「年輕人，你想上哪兒去？」

「搭蒸汽船，去紐奧爾良。」

「坐上來吧，」國王說。「等一等，讓我的傭人幫你提行李。阿度福斯，你快跳下船去幫這位紳士。」他說的是我的假名吧。

我下船去提行李，然後三人一起出發。年輕人連連道謝；他說天氣好熱，行李好重。他問國王想去哪裡，國王說他順流下來，今早在對岸的村子停靠，現在想去上游幾公里，找一個住在農場的老朋友。年輕人說：

「我剛一看見你，馬上心想：『這人是衛克斯先生，錯不了，可惜來遲了一步。』不過我接著又想：『不對，我猜錯了，如果是他，他就不會逆流划上去。』你該不會是衛克斯先生吧？」

「不是，敝姓布拉傑特，艾力山大．布拉傑特。應該說是，艾力山大．布拉傑特牧師才對。我是天主的卑僕。話雖這麼說，衛克斯先生來遲一步，我為他感到遺憾。希望他沒錯過什麼才好。」

「他嘛，是沒錯過什麼財物啦，因為他遲早都拿得到，不過他倒是錯過見他弟弟彼得最後一面，他自己可能不在乎吧，沒人曉得。不過，他弟弟卻不惜犧牲一切，也想在死前和哥哥重逢。最後這三星期，他開口閉口都提這件事，說兄弟長大後就各分東西，說他從來沒見過小弟威廉——聾啞的那個——威廉頂多三十、三十五歲。搬來這裡的只有彼得和喬治兩兄弟。喬治後來結婚，去年和妻子都死了。現在四兄弟只剩哈維和威廉兩個。如我剛才說的，他們遲來一步了。」

「有沒有人通知他們？」

「有啊，一、兩個月前通知過，那時彼得剛病倒，因為彼得說，他有點覺得這次可能沒救了。彼得年紀一大把，而喬治的女兒年紀都太小，沒辦法照顧他，除了瑪莉珍以外，就是紅頭髮的那個。所以，喬治夫妻死後，他變得有點寂寞，好像再活下去也沒意思了。彼得最迫切想見哈維一面——他也想見威廉啦——因為彼得是寫不出遺囑的那種人。他留一封信給哈維，說信裡解釋錢藏在哪裡，其他財產怎麼分，讓喬治的三個女兒有錢可用，因為喬治沒留下一分錢。大家再怎麼勸他留遺囑，他也只留這封信。」

「你認為，哈維為什麼不來？他住哪？」

「他呀，他住在英國啦！雪菲爾德，他在那裡當牧師，沒來過美國。他不太有空。更何況，他根本沒收到信也說不定。」

「太遺憾了，太遺憾了，他死前沒見到兄弟，可憐人。你剛說你想去紐奧爾良，是吧？」

「對，不過只是停一下。我下星期三要搭船去里約熱內盧，我伯伯住那裡。」

「里約滿遠的，不過那裡一定很美。但願我也能去。瑪莉珍是長女嗎？其他兩個幾歲？」

「瑪莉珍今年十九，蘇珊十五歲，瓊安娜大概十四歲，就是盡心做善事、有兔唇的老么。」

「可憐的孩子們！被丟在這個冰冷的世界，孤零零的。」

「她們的命還算好啦。老彼得有幾個朋友，他們才不會狠心不管三姊妹。彼得有個朋友姓霍布森，是浸信會牧師；洛特．賀維在教會當執事；另外還有班．若克爾、亞波納．夏克福德、律師李維．貝爾、魯賓森醫生，還有他們的老婆，還有寡婦巴特里——反正有好多好多朋友。不過，這幾個和彼得走得最近，彼得寫信回家常提到這幾人，所以哈維來這裡的時候，懂得該找哪些朋友幫忙。」

老國王一直問個沒完，想榨乾年輕人，把全村所有人和所有事都探聽清楚才過癮，也摸清衛克斯家族的底細。他也問到彼得生前開鞣革場，喬治生前是木匠，哈維是英國新教牧師。然後國王說：

「你為什麼想一路往上游走去搭蒸汽船？」

「因為她是紐奧爾良的大輪船，我怕她不停這村子。吃水深的輪船見人招手未必會停靠。辛辛那堤的輪船會停，不過這一個是聖路易斯來的船。」

「彼得．衛克斯是有錢人嗎？」

「哇，他錢賺滿多的，有土地，也有幾棟房子，而且據說他藏了三、四千元的現金。」

「你剛說他什麼時候死的？」

「我剛沒說。他是昨晚死的。」

「喪禮是明天吧？」

「對，大概在中午。」

「唉，太悲慘了，不過人遲早總有離世的一天，所以最好預先做準備，這樣就不會有麻煩。」

「是的，牧師，有準備最好。我媽以前也常這樣講。」

上船時間快結束時，我們才划到蒸汽船。不久，蒸汽船開走了。國王沒提要不要上船，所以我搭蒸汽船的希望還是落空了。船走後，國王叫我再逆流划一公里半，來到一個僻靜的地方，然後上岸說：

「好了，你趕快回頭，去接公爵和新的地毯包。如果他已經去對岸了，你快去找他，叫他丟下手邊的事，趕快過來。好了，你快去。」

我明白他在打什麼鬼主意，但我不吭聲，當然。我載公爵回來這村子，把獨木舟藏好，然後找一根原木坐下。國王把年輕人講的內容全轉告給公爵，一字不漏，邊講還邊模仿英國口音。以一個窩囊廢來說，他模仿得還不賴。我模仿不來，所以還是省了，不過他的英國腔相當不錯。然後他說：

「布里基齷齪，你能演聾啞人嗎？」

公爵說，全包在他身上；他說他在舞台上扮演過聾啞的角色。接下來，他們等蒸汽船靠岸。下午兩、三點，兩艘小船開過來，出發地離這裡不夠遠。最後有艘大船來了，他們向她招手，她派小船過來接我們上船。這艘船是辛辛那提來的。船員發現我們只想搭七、八公里，氣得臭罵我們，說他們不會幫我們上岸。但國王心平氣和說：

「紳士如果每人付得起每公里一元搭小船，蒸汽船就應該載得動他們，不是嗎？」

船員態度軟化了；好吧，船員說。船開到村子外，我們三人搭小船往岸邊划。岸邊聚集了二十幾人，爭相看著小船過來，這時國王說：

「哪位紳士能告知彼得．衛克斯先生住哪裡？」村民你看我、我看你，點著頭，好像在說：「我就說嘛。」村民之一用有點輕柔的語氣說：

「對不起，先生，我們頂多只能說他住到昨晚的地方在哪裡。」

一眨眼間，糟老頭國王突然崩潰，撲倒向講話的村民，下巴擱在他肩膀上，對著他的背往下哭，說：

「嗚呼，嗚呼，我可憐的弟弟，竟走了，我們沒機會見他最後一面。唉，太慘了，太苦了！」

說完，國王轉身，哭得口齒不清，對著公爵比了一堆白痴手勢，公爵手裡的地毯包掉地，也大哭起來。這兩個冒牌貨真的是我遇到過最爛的兩個假仙。

村民圍過來表達同情，講盡各種安慰的話，幫他們提行李走上坡路，讓他們挨在身上哭。村民告知彼得臨死前的情況，國王以手勢轉告公爵，兩人都為死去的鞣革場老闆哀傷，好像自己死了十二使徒似的。唉，要是我遇到過這種下三濫，你罵我是黑鬼，我也讓你罵個夠。他們把萬物之靈的臉全丟光了。

第二十五章

不到兩分鐘，消息傳遍了全村，村民從四面八方直奔而來，有些人邊跑邊穿外套。不久後，我們被民眾包圍，踏步聲像軍隊在行軍。家家戶戶的窗口和前院全擠滿人，圍牆裡面每分鐘都有人探頭問：

「是**他們**嗎？」

跟著民眾走過來的人會回答說：

「錯不了。」

我們來到彼得家，正門前的馬路人山人海，三個女孩站在門口。瑪莉珍的確是一頭紅髮，但那也無所謂[15]，她漂亮得不得了，見叔伯來了，好高興，眼睛和臉都像發光似的。國王展開雙臂，瑪莉珍她跳進懷裡，兔唇妹跳向公爵，果然中計了！多數人見他們終於重逢，快樂成這樣，也高興得哭出來，婦女更是各個淚汪汪。

然後，國王偷偷低頭向公爵使眼色，被我看見，然後他轉頭看到棺材擺在角落，用兩張椅子

15　譯注：當時人認為紅髮難看。

墊著。他和公爵互相搭肩膀，另一手捂眼睛，以莊嚴的態度慢慢走向棺材，大家後退，給他們一點空間，講話聲和雜音全都停止，有幾人說：「噓！」所有男人都脫帽垂頭，靜到聽得見針落地的聲音。走到棺材邊，他們彎腰往內看，見一眼就哭得連紐奧爾良人都聽得到，差不多。然後，他們環抱彼此的脖子，下巴掛在彼此肩膀上，狂哭了三分鐘吧，也可能四分鐘，我從沒見過兩個男人眼睛漏水這麼嚴重。其實呢，在場的人全都一樣，哭得屋裡溼答答的，我從沒看過這種景象。然後，兩人各站到棺材一邊下跪，額頭貼在棺材側面，假裝在默默禱告。表演到這地步，民眾好感動啊，你一定從沒見過這種樣子，大家都崩潰了，哭出聲音——可憐的三姊妹也是。幾乎每個女人都走向孤女，不說一句話，只親她們額頭，神情凝重，然後摸摸她們的頭，望天，淚水直直落，然後痛哭流涕，走開，繼續哭著擦淚，給下一個女人有機會致哀。比這更倒人胃口的場面，我沒見過。

後來，國王站起來，向前走幾步，打起精神，揮淚哭著瞎扯，說他和弟弟痛失胞兄是一場多麼痛苦的磨難，歷經六千公里的漫長旅程卻無能見他最後一面，幸虧在場村民表達誠摯的同情，流下神聖之淚，我倆才覺得化苦為甘，悲中有心寧，因此兄弟倆打從內心向眾人道謝，畢竟言語太弱太冷了，無法表達同樣的誠意。他講了一堆爛泥和垃圾，我聽到差點吐。然後，他哇哇哭著說一句虔誠的阿門，豁出去了，哭到整個人快爆炸。

這話一出他的嘴巴，民眾裡面有人帶頭高歌榮耀頌，大家跟著用盡力氣唱，場面好溫馨，有一種做星期結束的感覺。音樂是個不錯的東西；剛聽了那麼多胡扯和巴結，現在歌一唱，精神居然變好，聽起來好誠懇動人。

接著，國王又開始運動他的嘴，說他和姪女很樂意留下最親近的幾位友人吃晚餐，以協助安排後事。國王說，亡弟在天之靈會想幾位朋友留下來。他常在信裡提起這些最親近的朋友，姓名如下：霍布森牧師、洛特．賀維執事、若克爾先生、夏克福德、李維．貝爾、魯賓森醫師等夫妻，以及寡婦巴特里。

霍布森牧師和魯賓森醫師一同去村尾忙了——我指的是，醫生忙著把病人送上黃泉路[16]，牧師忙著指引方向。貝爾律師去路易斯村出差了。其他友人都在，大家全過來，和國王握手交談並感謝他，然後和公爵握手不講話，只對他一直點頭傻笑，像一群傻蛋，他則不停亂比手勢，一直說著「咕咕——咕咕咕咕」，有如還不會講話的嬰兒。

國王喋喋不休，差不多問遍了全村所有人的姓名，連狗也不放過，提起村裡曾經發生過的各種小事，也說喬治家或彼得遇過的事，總是講得好像全是彼得寫信告訴他的，其實是睜眼說瞎話：統統都是他從傻小伙子嘴裡套出來的東西。

然後，瑪莉珍她去拿父親的遺書，國王當眾朗讀，邊讀邊哭。這棟房子和三千元金幣留給三姊妹；鞣革場（生意不錯）、另幾棟房子和一塊地（總值大約七千元）、三千元金幣留給哈維和威廉；遺書裡也告知六千元藏在地窖的哪裡。於是，這兩個冒牌貨說，他們這就下去找，然後帶上來，一切正大光明。國王叫我拿蠟燭跟著下去。進地窖後，我們把地窖門關好。國王和公爵找出一袋子金幣，倒在地上，黃澄澄的，好美。國王的眼神發光了！他拍拍公爵的肩膀說：

16　譯注：當時醫藥不發達，醫師受尊重的程度遠不如現代。

「哇，這未免太妙了吧！太絕了吧！而且啊，小布，這比無雙戲更好賺，對不對？」

公爵贊成。兩人對著金幣上下其手，讓俗稱「黃孩子」的金幣從指縫裡流掉，叮叮噹噹落地。國王說：

「講再多也沒用：假冒富翁的遺族，遠從國外回來繼承遺產，這最適合你和我了，小布。這全是信賴天恩的結果。長遠來看，這一行最好賺。每一行我全搞過了，沒有一行比這更好賺。」

撈到這麼多錢，多數人會趕緊收下，不計較詳細的數目，但這兩個非數清楚不行，一數之後發現少了四百十五元。國王說：

「彼得真該死，四一五元被他拿去給誰了？」

兩人煩惱了一會兒，到處翻找，然後公爵說：

「算了吧，可能他生重病，大概是數錯了——我猜是這樣吧。我們最好還是別計較了，不要聲張出去，反正錢多的是。」

「是啊，錢可多著呢。我擔心的不是這個——我擔心的是錢的數目啊。我們應該表現得一切光明正大，對不對？等一下我們把這堆錢搬上去，當著大家的面數清楚，這樣可以消除大家對我們的疑心。可是，這死老頭寫說他留了六千，我們可不希望——」

「這樣好了，」公爵說：「我們把缺額補齊。」說著，他從口袋掏金幣出來。

「你的點子太高竿了，公爵——你脖子上長了一個靈光的腦袋，」國王說：「該不會是無雙戲又幫了我們一個忙吧。」他自己也掏出俗稱「黃夾克」的金幣，疊起來。

掏出所有金幣後，他們兩人幾乎破產，總算湊齊六千元。

「對了，」公爵說：「我又想到一個點子。我們上樓去，當著大家的面數這堆錢，然後捧著所有錢**送給三姊妹**。」

「高明啊，公爵，讓我抱抱你！這點子是人類想得出來最閃亮的點子。你的腦袋瓜厲害得讓人嘖嘖稱奇。哇，這詭計真的是棒到沒話說，絕對是。愛懷疑就隨他們去懷疑吧——這一招一定能擺平他們。」

我們上樓後，大家圍著桌子，國王數錢，三百元疊一堆，總共疊成高貴的二十座小金塔。大家瞪著餓狼眼，看著金幣，舔舔嘴唇。然後，金幣被撥回袋子裡，我看著國王又吸足了氣，想再來一場演講。他說：

「所有朋友們，亡弟遠在他方，造福凡世幽谷裡的後人，造福他深愛並庇護的可憐三小綿羊。三姊妹無父無母。認識他的你我皆知，要不是他怕傷害至親威廉和我，定會造福三姊妹更多。依**我**看來，他絕對會的，無庸置疑。在此時此刻，身為胞兄的我，若不順著他的意思去做，這個哥哥豈不是白做了？他這麼疼愛三姪女，這三隻可憐乖順的小綿羊，身為叔伯的我們，豈忍心坐視？我若知威廉的心意——我**應該懂**他的心才對——算了，我乾脆問他吧。」他轉身，動雙手對公爵比了好多手勢，公爵傻傻看著他一會兒，像呆頭鵝一樣，然後恍然明白似的，跳過去抱國王，高興得咕咕咕不停，連續抱了十五次才停手。然後國王說：「我就知道；從威廉的舉動來看，我想大家都了解他的心意了。來吧，瑪莉珍、蘇珊、瓊安娜，收下吧——這些錢全給妳們。這是天國的他，屍骨已冷但滿心喜樂的他給的禮物。」

瑪莉珍她走向公爵，蘇珊和兔唇妹走向公爵，以我從沒見過的熱情，對他們又抱又親。大家含淚圍過去，多數人和冒牌貨握手，連連讚美：

「你們心地真善良！——太美了！——居然做得出這麼大的善事！」

不久後呢，所有人又繼續稱讚彼得在世時多善良，失去了他多痛心，稱讚了一堆。沒過多久，一個腮幫子方正的大漢從門外擠進屋裡，站著聽看，不開口，也沒人對他講話，因為國王一直講個沒完，大家全都忙著聽。國王講到一半，附帶說：

「——全是亡者特別親近的好友，所以今晚才邀請他們過來，但明天，我們希望全村人都來——男女老少都一樣，因為他生前敬重所有人，喜歡所有人，所以「喪葬狂歡會」（orgy）應該開放給全村。」

就這樣，他囉唆個沒完，喜歡聽自己演講。每隔一小陣子，他就重複「狂歡」這字，公爵聽不下去了，用紙條寫「你這老笨蛋，『喪禮』（obsequies）才對」，然後摺好，嘴裡咕咕咕的，伸手從大家的頭上方遞給國王。國王打開紙條看，塞進口袋，說：

「可憐的威廉，身體儘管有障礙，心卻始終正常。他要求我邀請所有人參加喪禮——叫我歡迎大家都來。他是白擔心了——我剛剛才邀請過。」

接著，他又滔滔不絕，態度完全鎮定，不時又提到喪葬狂歡會，和剛才一樣。最後又提起狂歡時，他說：

「我用『狂歡』這詞，並非因為這用語常見，正好相反——『喪禮』obsequies才是普遍的用語。我用『狂歡』是因為『狂歡』才正確。『喪禮』早就過時了，現在英國已經不用。我們英國人現在都說『狂歡』。『狂歡』比較好，因為它比較能貼切描述你指的意思。這單字來自希臘文的orgo，意思是外在、開放、海外，另外也攙雜了希伯來文jeesum，意思是栽種、掩蓋，引申為埋葬。所以囉，喪葬狂歡會的意思就是開放、公開的喪禮。」

比他更糟糕的人，我從沒遇過。這時候，方臉大漢當著假哈維的面哈哈大笑，大家都嚇了一跳。大家都說：「怎麼了，大夫！」夏克福德說：

「怎麼了，魯賓森，你沒聽到消息嗎？這位是哈維．衛克斯。」

國王他笑得積極，對醫生伸出一手，說：

「這位可是我亡弟的醫師摯友嗎？我——」

「別對我亂伸手！」醫生說：「你講話像英國人，是嗎？我聽過的模仿口音裡，就數你最怪腔怪調。你說你是彼得．衛克斯的哥哥！你根本是冒牌貨！」

哇，全場大亂！大家圍住醫生，想叫他安靜，儘量對他解釋，哈維已經以四十種方式證明他的確是哈維，他也知道所有人的姓名，連狗名都知道。大家乞求他，乞求他不要刺傷哈維的心，不要刺傷三姊妹的心，就這樣一直勸他。可惜沒用，醫生他繼續飆罵說，假扮英國人卻連英國用語都半吊子的人一定是冒牌貨和騙子。可憐的三姊妹哭了，挨著國王。忽然間，醫生轉身面對她們：

「我和妳們父親是朋友，我是妳們的朋友。我想保護妳們，避免妳們受傷害、遇到麻煩，是個正直的朋友。我以朋友的身分向妳們提出警告，不要再理會這個惡棍，現在就和他斷絕關係。他是個無知的流浪漢，希臘文和希伯來文一竅不通，還敢賣弄。他是手法最拙劣的一種冒牌貨——不知從哪裡問到這麼多姓名和事實，搬出來糊弄人，妳們居然認為這樣能證明身分。這些傻朋友一時不查，在他們的協助下，妳們繼續自欺。瑪莉珍．衛克斯，妳知道我是朋友，也是個無私的朋友。妳聽我說，快把這個可悲的無賴漢趕走——算是我求妳，好嗎？」

瑪莉珍打直腰杆——媽呀，她太漂亮了！她說：

「我以這動作回應。」她舉起裝金幣的袋子，放進國王手裡，說：「你收下這六千元，拿去幫我們姊妹投資，方式任你選擇，也不必開收據給我們。」

說完，她一手摟住國王的腰，蘇珊和兔唇妹也摟公爵，大家鼓掌起來，用腳猛踏地板，聲音大得像強烈暴風雨，國王則抬頭笑得好驕傲。醫生說：

「好吧，我洗手不管這檔子事了。不過，我警告在座所有人，有朝一日，你們回想起今天，保證你們會渾身不舒服。」他轉身就走。

「好吧，大夫，」國王說，有點嘲笑他的意思。「到時候，我們會請你過來醫醫看。」這話把全場逗得哈哈笑，大家都稱讚這話夠嗆了。

第二十六章

後來呢，等到大家都走了，國王問瑪莉珍，家裡有沒有空房間，她說有一間，可以讓威廉叔叔睡，她自己的閨房稍微大一些，可以讓給哈維伯伯。她可以和妹妹擠一間，晚上睡小床。頂樓有個窄房間，裡面有張小床，國王說，小房間可以給近侍[17]——指的是我。

於是，瑪莉珍帶我們上樓，指她們的房間給我們看，房間裡的布置素雅。她說，如果哈維伯父嫌她的衣服和雜七雜八的東西太多，她可以叫黑奴搬走，但假伯父說不必麻煩了。她的罩衫沿牆壁掛著，牆前掛著及地的平紋布幕，遮住衣服。閨房一角有個舊的毛皮箱，另一角有個吉他盒，到處是各式各樣的雜物和小玩意兒，全是女生布置房間用的東西。國王說，有這些東西，更有居家氣氛，住得才舒服，所以叫她不必收拾了。公爵的房間滿小的，但也還算不錯，我分到的窄房間也是。

那一晚，他們吃了一頓很豐盛的晚餐，男人女人都坐著吃，我站在國王和公爵椅子後面，服侍他們兩個，幾個黑奴負責其他人。瑪莉珍她坐在桌頭，一旁坐著蘇珊。瑪莉珍說圓餅烤壞了，

17 譯注：原文中，國王或哈克不懂男僕（valet）一字，以為是valley。

果醬難吃，炸雞多硬多差勁——講了一堆鬼話，全是女人逼客人恭維的老套。大家全覺得每道菜都十全十美，也頻頻稱讚，說著：「圓餅烤得這麼棕黃，這麼好吃，妳是怎麼烤的？」還有，「這些醃黃瓜太爽口了，妳到底是從哪裡弄來的？」全是沒話找話聊的胡扯，全是應付晚餐常用的鬼話，你應該知道。

大家吃飽以後，我和兔唇妹在廚房吃剩菜，其他人正在幫黑奴收拾。兔唇妹她逼問我英國的事，我謹慎回答，像踩著冰走，每隔幾句就踩到很薄很薄的冰。她說：

「你有沒有看過英王？」

「誰？威廉四世嗎？呃，那還用問嗎，當然。他常來我們的教堂。」我知道他死好幾年了，但我不讓兔唇妹知道。她一聽我說他常去我們的教堂，馬上又問：

「什麼？定期去嗎？」

「對，定期去。他的座位和我們同一排，在講壇的另一邊。」

「咦，他不是住在倫敦嗎？」

「呃，對呀。不然他住哪？」

「可是，你不是說你住在雪菲爾德嗎？」

穿幫了。我不得不假裝被雞骨頭噎到，以這機會趕快找台階下。然後我說：

「我的意思是，他來雪菲爾德時，定期上我們的教堂。他只在夏天來。他夏天會來這裡做海水浴。」

「怎麼會呢？雪菲爾德又不靠海。」

「呃，誰說雪菲爾德靠海？」

「你呀。」

「我哪有。」

「明明有！」

「我沒有。」

「你有。」

「我哪講過那種話。」

「呃，不然你剛才是怎麼講的？」

「我剛才說，他來做海水浴。我講的是這樣。」

「沒錯，那你告訴我，雪菲爾德沒海邊，他去哪裡做海水浴？」

「這樣吧，我打個比方，」我說。「妳有沒有看過康貴斯礦泉水[18]？」

「有。」

「好，那妳非去康貴斯才有嗎？」

「不必啊。」

「既然不必，威廉四世也用不著去海邊做海水浴。」

「不然他怎麼做？」

18 譯注：Congress-water，紐約州地名。

「南方人用桶子運康貴斯礦泉水，他也可以用桶子運海水啊。在雪菲爾德的宮殿裡，他們有燒水用的鍋爐。國王喜歡泡熱水。海邊的海水那麼多，怎麼燒？一點也不方便嘛。」

「喔，原來如此啊。你不早說，可以省點時間。」

聽她這樣講，我知道又脫險了，變得自在又高興。接下來，她說：

「你也常上教堂嗎？」

「對啊，定期去。」

「你坐哪裡？」

「不就坐我們那一排的座位嘛。」

「誰的那一排？」

「我們的啊——妳伯伯哈維的那一排。」

「他的？他要座位做什麼？」

「用來坐啊，不然他要座位幹什麼？」

「咦，他不是都在講壇上嗎？」

去他的，我忘記他是牧師。又穿幫了。我假裝又被雞骨頭噎到，趕快再想辦法。然後我說：

「喂，妳該不會以為，一個教堂只有一個牧師吧？」

「不然，多一個要做什麼？」

「什麼！在國王面前佈道耶！我從沒見過妳這樣的女孩子。我們的教堂至少有十七個牧師。」

「十七個！我的地啊！一個接一個上去佈道，至少會講個一整個星期吧，那我聽了不飛上天堂才怪。」

「哎喲，他們又不是在同一天佈道，一天只有一個上臺啦。」

「呃，那其他人做什麼？」

「他們嘛，沒什麼。閒閒坐著嘛，傳著捐款盤，總之找事做就對了。不過呢，他們主要是沒事可做。」

「不然要他們進教堂做什麼？」

「唉，氣派嘛。妳什麼都不知道嗎？」

「哼，那麼驢的東西，不知道也罷。英國的僕人生活過得怎樣？比我們對待黑奴還好嗎？」

「才不！在英國，僕人地位很低。比狗都還不如。」

「英國人和我們不一樣，不給他們放假嗎？耶誕加元旦連續放一個星期，七四國慶也放假，沒有嗎？」

「哇，聽妳這樣講，一聽就知道妳從來沒去過英國。拜託啊，兔——呃，瓊安娜，英國僕人一年到頭都沒有假可放，從來不能去看馬戲團，劇場或黑人秀看不到，哪裡都去不成。」

「也不能上教堂嗎？」

「也不能上教堂。」

「那你怎麼常常上教堂？」

又穿幫了。我忘記我是老頭的下人。但我腦筋一轉，兜出這套說法：近侍和普通僕人不同，不想去教堂也非得陪主人去不可，而且照法律規定，要和主人家坐同一排才行。可惜我掰得不太通，講完後，看得出她不太滿意。她說：

「好，你以老實印第安人的態度告訴我，你是不是對我胡謅了很多謊話？」

「和老實印第安人一樣老實。」我說。

「真的沒有謊話？」

「一句謊話也沒有。全是真的，」我說。

「手壓在這本書上面發誓。」

我看這本書不是《聖經》，只不過是字典，於是一手按著發誓。她的表情比剛才稍微多了一分滿意，說：

「好吧，那我就相信你其中幾句，不過其他的部分，我是見了天主才肯相信。」

「妳不信什麼，瓊？」瑪莉珍說。她走進廚房，蘇珊跟在後面。「妳對他的口氣不好，不夠親切。人家他是外地人，而且離家這麼遠，妳怎麼能這樣對待人家？」

「瑪姊，妳老是這樣，老是在別人受傷之前飛過來救人。我又沒有傷到他。他剛才扯了一些瞎話，我猜是，所以我說我不是統統都信。事情原原本本就是這樣。我猜他能承受這點小小的批評吧？」

「批評是大是小，我不管。人家他住我們這裡，而且是外地人，妳講這種話就是不對。如果妳跟他位子對調，妳應該會覺得丟臉。所以，妳不應該講害人家丟臉的話。」

「可是，瑪姊，他說——」

「他怎麼說都一樣——那不是重點。重點是，妳應該**善待**人家，避免提醒人家他不在祖國、同胞遠在天邊。」

我暗暗想，眼睜睜看那老爬蟲搶走她的錢，我怎麼狠得下心！

然後蘇珊她也翩翩然加入，把兔唇妹削得多慘，說給你聽，你也不會信！

我暗暗想，讓她的錢也被騙走，我怎麼狠得下心！

然後，瑪莉珍她再開口，這次恢復她慣用的溫柔甜美語氣。大姊說完後，可憐的兔唇妹幾乎講不出話，哭了。

「好了，」兩個姊姊說：「趕快請人家寬恕吧。」

兔唇妹道歉了，講得很美，態度很美，聽起來很順耳。我多想再對她撒一千個謊，讓她再道歉一次。

我暗暗想，讓她的錢也被騙走，我怎麼狠得下心！道歉完後，三姊妹對我好得不得了，讓我覺得回到自己家裡，知道身旁有朋友陪伴。我覺得自己好差勁、下賤、低級，暗暗想著，我決定了；我死也要幫她們爭回遺產。

後來，我說我想上床了，意思是，我會找時間去睡覺。只剩我一人時，我反覆考慮整件事。我對自己說，應該私下去找那醫生，把騙子抖出來嗎？不行。醫生可能會指名窩裡反的是哪個，國王和公爵會讓我吃不完兜著走。要不要私下去找瑪莉珍，講個清楚？不行。她的表情一洩露天機，騙子絕對馬上抱錢逃走。而且，如果她去找救兵，在事情解決之前，我判斷我會被拖下水。想不出辦法了。可行的方法只有一個，就是想辦法把錢偷走，想辦法藏好，等騙子榨光這家人和全村，等他們走後，我再找機會。我先偷錢藏起來，坐上船，走遠以後，才寫信告訴瑪莉珍錢藏在哪裡。不過，我最好今晚儘可能把錢偷走，因為醫生嘴巴雖然說他不想管了，也許心裡還是想插手，還是有可能把騙子嚇跑。

於是，我心想，我可以去搜他們的房間。樓上的走廊黑漆漆，但我還是找到公爵的房間，開始用手摸東摸西。後來我記得，以國王的個性，他才不會把錢交給別人管。所以，我去他的房間，又摸東摸西，可惜沒蠟燭，到處都看不清楚，當然也不敢點燈。所以我乾脆換個方法——躲起來偷聽。就在這時候，我聽見腳步聲靠近，我的第一個反應是鑽進床下，用手摸來摸去，在我以為是床的地方沒摸到床鋪，只碰到用來遮瑪莉珍衣服的布幕，急忙跳進去躲好，用她的袍子遮住全身，站著不動。

他們進門來，把門關上。公爵的第一個動作是趴下，檢查床鋪下面。我多慶幸剛才沒摸到床。想探祕密的人會躲床鋪底下，這是很自然的反應嘛。檢查完後，他們坐下。國王說：

「到底什麼事嘛？長話短說，因為我們最好在樓下陪他們哇哇哀悼，以免他們趁這機會討論我們。」

「好吧，我就告訴你，卡佩。我很緊張，我很不自在。那個大夫讓我放不下心。我想知道你有什麼盤算。我想出一個很周全的辦法。」

「什麼辦法，公爵？」

「我們最好凌晨三點前不告而別，帶著金幣順河趕快逃走。理由是，我們本來以為非用偷的不可，結果錢這麼容易就到手，而且是她們雙手奉上，可以說是對著我們的頭砸錢，我建議還是見好就收。」

我聽了心情很糟。一、兩小時前，我聽了心情會有點不一樣，但現在我聽了心情很糟，覺得失望。國王罵說：

「什麼！房地產擱著不賣嗎？價值八、九千元的財產只等我們去撈，全是能變賣的好東西啊，不能說走就走啦。」

公爵他嘟囔一聲，說著，一袋金幣就夠了，不想再進一步——不想把一群孤兒的錢騙個**精光**。

「講啥傻話！」國王說：「我們騙的只有錢而已。遭殃的只有買房地產的人，因為，等我們一溜走後，村民馬上發現我們不是屋主，交易不成立，房地產會全回歸遺族。這些個孤女最後能爭回房子，這樣就夠了。反正她們年輕有活力，很容易就能賺錢維生。她們才不會吃苦。你動動腦筋好不好，和幾千幾萬人比起來，她們算是有錢人了，沒啥好抱怨的。」

被國王這麼一講，公爵沒話說了，最後只好屈服，說著，好吧，不過他覺得久留是傻事，因為那醫生會想找麻煩。但國王聽了說：

「該死的大夫！管他做什麼？全村的傻瓜不全站在我們這一邊嗎？在任何一村，這樣的聲勢還不夠大嗎？」

他們又準備下樓了。公爵說：

「錢好像藏得不夠好。」

我樂了。我還以為運氣太背，沒偷聽到一絲線索。國王說：

「為什麼？」

「因為明天起，瑪莉珍就要開始服喪[19]，一定會叫黑奴收拾房間，把這些衣服收起來。如果錢被黑鬼看到，他們難道不會借走一點？」

「你的想法又有道理了，公爵。」國王說。他從地板往布幕裡面摸索，離我站的地方將近一公尺，我緊貼牆壁，完全不動，只有發抖的分。我在想，假如被他們發現，他們會對我說什麼，而我會用什麼話敷衍他們。幸好，我才想到一半，國王就摸到袋子了，沒懷疑到我。他們把袋子塞進羽毛床草墊的裂縫裡五公分，說這樣就可以了，因為黑奴只整理羽毛床，草墊一年只翻大約兩次，藏這裡就不怕被偷。

他們料錯了。他們下樓梯還不到半路，袋子就被我拉出來。我摸黑回我房間，藏在裡面，等候時機再打算。我判斷，藏在房子外面比較好，因為如果他們發現錢不見了，一定會翻遍整棟房子找：我對他們的個性清楚得很。然後，我不換衣服就上床，但就算我想睡也睡不著，因為我急著完成整個計畫。後來，我聽見公爵和國王上樓，於是我滾下小床，趴在梯子最上面，下巴壓著地面，等著聽狀況。還好，沒事。

我就這樣等著，等到深夜，所有聲響都停止，早起的人還沒開始忙，我才悄悄走下梯子。

19 譯注：依習俗穿黑衣，服喪一年。

第二十七章

我偷偷走到他們房間門外面聽，只聽他們在打呼，於是我踮腳尖走，安全下樓，到處聽不見聲音。我從飯廳門的裂縫偷窺，看見守屍人全都在椅子上呼呼大睡。棺材在大客廳裡，通往大客廳的門沒關，和飯廳一樣各點一支蠟燭。我走進大客廳，裡面沒人，只有彼得的屍體，我趕快通過，但前門鎖著，鑰匙沒插在鎖上。就在這時候，我聽見有人從我後面下樓。我衝進大客廳，急忙東張西望一下，唯一能藏金幣袋的地方只有棺材。棺材板被推開大約三十公分，看得見裡面用溼巾蓋住的死人臉，其他部位穿著壽衣。我把袋子放進棺材，塞進他雙手交握的地方再下面一點點。他的手好冰，嚇出我一身雞皮疙瘩，然後我衝出大客廳，回到門後面。

進來的人是瑪莉珍，她走向棺材，腳步非常輕，下跪，往棺材裡看，然後拿起手絹，我看得出她哭了，但她背對著我，我聽不見哭聲。我溜走，通過飯廳時，想確定守屍人剛才沒看見我，所以我再從裂縫偷看，一切沒事。他們連動也沒動一下。

我悄悄回床上，心情很差。我費了那麼大的工夫，冒那麼大的險，結果卻不如我意。我心想，如果那袋子不長腳，那就無所謂，因為等我們順流而下三百公里後，我可以寫信給瑪莉珍，她可以把棺材挖出來，拿出金幣。話說回來，比較可能發生的情況是，葬儀社來蓋棺打螺絲時，一定會發現那袋子，錢一定又回到國王手裡，任何人還得等漫長的一天，才能再等到機會偷走。我當然想溜下樓，把錢拿出來，但我不敢試。隨著時間一分一秒過去，天就快亮了，不久後，守屍人就會醒來，我可能會被逮到，並且是捧著沒人交給我看管的六千元被逮到。我對自己說，我可不想淌這種渾水。

早上，我下樓，大客廳門關著，守屍人不在，飯廳裡只有親屬、寡婦巴特里和我們這一夥。我觀察他們的表情，看看有沒有異狀，看不出什麼。

快到中午的時候，喪儀師帶著一個幫手過來，把棺材抬到大客廳中間，放在兩張椅子上面，然後把我們所有的椅子排成幾行，再去鄰居家多借幾張，把整個走廊、大客廳、飯廳都擺滿為止。我看到棺材板和昨夜一樣沒關好，現在人這麼多，我不敢去看袋子是否還在裡面。

其他人開始進來，騙子和三姊妹在棺材頭的前排座位坐下。接下來的半小時，其他人站成一排，慢慢走過棺材，低頭看死人一分鐘，有些人掉淚，氣氛非常安靜莊嚴，只有三姊妹和兩個騙子低著頭，用手帕擦眼睛，啜泣兩、三聲，其他的聲響只有鞋子磨地和擤鼻涕的聲音——因為喪禮時，擤鼻涕的動作總是比平常多——不會比做星期更多就是了。

椅子全坐滿後，葬儀師他戴著黑手套，以輕柔恭維的態度再整理最後一次，把所有人和東西安排得妥當服貼，從頭到尾都不發出聲響，和貓一樣安靜。他一句話也不說，只點頭和比手勢，忙著把人移來移去，把遲來的人安插入座，打開通道。然後，他在牆邊站好。他是我見過最輕巧、最靈活、最無聲無息的人，臉皮像火腿，一點笑容也沒有。

他們借來一臺美樂琴——有毛病的一臺。等一切都準備好了，一個少婦坐下來彈琴，彈得吱吱嘎嘎像生病，大家一起跟著唱歌。依我看來，命好的人只有彼得一個。隨後，霍布森牧師站出來，動作慢而莊嚴，開始講話。他一開口，地窖立刻爆發狗吠聲，吵得不得了。照聲音聽來，只有一條狗在叫，不過牠叫得很起勁，而且老叫不累。牧師傻傻站在棺材前面等著——狗叫聲吵到人連腦筋都動不了，場面變得很僵，好像沒人拿得出辦法。幸好不久後，大家看見長腿葬儀師向牧師打手勢，好像在說：「別操心——包在我身上。」然後，他彎下腰，壓低身子，沿著牆邊走，只見他的肩膀從大家的頭上走掉。他悄悄走開，地窖的狗愈鬧愈囂張。葬儀師順著兩面牆走，鑽進地窖。過了差不多兩秒，大家聽見一聲拍打，狗發出驚人的慘叫聲一、兩次，然後一切恢復平靜，牧師繼續發表莊嚴的演說。過了一、兩分鐘，葬儀師的背和肩膀又浮現，沿著牆飄動，飄過大客廳的三面牆，才直起身子，雙手遮嘴巴，對著牧師伸長脖子，以大家都聽得見的悄悄話說：「牠抓到一隻大老鼠了！」講完，他又彎腰，默默沿著牆走回原位。看得出在場所有人都極為滿意，因為大家當然都想知道。像這種小事，做起來不花一分錢，卻能得到大家的敬重，能討人歡心。全村沒有一個人比這葬儀師更受歡迎。

牧師他嘛，悼祭詞是講得非常好啦，可惜又臭又長，悶死人了。接著換國王上場，又囉唆了一對他常講的雜碎，總算結束了這一階段的任務。葬儀師拿著螺絲起子，悄悄走到棺材旁，我緊盯著他的動作，看得好緊張。他沒有別的動作，只顧著把棺材儘量輕輕蓋好，然後把螺絲旋緊。完蛋了！我不知道錢到底有沒有在棺材裡。所以，我心想，那袋金幣該不會被人神不知鬼不覺扒走了？這下子，我怎麼知道要不要寫信給瑪莉珍？假如她開棺找不到錢，會不會懷疑到我頭上？可惡，我暗罵，她可能會報警抓我去坐牢。我最好暫時低調一點，守著祕密，不要寫信通知她。

我慘了；情況不但沒好轉，反而還被我搞砸，比先前更糟一百倍。這整件事真的該死，我真心後悔插手管閒事。

下葬後，我們回家，我又繼續觀察表情——心情安定不下來的我只有觀察的分。但我看不出異狀，大家的臉全不向我透露心中事。

天黑後，國王他和大家閒聊，巴結大家，表現得好友善，同時發出訊號說，他在英國的教友急著要他回教堂，所以他想儘快處置遺產回國。這麼急著走，他非常遺憾，大家也有同感，希望他們能多住幾天，但也明白他不能久留。他說他和威廉當然願意帶三姊妹回英國，大家一聽，也覺得高興，因為這樣一來，三姊妹和親戚同在，就不愁沒人照顧了。三姊妹聽了也很高興，樂得把全世界的煩惱都拋向天邊。她們叫假哈維儘快賣掉家產，她們會趕快準備行李。看三姊妹喜孜孜的，不知道自己上了大當，我看得心好痛，苦找不到安全的空檔講實話。

國王可急著呢，他趕快用傳單廣告拍賣房地產、黑奴和所有家當——在喪禮後兩天拍賣。如果有人想提前私下洽購，當然歡迎。

喪禮隔天，差不多中午的時候，三姊妹的心受到第一個震撼。那天來了兩個黑奴販子，國王以合理的價格賣掉所有黑奴，對方開的是所謂的三日匯票。就這樣，黑奴的兩個兒子被賣到上游的孟斐斯，他們的母親被賣到下游的紐奧爾良。三姊妹和黑奴一家哭得好慘，心好像都快碎了。他們聚在一起哭個不停，讓我看得幾乎都快生病了。三姊妹說，黑奴一家人會被拆散，賣到外地去，這是她們做夢也想不到的事。他們互相抱頭痛哭的慘狀進我腦海後，怎麼也抹不掉，我再也沒辦法忍受了，多想衝出去揭穿冒牌貨——幸虧我知道這場交易還沒成立，黑奴過一、兩星期就能回家。

這件事在村子裡也掀起好大的風波，好多村民毫無保留批評說，拆散母子未免太不近人情了。兩個冒牌貨聽了有點感冒，但糟老頭他硬著頭皮不管，公爵一勸再勸也勸不動，我看得出公爵他的心情也很不安定。

拍賣日到了。早上大白天，國王和公爵上來頂樓叫我起床，我從他們的表情知道出事了。國王說：

「你前晚有沒有進我房間？」

「沒有，尊王。」周圍只有自己人的時候，我都這樣尊稱他。

「你昨天和昨晚進過裡面嗎？」

「沒有，尊王。」

「從實招來吧——不准說謊。」

「我從實招來，尊王，我講的全是實話。自從瑪莉珍小姐帶你和公爵去看房間那次，我就沒有靠近過你房間。」

公爵說：

「你有沒有看見別人進去？」

「沒有，尊爵，我記得是沒有，應該沒有。」

「再想想看。」

我沉思一會兒，發現一個好機會。我說：

「呃，我看見黑奴進去裡面幾次。」

兩人都微微陡然一驚，先是從沒想過這種可能性的表情，然後假裝**不出所料**的模樣。公爵說：

「什麼？全部都進去過？」

「不是——至少不是所有人一起進去——我是說，一起**走出來**的情形，我只看過一次。」

「有了！是什麼時候的事？」

「就是葬禮的那天。早上。那時候，時間不早了，因為我睡過頭。我正要下梯子，就看到他們。」

「好，繼續講，給我繼續講！他們做了什麼事？他們有什麼樣的舉動？」

「他們什麼也沒做啊，我也沒看到他們有什麼怪動作。我看他們踮腳尖走開，所以馬上就明白，他們以為你起床了，想進房間打掃或是什麼的，結果發現你還沒下床，不想吵醒你，只想悄悄離開，以免挨罵。」

「去他的，鬧賊了！」國王說。兩人的表情都很煩惱，快急出病了，站著搔頭想辦法，一分鐘後，公爵他才發出沙啞的嘿嘿嘿，說：

「這些黑鬼真行，演技精湛。被賣到外地了，他們裝得好傷心！我相信他們是真的傷心，你也信以為真，大家都信了。誰敢再說黑鬼缺乏演戲的天分？他們的催淚戲唬倒所有人了。依我淺見，他們是一座金礦。假使我有資金也有劇場，我也不想請名氣更高的演員，有他們就好——而我們呢？我們居然賤價賣掉他們。而且，連錢都還沒到手呢。對了，錢在哪裡——那張匯票呢？」

「在銀行，等著入帳，不然能擺在哪裡？」

「那就好，謝天謝地。」

我有點提心吊膽地問：

「出了什麼差錯嗎？」

國王轉身罵我：

「少管閒事！給我好好閉上狗嘴，管好你自己的事──你有才怪。只要你在這村裡一天，你就別忘記──聽見沒？」然後，他對公爵說：「我們最好忍下來，別張揚出去，對外別透露一個字。」

他們要下梯子時，公爵他又嘿嘿笑，說：

「成交明快而且利潤少！這生意好做嘛──沒錯。」

國王回頭對他咆哮：

「儘快脫手，對我們的好處最大。如果利潤少到幾乎沒有，和理想差了一大截，你的錯有比我少一點嗎？」

「哼，如果當初有人聽我勸告，他們現在全都會在這房子裡，而我們早就遠走高飛了。」

國王儘量在不被看見的情況下回嘴，然後轉頭又找我洩恨，罵到我臭頭，責怪我太笨，見苗頭不對勁不趕快報告。然後，他咒罵自己一頓，說都怪他自己，那天早上不照常賴床，為什麼那麼早起，以後休想再犯同一個錯了。就這樣，兩人鬥嘴走開，而我滿心歡喜，因為我竟然有辦法把罪全賴到黑奴身上，而且不會傷害到他們。

第二十八章

起床時間到了。我爬下梯子，來到二樓，本想下樓梯，路過三姊妹的房間，見門沒關，瑪莉珍坐在毛皮箱旁邊，箱子開著，她行李收拾到一半——她正準備搬去英國。這時她停止動作，一件摺好的袍子擺在大腿上，雙手捂臉痛哭。我看了好難過；任何人當然都會難過。我走進房間說：

「瑪莉珍小姐，妳不忍心看別人遇到麻煩，我也不忍心——大部分時間是。有什麼心事，說出來給我聽吧。」

她說出來了。我沒料錯，果然是黑奴被拆散的事。她說，原本高高興興想搬去英國，心情被這件事破壞了，到了英國，知道黑奴母子再也無法團圓，她怎麼高興得起來？說完，她哭得比剛才更哀怨，兩手往上一丟，說：

「唉，唉，一想到他們**永遠**沒辦法團圓就難過！」

「怎麼不能？——兩個星期之內就可以，我很清楚的！」我說。

哇，都怪我多嘴，不經大腦思考。在我來得及反應之前，她抱住我脖子，叫我再說一遍，再說一遍，再說一遍！

我自知講得太突然了，太多嘴了，被逼得進退不得。我請她讓我考慮一下；她很有耐心，靜靜坐著，很興奮，表情很清秀，看起來有點開心，心情放鬆，好像剛把痛牙拔掉似的。我在心裡反覆考慮。我告訴自己，人被逼急了，不得不講實話，一定會冒大險才對吧，只不過我在這方面缺乏經驗，沒辦法確定，只認為免不了有風險。現在的情況是，講實話比撒謊好，也**更保險**。這種事有點奇怪，不太尋常，我應該暫時擱在心上，找時間再考慮看看。我從沒遇到過這種事。最後嘛，我告訴自己，還是冒險看看吧，這次直接跟她講實話。只不過，我總覺得這舉動很像坐在火藥桶上，點火看看能被轟到什麼地方去。然後我說：

「瑪莉珍小姐，妳方便去附近村子住個三、四天嗎？」

「我可以去住羅瑟洛普先生家。為什麼？」

「先別問。如果我告訴妳，不到兩個星期，黑奴全家就能回到這屋裡團圓，而我也能證明自己是怎麼知道的——妳願不願意去羅瑟洛普家住四天？」

「四天！」她說：「住一整年，我都願意！」

「好，」我說：「我沒有別的要求，只求妳能口頭打個包票，那比別人吻《聖經》發誓都可信。」她微笑著，臉紅了，看起來嬌滴滴的。我說：「如果妳不介意，我想去關門——鎖住。」

門鎖好後，我回來坐下，說：

「待會兒妳別喊叫，我只希望妳靜靜坐著，好好接受事實。我非講實話不可，妳聽了一定要挺住，瑪莉珍小姐，因為這事很難聽，很難接受，我想不出別的法子了。這兩人根本不是妳的叔伯，只是兩個冒牌貨——常見的騙子。好了，最糟糕的部分講完了，接下來的部分妳應該能輕易接受。」

她當然吃驚得不得了，但我現在脫離險境了，於是我再講下去，只見她眼珠裡的怒火愈燒愈旺。我把可惡的事實從頭到尾講清楚：從載傻小子去搭蒸汽船說起，一直講到她在門口撲進國王懷裡，被假伯伯連親十六、七次——她跳起來，臉紅成夕陽，說：「那個野蠻人！來，不能再浪費時間了——一秒也不能再拖——趕快對他們潑焦油撒羽毛，把他們扔進河裡！」

我說：

「我贊成。不過，妳的意思是，在妳去羅瑟洛普先生家之前嗎？或者是——」

「喔，」她說：「我想到哪裡去了嘛！」她說，坐回原位。「別管我說了什麼——拜託——你不會在意吧，會嗎？」她把玉手放在我手上，害我差點說我寧可一死。「我剛太激動了，沒動腦筋，」她說：「好了，繼續說吧，我不會亂來的。你儘管教我怎麼做，我全依你的意思去做。」

「這兩個騙子嘛，」我說：「他們是壞蛋，可惜我有不得已的苦衷，不得不跟他們再走一段路——原因是什麼，我最好還是不要說吧。如果妳揭穿他們，全村會救我脫離他們的魔掌，我應該能平安，不過另外有個妳不認識的人，他的麻煩可大了。他嘛，非救不可，對不對？當然。既然這樣，我們暫時不揭穿他們。」

講著講著，一個好主意蹦進我腦殼：我和吉姆可以擺脫兩個騙子，害他們在這裡坐牢，然後我和吉姆自己跑路。但如果以後白天搭木筏，吉姆被人質疑是不是逃跑的黑奴時，我就找不到人和我一搭一唱了。所以，我想等到今天夜深以後，才開始實行我的想法。我說：

「瑪莉珍小姐，這樣好了，妳不必去羅瑟洛普先生家住那麼久。他家多遠？」

「只比六公里近一點點——往這後面去，在鄉下。」

「這樣可以。妳這就過去，不要聲張，等到九點或十點以後，然後叫他們送妳回家——就說妳忽然想到一件事。如果妳在十一點之前回家，在這窗口點一根蠟燭。如果我沒來，妳再等到十一點。如果我再不出現，這就表示我走了，脫離危險了。然後妳就能出去散布消息，把這兩頭野狼抓去關。」

「好，」她說：「我辦得到。」

「如果我來不及逃，被迫跟他們走，妳一定要趕快說，我事先就向妳講過實話，妳一定要儘可能幫我撐腰。」

「幫你撐腰！那還用你說嗎？我絕不讓他們碰你一根頭髮！」她說。我也看見她說話時鼻孔擴張，眼睛瞪大。

「如果我走了，」我說：「我就沒辦法留下來證明這兩個金光黨不是妳叔叔伯伯。就算我留下來，我也沒法子證明。頂多，我只能發誓說他們是好吃懶做的騙子，不過這樣應該就夠了。對了，有人比我更能證明他們是敗類，而且他們講的話比我牢靠，比較不會被人動不動懷疑。我可以教妳怎麼找到他們。給我紙筆，我寫給妳看——『磚村無雙戲』。收好，可別弄丟了。法院如果想找對這兩人不利的證據，就請法官派人去磚村，說演無雙戲的人已經落網了，請他們作證——妳還來不及眨眼，他們全村人一定就來了，瑪莉珍小姐。而且絕對是氣呼呼殺過來。」

我想，這樣應該就全交代清楚了。於是我說：

「妳就讓拍賣會進行，先別著急。因為拍賣會宣傳得太晚，即使有人買到東西，也要等一天一夜才能付錢，而騙子要等錢到手才走。而照我們的做法，拍賣的交易不能算數，他們也別想拿到錢。這就和賣掉黑奴一樣，買賣不算成交，黑奴不久就能全部回妳家。騙子賣了黑奴也收不到錢。瑪莉珍小姐，他們慘兮兮了。」

「好吧，」她說：「那我趕快下樓吃早餐，飯後直接去羅瑟洛普先生家。」

「那怎麼行呢，瑪莉珍小姐？」我說。「絕對不行。妳最好在早餐之前就走。」

「為什麼？」

「不然我為什麼叫妳走，瑪莉珍小姐？」

「嗯，都怪我沒腦筋，可是我再想一想，也想不出原因。告訴我吧。」

「因為妳不是能擺撲克臉的那種人。妳臉上寫的字比書裡的字還清楚，任何人一坐下來，就能看穿妳的大小心思。妳如果下樓去，叔叔伯伯如果過來想親妳，妳能面對他們而不會——」

「懂了，懂了，別再說了！我不吃早餐就走——我很樂意。扔下我妹妹跟他們在一起，可以嗎？」

「對，妳別為兩個妹妹擔心，她們還可以撐一陣子。如果三姊妹全跑了，騙子可能會起疑心。我不希望妳見他們，也不希望妳妹和村人問到他們。萬一有鄰居問妳，叔叔伯伯今早好嗎，妳的臉一定會洩密。所以說，妳趕快上路吧，瑪莉珍小姐，由我來應付所有人。我會請蘇珊小姐代妳向叔伯致意，說妳只離家幾個鐘頭，想換個地方休息一下，或是想去見朋友，今晚或凌晨就回家。」

「說我去找朋友，可以，但我不想叫妹妹代我對那種人致意。」

「好，那就不致意。」這樣敷衍她就夠了，她不知情就沒事。撒這點小謊，又不會傷人。何況，最能安定人心的就是這種小謊，既能安撫瑪莉珍，也不會影響到結果。然後我說：「另外還有一件事——那袋子金幣。」

「哼，被他們拿走了。一想到他們是怎麼得手的，我就覺得自己好驢。」

「妳不必怪自己，因為錢不在他們手裡。」

「什麼？被誰拿走了？」

「我知道就好了。我本來想偷來還給妳，偷到手了，也知道藏在哪裡，可是，現在我擔心錢已經不見了。我實在很抱歉，瑪莉珍小姐，我真的遺憾到極點了，可是我已經盡了全力，這是真心話。我差點被抓到，只好一見地方就藏，想趕快逃走，結果沒藏進好地方。」

「好了啦，別怪罪你自己了——怪罪自己會傷身，我不准你——是你不得已的，錯不在你啦。你把袋子藏在哪裡？」

我不想害她又想起傷心事，但怎麼用力就是張不開嘴，沒辦法對她講事實，因為我一講，那袋錢放在屍體肚子上的畫面會惹她傷心，因此，我有足足一分鐘講不出話，之後才說：

「錢藏哪裡，我還是暫時不說比較好，瑪莉珍小姐，請妳別介意。如果可以的話，我寫在紙上，妳去羅瑟洛普先生家路上可以看。這樣行不行？」

「可以啊。」

於是我寫：「我把袋子藏進棺材裡。妳半夜對著棺材哭的時候，我躲在門後面，為妳感到好難過，瑪莉珍小姐。」

一回想起她深夜獨自對著棺材哭，一想到壞人睡在同一個屋簷下，羞辱她，搶她的財產，我的眼睛也滲出一些水。我把紙摺好，交給她，看見水也跑進她眼眶了。她用力握我的手，說：

「珍重了。我會一五一十照你的話去做的。如果不能再見你一面，我也永遠不會忘記你的。我會一直一直想起你，也會為你祈禱！」她走了。

為我祈禱！要是她對我很熟，她就不會扛下這麼大的工程。但我認定她會為我祈禱——她就是這麼好的人。她如果有心，連耶穌的叛徒猶大，她都有勇氣為他祈禱——而且我判斷，她絕對不肯退讓。你也許不這麼認為，但以我的看法，她比我見過的任何女孩更有勇氣；以我的看法，她渾身上下充滿勇氣。這話聽來像我嘴甜，其實不是。另外呢，她的美貌——心地也善良——也勝過所有女生。她走出房門後，我就再也沒看到她了。對，我一次也沒再見到她，但我明白，我想念她，想了幾百萬次，想著她說她會為我祈禱。假如我覺得為她祈禱有效，那我死也會為她祈禱。

瑪莉珍她大概是從後門溜走吧，因為沒人看見她離家。我遇到蘇珊和兔唇妹時，我說：

「妳們不是常去河對面拜訪一家人嗎？他們姓什麼來著？」

她們說：

「有好幾家，不過最常去的是普洛克特家。」

「就是他們，」我說。「我差點忘了。瑪莉珍小姐她要我轉告妳們，她急著過河去他們家——有人病了。」

「哪一個？」

「我不曉得啦，我不太記得，好像是……」

「不會吧，希望不是漢娜吧？」

「很遺憾，」我說：「的確就是漢娜。」

「那怎麼會呢？人家她上星期還健健康康的！她病得很嚴重嗎？」

「豈止嚴重。家人在病床邊守了整晚，瑪莉珍小姐說的。家人認為她頂多只能撐幾小時。」

「太難想像了！她生什麼病啊？」

我的腦袋一時空白，想不出合適的病名，於是亂說：

「腮腺炎。」

「腮腺炎才怪咧！得腮腺炎，家人哪會守在旁邊。」

「對是對啦，不過，得這種腮腺炎的病人非守不可。這種腮腺炎不一樣，是新型的，是瑪莉珍小姐說的。」

「怎麼個新法？」

「另外有幾種病也混在裡面。」

「什麼樣的病？」

「這個嘛，有麻疹、百日咳、丹毒、結核病、黃疸症、腦膜炎，我記不了全部。」

「不得了啊！那他們怎麼只說是腮腺炎？」

「那是瑪莉珍小姐她說的。」

「哼，那他們怎麼說是腮腺炎嘛？」

「呃，因為有腮腺炎啊。就是從腮腺炎開始的。」

「哼，這沒道理嘛。如果有人腳趾踢到東西，然後服毒，摔進井裡，跌斷脖子，腦漿都迸出來了，結果有人來問說，他是怎麼死的，笨蛋會回答說：『他呀，他腳趾踢到東西。』這樣有道理嗎？才沒有咧。講腮腺炎，也一樣沒道理。會傳染嗎？」

「會傳染嗎？妳講得出這種話！黑漆漆的，妳會不會踩到耙子？如果沒被一根耙齒刺中，也會被其他耙齒刺到吧？妳能只拖著一根耙齒走開嗎？整支耙子都會被妳一起拖走吧？這種腮腺炎可以說像耙子一樣——而且不是好欺負的耙子喔，妳如果踩到了，就休想擺脫它。」

「哇，好恐怖喔，」兔唇妹說：「我想去找哈維伯伯，然後——」

「喔，對了，」我說：「如果是我，我當然也會。我會馬上去找他。」

「那你怎麼不自己去通知他？」

「妳仔細想一下，也許妳能理解。妳叔伯不是想儘快回英國嗎？妳覺得他們夠狠心，會自己先上船，留妳們姊妹自己去搭船嗎？他們當然會等妳們。目前為止都沒事，那還好。哈維伯伯不是牧師嗎？對。牧師敢不敢欺騙蒸汽船的職員？他會不會騙輪船的職員？他想讓瑪莉珍上船。可是，妳知道他不會。那他怎麼辦才好呢？他嘛，他會說：『好可惜喔，可是，教會只能自己想辦法了，因為我姪女可能染上可怕的合眾為一[20]腮腺炎，所以我的職責是坐在這裡等三個月，以確定她不會發病。』好啊，沒關係，如果妳認為最好還是告訴哈維伯伯——」

「什麼話？告訴他，那我們不是要待在這裡苦等，等到確定瑪莉珍有沒有被傳染啊？那我們還不如早點去英國過好日子。唉，你講什麼傻話嘛。」

「好吧，那妳也許最好告訴幾個鄰居。」

「講什麼話，你自己聽見沒？你是最笨的一個天生傻子。你不曉得鄰居會到處宣傳嗎？這種事情是不能講出去的。」

「好吧，妳講的也許有幾分道理，好啦，我想妳說的對。」

「不過我覺得，我們應該告訴哈維伯伯說，她已經出門一陣子了，伯伯才不會為她擔心吧？」

「對，瑪莉珍小姐她希望如此。她說：『叫妹妹她們幫我向哈維伯伯和威廉叔叔致意，代我親他們一下，說我急著過河去找——』——姓什麼的先生來著？妳伯伯彼得很重視的對岸那個富翁。——我指的是那個——」

「喔，你想說的是亞普梭布家，對吧？」

「當然。唉，姓那麼多，誰記得清楚呢？對，她說啊，說她想趕快去叫亞普梭布家一定要參加拍賣會，買下這棟房子，因為她認為，彼得伯伯比較希望房子被他們買走。她想待到他們答應來為止。然後，如果她還不太累，她會直接回家。如果她太累的話，她會待到明天早上。她說，別提普洛克特家，只提亞普梭布家就好——完全是事實，因為她去的目的是拜託他們買房子。我知道是因為她親口告訴我的。」

「好吧。」她們說，準備去找叔伯，向他們致意獻吻，傳達口訊。

一切都安排妥當了。姊妹倆不會漏風聲，因為她們想去英國；國王和公爵寧可讓瑪莉珍去忙

---

20 譯注：pluribus unum 哈克不懂國徽上的拉丁文而誤用。

拍賣會的事，不希望她去找魯賓森醫生。我心裡很舒服，因為我判斷我做得天衣無縫——大概連湯姆．索耶也不會做得比我好。當然，他會在裡面攙一點個人風格啦，可惜以我生長的環境來說，我一時辦不到。

拍賣會在村民廣場舉行，從下午五、六點起，一直拖，一直拖了好久，糟老頭他在守著，表現出最虔誠的嘴臉，和拍賣師站在臺上，偶爾穿插一、兩句《聖經》或順耳的俗話之類的東西，公爵他則到處咕咕咕，使出渾身解數博人同情，儘量在廣場四處露臉。

後來，拍賣會終於結束了，全部都賣光了，只剩下墓園裡一小塊不值錢的土地。他們繼續撐到連這塊地也賣掉為止，不然不甘心。國王想吞掉所有財產，我從沒見過比他更貪心的人。在他們忙的時候呢，一艘蒸汽船靠岸了，大約兩分鐘後，一群人歡呼著、嚷嚷著、哈哈笑著，鬧個不停，大聲喊：

「有人來跟你們競爭了！彼得．衛克斯的遺族鬧雙包——大家快下注，賭哪一邊才是正牌貨！」

第二十九章

村民帶來一位非常體面的老紳士，跟著來的是比他年輕的男人，長相也端正，右手臂用三角巾掛著。哇，真是的，村民哈哈笑，大呼小叫的，鬧個不停，但我看不出哪裡好笑，也認為公爵和國王想破頭也看不出笑點。我以為他們會嚇得臉色發白，但沒有，**這兩個**一點都不蒼白。公爵他假裝天真，一點疑心也沒有，只顧著到處咕咕咕，表現得快樂又滿足，就像一瓶汩汩溢出來的酪奶。國王他呢，他的眼睛直直盯著新來的這對兄弟看，表情哀傷，好像他見到世上竟有這種癟三冒牌貨，無奈到心臟鬧胃痛。唉，他表演得很逼真。很多親友聚集在國王身邊，以表示支持他。剛到的老紳士愣傻了，滿臉困惑。不久後，老紳士開口，我馬上聽出他的口音才是真的像英國人——不是國王模仿的那樣，只不過，國王模仿得相當不錯。我沒辦法照老紳士的用語描述，對他的口音也模仿不來。他轉身面對村民，大致說的是：

「此事令本人始料未及，錯愕不已，我在此坦承，我不知如何面對，也無以回應，因為本人與舍弟遭逢不幸，他手臂骨折，我們的行李昨晚在上游某鎮被誤搬下船。我是彼得．衛克斯之胞兄哈維，這位是他的胞弟威廉，失聰瘖啞，如今只有一手能動，亦無法比手勢溝通。我們的身分確實無誤，再過一、兩天，等行李送來，我就能證明。但現在，我不再多言，只想進旅社靜候。」

說完，他和新來的聾啞男開始離開，國王他大笑，喳呼說著：

「手臂骨折啊——非常有可能，對不對？——也太湊巧了吧。想冒牌卻懶得去學手語。行李丟了！那也太棒了！在這種情況下——高招啊！」

說完，他又哈哈大笑，村民也跟著笑，不笑的人只有三、四個，也許有五、六個吧，其中一個是醫生，另一個是外表很精明的紳士，拎著老式的地毯包——真的用地毯材質做的。這紳士剛下蒸汽船，正和醫生低聲交談，眼光不時瞥向國王，點點頭——這人就是去路易斯村出差的律師李維・貝爾。不笑的人當中，有一個是胖壯的大老粗，他剛湊過來聽老紳士發言，現在聽著國王的說法。國王一講完，大老粗馬上說：

「喂，我問你，如果你是哈維・衛克斯，你哪一天到這裡的？」

「朋友，在喪禮前一天。」國王說。

「幾點？」

「傍晚吧——大概是日落前一、兩個鐘頭。」

「你怎麼來的？」

「我搭蘇珊・鮑維爾號，從辛辛那堤下來。」

「好，那你告訴我，那天早上，你怎麼會划著獨木舟，出現在岬角那邊？」

「我那天早上沒去過岬角啊。」

「你騙人。」

有幾個村民衝著他，求他念在哈維年紀大了，也是牧師，對哈維講話尊重點。

「牧師個屁啦，他是個冒牌貨，是個騙子。那天早上，他明明出現在岬角。我家就住在那邊。哼，那天早上我在岬角上，他也在，被我看到了。他坐獨木舟過來，船上載著提姆．柯林斯和一個男孩子。」

醫生上前說：

「海因斯，如果再看到那男孩，你能指認他嗎？」

「應該能吧，我不知道。咦，站在那邊的那個，不就是他嘛。我一眼就認得出他。」

他伸手指向我。醫生說：

「鄰居們，新來的這對兄弟是不是冒牌貨，我不知道，不過，我現在把話講白了，假如**這兩個**不是冒牌貨，那我就是白痴一個。我認為，大家的職責是看緊這兩個，等我們調查個水落石出再放他們走。來吧，海因斯，過來吧，你們所有人。我們帶這兩個傢伙去客棧，跟新來的那兩個對質。我認為，問他們幾句話，就能看出一點端倪。」

村民表示同意，只不過國王的朋友們也許不太情願。大家往客棧的方向走。這時太陽快下山了。醫生他牽著我的手，拉著我走，態度還算親切，不過他一直不放手。

來到客棧，大家全走進一個大廳，點幾支蠟燭，找新來的兄弟過來。首先，醫生說：

「我不想太苛求這兩人，不過，我認為他們是冒牌貨，也可能另有我們不知的共犯。如果真的有，那麼，共犯會不會帶著彼得．衛克斯留下的那袋金幣逃走？不無可能。如果這兩人不是冒牌貨，他們應該不會反對把錢交出來，先讓我們保管，等到驗證身分無誤才交還——可以嗎？」

大家都同意。我在想，談判還沒開始，我方就被逼進牆角了，但國王他只露出哀傷的表情，說：

「紳士們，但願錢在我手上就好了，因為情況亂成這樣，我無心破壞一場公正、公開、徹底的調查。可是啊，唉，錢不見了。不信，你們可以派人去找找看。」

「不然錢在哪裡？」

「錢嘛，我姪女交給我保管之後，我帶回房間。我們只想在這村子住幾天就走，不想存進銀行，所以藏進床鋪，用草墊壓著比較安全，畢竟我們在英國用的是家僕，都很誠實，在這裡對黑奴不熟。結果，隔天早上，我下樓後，錢就被黑奴偷走了。我賣掉他們的時候，還不知道錢飛了，所以他們帶著那袋子錢跑掉。我這個家僕可以向各位說明，紳士們。」

醫生和幾人一起說：「糟了！」我看得出，完全信不過他的人一個也沒有。有人問我，有沒有看見黑奴偷錢，我說沒有看見，不過我見到他們偷偷離開房間，急著走開，我當時沒懷疑，只以為他們吵醒我主子，想在挨罵前溜走。村民只問我這句。然後，醫生轉身面對我說：

「**你**，也是英國人嗎？」

我說是的，他和其他幾人笑起來，說：「鬼扯淡！」

就這樣，他們開始來個全面調查，問題一個接一個衝著我們來，一個鐘頭又一個鐘頭，沒有人提起晚餐的事，好像根本沒人想到晚餐——大家一直問，一直問。場面亂到從來沒見過的地步。村民叫國王講自己的故事，然後叫老紳士也給個說法。除了好幾個死腦筋以外，任何人都看得出老紳士講的是實話，另一個一派胡言。後來，村民叫我把我知道的事全說出來。國王他斜眼狠狠瞄我一下，我罩子夠亮，講話時儘量不看他。我先從英國雪菲爾德講起，談那邊的生活，掰了英國衛克斯家族的一些事，講沒幾句，醫生就笑起來。貝爾律師說：

「坐下吧，孩子，我如果是你，我會省點口水。我猜你不太習慣說謊，騙起人來好像不能隨心所欲似的。你欠缺磨練。你講得怪彆扭的。」

被他這樣誇獎，我不太高興，但我很樂意不必再被問話。

醫生他又講幾句，然後轉頭說：

「如果你幾天前也在村裡，李維．貝爾——」

國王這時插嘴，伸出一手說：

「哇，這位是我亡弟生前常寫信提到的老友嗎？」

律師和他握手。律師臉上掛著微笑，看起來很高興，兩人閒聊一陣，然後偏頭低聲講話。最後，律師恢復正常音量說：

「這樣可以。我可以代為傳達你兄弟倆的指示，讓他們知道你倆平安。」

找來紙筆後，國王他坐下，頭歪向一邊，嚼嚼舌頭，寫下幾個字，然後把筆傳給公爵——公爵露出不舒服的表情，這可是頭一遭。不過，他還是拿著筆，寫幾個字。然後，律師轉身對新來的老紳士說：

「你們兄弟倆也寫一、兩行字，簽個名吧。」

老紳士寫了，但沒人看得懂。律師的表情驚訝無比。律師說：

「這就奇怪了……」說著，他從口袋掏出一大疊舊信，細細看著，然後比對糟老頭的筆跡，回頭再檢查舊信。律師說：「這幾封舊信是哈維．衛克斯寄來的。剛才這兩人寫的字在這裡，各位一看就知道，信不是這兩人寫的。」（我不蓋你，國王和公爵露出「上當了」的傻相，因為他們發現自己中了律師的計）律師緊接著說：「這位老紳士的筆跡在這裡，大家都能輕易看出，信也不是出自他的手——事實是，他根本是在鬼畫符，稱不上是寫字。接下來，我們看看這些信，寄件人是——」

老紳士說：

「各位，請容我解釋。能讀懂我筆跡的人唯獨舍弟——信全由他代我抄寫，所以這些信全是他的筆跡，不是我。」

「說得好！」律師說：「這可就絕了。我也帶了幾封威廉寫的信，麻煩你請他寫一、兩行，好讓我們比——」

「他的左手不能寫字，」老紳士說：「如果他右手能寫，各位即可知，我倆的信全出自他一人之手。請各位查看字跡——兩者同出一人之手。」

律師比對後說：

「我相信是——就算不是，也比我剛才發現的相似之處多了很多。這下可好了！我還以為，真相就快大白了，這下卻走進死胡同。不過，也不完全是落空。我們至少證明了一件事——這兩個絕對不是衛克斯兄弟。」他偏頭指向國王和公爵。

結果怎麼著？老驢頭到了這地步，竟然還不肯認輸！不肯就是不肯。他說，這種證明方式不公平，因為弟弟威廉是全天下最愛開玩笑的混帳，剛才根本是亂寫一通——威廉的筆尖一碰紙面，他就知道威廉想捉弄大家。就這樣，國王愈講愈激動，嘰呱講得最後連自己都信以為真。不久後，老紳士插嘴說：

「我想到一件事。在座各位是否有人曾協助舍——協助已故的彼得．衛克斯潔身下葬？」

「有，」某人說：「我和這位艾布．騰納。我們兩個都在。」

老紳士轉向國王說：

「或許，這位紳士能告訴我，彼得胸膛的刺青是什麼模樣？」

這一招出得太突然，國王如果反應不夠快，一定會像崖底土石被河水淘空後垮下去，保證死得難看。出這一招，用意是冷不防給對方重重一拳頭，打得對方爬不起來。他哪曉得死人身上有什麼刺青？他的臉色稍微發白，他也沒辦法。全場變得好安靜，大家的上身微微向前傾斜，盯著他看。我心想，這下子，他不舉白旗才怪——再辯也沒用了。結果呢，他投降了嗎？讓人難以相信的是，他不認輸。我猜他是想死纏爛打，磨到所有人都累到看不下去了，等人群變少，他和公爵就能衝出去逃跑。他坐在那裡，不久露出微笑，說：

「哼！這問題非常難，不是嗎？是的，先生，他胸膛的刺青長啥樣子，我可以告訴你。刺青是個細小的藍色箭頭，就這麼簡單，不仔細看就看不到。好了，那你還有什麼話可說？說啊！」

哇，這老痞子的臉皮厚到這種田地，我今天大開眼界了。

老紳士急忙轉向騰納和同伴，眼神一亮，好像他認定這次對方一定沒話可說。老紳士說：

「兩位，你們剛聽見他所言了吧！彼得．衛克斯的胸膛是否有此刺青？」

兩人同聲說：

「我們沒看到他說的刺青。」

「好！」老紳士說：「兩位在他胸膛看見的是他姓名的縮寫，微小而模糊，P-B-W。B是他的次名，年輕時決定不用。」說著，老紳士寫在紙上。「說吧，兩位看見的，是不是這個？」

兩人再度同聲說：

「我們沒有看見。一個刺青也沒看見。」

哇，大家變得好激動，大聲喊著：

「冒牌貨多得像牛毛啊！我們把他們拖出去潑焦油撒羽毛！丟進河裡餵魚吧！用桿子架他們遊街！」所有人都在起鬨，吵得好熱鬧。然而，律師他跳上桌子，大喊說：

「各位紳士——紳士！聽我講句話就好——一句話就好——拜託大家！最後還有一個辦法——我們去開棺驗屍。」

大家聽進去了。

「萬歲！」所有人都喊著，「如果找不到刺青，我們就處死這兩對騙子！」

現在我才害怕了，告訴你。可惜，想逃也沒路可逃。我們全部被他們揪住，被押著直直走向墓園。墓園在下游兩公里。聲勢鬧得夠大，全村人都跑出來，跟在我們後面走，這時才晚上九點。

經過衛克斯家時，我後悔把瑪莉珍支開了，因為現在我只要對她使個眼色，她一定會跳出來救我，揭穿我遇到的這兩個騙子。

全村沿著河邊路擠著走，活像一群野貓，讓場面更嚇人的是，天色暗下來，雷公開始眨眼亂劈，風颳得樹葉發抖。這是我遇過最恐怖、最危險的情況。我被嚇得有點麻木了；事情的進展和我的預料差太遠了，我來不及應付。本來，我以為一切都準備妥當，我能慢慢看好戲，一出現危機，瑪莉珍可以替我撐腰，幫我脫困，而現在，擋在我和死神之間的只有死人身上的刺青。如果開棺看不到刺青的話……

我不敢再繼續想了，而我根本沒辦法想其他東西。天色暗下來，愈來愈暗，很適合趁黑偷溜，可惜我的手腕被大老粗海因斯握緊，小毛頭哪可能逃出巨無霸的魔手？他很興沖沖拖著我走，我跑步才跟得上。

墓園到了。村民擠進去，像洪水有地就淹。找到彼得的墳墓後，大家才發現，鏟子多帶了一百支，卻沒有人想到應該提燈過來。但大家不管，摸黑藉著閃電的光拚命挖，派一個人去最近的一家借燈，大約一公里遠。

死命挖了又挖，天變得好黑，雨也開始下，強風也來鬧場，閃電愈打愈來勁，雷聲轟隆隆，但村民只埋頭苦幹，根本沒注意到。打雷的一瞬間，一大群人的臉和所有東西都看得見，也能看到一鏟鏟的土飛出墓穴，閃光一消失，夜幕蒙住所有東西，有眼睛也沒用。

最後，棺材被挖出土了，他們轉開棺材板上的螺絲，大夥兒又一湧而上，用肩膀抵撞，用手推擠，想硬塞進去看一眼，亂到不行。黑漆漆的，像那樣，情形更嚇人。大老粗他拉得太用力，扯得我的手腕好痛，他好興奮，一直喘氣，我猜他是忘了我的存在。

忽然間，一道閃電劈下來，黑夜變白天，有人驚呼：

「我奶奶的，那袋子金幣放在他胸上！」

大老粗跟所有人一塊兒歡呼，鬆開我的手，鼓足力氣向前鑽，想看個究竟。我趁暗溜走，往馬路衝刺，沒人知道。

整條路只有我一人，我簡直是用飛的。除了我之外，路上只有伸手不見五指的黑夜、偶然亮一陣的閃光、嗡嗡直下的雨滴、對著我猛颳的風、劈來劈去的雷聲。我當然頭也不回地衝刺，那還用說嗎？

來到村子，我發現因為風雨大，街上完全沒人影，所以不必躲進後街跑，直接在大街上衝刺。快到衛克斯家時，我把視線對準瑪莉珍的窗戶。沒燈火，整棟黑漆漆的——我覺得難過失望，不知道為什麼。就在我快要衝過窗前時，裡面終於啪的一下，燈亮了。暖流忽然湧進我的心，心臟好像快爆炸了。一下子，整棟房子已經被我拋到背後，陷入漆黑，我再也不能回這裡。她是我見過最好的女孩，也是最有勇氣的一個。

我往上游跑，離村子夠遠，一看見沙洲，就開始找船借。閃電一照亮一艘沒上鏈條的船，我馬上搶借，推進河裡。這艘是獨木舟，只用繩子繫在岸上。沙洲還遠得很，在河的中間，但我一刻也不想耽擱。等我衝到木筏，我累垮了，假如還有時間，也只能倒地喘個過癮，可惜我沒這福氣。我跳上木筏就喊：

「快出來，吉姆，鬆開繩子！終於擺脫那兩個了，棒透頂了！」

吉姆衝出棚子，樂得張開雙手衝過來，這時候雷電一閃，我看到他，心臟差點蹦進嘴巴，害我往後跌，掉進河裡，因為我忘記吉姆是老里爾王和阿拉伯溺死鬼的混合體，差點嚇得我皮滾鳥流[21]，幸好吉姆救我上木筏。他好高興我回來，終於甩掉國王和公爵，本來想抱我親我，慶祝一下，但我說：

「先不要，等明天再說，等明天再說！趕快放繩子，放她流走！」

兩秒後，我們順著河水漂流，大河上只剩下我們兩個，沒有人打擾，恢復自由了，感覺真好，我忍不住跳起來敲腳跟幾次——就是忍不住嘛。跳到第三、四次，我留意到一種我很耳熟的聲音，於是暫停呼吸，仔細聽，等著。閃電又打在水面上的時候，果然，他們來了！——在小船上拚命划著槳！國王和公爵。

我腿軟了，一屁股坐在木筏上，心死了，不然一定會哭出來。

21　譯注：正確的成語是living daylights，書讀不多的哈克以為是livers and lights。

第三十章

一回到木筏，國王氣沖沖走過來，揪住我的領子說：

「想甩掉我們倆，是吧，兔崽子！厭倦我們了，沒錯吧？」

我說：

「不是啦，尊王，我們才不是。求求你，不要，尊王！」

「你本來打算怎樣，你現在就快講清楚，不然別怪老子打得你腸子流滿地！」

「是真的啊，尊王，我這就照事情經過講給你聽。那個大老粗，他抓得我好緊好緊，一直說他有個兒子，跟我差不多大，去年死了，現在遇到情況這麼危急的我，很捨不得。後來他們挖出金幣，大家嚇一跳，一股腦兒衝向棺材，他鬆手對我講悄悄話，『趁現在快跑吧，不然你鐵定會被他們吊死！』所以我逃走了。我留著，好像一點用處也沒嘛——我什麼忙也幫不上，也不想被吊死，不逃白不逃。我就一直跑，撿到這個獨木舟為止。我跳上木筏，叫吉姆動作快，不然我還是會被他們抓回去吊死。我說，恐怕你和公爵活不到現在了，我好難過，吉姆也是。現在看到你們回來，我們好高興，不信，你可以問吉姆。」

吉姆說的確是，國王叫他少廢話，說：「喔，對呀，可能性滿高的嘛！」說著再抓著我猛甩一陣，說他想淹死我，還好公爵說：

「放開他啦，你這個老白痴！你自己又多高尚？你逃走的時候，有沒有問他在哪裡？我倒不記得你關心過。」

國王只好放我走，改罵全村的所有人。但公爵說：

「你最好還是好好臭罵自己一頓吧，因為最有資格挨罵的人是你。打從一開始，你就沒吐出一句說得通的狗屁，唯一的一個例外是你表現夠冷靜，臉皮也夠厚，胡謅出那個藍箭頭。太高明了——夠厲害了，救了我們一命，否則一定會被拘留到英國佬的行李來了，然後，保證被判刑蹲苦牢！幸虧你的藍箭頭唬得他們去墓園，那袋子金幣接著幫了我們更大的忙，否則那堆傻瓜不會興奮到鬆手，爭相衝過去看，不然我們今晚只有繫著領帶睡的命，繫到沒命。」

他們安靜一分鐘——在想事情，然後國王悠悠說：

「哼！我們還以為錢是被**黑鬼**偷走！」

我心裡好緊張！

「是啊，」公爵說得有點慢，有點慎重，話裡帶刺，「**我們**以為是。」

過了大約半分鐘，國王拉長尾音說：

「至少我以為是。」

公爵以同樣的語氣說：

「相反地，我以為是。」

國王有點被惹毛了。他說：

「喂，布里基齷齪，你指的是什麼？」

公爵以相當衝的調調說：

「在這方面的事，也許你可以讓我問，**你**指的是什麼？」

「唉！」國王的口氣變得非常諷刺。「我不知道啦——搞不好那天晚上你睡著了，不曉得自己做了啥事。」

公爵一聽，豎起全身毛髮說：

「你在胡說八道什麼啊？你把我當成哪國來的傻瓜？你以為我不知道藏錢進棺材的人是誰嗎？」

「你說的對！我知道你真的知道，因為藏錢的人就是你自己！」

「你說謊！」公爵衝過去抓住他。國王喊叫：

「放手啊！別掐我喉嚨啊！我全吞回去！」

公爵說：

「好啊，那麼你先自己承認，錢是你藏進棺材的，你打算過兩、三天扔下我，自己溜走，然後回來挖棺材，自己一人獨吞。」

「給我等一等，公爵，回答老子一個問題就好，老老實實回答。如果錢不是你藏的，那就老實講，我就相信你，把我剛講的話全吞回去。」

「你這個老流氓，錢不是我藏的，你明知故問。這樣可以了嗎？」

「這樣好，我相信你。不過，再回答我一個問題就好，你可別生氣喔。你難道沒考慮扒走那袋錢，拿去藏起來？」

公爵一會兒講不出話，然後才開口：

「哼，腦子裡有沒有想，不是重點，重點是，我根本沒動手。而你呢？你不但動歪腦筋，而且還動手去做。」

「如果真的是我，公爵，我就不得好死，這是老實話。我不會說我從沒想過，因為我是真的打算偷——可是卻被你——不對不對，被別人搶先一步了。」

「胡說八道！是你就是你。你給我坦白，否則——」

國王被掐得咯咯叫幾聲，然後喘著說：

「好了好了！——我承認！」

這句話讓我好高興，讓我的心情比剛才更輕鬆了。於是，公爵鬆手說：

「你敢再否認，我就淹死你。你坐那裡，哇哇哭得像嬰兒，照你剛才的行為來說，對你倒是滿合適的。我從沒見過你這型老鮀鳥，見什麼吞什麼——而我竟然傻傻一直信任你，把你當成親爸爸看待。可憐的黑鬼被栽贓，你居然一個字也不說，靜觀其變，你應該慚愧才對。而我居然對你講的鬼話盡信不疑，現在回想起來，感覺好荒唐。你太可惡了，我現在才知道你為什麼急著想湊齊缺額——你想把無雙戲的錢全據為己有！」

國王還在抽著鼻涕，以畏怯的口氣說：

「公爵啊，湊足錢的點子是你提出來的，又不是我。」

「別再哭了！我不想再聽你出聲音！」公爵說。「看看你做的好事。錢不但沒撈到，還賠上自己的老本，賠得只剩幾文不值錢的東西。還不快上床睡覺，一輩子別再跟我囉唆湊齊什麼跟什麼！」

國王悄悄鑽進棚子，拿起酒瓶澆愁，不久後，公爵也找酒瓶作伴。就這樣，過了差不多半小時，睡得一副賊相的他們愈湊愈緊，愈擠愈親熱，互相抱著打呼起來。這兩人都喝得醉醺醺，但我注意到，國王並沒有醉到忘記再強調否認藏錢。這讓我安心滿意。當然，等他們呼呼大睡，我和吉姆嘰嘰喳喳嗑牙，讓他知道事情所有經過。

第三十一章

接連幾天，我們不敢靠岸，只能繼續順流漂下去。現在，我們進入南方了，天氣變熱，離家好遠好遠，漸漸看到俗稱西班牙青苔的松蘿菠蘿垂在樹枝下面，像灰白的長鬍鬚。我以前沒看過樹上長這種東西，讓樹林多了一種莊嚴、淒涼的感覺。到這時候，兩個騙子認為沒危險了，又動沿岸村子的歪腦筋。

起先，他們辦一場戒酒會，賺到的錢還不夠他們買醉。來到另一個村子，他們開舞蹈班——他們的舞技比不上袋鼠，上第一堂課就被村民跳進來趕走。另外有一次，他們嘗試開班教演講，上課沒多久，就有學生上臺，罵得他們頭破血流，他們不得不溜走。他們也傳教、催眠、醫病、算命，行行都搞一點，但怎麼搞就搞不出名堂。最後呢，他們搞得差點破產了，乾脆躺在木筏上，讓河水帶著走，一直想，一直想，一個字也不講，一閉嘴就是半天，情緒糟到底，覺得走投無路。

最後，情況出現轉變，他們改聚在棚子裡商量，壓低嗓子，一口氣祕密討論兩、三小時。吉姆和我見這情形，心情七上八下的。我們判斷，他們正在想一個比以前更邪惡的詭計。是什麼詭計？我和吉姆想了又想，最後認定他們打算闖空門或進商店偷東西，不然就是做假錢之類的東西。想到這裡，我們害怕了，兩人同意，死也不想和他們搞的詭計掛鉤，一抓到機會就甩掉他們，趕快遠走高飛。有天清晨，木筏經過一個寒酸的小村子派克斯村，我們在下游大約三公里的地方靠岸，把木筏藏好，國王他上岸，叫我們三個躲起來，等他進村子嗅一嗅風聲，看無雙戲的消息有沒有傳到這裡。（我暗想：「你指的是，你想打聽哪一家適合闖空門吧？等你偷夠了，回來這裡，就會納悶，我和吉姆和木筏不知跑去哪裡了——讓你一輩子去納悶個夠。」）國王也說，如果到了中午他還沒回來，公爵和我就能明白消息還沒傳到這裡，我們兩個可以進村子找他。

於是，我們三個就留守。公爵他煩惱著，緊張著，怨得不得了，我和吉姆做什麼事都挨他罵，怎麼做都不合他的意，對我們的大小動作都挑三撿四的。不妙的大事快來了，絕對是。中午到了，還不見國王人影，我很高興，換換環境也好——也許能換到一個擺脫壞人的大好機會。於是，我和公爵進村子，到處找國王，後來在一間低級的小酒吧的後室找到他。國王他醉茫茫，有一群懶漢正在煩他，他拚了老命咒罵放話，醉到不能走路，更沒辦法修理他們。公爵他開始罵他是個老笨蛋，國王回嘴，我等他們吵到顧不著我，拔腿趕緊溜走，順著河邊路，像鹿一樣飛奔。終於被我們等到機會了。我下決心，很久很久以後才讓他們再遇到我和吉姆。我跑到藏木筏的地方，喘不過氣，但滿心好歡喜，大喊：

「快鬆開船繩，吉姆！我們得救了！」

沒人應，也沒人從棚子裡走出來。吉姆不見了！我大叫一聲——然後再叫一聲——再叫，進樹林東跑西跑，嗚嗚叫著，尖聲喊著，完全沒用——好朋友吉姆走了。我坐下來哭；我忍不住。

但我不能再坐下去。不久，我走到路上，努力想著下一步怎麼走最好，這時遇到一個男孩走過來，問他有沒有看見穿什麼什麼衣服的一個外地來的黑奴。他說：

「有。」

「在哪裡？」我說。

「在塞勒斯．費爾普斯家，離這裡三公里。那黑奴從主人家逃走，被費爾普斯抓到。你在找他嗎？」

「才不咧！一、兩個鐘頭前，我在樹林裡碰見他，他警告我說，如果我敢亂喊，他會割掉我的肝——他還叫我趴著別亂動，我乖乖趴下去，一直趴到剛剛，不敢出樹林。」

「那你沒啥好怕囉，」男孩說：「因為他已經被抓到了。他是從南方逃過來的。」

「他被逮到了真好。」

「廢話嘛！懸賞兩百元耶。就像在路上撿到錢一樣容易。」

「對，沒錯——要是我長得夠大，錢現在就進我口袋了，因為第一個看見他的人是我。他是被誰抓走了？」

「一個老傢伙——一個外地人。他把抓黑奴的機會讓給人了，拿到四十元，因為他急著往上游趕路，不能再等。什麼話嘛！要是我，我一定等下去，給我等七年都沒關係。」

「以我的個性，我也一樣，」我說。「不過呢，四十元就讓給別人了，該不會有問題吧？搞不好，那老傢伙不太老實。」

「誰說的，他講的是實話啊。我親眼看見懸賞單，上面寫的好仔細，就是那個黑奴，等於是把他畫成圖了，而且也寫他是從哪個農場逃走的，在紐奧爾良下游。老傢伙沒騙人啦，你猜錯了啦。喔，對了，給我一塊菸嚼一嚼吧？」

我沒菸，所以他走了。我上木筏，坐進棚子裡思考，把腦袋想痛了，照樣不知道該怎麼過這難關。我們跑了這麼遠，為那兩個惡棍做了那麼多事，到最後竟然全泡湯了，全部都被搞砸了，只因為他們的心夠毒，竟敢對吉姆搞這種把戲，為了區區四十元，害他又一輩子當奴隸，而且還是被賣到外地做牛做馬。

有一次，我對自己說，一樣是當奴隸，回老家當奴隸見得到家人，總比在這裡當奴隸強過一千倍吧。我考慮寫信給湯姆．索耶，叫他告訴華森小姐吉姆在這裡。但我很快就放棄這念頭，原因有兩個：吉姆不知感恩而脫逃，她很生氣，不想要他了，一定會馬上把他賣到南方。吉姆如果沒被她賣掉，大家一定也會嫌他是個不知感恩的黑奴，會天天嫌他，會讓他覺得很差勁，很丟臉。而我呢？哈克．費恩幫助黑奴逃脫的消息一傳出去，如果我還有臉在老家混下去，我一見人一定會羞恥得下跪舔他的靴子。做錯事的人就是這樣，只要是做了一件下賤的事，絕不希望面對後果，以為能躲就躲，就不會丟臉。我的難題就是這個。我愈考慮這件事，愈覺得良心在折磨我，心情也變得更邪惡下賤差勁。最後，我忽然想到，這明顯就是上帝在賞我耳光嘛。上帝讓我明白，我做的壞事全被在天堂的祂看得一清二楚。祂看見我偷走一個可憐老婆婆的黑奴，而人家她不但沒傷害過我，還指引上帝給我認識，說祂總是在照顧我，只允許這種壞事做到這個地步，不准我錯到底。想到這裡，我好害怕，差點呆住。我盡最大能力勸自己想開一點：哎喲，我生長的環境本來就邪惡，哪能怪我？不過，腦子裡有另外一個聲音一直說：「咦，不是有主日學嗎？

都怪你不好好上課吧。要是你乖乖學習，就能學到，幫助黑奴逃走的人都會下地獄，永生永世被火烤。」

我嚇得發抖。我正想下決心禱告，看看我能不能改過向上，變成一個好孩子。於是我下跪。可是，我禱告不出來。我哪能禱告嘛？人心絕對瞞不過上帝。連我自己都騙不了。我完全明白我自己禱告不出來，因為我的心地不正直，因為我不誠實，因為我玩的是兩面戰術。我一方面假裝棄暗投明，其實心底卻握著最重的一個罪惡不放。我想逼嘴巴說我願意走正路、做乾淨的事，願意寫信通知黑奴的主人，向她報告吉姆在哪裡，但在我內心深處，我知道這是幌子一個，上帝也知道。我醒悟了，禱告哪能作假？

我好煩惱，煩惱到全身上下充滿煩惱，不知道該怎麼辦才好。最後，我想出一個點子；我說，我可以先把信寫好——然後看看能不能禱告。哇，這麼一想，我的心情變得好輕鬆，馬上像羽毛一樣輕飄飄的，煩惱全飛不見掉。於是，我拿起紙筆，滿心興奮又高興，寫著：

華森小姐，妳的黑奴吉姆逃到派克斯村下游三公里的地方，被費爾普斯先生抓到。如果妳能出賞金，他可以把吉姆讓給妳。

哈克·費恩。

感覺很好，罪惡全洗乾淨了，一輩子沒有這種感覺過。我知道，現在我總能禱告了吧。但我沒有馬上禱告。我放下紙筆，坐著思考——想著事情演變到這裡也好，不然我差點就走錯路而下地獄。我繼續想，想到順流南下的這一趟。想著想著，吉姆一直在我前方，不管是日是夜，有時候在夜光下，有時遇到暴風雨，我們一直漂流、有說有笑、唱歌。但不知道為什麼，不管我怎麼想，心也沒辦法一橫，反而是愈想愈心軟。我回想起，輪到我守夜班時，他捨不得叫醒我，繼續幫我站崗，好讓我睡個飽。我也回想大霧那一次，他見我回木筏多高興。我也想起那次在兩家鬧世仇的地方，我去沼澤和他重逢。我想了好多好多這一類的情形。他老是喊我蜜糖，摸摸我的頭，大小事都為我著想，老是為我好。最後，我想到那次我掰天花嚇跑兩個船伕，救了他一命，他好感激，說我是老吉姆一輩子遇過最好的一個朋友，現在是他唯一的朋友。想著，我碰巧轉頭，看見我寫好的信。

我很難做決定。我把信拿起來，握在手裡，手在顫抖，因為我非拿定主意不可，在兩個東西當中選一個，而我明白，這決定能關係到我一生。我再研究一分鐘，呼吸走走停停，然後對自己說：

「好吧，下地獄就下地獄吧。」我把信撕掉。

有這種想法很可怕，講這種話也很可怕，但這句話我還是說了。我不想把話收回來，再也不去擔心要不要改過自新。我把整個事情趕出腦袋，說我願意再走邪路，反正這是我從小環境教我走的路，不是正路。我最想趕快走的邪路是再救吉姆脫離奴役。如果我另外想得出更邪惡的東西，我也做得出來，因為反正邪路是走定了，乾脆一頭栽進去，給它走到底。

然後我考慮該怎麼救，反覆想來想去，想了好久，終於想到一個適合我的計畫。下游不遠的地方有個長了很多樹的島，我先看準方位，等天一黑，趕快把木筏划過去藏好，然後睡整晚，在天亮之前起床，吃完早餐，換上店裡買來的好衣服，另外帶幾件和一些東西，裹成一包，坐進獨木舟，往岸邊划過去，在我判斷是費爾普斯家的下游靠岸，把包袱藏進樹林，然後對獨木舟灌水，搬大石頭進去，讓她沉在我用得到時找得到的地方。河岸有一小間蒸汽鋸木廠，沉船的地方在它下游大概四百公尺。

然後我上路，經過鋸木廠時，看見上面有個招牌寫著：「費爾普斯鋸木廠」。再往前走兩百多公尺，我來到幾棟農屋，眼睛到處注意看，雖然現在是大白天，我卻沒見人影，但我管不了那麼多，反正我現在還不想見人——我只想看一看地形。照我的計畫，我想從村子那裡走過來，不是從河邊上來。於是我看一看，然後直線走向村子。結果呢，一進村子，我見到的第一個人就是公爵。他正在貼無雙戲的廣告——僅表演三夜——和上次一樣。這兩個騙子的膽子太大了吧！我一頭撞上他，根本來不及閃，他的表情很驚訝。他說：

「哈囉！你打哪裡來的？」然後他以有點高興又積極的語氣說：「木筏在哪裡？藏到好地方去了吧？」

我說：

「啊，這正是我想問尊爵的事。」

他收起喜色，說：

「為什麼要問我？」他說。

「這個嘛，」我說：「我昨天在那個爛酒吧看見國王，心裡就想，等他酒醒，帶他回木筏，少說要等幾個鐘頭吧，我不如去村子裡逛逛，殺點時間。有個男人走過來，出一毛錢，叫我幫他划小船到對岸，他想載一頭羊回來，我答應了。到了把羊拖上船的時候呢，他叫我牽著羊繩子，他自己去推羊屁股，沒想到羊的力氣太大了，我牽不住，被牠逃走了，我們趕快去追。我們沒狗，只能追著羊在野外一直跑，追到牠累得跑不動，天黑才把牠拖上船。載牠過河後，我下去找木筏，卻發現木筏不見了，心裡想：『他們兩個闖禍了，不走不行，卻連我的黑奴也帶走。我所有的財產只剩這麼一個黑奴，現在被扔在外地，沒親沒故，財產沒了，什麼也沒剩，沒法子求生了。』想到這裡，我坐下來哭。我在樹林裡睡整晚。可是，現在，木筏到底哪裡去了？還有——吉姆——可憐的吉姆！」

「我知道才怪——我不知道木筏哪裡去了。那個老笨蛋跟人談生意，換到四十元。我們去小酒吧找到老笨蛋時，他的錢全被那群懶漢用擲銅板賭錢的方式榨光了，他的錢只夠買威士忌灌。昨晚半夜我把他帶回河邊時，發現木筏不見了，我們說，『那個小壞蛋偷走我們的木筏，甩掉我們，順流逃走。』」

「我不可能甩掉**我的黑奴**吧？——我在這世上只有一個黑奴啊，我唯一的財產。」

「我們沒想到那麼多。事實是，我認為，我們已漸漸把他當成是**我們的黑奴**，沒錯，我們的想法是這樣。他為我們添的麻煩還不夠多嗎？所以，當我們看到木筏不見了，自己也身無分文，走投無路，只好再試一試無雙戲。決定之後，我一直忙到現在，滴酒不沾，嘴巴乾得像裝火藥用的牛角。你不是賺到一毛錢嗎？給我。」

我存了不少錢，所以就給他一毛，卻假裝求他去買東西吃，分給我一、兩口，因為我只剩這一毛，從昨天到現在都沒東西可吃。他不講話。一分鐘後，他轉身說：

「那個黑奴，他該不會去掀我們的底吧？他敢的話，就等我們剝他的皮！」

「他不是跑掉了嗎？能去掀誰的底？」

「不是！他被老笨蛋賣掉了，錢全被賭輸喝光，我完全沒分到。」

「賣掉？」我說，哭了起來。「什麼？他是我的黑奴啊，賣到的錢應該給我才對。他被賣去哪裡了？我要我的黑奴啊。」

「你的黑奴嘛，你要不回來了，就這麼簡單，再哇哇哭也沒用。對了，你呢？你敢掀我們的底嗎？你可別辜負我對你的信任喔。如果啊，你敢掀我們的底——」

公爵停下來，但我從沒看過他的眼神這麼醜陋過。我繼續哭哭啼啼，說：

「我才不想掀誰的底啊，而且我又沒那種閒工夫。我想趕快去找我的黑奴。」

他的表情變得有點煩惱，廣告掛在手臂上飄動，皺著額頭想事情。最後，他說：

「我告訴你一件事好了。我們要在這裡待三天。如果你能保證不告發，也不讓黑奴告發，我就說出他被賣到哪裡。」

我答應他，他說：

「有個農夫名叫塞勒斯．費——」他停下來。我看得出，他本來想講實話，講到一半卻又考慮到其他事情，我猜他三心二意了。果然是。他信不過我；他想確定我接下來三天不妨礙他們的詭計。所以他趕緊說：

「買他的人名叫亞伯拉罕．福斯特——亞伯拉罕．G．福斯特，住在鄉下，離河邊六十公里，在通往拉法葉鎮的路上。」

「好，」我說：「我走三天能走到。我今天下午就出發。」

「那怎麼行？你應該現在就走，而且不准浪費時間，不准半路亂講話，嘴舌鎖緊一點，埋頭趕路準沒錯，就不會礙到我們，聽懂沒？」

我想聽到的命令就是這個，他中計了。我希望接下來三天不會有人來煩我，讓我實行我的計畫。

「趕快滾吧，」他說：「你想對福斯特先生講什麼都隨便你，也許你能讓他相信吉姆確實是你的黑奴——有些白痴連證件都不檢查——至少我聽說南方這裡有這種白痴。你可以告訴福斯特說，傳單是假的，懸賞也是，對他解釋假懸賞是怎麼來的，也許他會相信你。快動身吧，你想怎麼告訴他都行，只要不要在半路上亂講話。」

我走了，往鄉下的方向直走，不回頭，但我有點覺得他盯著我背後看。愛看就讓他看個夠吧。我往鄉下直走了一公里半之遠，才掉頭穿過樹林，走向費爾普斯家。我想我最好馬上行動，不能再耽擱，因為我想在這兩個壞人逃走前攔住吉姆的嘴巴。我可不想得罪他們。我已經厭倦了那兩人，一心只想永遠擺脫他們。

第三十二章

我到費爾普斯家外面，四處靜悄悄的，好像星期日，太陽很大，天氣好熱，所有下人都下田去了，空氣裡飄著蒼蠅昆蟲發出的微弱嗡嗡聲，聽起來好寂寞，好像大家死光光，全不見了。如果有一陣微風飄來，樹葉搖呀搖的，會讓人覺得哀傷，因為這感覺像死了好多年的靈魂在講悄悄話，總會讓人以為它們在數落你。一般來說，這種氣氛也會讓人想死，真想一了百了。

費爾普斯家種棉花，面積不大，一匹馬就能應付，和別家看起來沒兩樣。兩英畝的院子用木條圍牆包圍，過籬梯用鋸斷的原木豎著當階梯，像高度不同的木桶，個子不夠高的婦女也可以站上去騎馬。大院子裡有幾片無藥可救的草地，但大多地方長不出草，光禿禿的，好像一頂表面被磨平的舊帽子。白人住的房子是雙戶大木屋，以劈成兩半的原木搭建，空隙用泥巴或泥漿填補，一道道的泥巴用白漆塗過，年代不詳。旁邊有個原木蓋成的廚房，以一條寬大有頂的開放式走廊和房子相連。廚房後面有一間木頭搭建的煙燻室。在煙燻室的另一邊，有一排黑人住的小木屋，總共三間。後圍牆邊另外有一棟獨立式的小屋，另一邊不遠處有幾間茅房。小屋旁邊有個灰槽和大鍋，用來煮肥皂。廚房門邊有一張長椅，有一桶水和一個水瓢，附近有一隻獵狗睡著晒太陽，其他地方也睡了幾隻。角落種了三棵遮陽樹。圍牆邊有個地方種著黑醋栗和洋醋栗。圍牆外有個花園和西瓜田，之外全是棉花田，比田更遠的地方是樹林。

我繞過去後院的圍牆，從灰槽旁邊的過籬梯爬進去，走向廚房。才走幾步，我就聽見微弱的紡紗輪聲，起起落落的，有點像哭聲。我這才確定，我確實有一死了之的心願，因為這的確是全天下最寂寞的聲音。

我直接往前走，沒有想出特別的計畫，只信任天意會在適當時機教我講正確的話，因為我注意到，如果我不去理它，天意總會教我講對話。

走到一半，一隻獵狗衝過來，另一隻也跟著衝刺，我當然停下來面對牠們，不敢動。牠們吵得好熱鬧！十五秒後，我可以說是變成一個輪軸，以狗為輻條，總共有十五隻包圍我，脖子和鼻子對我伸直，吠叫著，咆哮著，有更多狗也跟著來，從四面八方繞過轉角、跳過圍牆而來。

一個女黑奴從廚房衝出來，拿著擀麵棍，喊著：「給我滾，小虎！走開，小花！滾蛋！」她揍其中一隻，緊接著再揍另一隻，打得牠們哎哎叫，其他狗跟著逃走。但是，第二群狗挨打以後，有一半跑回來，圍著我搖尾巴，想和我交朋友。獵狗本性其實不壞。

女黑奴後面躲著一個黑人小女孩和兩個黑人小男孩，每個小孩身上只穿一件粗麻紗上衣，抓著媽媽的袍子，探頭偷看我，表情害羞，和一般黑人小孩一樣。接著，有個女白人從屋裡跑出來，她大概四十五或五十歲，沒戴帽子，手裡拿著擀麵棍，背後跟著她的白人小孩，和小黑人一樣害羞。她笑容滿面，幾乎站不住。她說：

「是你啊，終於來了！是不是？」

我想都沒想，就回答「是」。

她抓住我，用力抱我，然後用雙手和我握手，一直不放手，淚水湧進眼眶，溢出來。她好像怎麼抱、怎麼握手也不過癮似的，一直說：「你不太像你母親，和我想像的不一樣，不過，哎喲，管他的，見到你，我高興都來不及了！親愛的，親愛的，我樂得想把你吞下肚子去！孩子們，他是你們的表哥湯姆！快跟他打招呼。」

但他們垂著頭，含著手指，躲在她背後。她繼續講個不停：

「萊姿，快去幫他弄一頓熱早餐！咦，你該不會在船上吃飽了吧？」

我說我在船上吃過早餐了，於是她牽著我的手，走向屋裡，小孩跟在後面。進屋子後，她請我坐在籐椅上，自己坐在我前面的小矮板凳，握住我雙手說：

「我終於可以好好看你的臉了。哇呀，我已經盼望好久好久了，好多年了，終於盼到今天！我們以為你兩、三天前會到。是被什麼事耽誤了？船擱淺了嗎？」

「是的夫人——船——」

「別喊夫人，叫我莎莉阿姨。船在哪裡擱淺了？」

我不太知道怎麼掰才好，因為我不知道船應該從上游或下游過來。但我的直覺不錯，而直覺告訴我，船是從南方來的，從紐奧爾良那一帶逆流北上。但是，這對我的幫助也不大，因為我不熟悉南方的沙洲名。看樣子，我非捏造一座沙洲不可，不然就要假裝忘記船撞到哪裡一座沙洲，不然——我想到一個點子，說出來：

「不是擱淺啦，擱淺只耽誤一下子而已。主要是我們的船的汽缸蓋爆開了。」

「地呀！有沒有人受傷？」

「沒有，夫人。死了一個黑奴。」

「那還算幸運，因為有時候會有人受傷。兩年前的耶誕節，你姨丈塞勒斯從紐奧爾良搭老輪船拉利魯克號回來，汽缸蓋也爆開了，把一個人打瘸了。他後來好像死了。他是浸信會教徒。你姨丈塞勒斯認識巴頓魯治市的一家人，他們和那人的家人很熟。喔，我想起來了，那人後來的確死了。他得了壞死病，醫生不得不動截肢手術，可惜也救不了。對，就是壞死病，沒錯。他全身發青，臨死還希望能風風光光復原。聽他們說，他死得很難看。你姨丈天天進村子去接你沒接成，他今天又去了，走了不到一個鐘頭，應該馬上就會回家吧。你在路上一定看到他了吧？沒有嗎？他有點老，有個——」

「我沒看見任何人，莎莉姨媽。船在天剛亮的時候靠岸，我把行李藏在碼頭裡的一條船上，進村子走走，去鄉下看看，殺殺時間，不想太早到這裡，所以我才從後面過來。」

「你把行李交給誰？」

「沒人。」

「什麼，孩子？會被偷走啊！」

「我藏的地方大概不會吧。」我說。

「這麼早，船上哪有早餐可吃？」

有點冒險，但我還是硬著頭皮說：

「船長看我一個人站在那邊，叫我下船前最好吃點東西，所以帶我進高級船員艙房，帶我到船員餐廳，我想吃什麼就吃什麼。」

我變得好緊張，話聽不太進去。我一直把心思放在小孩身上，希望能拉他們到旁邊，從他們嘴裡套出「湯姆」到底是什麼樣的人。可惜，費爾普斯夫人一直講個沒完，我根本找不到機會。不久後，她講了幾句話，嚇得我背部流滿冷汗。她說：

「你看我，囉唆了這麼多，你卻還一個字沒提家裡的事，完全沒說我姊家的近況。我就暫時歇口，讓你講你家的事，所有東西都告訴我——家裡所有人的大大小小事都別漏掉，說說他們最近怎樣，最近在忙什麼，他們叫你轉達什麼，只要你想得到的東西全講出來。」

慘了，我知道自己被逼進牆角——進也不是，退也不是。天意幫我幫到這裡，不幫了，我現在是急得不知道怎麼辦才好。照這情況來看，再拚命往前走也沒好處——舉手投降的時刻到了。於是，我在心裡想，又是冒險講實話的時候了。我張嘴，正要說話，卻被她抓過去躲在床鋪後面。她說：

「他來了！頭再壓低一點，對，這樣可以。你躲著，別被看見，別讓他發現你躲在這裡。我想捉弄捉弄他。孩子們，不准你們講話。」

我發現自己陷入難關。但擔心也沒用，我現在能做的只有安靜躲著，等真相出現時趕緊溜走。

男主人進門時，我只瞄到他一眼，然後他被床鋪遮住。費爾普斯夫人跳出去，對他說：

「接到人了嗎？」

「沒有。」丈夫說。

「地呀，糟糕了！」她說：「他該不會出了什麼事情吧？」

「我也不敢想像，」男主人說：「我覺得萬分難安。」

「難安！」她說：「我急得快發狂了！他不可能還沒到，一定是你在路上沒遇到。我有預感，一定是這樣。」

「莎莉啊，我哪可能在路上沒遇到他？妳明明知道的。」

「可是，唉，糟糕，糟糕，我姊知道了會怎麼念我！他一定已經到了！一定是你看走眼了。他——」

「我已經夠擔心了，妳別再火上加油，行不行？我想不出來到底出了什麼事，已經想到沒法子可想了，也不在乎承認自己快被嚇破膽了。可是，他絕對不可能已經到了，因為他不可能在路上被我錯過。莎莉，太可怕了，真的太可怕了，那艘船鐵定出事了！」

「咦，塞勒斯！快看那邊！——在路上！——好像有人來了吧？」

他衝到床頭的窗戶，費爾普斯夫人趁機去床尾，趕緊彎腰拉我起來。他一從窗前轉身，見到她滿臉堆滿笑容站著，燦爛得像房子失火了，而我乖順站在她身邊，滿頭大汗。他瞪大眼睛說：

「咦，他是誰？」

「你以為呢？」

「我哪曉得。到底是誰？」

「是**湯姆．索耶**啊！」

他爺爺的，我差點腿軟！沒空改策略了。男主人抓住我的手，握了又握，女主人則在一旁跳舞，又哭又笑，然後兩人連番問候席德、瑪莉和其他人。

但是，他們再高興也比不過我，因為我等於是復活了，因為我發現自己被誤認成誰。他們把我凍在椅子上，連續問了我兩小時，最後我的下巴累得幾乎不能再動。我說出家裡的事——我指的是湯姆家——添了好多料，掰出了比六個湯姆家更多的鬼話。我也解釋，船到白河口時，汽缸蓋爆開了，花了三天總算修好，船的運作恢復一流水準。幸好這兩人不知道三天就能修好汽缸蓋。假如我騙說是螺栓頭壞掉，他們也照信不誤。

現在，我一方面覺得滿輕鬆的，另一方面覺得不太舒服。冒充湯姆是很簡單很輕鬆，沒錯，直到後來，我聽見河上傳來一艘蒸汽船噗噗前進。我心想，湯姆搭的船該不會是這艘吧？如果他進門，我來不及對他眨眼打暗號，騙局就被戳破了，那我怎麼辦？

我可不能等他進門，絕對不行，我一定要去路上攔他。所以我告訴他們，我想進村子去提行李回來。男主人想帶我去，被我拒絕，我說我能駕馬車自己去，不希望再為他添麻煩。

第三十三章

於是我駕著馬車，往村子前進，中途見到一輛馬車過來，坐在車上的人果然是湯姆。我停下來，等他的馬車。我喊，「等一下！」馬車停在我旁邊，湯姆的嘴巴開得像大箱子似的，半天合不起來，乾嚥了兩、三口，好像喉嚨乾掉似的。然後他才說：

「我跟你沒冤沒仇，你明明知道，既然這樣，你為什麼回來嚇我？」

我說：

「我哪有回來，我根本沒死啊。」

他聽見我嗓音，理智恢復了一些，但他還不滿意。他說：

「你可別對我耍花招喔，因為我不想耍你。照老實印第安人講實話，你該不會是鬼吧？」

「老實印第安人，我不是。」我說。

「呃——我——我——呃，這樣就可以了，當然，不過，我怎麼也搞不懂。你嘛，你不是被**殺死**了嗎？」

「沒有，我根本沒死——是他們被我擺了一道啦。不信，你過來摸我一下。」

他過來摸我，滿意了。他好高興又見到我，樂得不知道怎麼辦才好。他想一口氣問到底，因為我這一趟的險冒得大，而且詭異，正是他求之不得的東西。但我說，以後有空再慢慢講吧。我叫他的馬車伕等一下，我載湯姆走開一小段路，說出我遇到什麼樣的難題，問他有什麼建議。他說，讓他靜靜想個一分鐘，不要打擾他。於是，他想了又想，不久後說：

「沒關係，我想到一個點子。把我的行李箱搬上你的馬車，就當成是你自己的行李，然後折回去，慢吞吞回去，把時間拖久一點，比較像你真的進村子過。我呢，我往村子走一段路，然後重新上路，在你到家之後十五分鐘或半小時才到。在門口，你要假裝你不認識我。」

我說：

「好，別急，另外有件事——一個只有我知道的事情。他們家裡有個我想救走的黑奴，名叫吉姆，就是華森小姐的吉姆。」

湯姆說：

「什麼！哇，吉姆他——」

他閉口沉思起來。我說：

「我知道你想說什麼。你會說，這種事下流下賤。可是，下流又怎樣？我本來就是下流胚，我想偷走他，希望你保密，不要露出馬腳，可以嗎？」

他眼神一亮，說：

「我可以幫你偷他！」

我像中槍一樣，整個人傻住了。這是我聽過最驚人的一句話——我也不得不說，湯姆在我心目中的地位掉了一大截。我無法相信。湯姆．索耶居然是個**偷黑奴的人**！

「少來了！」我說：「你愛說笑。」

「我才不是在開玩笑。」

「不管了，」我說：「不論是不是玩笑話，如果你聽見有人提起黑奴逃跑，要記得說，你完全不知道這事，我也不知道。」

然後，我們把行李箱扛進我的馬車，他坐他的車回村子，我駕我的馬車回去。不過，我太高興了，又忙著動腦筋，當然把「慢慢回去」的交代忘光了，結果太早到家，不太像剛進村子一趟。男主人在門口說：

「哇，太妙了！誰曉得這匹母馬腳程這麼敏捷？早知道就記下時間。而且，她完全沒流汗——一滴汗也沒有。太妙了。哇，現在有人出一百元想買她，我也不賣。今天以前，如果有人想買，出十五元我就賣，以為她只值這點錢。」

他只講這些話而已。他是我遇過最天真、最善良的老好人。但這沒什麼好大驚小怪的，因為他不只是農夫，同時也是牧師。在棉花田後面，他自己出錢出力，用原木蓋了一棟小小的教堂，用來做星期，也當作教室，講道從來不收一分錢，也值得一聽。在南方，像他這種農夫兼牧師的人有不少。

過了大約半小時，湯姆的馬車來到前圍牆的過籬梯，離房子只大約五十公尺，莎莉姨媽從窗裡就能看見。

「有人來了耶！不曉得是誰？哇，好像是外地人。吉米！」吉米是她的小孩，「快去叫萊姿再煮一盤午餐。」

大家衝向前門，因為這裡不太常出現外地人，所以陌生臉孔一冒出來，比黃熱病更轟動。湯姆越過圍牆，走向房子，馬車回頭走向村子。我們所有人聚在前門。湯姆穿著店裡買來的好衣服，現在又有觀眾聚集，這最對湯姆胃口了。在這種狀況下，他兩、三下就能看情形耍一堆個人風格。像他這種人，他才不會學綿羊在院子裡乖乖走。他走得像大公羊，鎮靜而威風，來到我們面前，舉帽的動作好文雅，活像帽子是盒蓋，盒子裡睡著幾隻蝴蝶，他不想吵醒牠們。他說：

「您是亞契伯・尼可斯先生，是吧？」

「孩子，我不是，」男主人說：「很遺憾告訴你，你被馬車伕騙了。尼可斯家在這條路上再走五公里才到。進來吧，進來吧。」

湯姆回頭看一眼，說：「來不及了，看不見他了。」

「對，他走遠了，孩子，你最好進來，和我們一起吃午餐，然後我們駕馬車送你去尼可斯家。」

「那怎麼行？太麻煩您了。我不怕遠，用走的就行了。」

「我們怎麼能讓你走那麼遠？這不合南方人好客的精神。快進來吧。」

「對啊，進來吧，」莎莉姨媽說：「哪來的麻煩？一丁點都沒有。你非坐一坐不行。五公里路那麼長，塵土滿天的，我們不能讓你走過去。何況，我看你來，已經吩咐下人再準備一盤，所以你一定不能讓我們失望。快進來吧，隨便坐。」

湯姆以非常熱誠的態度感謝他們，表現得很紳士，聽從他們的話進門。他說他是俄亥俄州希克斯村人，在這裡人生地不熟，姓名是威廉・湯姆森——說著再鞠躬一次。

他嘛，講個沒完沒了，希克斯村的人和事情胡謅了一籮筐，我有點緊張，懷疑這些鬼話哪能解決我的難題。最後，他一面講個沒完，一面站起來，對準莎莉姨媽的嘴親下去，然後若無其事坐回椅子上，繼續講話。但莎莉姨媽氣得跳起來，用手背擦嘴說：

「你這個放肆的狗崽子！」

他露出有點受傷的表情，說：

「夫人，我對妳好驚訝。」

「你驚——你把我當成什麼了？我好心招待你，而你……喂，你親我是什麼用意？」

他露出有點謙虛的態度，說：

「我沒有用意啊，夫人。我沒有惡意。我——我——以為妳會喜歡。」

「哇，你這個天生傻蛋！」她拿起擀麵棍，看樣子是用盡力氣忍住，才沒有一棒揍下去。「憑什麼以為我會喜歡？」

「呃，我不知道。只是因為他們——他們——告訴我，妳會喜歡。」

「**他們**告訴你。不管他們是誰，和你一樣是**瘋子**。我從沒聽過這種瘋話。他們是誰？」

「呃，大家啊。大家全都這樣說的，夫人。」

她差點忍不住打人了。她的眼睛發怒火，手指動著，好像想搔他癢。她說：

「『大家』是誰？名字全給我講清楚，不然世上會少一個白痴。」

他站起來，神情慌張，亂摸著帽子，說：

「對不起，我沒料到這種情況。是他們告訴我的。他們全都這樣告訴我。他們全都說，親她，也說她會喜歡。他們統統這樣說，每一個都是。不過，我對不起妳，夫人，我不會再犯了，我說的是實話，不會再犯。」

「不會再犯了，是嗎？哼，諒你不敢！」

「是的，夫人，我是說實話。我不會再親妳了，直到妳叫我親。」

「直到我叫你親！哼，我出娘胎到今天，從沒見過這種事！我敢說，你等到地老天荒，等到你比《聖經》裡的瑪士撒拉還老，也等不到我叫你們這種人親我。」

「這嘛，」他說：「我真的很意外，怎麼想也不懂。他們明明說妳會喜歡，我也以為妳會喜歡，可是——」他停下來，慢慢左看右看，好像希望能遇見友善的目光，最後視線停在男主人身上，說：「**你**呢？你不認為她喜歡我親她嗎，先生？」

「怎麼會？我——我——呃——不認為。」

然後，假客人左看右看，望向我，說：

「湯姆，**你**不覺得莎莉阿姨會張開手臂說：『席德．索耶——』」

「地呀！」她說，插嘴衝向他：「你這個沒禮貌的小壞蛋，居然這樣戲弄人——」說著，想過去抱他，但被他推開。他說：

「不行，非等妳叫我親才行。」

她一秒也不延遲，馬上叫他親，對他又抱又親，一遍又一遍，然後把他交給丈夫，由他接手。之後，他們又變得有點沉默。她說：

「哇，可憐我，我從沒碰到過這麼大的驚喜。我們以為只有湯姆會來，根本不知道你也來。」

「那是因為，家裡原本就只想送湯姆來，」他說：「不過我苦苦哀求，最後一分鐘她才准。坐上船以後，我們順河下來，我和湯姆想出一個一流的驚喜花招：先讓湯姆到你們家，我拖一段時間再來，冒充是外地人。可是，莎莉阿姨，這一招錯了，這地方不適合外地人來。」

「對，的確不適合斗膽的狗孩子，席德。你的嘴巴該打。我好久沒氣成那樣了。不過，能有你來作客，我再被捉弄一千次也甘願。哇，你的演技不賴嘛！我不否認，被你那樣親一下，我是驚訝得半死。」

房子和廚房中間有個很寬的開放式走廊，午餐就在這裡吃，分量多到能餵飽七家老少，而且全是熱騰騰的東西，才不是平常那種軟趴趴、硬邦邦的肉，不是在溼地窖碗櫥裡擺了整晚，早上吃起來像食人族身上割下來的一塊冷肉。開動前，塞勒斯姨丈禱告好久，不過值得一等，而且飯菜都沒涼掉，不像用餐中斷常見的後果。整個下午，能聊的事多的是，我和湯姆一直注意，可惜沒用，他們沒提到逃走的黑奴，我們也怕主動問。然而，到了晚餐，有個小兒子說：

「爸，湯姆和席德可以帶我去看戲嗎？」

「不行，」男主人說：「我猜現在是沒戲可看了。就算有，我也不准你去，因為那個棄主黑奴告訴波頓和我，那齣戲鬧過醜事，波頓說他會告訴村人。所以，我猜村民早已經把那兩個放肆的懶漢趕出村子了。」

提到黑奴了！可惜現在我也沒輒。湯姆和我被安排睡在同一張床，我們累了，說完晚安，晚餐結束就直接上樓，假裝睡覺，其實爬窗戶出去，順著避雷桿下去，趕快進村子，因為我猜沒人會去向國王和公爵通風報信。如果我不快去通知他們，他們絕對會倒大楣。

來到路上，湯姆他告訴我說，老家的村民是怎麼以為我被殺死了，我爸不久後失蹤了，再也沒回村子。湯姆也說，吉姆逃跑鬧了好大的風波。我對湯姆說無雙戲的金光黨搞了什麼騙局，也儘量講木筏遊河的經過。村子到了，迎面來的是一群怒沖沖的村民，拿著火把，嗚嗚亂吼一通，狂敲錫鍋，猛吹小喇叭。我們急忙跳到路邊，讓他們通過，這時看見國王和公爵跨坐在一根木條上——他們全身都是焦油和羽毛，完全不像人類，倒比較接近插在軍盔上的特大號羽毛飾，但我知道錯不了，是他們。我嘛，我看了想吐。這兩個可悲可憐的癟三，我為他們難過，怎麼也硬不起心腸仇恨他們。這種場面很嚇人。人類好殘酷，**有時候**竟然對同胞做得出這種事。

我們來晚了一步，我們知道——沒幫上忙。我們抓幾個脫隊的人問，他們說大家去看戲時，裝得若無其事的樣子，假裝不知道，等到老傢伙上臺搞鬧劇到一半，有個村民才打訊號，全場一湧而上，抓住他們。

我們拖著腳步回去，我提不起精神，感覺有點差勁，洩氣，總覺得我也該負責——只不過我並沒有做錯事。話說回來，情況總是這樣：一個人做的事不管是對是錯都一樣，良心不長眼睛，不管你做什麼，它都嘮叨你。假如我養了一條黃狗，而牠懂的事和一個人的良心差不多，我一定會毒死牠。良心占的位子比所有內臟都多，卻連一點用處也沒有。湯姆他也有同感。

第三十四章

我們不講話了，改動腦筋思考。後來，湯姆說：「有了，哈克。我們太傻了，怎麼沒早點想到！我敢說我知道吉姆在哪裡。」

「真的！在哪裡？」

「藏在灰槽旁邊的那棟小屋。我為什麼知道？告訴你，我們吃午餐的時候，你沒見到一個黑奴端食物進去小屋嗎？」

「有。」

「端那盤東西進去做什麼？」

「餵狗。」

「我本來也以為是。不過呢，那盤不是給狗吃的。」

「怎麼說？」

「因為其中一道菜是西瓜。」

「有耶，我也注意到了。唉，我也太笨了吧，竟然沒想到狗不吃西瓜。由此可見，眼睛有時候看了也是白看。」

「端盤子的黑奴進門前，先打開大鎖，出來以後又鎖好。我們離開餐桌時，他拿一支鑰匙給姨丈——同一支鑰匙，我敢說。西瓜顯示小屋裡有人，鎖表示人被關在裡面。這座農場這麼小，人又都這麼親切好心，不太可能關兩個人。被關在裡面的人就是吉姆。好了——我很高興我們用偵探的手法查明白了。我才懶得會用其他方法咧。現在，你動動腦筋，想出一套救吉姆的計畫，我自己也研究一套，然後比較一下，選我們最喜歡的一套。」

區區一個小男生，頭腦竟然這麼好！假如我有湯姆的頭腦，我也不想當公爵、蒸汽船的大副、馬戲團的小丑，我想得出來的全都不要。我動腦筋想辦法，但只是沒事找事做，因為我很明白，最好的計畫會從哪個腦袋蹦出來。不久後，湯姆說：

「準備好了嗎？」

「好了。」我說。

「好——你先講。」

「我的計畫是，」我說：「我們可以輕鬆查明裡面的人是不是吉姆，然後明晚划我的獨木舟去河心的島，把木筏划過來，然後等到晚上黑漆漆的時候，姨丈上床睡覺了，從他的褲袋偷走鑰匙，救吉姆出來，用木筏載他順河逃走，白天躲著，晚上趕路，就照我和吉姆以前用的方法。這辦法行得通吧？」

「行得通？那還用說嘛，當然可以，不就像叫老鼠打架一樣容易嘛。不過，就是太簡單了一點，沒啥料子。像這種省事的計畫，清淡像鵝奶，沒有實料。啊，哈克，你這種計畫成功以後，會和肥皂廠遭小偷一樣，大家不會津津樂道。」

我不回應，因為我早料到湯姆會講這種話，但我也很清楚，等他把他的計畫準備妥當後，沒人能反對。

果然。他說出他的計畫，我馬上知道，在個人風格方面，他的計畫比我好十五倍，同樣能讓吉姆自由，而我們三人說不定也會全賠上小命。於是我滿意了，說我們就這麼辦吧。我在這裡沒必要解釋他的計畫是什麼，因為我知道計畫不會一成不變，湯姆會看情況變動，一有機會就要個新花招。這次他也一樣。

能確定的事有一項：湯姆的態度很認真，是真的想救黑奴。我難以理解的就是這件事。湯姆從小接受良好的教養，值得尊重，品格也優良，家人的品格也不錯。他的頭腦聰明，腦筋靈活，知道的東西很多，不至於無知，心眼也不壞，心地善良。結果呢，現在他竟然願意幹這檔子壞事，顧不了尊嚴、正義、人情，也不怕丟自己的臉、賠上全家人的面子。我完全無法理解。這太過分了，我知道我是他的真朋友，應該直接告訴他，勸他現在就縮手，他自己的良心還有救。而我的確是正想對他開口，不過他打斷我的話。他說：

「你以為我糊塗了嗎？平常我難道會糊糊塗塗做事？」

「我知道。」

「我不是說過，我願意幫忙救黑奴？」

「對。」

「那就好。」

他只講這樣，我沒話可說了。講再多也沒用，因為他下決心以後，一定會動手做。但我還是無法理解他為何願意淌這灘渾水。我乾脆不再多想了，再也不為這事煩惱。如果他固執想做，我也攔不了他。

我們回到姨媽家，全屋沒有燈光，靜悄悄的，於是我們去灰槽旁的小屋調查一下。我們穿越院子，看看獵狗有什麼反應。牠們認得我們，和鄉下狗半夜遇到熟人的反應一樣，不會亂吠。我們來到小屋外面，看看正面和兩旁。來到我不熟的那一邊——北面——我們發現有個正方形的窗口，滿高的，只有一塊厚木板用釘子封住。我說：

「我們這樣吧。窗口夠大，如果我們把木板撬開，吉姆就能爬出來。」

湯姆說：

「太簡單了，像玩OX井字遊戲，未免太輕鬆了，像蹺課。我倒希望能想個複雜一點的法子，哈克．費恩。」

「不然，」我說：「用鋸子救他出來，怎樣？就像我被殺死的那次？」

「這才比較像話嘛，」他說：「故布疑陣，也比較迂迴，比較妙，」他說。「不過我打賭，我們可以想出一個比這久一倍的方式。我們不必急，繼續再四處看看。」

在小屋和圍牆之間，在後面，有一座單坡棚的屋簷和小屋相接。這座棚屋是用木板搭建的，長度和小屋一樣，但比較窄——只有大約一百八十公分寬，門在南端，有個大鎖。湯姆他走向肥皂鍋，四處找找看，撿到用來掀鍋蓋用的鐵具，拿去撬開門上的U形大釘，鐵鏈掉下來，我們開門進棚屋，把門帶上，點火柴，看見棚屋只和小屋外面互碰，並沒有相通。棚屋裡也沒有地板，什麼東西也沒有，只有一些用爛了、生鏽的鋤頭、鏟子、尖嘴鋤和一個歪掉的犁。火柴熄滅，我們出門，把U形大釘裝回去，門鎖恢復正常。湯姆很快活。他說：

「可以了。我們可以用挖的，救他出來，差不多可以耗上一個星期！」

我們往屋子走，我走後門進去——後門只用鹿皮門閂著，拉一下就開，湯姆嫌這不夠傳奇，非得爬避雷桿上樓不可。他試了三次，爬到一半，沒搆到二樓窗戶就摔下來，第三次差點摔破腦袋瓜，本想放棄，但休息一陣之後，他想碰運氣，再試最後一遍，這次成功了。

早上，我們天一亮就下床，下樓去黑奴小屋摸摸狗，和負責餵吉姆的黑奴交朋友——他餵的是不是吉姆還不知道。一群黑奴早餐快吃完了，正準備下田，吉姆的黑奴正用平底錫鍋盛麵包和肉等東西。其他人正要離開時，鑰匙從主人家送來了。

負責餵吉姆的黑奴有一張好脾氣的傻臉，鬈髮全綁成一個個小包，想趕走巫婆。他說，最近幾晚，巫婆一直來煩他，鬧得好厲害，讓他看見千奇百怪的東西，也聽見各種奇怪的話和聲音，一輩子大概沒被巫婆整得這麼慘。他講得好激動，一直囉唆著最近遇到的倒楣事，忘光他手邊的事。於是湯姆說：

「你裝這些吃的東西做什麼？想拿去餵狗嗎？」

笑容漸漸爬上黑奴的臉，像有人拿破磚丟進泥塘。他說：

「對，席德少爺，餵一個狗。而且是個怪狗。想不想看啊？」

「想。」

我低頭對湯姆小聲說：

「天才剛亮，你就想進去？我們的計畫不是這樣吧。」

「對，不是這樣，不過現在計畫改了。」

去他的。我們照新計畫行動，但我不太服氣。進了小屋，裡面黑壓壓，幾乎看不見東西，但吉姆果然被關在裡面，他看得見我們，一見就大喊：

「哇，哈克！俺的媽啊！那是湯姆少爺嗎？」

我就知道會有這種情形，我早料到了。我一時不知道該怎麼辦。假如我知道，我就會馬上行動，因為那黑奴衝進來說：

「哇，爺啊！他怎麼認識你們兩位少爺？」

現在我們看得清楚了。湯姆他看著黑奴，態度沉穩，有點納悶的樣子。他說：

「誰認識我們？」

「不就那個逃走的黑奴嘛。」

「他好像不認識我們啊。你是想到哪裡去了？」

「想到哪裡去了？他剛剛不是才喊幾句，好像他認識你們？」

湯姆裝得一頭霧水似的，說：

「那就怪透了。剛才**誰**喊了？**什麼時候**喊的？喊**什麼**？」他轉向我，一本正經說：「**你**呢？剛剛有沒有聽見誰在喊叫？」

回答的方式當然只有一種，於是我說：

「沒有啊，我沒聽見誰在喊什麼。」

然後，他轉向吉姆，上下打量著吉姆，好像從來沒見過似的，說：

「剛才你有沒有喊叫？」

「沒有，先生，」吉姆說：「俺剛才沒喊，先生。」

「一個字也沒喊？」

「是的，先生，俺一個字也沒喊。」

「你有沒有見過我們？」

「沒有，先生，俺沒有。」

湯姆轉向紮了滿頭小包的黑奴，見他表情慌張，以有點凶的口氣對他說：

「你到底是哪根筋斷了？怎麼以為剛才有人大喊？」

「哎喲，都怪那些該殺的巫婆啦，先生，俺但願俺能死掉算了。先生，巫婆她們老是捉弄俺，快把俺整死了，俺好害怕。這件事請不要講出去，先生，不然老主人塞勒斯會罵俺，因為他說這世上沒有巫婆。俺只但願現在他在這裡——看他怎麼說！俺敢說，這次他一定不能假裝世上沒巫婆。不過，世人就是這樣，死腦筋不改就是不改，也懶得研究。等到你自己研究出結果了，告訴他們，他們不信就是不信。」

湯姆給他一角錢，答應不會告訴任何人，也叫他去多買幾條細繩子綁頭髮。然後，湯姆看著吉姆，說：

「我在懷疑，塞勒斯姨丈會不會吊死這個黑奴。假如有個不知恩的黑奴逃走了，被我逮到，我才不會把他還給原主，我會直接吊死他。」滿頭小包的黑奴走向門，看著手裡的一角，咬咬看是不是真錢，湯姆低聲對吉姆說：

「別讓人發現你認識我們。晚上如果你聽見挖地的聲音，那是我們在挖地救你出來。」

吉姆只能匆忙抓住我們的手捏一捏，然後黑奴回來，我們對黑奴說，改天你想讓我們再來，我們再進來。他說他會的，尤其是天黑以後，因為巫婆最愛趁天黑捉弄他，到時候他身邊有人，他會比較安心。

第三十五章

離早餐還有將近一小時，所以我們進樹林去走走，因為湯姆說，黑漆漆挖地不方便，要有一點光線才好，但他嫌燈籠太亮，會惹麻煩，所以最好找一大堆長著燐光蕈的朽木——俗稱狐火，放在黑暗的地方，它們能發出微光。我們抱來一堆，藏進雜草裡，坐下休息。湯姆以有點不滿的口氣說：

「可惡，這整件事太簡單、太拙了，不能把它搞得困難一點。照理說，這棚屋應該派人看守，可惜沒有，我們找不到可以毒昏的看守員。這裡連狗也沒有，不能餵牠們吃安眠藥。而且，吉姆一腿被三公尺長的鏈條拴在床腳上，哼，床柱一抬起來，就能拿掉鏈條了。塞勒斯姨丈他信得過所有人，把鑰匙交給腦袋鈍鈍的那個黑奴，也不派人盯著他。就算我們沒來，吉姆照樣能爬窗口逃走，只不過一腳拖著三公尺長的鏈條不好逃。可惡啊，哈克，這種安排是我見過最蠢的一個，非得要我們自創難關不可。哼，算了，既然狀況是這樣，我們也只能盡力而為了。反正重要的是，突破重重難關把人救出來，這樣，得到的榮譽比較高。設下難關的責任在對手身上，現在既然對手偷懶，我們只好自己憑空想像難關囉。好，我們現在考慮一下燈籠的事。如果純粹考慮事實，我們應該**假裝**提燈籠是件冒險的事。我相信，如果我們想要的話，大可以拿著火把，列隊前進。我想到一個東西，我們最好去找個可以做一把鋸子的材料，有機會就用得上。」

「要鋸子幹麼？」

「要鋸子幹麼？把吉姆的床腳鋸斷，解開鏈條啊，不然做什麼？」

「咦，你不是才說，床柱一抬起來，鏈條就能拿掉？」

「唉，牽你到哪裡都是一頭牛，哈克．費恩。同樣是做事，你想得出最像托兒所教的方法。你難道一本書也沒讀過嗎？——奧地利上校川克、情聖卡薩諾瓦、大藝術家切利尼、法王亨利四世，這些個英雄，你全沒讀過？幫助囚犯逃走，怎麼能用你那種老小姐的方法救？誰聽過？最強的專家用的方法是，把床腳鋸斷，先別拿出鏈條，吞掉鋸木屑以免被發現，然後在被鋸過的地方抹泥巴和油脂，管家眼睛再尖，也看不出鋸過的痕跡，會誤以為床腳好端端的。然後呢，等到晚上準備救人的時候，才把床腳踹斷，脫掉鏈條，成功了。接著，只要把繩梯掛在城垛上，踩著繩梯下去，摔進護城河，跌斷腿——因為繩梯太短，最後一階離地五公尺啊——幸好有幾個忠僕騎馬等著，救起你，把你放上馬鞍，載你回土生土長的隆格多克或納瓦拉之類的地方。哈克，這樣才夠華麗嘛。這棟小屋如果有護城河就好了。等到救人的那一夜，如果有時間，我們可以挖一條護城河。」

我說：

「從小屋地下救他出來就行了，挖護城河幹麼？」

但他沒聽見。他已經忘記我，沉進了自己世界。他一手托著下巴思考。不久，他嘆氣搖頭，然後再嘆一口氣說：

「不能，行不通——必要性不夠高。」

「什麼的必要性？」我說。

「鋸斷吉姆的腿。」他說。

「你爺爺的！」我說：「當然沒必要。你沒事幹麼鋸他的腿？」

「最厲害的專家嘛，有些人就做過這種事。鏈條拿不掉嘛，只好斷手逃生。鋸斷腿就更理想了。可是，我們別再往這方面思考了，因為必要性不夠高。何況，吉姆是黑奴，才不會懂鋸腿的理由，不會懂歐洲的習俗，所以不必再往這方面思考。不過，另外有件事——繩梯嘛，他倒是可以有一個。我們可以撕我們的床單，很輕鬆就能幫他結成一道繩梯，然後塞進餡餅裡，送進小屋給他。通常都是這麼辦的。我吃過比這更難吃的餡餅。」

「什麼鬼話，湯姆．索耶？」我說：「吉姆用不著繩梯啦。」

「他哪裡用不上？你講的才是鬼話。你對這種事一竅不通啦。他非有繩梯不可；他們全都有。」

「他拿到繩梯能怎麼辦？」

「怎麼辦？可以藏進床鋪啊，不行嗎？他們都這樣做，他也非這樣做不可。哈克，做事不能照常態去做啊，應該每次都試試新法子。如果他拿到繩梯不用，那會怎樣？他走後，繩梯會被留在床鋪裡，變成線索。他們想不想找線索？當然想。你不想留一絲線索嗎？那你也太小氣了吧？我沒聽過誰講過這種話。」

「好吧，」我說：「如果是常態，如果他非有繩梯不可，那就給他一個吧，因為我可不想破壞常態。不過，這有個問題，湯姆．索耶，如果我們撕床單做繩梯給吉姆，保證會挨莎莉阿姨罵，躲也躲不掉。我倒覺得，山核桃樹皮不用花錢，用來做梯子更好，也不會浪費床單，裝進餡餅裡也方便，很容易藏進草墊，和破布做的梯子一樣好用。至於吉姆他嘛，他沒有經驗，所以不在乎用哪一種——」

「唉呀，哈克．費恩，我要是跟你一樣無知，我就會裝啞巴。州監獄的囚犯爬山核桃樹皮梯逃走，誰聽過這種事？太扯了啦。」

「好吧，湯姆，就照你的方法去做，不過，如果你肯聽我勸，你可以准我去晒衣繩借床單。」

他說可以。他這時又想到一個點子，說：

「順便借一件上衣。」

「要上衣做什麼，湯姆？」

「給吉姆寫日記用。」

「日記你個大頭鬼啦，吉姆根本不會寫字。」

「如果他不會寫，那麼，在那件上衣上面畫記號，他總可以吧？我們可以用舊的白鐵湯匙，或用舊的木桶鐵環砍一斷，做一支筆給他。」

「何必呢，湯姆？拔一根鵝毛給他，不是更好寫嗎？而且也更快。」

「你是呆頭鵝嗎？監獄裡哪有鵝跑來跑去，給囚犯拔毛做筆？囚犯一定找手邊最硬、最堅固、最難搞的舊銅燭臺之類的東西，花了好幾個星期，好幾個月，終於磨成筆，因為他們只能對著牆壁磨。就算他們有鵝毛筆，他們也不會用。因為不是常態。」

「好，可以。我們用什麼東西做墨水給他用？」

「很多人用鐵鏽混合淚水，不過這是女人常用的方法。最強的專家用他們自己的血。吉姆辦得到。他想傳送小暗號的時候，可以照一般人寫得神祕兮兮，讓外界知道他被囚禁。他可以用叉子寫在錫盤底，丟出窗外。《鐵面人》總是用這一招，好得不得了。」

「吉姆沒有錫盤子。他的食物都用平底鍋裝著。」

「那無所謂，我們可以幫他弄幾個盤子。」

「又沒人看得懂他寫的盤子。」

「那不是重點啦，哈克．費恩。他只要在盤底寫東西，丟出去。看不懂也沒關係。哎喲，反正囚犯寫在錫盤上或其他地方的字，大部分誰都看不懂。」

「既然這樣，幹麼浪費盤子？」

「唉，可惡，盤子又不是囚犯的。」

「盤子沒有主人嗎？不會吧？」

「好啦，盤子是誰的，又怎樣？囚犯哪管得著是誰的——」

他講到一半停住，因為我們聽見早餐號角響起，於是我們往屋子走去。

在這天早上，我從晒衣繩借走一張床單和一件白上衣，放進我撿到的一個舊布袋，然後進樹林找狐火，也放進布袋裡。我用的是「借」字，因為這是老爸的慣用語，但湯姆說這不算借，應該是「偷」。他說，我們現在代表囚犯，而囚犯才不在乎東西是怎麼弄到手，也不會有人怪罪他們。囚犯偷走能用來越獄的東西不算犯法，湯姆說，這是囚犯的權利。所以說，只要我們代表囚犯的一刻，我們都有充分的權利偷這地方的東西，就算我們自己用不上，只要能用來越獄都沒問題。他說，如果我們不是囚犯，那就大不相同了。不是囚犯卻偷東西，這種人壞心眼，差勁。就這樣，我們可以隨手偷東西。有一天，我去黑奴自種的菜園偷西瓜吃，湯姆大驚小怪的，還逼我去給黑奴一角錢，而且不能講給錢的原因。湯姆說，他本來的意思是，有需要的東西才偷。我說，那我需要西瓜啊。但他說，西瓜不能用來越獄，差別就在這裡。他說，如果偷西瓜能藏刀子，能走私給吉姆去殺管家，那西瓜就可以偷。我不想再辯了，但我覺得，每次有機會偷西瓜吃，就要想這麼多東西，而且分得這麼細就不好玩了，代表囚犯又沒油水可撈。

好了，言歸正傳。那天早上，我們等大家開始忙正事，院子裡四處看不到人影，湯姆他才扛布袋進棚屋，我在附近把風。後來他出來了，我們去坐在柴堆上商量。他說：

「現在萬事俱全，只欠工具。不過工具很容易解決。」

「工具？」我說。

「對。」

「要工具做什麼？」

「不就用來挖地嘛。我們該不會用牙齒咬洞，救他出來吧？」

「棚屋裡不是有壞掉的舊鶴嘴鋤之類的，不能用來挖地救黑奴嗎？」我說。

他轉向我，露出覺得我好悲哀的表情，好像快哭了。他說：

「哈克．費恩，天下哪有囚犯的衣櫥裡現代設備應有盡有，想挖地逃脫，有鶴嘴鋤和鏟子可用，哪有這麼方便的事？我想問你——如果你腦袋裡有一點點理性的話——如果那麼便宜他，他哪有機會變成英雄？乾脆把鑰匙給他，豈不是更省事？哼，鶴嘴鋤和鏟子，他們才不會幫國王準備這種東西咧。」

「好，沒關係，」我說：「如果不用鶴嘴鋤和鏟子，那我們用什麼？」

「兩把折疊刀。」

「用來從那棟小屋的地基挖地出來嗎？」

「對。」

「屁話嘛，湯姆，太驢了。」

「再驢也沒差別，這樣挖才正確——而且是常態。就我聽過的，除了這法子之外，沒有其他方法了。我讀過好多書，裡面教了好多這方面的東西，囚犯老是拿折疊刀挖窟窿逃走，而且不是挖土地喔，地下通常是硬邦邦的岩石，摳呀摳的，連續挖幾個星期，永遠挖個不停。在馬賽港，被關在地夫城堡地牢的囚犯，有一個就是這樣挖地洞逃走的。他挖了多久，你猜猜看？」

「我不知道。」

「用猜的。」

「我不知道。一個半月。」

「三十七年——結果他鑽出來一看，挖到中國去了。就是這樣挖。我但願這一座堡壘的下面是硬邦邦的岩石。」

「吉姆在中國一個人也不認識。」

「那不是重點啦。法國那個囚犯到了中國，一個人也不認識。喂，你不要老是愈扯愈遠，行不行？」

「好啦，他挖到哪裡鑽出來，我不管，總之能逃走就好。吉姆大概也無所謂吧。不過呢，有個問題，吉姆太老了，不能用折疊刀挖窟窿。他活不了那麼久。」

「他一定能活那麼久。地基是土做的，你該不會以為，挖窟窿要花三十七年吧？」

「不然要花多久？」

「總不能拖太久，因為可能再過幾天，塞勒斯姨丈就會接到紐奧爾良那邊的回信，知道吉姆不是從那邊逃過來的黑奴。姨丈的下一步是廣告拍賣吉姆之類的動作。所以，我們不能冒險拖太久。正常而言，我們應該挖個兩年，不過這樣太慢。現在的狀況很難確定，我的建議是：我們儘快挖地洞，然後可以對自己假想說，我們一挖就是三十七年。然後呢，一出狀況，我們就趕快拉著他逃跑。對，這樣做最穩當。」

「這才有道理嘛，」我說：「『假想』不花一毛錢，也不會添麻煩。如果硬要我假想，我可以假想一挖就是一百五十年，反正也不會多耗一絲腦力。好了，我現在就去閒晃一下，偷兩把折疊刀回來。」

「偷三把，」他說：「其中一把可以用來做鋸子。」

「湯姆，如果你不認為太不尋常，太不虔誠，」我說：「我建議用生鏽的舊鋸條就行。煙燻室後面的護牆板下面就插著一片。」

湯姆看起來有點疲倦氣餒，說：

「哈克，再怎麼教你也沒用。你快去偷折疊刀吧！偷三把。」我照他的吩咐去做。

第三十六章

那天晚上，等大家都睡著了，我們爬避雷桿下樓，進棚屋後關門，拿出狐火朽木堆，開始動作。我們把所有東西搬開，沿著最下面一根原木的中間堆成一公尺半高。湯姆說，我們這裡是吉姆床的正後方。我們往下挖，等到挖進小屋，也不會被人發現，因為吉姆的床罩幾乎垂到地面，不掀開看不到地洞。我們就這樣，拿著折疊刀挖啊挖，挖到快半夜，累得像狗，手起了好多水泡，卻好像根本沒挖似的。最後我說：

「這才不是三十七年工程；這是三十八年工程啊，湯姆．索耶。」

他不說話，倒是嘆了一口氣，不久後他不再挖，然後動作暫停了好一陣子，我知道他在動腦筋。他說：

「再挖也沒用，哈克，這方法行不通。假如我們是囚犯，這法子行得通，因為我們想挖幾年都可以，不必急，而且一天只能挖幾分鐘，每天趁換哨的空檔挖，這樣手不會長水泡，可以天天挖，一年又一年，這樣做才對，才挖得出結果。可是呢，我們沒有那種閒工夫，動作非快不可，不能浪費時間。如果我們想再像這樣挖一晚，就應該休息一個星期，讓水泡消失，不能再拿折疊刀。」

「這樣的話，我們接下來怎麼辦，湯姆？」

「我告訴你好了。辦法只有一個，既不正確，也不道德，我也不希望被人知道：我們可以拿鶴嘴鋤挖，假想成手裡拿的是折疊刀。」

「這才像話嘛！」我說：「你的頭腦愈來愈正常了，湯姆．索耶，用鶴嘴鋤挖才對，管它道德不道德的。以我來說，我完全不在乎道德。我偷黑奴，或偷西瓜，或偷主日學的課本，我才不管怎麼偷才對。我要的是黑奴，是西瓜，是主日學的課本。如果鶴嘴鋤最省事，那我就用它來救黑奴、偷西瓜或主日學課本。專家愛怎麼想，隨他們去想，我才不鳥咧。」

「好吧，」他說：「遇到這種情況，可以用鶴嘴鋤加假想。如果情況不同，我就不會允許，也不會站著看規矩被打破，因為對就是對，錯就是錯，一個人如果不是無知，如果懂得方法，就不能胡亂做錯事。你呢，你是可以不假想，拿鶴嘴鋤直接救吉姆，因為你沒概念。但我就不能，因為我有概念。折疊刀拿一把給我。」

他的折疊刀擺在他身邊，但我把我的遞給他，被他甩在地上。他說：

「給我一把折疊刀。」

我不曉得怎麼辦才好，但我想一想，想通了。我在舊工具堆裡翻找出一支鶴嘴鋤給他，他接下了，開始挖，不再講話。

他總是滿腦子原則，老是分得這麼細。

我找出鏟子，然後我們又掘又鏟的，忙著轉身，搞得泥土滿天飛。我們埋頭忙了大約半小時，把站的力氣全用光了，但我們挖出的洞還算深。我上樓望窗外，看著湯姆盡力爬避雷桿，可惜手痛到抓不住。最後他說：

「沒辦法，爬不動。你建議我怎麼辦？你不能想個辦法嗎？」

「有了，」我說：「可是好像不是常態。你就走樓梯上來吧，假想成樓梯是避雷桿。」

他照我的話上樓。

隔天，湯姆從屋裡偷來白鑞湯匙和銅燭臺各一支，用來做筆給吉姆寫東西。他也偷到六根油脂燭。我去黑奴住的三間小屋附近躲著，偷走三個錫盤子。湯姆說，三個不夠用，但我說，吉姆丟再多盤子出窗口，也不會被人看見，因為窗口下面長了一堆曼陀羅花叢和俗稱犬茴香的雜草──每次他丟出來一個，我們就回收給他，讓他再用。湯姆滿意了。然後他說：

「現在麻煩的是，東西該怎麼偷渡給吉姆。」

「等我們做好了以後，可以直接從窗口送進去。」我說。

他只露出輕視的表情，說什麼，天下沒有人聽過這麼白痴的點子。然後他沉思起來，不久說，他想出兩、三個辦法，但現在還不必決定用哪個。他說我們應該先通知吉姆。

同一天晚上十點過幾分，我們爬避雷桿下樓，帶著一支蠟燭，來到窗口下面仔細聽，聽到吉姆在打鼾，於是把東西扔進窗口，沒有吵醒他。然後，我們進棚屋，拿鏟子和鶴嘴鋤掘地洞，挖了大約兩個半小時，總算完工。我們爬地洞來到吉姆床下，進入他的小屋，摸出蠟燭點亮，在吉姆床邊站了一會兒，發現他看起來很健康，然後輕輕地、慢慢地叫醒他。他看見是我們，高興得差點哭出來，一直對我們喊蜜糖之類的，喊盡了好聽的話，叫我們馬上找冷鑿子鏟斷腳鏈，趕緊救他出去。但湯姆教他，這樣做不合常態，坐下來對他說明我們的計畫，遇到不對勁的狀況可以馬上改計畫，一點也不用害怕，因為我們保證他絕對能逃脫。於是，吉姆他說，好吧，我們坐著聊往事一陣子，然後湯姆問好多問題。吉姆告訴他，姨丈每一、兩天會進來帶他禱告，阿姨也常來看他住得舒不舒服，東西夠不夠吃，夫婦倆對他都儘量親切。湯姆說：

「我知道該怎麼辦了。我們可以透過他們，帶東西進來給你。」

我說：「別搞這種事好不好？這是我聽過最驢的點子。」但他不理我，只顧著繼續講。他的計畫敲定之後，都習慣這麼做。

於是，他告訴吉姆，我們想透過奈特——帶東西給他吃的黑奴——偷渡大東西進來，也就是繩梯餡餅之類的東西。他叫吉姆多留意一點，不要驚訝，不要讓奈特見到他打開東西。至於小東西，我們會把小東西放進姨丈外套口袋，讓吉姆偷。我們也會趁機把小東西綁在姨媽的圍裙繫帶，或放進她的圍裙口袋。我們告訴吉姆，這些東西是什麼，有什麼用途，例如他應該在偷渡進來的上衣上用自己的血寫日記等等。湯姆對吉姆說出所有計畫。吉姆多半聽不懂道理在哪裡，但他猜，我們白人懂的比他多，所以他滿意了，說他會完全照湯姆說的話去做。

吉姆有不少菸草和玉米梗做的菸斗，所以我們聊天說笑，菸抽得好快樂，然後我們從地洞爬走，回房睡覺，手像被狗啃過似的。湯姆的情緒很熱烈。他說，從小到大，這是他玩過最好玩的事，也是最有學問的一件。他還說，假如全套計畫能照他一人的意思進行，這遊戲可以讓我們一輩子玩不完，可以把吉姆留給我們的小孩救，因為湯姆相信吉姆住習慣以後，情況會愈變愈好。他說，照這樣玩下去，遊戲可以拖到八十年之久，可以創紀錄。他說，參過一手的人統統能獲得讚美。

早上，我們去柴堆那邊，把銅燭臺劈成容易拿的尺寸，湯姆把它們和白鑞湯匙放進口袋，然後去黑奴住的小屋。我支開奈特的注意力，湯姆見到吉姆的食物準備好了，趁機把燭臺枝插進玉米梗中間，然後我們跟著奈特進棚屋觀察會不會成功；不但成功，而且太漂亮了，不可能比這更好，湯姆這麼說。吉姆他咬到燭臺枝，牙齒差點全報銷，但他沒有露出馬腳，只假裝咬到小石子之類常被混進麵包的東西。之後，他就沒再咬到違禁品了，因為他懂得先用叉子到處戳三、四次再吃。

我們站在小屋裡，光線有點暗，沒想到，兩條獵狗竟然從吉姆床下鑽出來，背後一隻跟著一隻出現，最後總共來了十一隻狗，擠到差點透不過氣來。我的媽呀，我們忘記把棚屋的門關好！黑奴奈特他只喊了一聲「巫婆」就倒地，趴在狗的中間，呻吟著，好像快死了。湯姆趕緊開小屋的門，把本來給吉姆吃的一塊肉扔出去，整群狗追去吃，兩秒之內湯姆出門之後回來，把門關好，我知道他也把棚屋的門關起來了。然後，他對著奈特又哄又撫慰著，問他是不是又在幻想鬼東西了。奈特爬起來，眨眼東看西看，說：

「席德少爺，說來怕你笑俺傻，不過，俺相信剛剛見了一百萬條狗，不是狗就是魔鬼或什麼東西，俺只但願現在就死掉算了。真的，不騙你。席德少爺，俺感覺到了！俺感覺到巫婆了，被她們罩住了。該殺的，俺只但願能抓到一隻巫婆，一隻就好，真的，只要一隻就好，俺的要求就這麼多。但俺最大的心願還是希望她們別再來煩我，真的。」

湯姆說：

「這個嘛……我把我的想法說給你聽。牠們別的時間不來，為什麼專挑你餵黑奴早餐時過來？因為牠們肚子餓了嘛。你就做一個巫婆餡餅給牠們吃，這樣準沒錯。」

「可是，地啊，席德少爺，俺哪懂怎麼做巫婆餡餅？俺不會啊。俺從來沒聽過這種東西。」

「呃，既然這樣，我自己做一個。」

「你願意嗎，蜜糖？你會嗎？那俺一定跪拜你，真的！」

「好吧，那麼，為了你，我來做巫婆餡餅，因為你對我們這麼好，還帶我們來看逃走的黑奴。不過，你千萬要當心啊。我們去找你的時候，你要背對著我們，不管我們在平底鍋裡放什麼東西，你都要假裝沒看見。吉姆拿走平底鍋裡的東西時，你也不能看，不然不曉得會發生怪事。最重要的是，你可別用手拿巫婆的東西。」

「拿啥，席德少爺？你講啥鬼話？給我一千百萬億元，俺也不會伸手去碰。」

第三十七章

全弄好了。然後我們去後院。這邊有一個垃圾堆，裡面有舊靴子、破布、破瓶子、壞掉的錫鍋盆等東西。我們翻翻找找，找出一個錫做的洗臉盆，儘量把破洞補好，可以用來烤餡餅。然後，我們進地窖偷麵粉，裝滿一整盆。我們正要去吃早餐，這時撿到兩個瓦釘，湯姆說可以給囚犯刻姓名和傷心事在地牢牆上。阿姨的圍裙掛在椅背上，湯姆把一個瓦釘放進口袋，另一個被我們塞進姨丈的帽帶，帽子放在櫃子上面。我們聽說小孩說爸媽今早會去棄主黑奴的小屋看他。藏好後，我們去吃早餐，然後湯姆把白鐵湯匙放進姨丈的外套口袋。阿姨還沒上桌，所以我們還得等一下。

她來吃早餐了，氣呼呼的，臉好紅，幾乎等不及要禱告，然後她單手倒咖啡，另一手戴著針箍，猛敲最靠近她的一個小孩的頭，說：

「我已經裡裡外外翻遍了，怎麼找就是找不到你另外那件上衣。」

我的心往下掉，落在肝肺之類的內臟之間，一粒玉米的硬殼吞到喉嚨一半，追著心往下跑，半路被咳嗽攔住，咯的一聲飛到桌子對面，射中一個小孩的眼睛，他痛得像魚鉤上的蚯蚓捲起來，「哎喲」的音量跟戰呼有的比，把湯姆嚇得臉色發青，全場大亂了大約十五秒。我但願能被拍賣到別的地方，半價就成交，只要不必待在這裡就好。幸好後來一切沒事了——剛才事情發生得太突然，大家有點不知道怎麼反應。姨丈他說：

「這事匪夷所思，太不尋常了，我想不通。我明明把那件上衣脫掉了，因為——」

「因為你一次只能穿一件啊。大家聽聽這人講什麼話。我知道你把衣服脫掉了，而我知道的方式比你那個長滿青苔的記性更可靠，那件衣服昨天就吊在晒衣繩上，我親眼看見的，現在卻不見了，就這麼簡單。你只好換穿我幫你縫的那件紅色法蘭絨上衣，等我再幫你縫一件——兩年來的第三件了。為了讓你有衣服穿，我忙都忙歪了。你那件是死到哪裡去了？我抓破頭皮也想不出來。年紀一大把了，還學不會照顧自己的衣服。」

「我知道啦，莎莉，我儘量就是了。不過，這不見得全是我的錯，因為，妳曉得，除非衣服穿在我身上，不然我哪知道它們在哪裡？穿在我身上的衣服一件都沒有被我搞丟過。」

「所以說，衣服搞丟不是你的錯囉，塞勒斯？如果身上的能搞丟，衣服八成也能被你穿到消失吧。消失的還不只是那件上衣咧。有支湯匙也不見了。另外還有。本來有十支，現在只剩九支。我猜，上衣是被小牛叼走了，不過小牛不可能叼走湯匙。這個我敢確定。」

「莎莉，另外還丟了什麼東西？」

「六支蠟燭不見了，告訴你。我猜是被老鼠咬走了。你老是說，你會去把老鼠洞堵死，我看啊，你再不去，整個家遲早會被老鼠搬光光。要是老鼠不笨，牠們會鑽你頭髮做窩啊，塞勒斯——看你去哪裡找老鼠抓。話說回來，湯匙不見了，不能賴在老鼠身上，這個我倒是知道。」

「好吧，莎莉，都怪我不好，我認錯就是了，我太懈怠了，不過我保證明天之前把老鼠洞全堵死。」

「哎呀，急什麼急？明年再堵就行了。瑪蒂達．安裘莉娜．阿朗敏達．費爾普斯！」

針箍再砸下去，伸手進糖碗的女兒趕緊縮手，不敢再亂來。就在這時候，女黑奴踏進走廊說：

「夫人，一個床單不見了。」

「床單不見了！哇，看在地的份上啊！」

「我今天就去把老鼠洞堵死。」姨丈說著，表情悲哀。

「唉，快閉嘴啦！床單該不會也被老鼠咬走了吧？床單跑去哪裡了，萊姿？」

「俺哪曉得呢，完全不曉得，莎莉夫人。床單用晾衣繩掛著啊，昨天，現在竟然跑了，到處找不到。」

「我看啊，世界末日到了。老娘活到今天，沒見過這種事。一件上衣，一張床單，一支湯匙，六支蠟——」

「夫人。」黑白混血的少女黑奴走過來說：「有個銅燭臺不見了。」

「鬼話少講了，妳這個臭妞，不然別怪老娘拿煎鍋砸妳！」

哇，她是氣得像水燒開了。我靜靜等著機會。我想溜出去，逃進樹林，等風平浪靜再說。她繼續發飆，自顧自的叫罵個沒完，其他人乖乖不敢吭聲。最後，姨丈從口袋掏出湯匙，表情變得傻呼呼。阿姨不罵了，嘴巴開著，手停在半空中。我呢？我但願自己能變到耶路撒冷[22]或別的地方去。幸好一下子之後她說：

「不出我所料。原來湯匙一直在你口袋裡呀。其他東西該不會也藏在你口袋吧？湯匙怎麼會放在口袋裡？」

「我真的不知道，莎莉，」姨丈說，有點像在道歉。「不然我一定會告訴妳。早餐前，我在讀《聖經》的〈使徒行傳〉第十七章，讀完想把《聖經》放進口袋，大概是一時疏忽吧，現在口袋裡沒《聖經》。我去找一下，看看《聖經》是不是忘在那裡，看看我有沒有把《聖經》放進口袋，這樣就能證明我把《聖經》擱著，拿起湯匙就——」

「唉，看在地的份上！甭辯了！你們全部給我走，別再靠近我，等我心情平定再說。」

她不必講這句話，我就能聽出她的心聲了。就算我死了，也會馬上遵命。我們穿越起居室時，老姨丈他拿帽子起來，瓦釘掉到地板上，他只是撿起來，放在壁爐架上面，不多說什麼就出去了。湯姆看見他的動作，想起湯匙的事，說：

「唉，不能再透過他走私東西了，他不可靠。」然後他說：「不過呢，他掏出湯匙，倒是不明不白幫了我們一個忙。我們可以反過來幫他一個忙，不讓他知道。那就是去堵老鼠洞。」

地窖裡的老鼠洞多到數不清，我們費了整整一小時，總算把所有老鼠洞堵得完美無缺。然後，我們聽見下樓的腳步聲，趕緊把蠟燭吹熄躲起來。來人是老姨丈，一手拿著蠟燭，另一手拿著一堆東西，看起來和平常一樣心不在焉，隨便到處走走，先是看看一個老鼠洞，再去另一個看一看，全看過一遍後，呆呆站了大約五分鐘，摳著燭淚，像在想事情。然後他慢慢轉身，像在夢

22　譯注：哈克指的是Jericho耶利哥城。

遊，轉向樓梯說：

「唉，洞全補好了，我卻想破腦袋瓜也記不起來。我現在可以去告訴她，就算東西是老鼠偷的，她也不能怪罪我。還是算了吧，別跟她計較。再吵也沒益處。」

就這樣，他嘟噥著回一樓，然後我們也離開。他是個心地很好的老人，一直都是。

沒湯匙可偷渡給吉姆，湯姆為這事煩惱不已。他說，湯匙非走私進去不可。他動腦筋好好想一下。等他想出辦法的時候，他告訴我怎麼做，我們接著去湯匙籃邊，等阿姨過來，然後湯姆數著湯匙，把它們排在籃子旁，我偷一支藏進袖子。湯姆說：

「咦，莎莉阿姨，湯匙怎麼只有九支？」

她說：

「你出去玩啦，別煩我。我剛數過了，錯不了。」

「咦，我數過兩次耶，阿姨，怎麼數就只有九支。」

她顯得不耐煩，當然也走過來數數看——任何人都會。

「我的地啊，怎麼只有九支！」她說：「不會吧？怎麼會這樣——得瘟疫了不成？我再數一遍。」

我把剛才藏起來的湯匙偷放回去，她數完後說：

「瞎搞什麼勁兒！這次十支全在！」她看起來有一肚子火，也有憂愁的樣子。但湯姆說：

「可是啊，阿姨，我覺得這裡沒有十支耶。」

「你腦袋有洞吧？沒看見我剛剛數過嗎？」

「我知道，可是——」

「我再數一遍給你看。」

我偷走一支，她數到九支，和一開始數的一樣。她呀，她快瘋掉了——氣得全身發抖。但她數了再數，愈數愈糊塗，有幾次竟然開始連籃子都算成一支。有三次是十支，有三次只有九支。她氣得拿起籃子，扔得遠遠的，把家裡的一隻貓砸得倒栽蔥。她叫我們滾蛋，讓她安靜一下，甭想在午餐之前煩她，否則剝我們皮。就這樣，湯匙得手了，被我們放進她的圍裙口袋——趁她下逐客令的時候。在中午之前，透過阿姨，湯匙連帶瓦釘也順利進吉姆的手。這計畫執行得讓我們全心滿意，湯姆說這計畫雖然麻煩，現在湯匙不但進了吉姆的手，阿姨也寧死不願再數湯匙兩遍，就算她數了，也不會相信自己沒數錯。湯姆還說，接下來三天，阿姨會一直數一直數，數到頭不掉下來不甘心，之後她大概就死心了，誰敢叫她數湯匙，都會挨她罵到沒命。

那天夜裡，我們把床單掛回晒衣繩上，從她衣櫥偷走另一張，以兩天的時間反覆偷，反覆放回原位，讓她再也搞不清楚床單到底有多少，乾脆不管了，懶得再罵到沒力，死也不想再數了。

現在一切都得手了——上衣、床單、湯匙、蠟燭，幫手有小牛、老鼠、搞不清楚的算數。至於燭臺，暫時不要緊，船到橋頭自然直。

話說巫婆餡餅嘛，麻煩可是一個接一個。我們躲進樹林裡煮，後來終於煮好了，非常令人滿意，但不是一天就完成。前前後後，我們用了滿滿三盆子的麵粉，才煮得像樣。我們全身被燙到好幾個地方，眼睛也被燻得快掉出來，因為，是這樣的，我們只想烤出一片餡餅皮，怎麼烤，它就是往下塌，挺不起來。不過，我們最後當然還是想出辦法了，連繩梯也一起放進洗臉盆煮。第二天夜裡，我們去找吉姆，把床單撕成小布條扭緊，天亮前幾小時就做好一個漂亮的繩梯，用來吊死人都沒問題。做繩梯花了九個月，我們假想。

早上，我們拿繩梯進樹林，怎麼塞也塞不進餡餅裡。原來，這繩梯是一整張床單做成的，小布條纏成的繩索太多，烤四十個餡餅也裝不下，還能用來熬湯、煎香腸之類的，任君蒸煮炒炸，搞出一整頓午餐都沒問題。

但我們用不著那麼多，塞得進一個餡餅的繩梯就夠了，所以我們把剩下的部分全丟掉。我們不用洗臉盆煮，怕盆子被融掉。姨丈他有個長柄暖床盆，銅做的，很高貴，是傳家寶，他相當珍惜。暖床盆的木柄很長，當初跟著征服者威廉王，從英國搭輪船來美國，大概是五月花號或最早的哪一班輪船。搬到這裡後，暖床盆被收進頂樓，和很多貴重的舊鍋子之類的東西堆在一起，並不是因為價值很高，而是因為它們是古物。我們把她偷下來，帶進樹林來烤餡餅，可惜烤了幾次都失敗，因為我們不會煮。幸好煮到最後一次，終於成功了。我們先用麵團鋪盆底，放到炭火上面，把繩梯放進盆裡，再蓋上一層麵皮，合上盆蓋，用紅炭壓著，離一公尺站著，因為木柄很長，我們握著木柄，還能在一旁納涼。十五分鐘後，終於烤出一個看起來令人滿意的餡餅。不過呢，吃這餡餅的人可要多準備兩大桶牙籤，因為誰能硬吞這繩梯才怪，而且保證肚子痛到討饒。

我們把巫婆餡餅放進平底鍋時，奈特閉眼不看。我們也在食物下面藏三個錫盤子。最後，吉姆順利拿到所有東西，等奈特一走，他馬上挖餡餅，把繩梯藏進乾草床墊裡面，在錫盤上隨便劃幾下，從窗口拋出去。

第三十八章

筆好難做，令人做得好灰心，鋸子也是。吉姆認為，刻字才是最艱難的工程。照規定，囚犯都在牆壁上刻字，再困難也得動手；湯姆說非刻不可。州監獄的囚犯豈有不留言的例子？而且還要刻徽章。

「看看人家珍格蕾夫人[23]，」湯姆說：「看看人家達德利勛爵和他老爸諾森伯蘭公爵！哈克，你嫌麻煩是嗎？你怎麼辦？你怎麼省略這一關？吉姆非刻字留徽章不行。囚犯全都這樣做。」

吉姆說：

「不行啊，湯姆少爺，俺哪來的『灰杖』？俺被關在這裡，只有這件用來寫日記的舊衣服。」

「你不懂啦，吉姆。徽章不是杖子啦。」

「呃，」我說：「吉姆說得對，他說他沒徽章就是沒徽章。」

「我知道，」湯姆說：「不過，在他逃脫之前，他一定要自創家徽，這樣做才**正確**，才不會在歷史上留下瑕疵。」

23　譯注：Lady Jane Grey，達德利之妻，是具爭議性、在位僅數日的十六世紀英格蘭女王。

接下來，我和吉姆各拿一塊破磚頭，忙著做筆，吉姆做的是燭臺筆，我做的是湯匙筆，湯姆則忙著構想家徽的圖樣。後來他說，他想到好多很棒的徽章，很難決定用哪一個。但他比較看好以下這個盾徽。他說：

「盾板從右上到左下有個對角紋，畫到底座也行。在這條對角中帶裡，畫一個X形十字，黑紫色，下面有一隻抬頭趴著的狗，表示這家族出身平民，狗腿被鏈條綁著，代表奴役。最上面三分之一畫鋸齒邊，裡面畫一個山形紋，青綠色，下面是湛藍一片，右邊畫三條垂直的波形線，盾尖指向一條向前凸的曲摺飾帶。盾上方畫個棄主黑奴，墨黑色，肩挑著行囊，竹竿向左下方傾斜[24]。盾的左右側用紅筆寫你和我的姓名。家訓是MAGGIORE FRETTA MINORE OTTO，是我從書裡學到的，意思是『欲速則不達』。」

「棒透了，」我說：「不過，其他部分畫的是什麼意思？」

「沒空管那麼多了，」他說：「我們最好沒命似地趕工。」

「好啊，」我說：「解釋其中幾個總行吧？什麼是對角中帶？」

「對角中帶嘛——對角中帶就是——你不必管那麼多啦。等他有筆可畫，我再慢慢教他就好。」

「什麼跟什麼嘛，湯姆，」我說：「教一下都不行嗎？右上左下代表什麼？」

「唉，我不曉得啦。總之他非這樣畫不可，所有貴族都這樣啦。」

他的個性就是這樣，如果他不想解釋，你說破嘴，他也不解釋。你押著他一星期，逼他講也沒用。

家徽弄好了，現在他準備把其他部分也完成，也就是在牆上刻哀傷的留言——他說吉姆和所有囚犯一樣，非刻字不可。他發明了好幾句，寫在紙上，朗讀給我們聽：

一、囚禁之心在此破碎。二、苦囚被拘禁於此，遭外界與友人遺棄，為苦日子煩惱。三、歷經三十七年幽禁，寂寞之心在此破碎，受摧殘的心靈嗚乎哀哉。四、歷經三十七年苦牢，遺世貴族、路易十四私生子在此流離失所、親朋盡散。

湯姆以抖音朗讀，差點抱紙痛哭。讀完後，他覺得四條都很好，難以決定選哪一條讓吉姆刻上牆壁，最後還是叫吉姆四條全刻。吉姆說，字太多了，而且用鐵釘刻在原木上，少說也要花一年，何況他也不會寫字。但湯姆說他可以幫吉姆在牆上寫印刷體，吉姆只要拿著釘子照描就好。不久後，湯姆說：

「我想了一下，覺得原木牆不行。地牢不可能有原木蓋的牆壁。我們應該把字刻在石頭上。我們去搬一塊大岩石過來。」

吉姆說，岩石比原木更難刻字；他說他會刻到死也無法逃出去。但湯姆說他允許我幫忙。然後，他看看我和吉姆的筆做得怎樣。這種筆做起來既麻煩又枯燥，而且很難很慢，我手上的水泡沒空休養，變得更痛，所以幾乎沒什麼進步，於是湯姆說：

「我知道怎麼辦了。我們一定要搬一塊石頭進來，在上面刻家徽和哀傷文字，這樣就能一石二鳥。河邊磨坊那邊有個好華麗的大磨石，我們可以去偷來在上面刻字，更可以用來磨筆和鋸子。」

24　譯注：bar sinister，象徵血統不純正。

這點子夠厲害，那塊磨石也不是個好欺負角色，但我們自認推得動。時辰還不到午夜，所以我們去磨坊，留吉姆繼續做筆。圓形的磨石偷到了，我們開始把她滾回去。講得簡單，推起來苦得受不了。有時候，我們再怎麼用力，她硬要倒下來，每次都險些壓扁我們。湯姆說，把她推回去之前，她要定了我們其中一人的命。推到半路了，我們累到擠不出一滴力氣，差點被汗水淹死。想不出辦法，我們只好去找吉姆幫忙。吉姆他把床抬起來，拿出拴在床腳的腳鏈，把鏈條纏在脖子上，從地洞爬出去，吉姆和我拚命把磨石滾進小屋，湯姆在一旁監工。湯姆比我見過的任何一個男生還會監工。他是一個萬事通。

我們挖的窟窿還算大，磨石卻擠不進去。吉姆拿鶴嘴鋤挖一挖，不久就把洞挖得夠大。然後，湯姆用釘子在磨石上面寫字畫圖，叫吉姆拿釘子當鑿子，照著刻字。棚屋裡的雜物堆裡有個鐵螺栓，我們拿來給吉姆當錘子用，叫他刻到蠟燭燒完，把磨石推到乾草床墊下面藏著，然後才可以上床睡覺。接著，我們幫他把腳鏈拴回床腳，自己也準備回房睡。但湯姆又想到一個點子。他說：

「你這裡有沒有蜘蛛，吉姆？」

「沒有，湯姆少爺，謝土謝地，俺這裡沒有。」

「好，我們抓幾隻送你。」

「不行呀，蜜糖，俺一隻也不要。俺怕蜘蛛啊。俺寧可遇到響尾蛇。」

湯姆想了一、兩分鐘，說：

「好主意。我認為可以。這點子站得住腳，一定要。對，這點子太棒了。你想養在哪裡？」

「養啥，湯姆少爺？」

「啥？響尾蛇啊。」

「地爺爺可憐俺吧，湯姆少爺！響尾蛇如果爬進這裡，俺包準一頭撞破木牆，真的。」

「唉呀，吉姆，相處一陣子就不怕了啦。你可以教牠乖一點啊。」

「教牠！」

「對，很簡單。只要對牠們好，常常摸牠們，每個動物都懂感恩，被摸不會咬人。每本書裡都這樣寫的。我只要求你試試看，試個兩、三天就好。你可以把牠變乖，牠會反過來愛你，陪你睡覺，挨在你身邊不肯離開，也會讓你把牠當圍巾，把他的頭放進嘴巴。」

「拜託啊，湯姆少爺——別講下去了！俺受不了啦！牠願意讓俺把牠的頭放進嘴巴——算是感恩，是嗎？牠八成會等很久才答應吧？而且啊，俺才不想跟牠睡一塊哪。」

「吉姆，別講傻話了。囚犯總該養個什麼笨寵物吧，而響尾蛇沒人試過，你打先鋒，比其他方式更光彩。」

「湯姆少爺，這種光彩，俺不要也罷。蛇會咬掉俺的下巴啊，有啥光彩的？不要啊，少爺，俺不幹。」

「可惡，你連試一下都不要？我只希望你試試看而已。如果養不乖，你不必繼續養啊。」

「如果俺試一下，就被響尾蛇咬到，那俺連小命都保不住了。湯姆少爺，如果不是不合理的東西，俺都願意幹，不過，如果你和哈克抓響尾蛇進來，叫俺把牠養乖，那俺是走定了，一定馬上走。」

「好吧，算了，既然你這麼頑固，那就算了。我們可以抓幾條北美襪帶蛇給你，你可以在牠們尾巴綁個沙沙響的尾環，假想牠們是響尾蛇，這樣應該就可以了。」

「牠們俺能接受，湯姆少爺，不過呢，可惡，沒有牠們，俺日子照樣可以過啊，俺告訴你。當個囚犯這麼麻煩這麼折騰人，俺從來不曉得。」

「照規定做的話，每次都這麼麻煩。你這裡有沒有老鼠？」

「沒有，少爺，俺還沒見過。」

「那我們去抓幾隻給你。」

「不要啊，湯姆少爺，俺可不想養老鼠啊。老鼠牠們最煩人了，是俺見過最討人厭的東西。牠們會趁人睡覺的時候，爬到人身上，會咬人腳丫子。不行啊，少爺，如果非養寵物不可，送俺襪帶蛇就好，千萬別抓老鼠送俺啊。老鼠俺用不著啊，真的。」

「可是，吉姆，你不養老鼠不行啊，囚犯都要。你就不要再囉裡囉唆了啦。天下哪個囚犯不養老鼠？不養老鼠的例子找不到。而且，囚犯會訓練老鼠，摸老鼠的頭，教牠們玩把戲，把牠們訓練得和蒼蠅一樣好相處。不過，你應該彈音樂給牠們聽。你這裡有沒有可以演奏音樂的東西？」

「俺只有一個用紙包著吹的馬梳，也有一個單簧口琴。不過，俺覺得牠們才不理單簧口琴。」

「會啊，怎麼不理？牠們才不在乎什麼樣的音樂。給老鼠聽的音樂，單簧口琴就夠好了。所有動物都喜歡聽歌——在監獄裡，動物對音樂愛得不得了，尤其是哀歌。不准你用單簧口琴吹其他類型的音樂喔。哀歌怎麼唱，動物都愛聽，會爬出來看看你怎麼了。這樣可以了，就這麼決定了，你每晚睡覺前，每天一大清早也一樣，坐在床上吹單簧口琴，就彈《緣起緣滅》吧——這首最容易讓老鼠心動。等你演奏了大概兩分鐘，你會發現，所有老鼠、所有蛇、所有蜘蛛、所有生物，全會為你操心，出來安慰你。牠們會把你團團包圍，玩得好開心。」

「對呀，牠們玩得可開心囉，湯姆少爺，那吉姆呢？俺的心呢？俺怎麼想也想不出你的用意是什麼。不過，如果非得要俺幹，俺就乖乖幹。俺最好還是儘量讓牠們滿意，以免牠們在屋裡搗蛋。」

湯姆又沉思一陣子，想想有沒有忘掉東西。不久後，他說：

「對了，我忘掉一件事。你這裡可以種花嗎？」

「俺不曉得，湯姆少爺，應該種得活吧，不過這裡面有點暗，而且種花俺嫌太麻煩，對俺沒好處。」

「試試看總可以吧？有些囚犯種過。」

「有一種毛蕊花，像香蒲，長得高高的，在這裡應該種得活，湯姆少爺，不過種她們太麻煩了。」

「不會啦，我們去摘一小棵送你，你就種在那邊的角落吧。對了，別叫她毛蕊花，應該叫她『獄中花』[25]，在監獄裡應該這樣稱呼她。而且，你最好用眼淚澆她。」

「啥？俺這裡泉水多的是，湯姆少爺。」

---

25 譯注：一八三六年有一本法國小說名為Picciola，主人翁於獄中因一株小花獲得慰藉。

「不准用泉水澆，應該用你自己的眼淚。囚犯都這樣做。」

「唉，湯姆少爺，澆毛蕊花，一滴泉水比一滴淚水好用一倍。」

「不是好不好用的問題啦，重點是應該以淚種花。」

「她會被我種死啊，湯姆少爺，包準會的，因為俺幾乎從來不哭。」

湯姆沒輒了。但他反覆思考，然後說，吉姆可以拿洋蔥催淚。湯姆保證說他早上可以去黑奴屋偷一顆，放進吉姆的咖啡壺。吉姆說：「放一塊菸草倒比較合俺胃口。」吉姆他挑剔個不停，嫌工作太多太麻煩了，既要種花、吹單簧口琴給老鼠聽、摸蛇和蜘蛛頭哄牠們，同時又要磨筆、刻字、寫日記之類的，麻煩和煩惱和責任好多，比他幹過的任何活兒都來得辛苦。湯姆差點對他失去耐心，說他只是儘量多給他一些比古今囚犯更華麗的機會，幫他出名，他竟然不懂得珍惜，都怪他太無知，教他做這些事是白教了。於是，吉姆他後悔了，他說他不會再這樣不聽話，然後湯姆和我趕快回去睡覺。

第三十九章

隔天早上，我們進村子，買一個鐵絲做的老鼠籠，帶回農場，打通最熱鬧的一個老鼠洞，大約一小時之後，我們就逮到十五隻最壯的大老鼠。我們把老鼠籠提去阿姨床下，藏進最安全的地方。不巧的是，我們去抓蜘蛛的時候，姨媽的小兒子湯瑪斯・富蘭克林・班哲明・傑佛遜・亞力山大・費爾普斯發現老鼠籠，開籠門看牠們會不會溜走，結果老鼠全跑出來了。我們回來時，看見阿姨她站在床上，哎哎叫得天翻地覆，老鼠也盡力沒讓她閒著發呆。後來，她拿棍子打得我們討饒。我們後來花了兩小時，又捕到十五、六隻，可惜這一批沒第一批那麼活潑；第一批全是菁英，我從沒看過比第一批更活潑的老鼠。都怪那個臭小鬼攪局，太欠揍了。

我們抓到一大堆蜘蛛、小蟲、青蛙、毛毛蟲之類的東西，全都很中看，我們另外也想摘一個馬蜂窩，可惜整窩的馬蜂都在家。我們沒有馬上放棄摘蜂窩的念頭，只在附近逗留，看誰先累倒，結果牠們出來了。我們被叮了好多包，趕快摘土木香的葉子來止痛。舒服多了，但還是坐不住。我們決定接下來去抓蛇。我們抓到二十幾條襪帶蛇和屋蛇，裝進布袋裡，放進我們房間，這時晚餐時間到了。我們已經忙掉一整個白天了，肚子餓了沒？廢話嘛！我們回房間一看，蛇全跑光了，因為布袋沒綁緊。幸好沒關係，牠們還在家裡，不知躲到哪裡去，我們再抓抓看就是了。所以囉，有好長一段時間，家裡不愁沒蛇可看。偶爾，牠們會從屋椽之類的地方倒掛下來，掉進餐盤是常有的事，也常溜進後頸子，總之多數時候牠們會掉到你不希望牠們出現的地方。牠們身上有條紋，長得漂亮，完全不是害蟲，但阿姨她才不管。蛇不管有毒沒毒，她全討厭，再怎麼勸也沒用。每次有蛇掉到她身上，不論她正在做什麼，一定丟下手邊的東西快逃。我從沒見過這種女人。她嗚嗚叫的聲音可以傳到《聖經》裡的耶利哥城。叫她拿夾子去夾蛇，她也不敢。睡覺時，她一翻身壓到蛇，她會慌張大吼，害人以為房子失火了。老姨丈被她煩死了，他說他但願上帝創世時沒有造蛇就好了。蛇全被趕走之後，過了整整一星期，阿姨照樣膽小。她坐下想事情時，如果你用羽毛搔她脖子後面，她會嚇一大跳，連襪子都脫落。大怪人一個。不過湯姆說，所有女人都這樣。他說，基於不同原因，她們天生就是這樣。

每次她遇到蛇，我們就挨揍。她說如果我們敢再抓蛇進屋子，她會揍得我們半死，之前挨的揍全是小意思。我不在乎挨打，因為她下手不重，我在乎的是再抓一批蛇多麼費事。不過，最後總算抓到蛇，其他動物也湊齊了，全放進吉姆的小屋裡，氣氛炒得熱到不得了，一聽音樂就擠向吉姆。吉姆不喜歡蜘蛛，蜘蛛也不喜歡吉姆，所以牠們會暗算他，把他嚇得心情冷不下來。他說，這裡有老鼠，有蛇，也有磨石，床上幾乎沒空位給他睡。即使有空位睡，氣氛這麼熱鬧，他哪睡得著？他說，氣氛是從早熱到晚，因為牠們從不在同一時間睡覺，大家輪流睡。蛇睡著時，老鼠跳上床。老鼠去睡時，蛇過來換班鬧，所以老是有一群壞蛋不是鑽到他身體下面睡，就是在他前面跑來跑去，另一群爬到他身上大鬧。如果他起床另外找地方睡，蜘蛛會在他路過時找他麻煩。他說，如果他這次逃得出去，以後給他再多錢，他也不願意當囚犯。

就這樣，經過三星期，一切都安排妥當了。上衣很早就透過餡餅走私給他了，每次他被老鼠咬到，他會趁血墨水沒乾之前，趕快起床寫些日記。筆磨好了，該刻的字全被刻進磨石上。床腳被鋸斷，我們吞掉木屑，肚子痛到講不出話，以為活不久了。那堆鋸木屑是我見過最難消化的一堆，湯姆也同意。但如我剛才說的，所有任務終於都完成了，我們也都差不多被累垮，最累的是吉姆。姨丈他寫了兩封信，寄去紐奧爾良南郊的農場，通知說棄主黑奴在他這裡，一直沒等到回音，因為那座農場根本不存在，於是姨丈想在聖路易斯和紐奧爾良的報紙登廣告。我一聽他提到聖路易斯的報紙，嚇得一直發抖，知道不能再拖時間了。所以湯姆說，寫「泥名信」的時機到了。

「寫什麼東西？」我說。

「『泥名信』，用來警告事情快發生了。做法不一定，有時這樣，有時那樣。不過每次一定有負責刺探的人向堡主通風報信。路易十六想逃離『土勒里宮』[26]時，有個小女僕負責做這件事。這方法不錯，『泥名信』也可以。我們兩種都用吧。另外，很常見的做法是叫囚犯和母親互換衣服，把她留在牢裡，他穿母親衣服逃走。我們也可以玩這一招。」

「不會吧，湯姆。警告對方，對我們有什麼好處？看好囚犯是他們的責任，讓他們自己去發現情況不對勁吧。」

「對，我知道，但他們不太可靠。打從一開頭，他們就不太牢靠，所有事全都靠我們自己動

26 譯注：Tooleries，是Tuileries杜樂麗宮之誤。

手。他們太容易信任別人，腦筋太鈍，完全不會注意到情況不對勁。假如不主動通知他們一聲，休想引人來干涉我們。結果我們花了這麼多心血，遇到這麼多麻煩，玩到這裡，越獄變得太順利，完全沒有困難度，一點意思也沒有。」

「我嘛，湯姆，我倒喜歡這樣。」

「去你的！」他說，表情很難看。於是我說：

「不過，我可沒有怨言，你想怎麼做隨便你。你從哪裡找個小女僕幫忙？」

「你可以假扮她。你三更半夜溜進去，偷走那個黑白混血女奴的罩衫。」

「不行啊，湯姆，明天早上會惹出風波的，因為，她當然只有一件可穿。」

「我知道，不過你只借穿十五分鐘就行，負責把『泥名信』從前門下面塞進去。」

「好吧，那我就照你意思做。不過，同樣是送信，我穿自己的衣服照樣能送得成。」

「那你怎麼像小女僕嘛？」

「是不像，沒錯，不過，反正半夜又不會被人看見。」

「這跟有沒有人看見無關。我們該做的事是盡我們的使命，甭管有沒有看見。你做人難道一點原則也沒有嗎？」

「好吧，那我就不囉唆了，小女僕交給我。吉姆的母親找誰扮？」

「我來負責。我可以從阿姨那裡偷一件袍子。」

「這樣的話，我帶吉姆逃走時，你要待在小屋裡。」

「用不著。我可以在吉姆的衣服裡面塞乾草，擺在床上，代表母親假扮的他，吉姆可以換穿我身上的黑奴女裝，我們三個可以一起遁逃。有風格的囚犯越獄都叫做『遁逃』，舉例說，國王逃走，一定都用『遁逃』來形容。王子也一樣，私生子或公生子都沒差別。」

於是，湯姆他寫好「泥名信」，我半夜去偷黑白混血女孩的罩衫穿上，把信從正門下面塞進去，全照湯姆的指示。信裡寫著：

敬告風波將起，宜提高警惕。無名友留。

湯姆用血畫了一張海盜骷髏頭的圖，隔天夜裡，被我們貼在正門上。隔夜我們去後門再貼一張棺材圖。全家人急得猛冒汗。就算屋子裡擠了一大堆幽靈，從背後或床下跳出來嚇他們，或是在空氣裡顫抖顯靈，他們也不會怕成現在這樣。現在一有關門聲，阿姨她會嚇一跳，喊「哎喲！」如果有東西掉下來，她也會嚇一跳，喊「哎喲！」如果在她沒注意時碰她一下，她也會有同樣的反應。她沒辦法固定看同一個方向太久，因為她以為背後一定躲著什麼，所以她動不動突然轉身，喊「哎喲！」身體才轉三分之二，她又轉回去，再喊一聲。她怕上床，但也怕熬夜。就這樣，一切情況非常順利，湯姆說。他也說，他從沒看過這麼令人滿意的情況。他說，由此可見我們的做法正確。

於是他說，大結局的時刻到了！隔天大清早，天邊才露出一條白線，我們就再寫一封「泥名信」，考慮該塞進哪裡，因為我們晚餐時聽說，他們想派黑奴整晚看守前後門。湯姆他爬避雷桿下樓刺探，發現守後門的黑奴睡著了，便把「泥名信」貼在他後頸，然後回來。信上寫著：

勿背叛我，我願與你為友。有一幫殺人不眨眼的匪徒自印第安領地前來，想於今夜竊走你們家的棄主黑奴。近幾日，他們想嚇你們不敢出門，不去妨礙到他們行事。我屬於這一幫，但我最近信教，盼能改過向上，重新過光明正大的生活，願意背叛他們的詭計。他們將在半夜十二點整，從北溜進圍牆，以複製鑰匙開鎖，進小屋押走黑奴。我原本負責把風，見狀況吹錫號角警告，但他們一進小屋，我將以咩咩叫聲打暗號，不吹號角。在他們解開腳鏈時，你們可以悄悄過去把門反鎖，要殺要剮隨你們便。務必依我的指示做，勿輕舉妄動。若不從，他們將起疑心，世界將大亂。我不求獎賞，但求選擇正道，不做虧心事。無名友。

第四十章

早餐後，我們心情相當好，於是帶著午餐，划我的獨木舟去河上釣魚，玩得好高興，也去看看木筏還在不在，木筏好端端的，然後回家。我們晚餐遲到，發現全家憂愁得七葷八素，叫我們晚餐一吃完立刻去睡覺。他們不肯說擔心什麼，也絕口不提又接到一封「泥名信」，但他們沒必要提，因為內容寫什麼，我們跟大家一樣清楚。我們上樓一半，見阿姨頭轉回去，背對我們，我們趕緊溜進地窖，打開櫥子，拿一大堆東西當午餐，帶上樓，然後睡覺，睡到大約十一點半，湯姆起床，穿上阿姨的裙裝，開始準備午餐，但他說：

「奶油呢？」

「我挖了一塊啊，」我說：「塗在一根玉米上面。」

「你塗了是塗了，八成忘記帶走玉米了。這裡面沒有奶油。」

「沒奶油也沒關係吧。」我說。

「有奶油更好，」他說：「你快偷偷下地窖，再拿一塊，然後儘快爬避雷桿下樓跟我走。我會先去用吉姆的衣服做乾草人，當成是他母親假扮成的，接著準備咩咩叫，等你一到，馬上離開。」

他走了，我也趕快下地窖。一塊大如拳頭的奶油黏在玉米上，還放在原地，我拿起來，吹熄蠟燭，輕手輕腳上樓，安全來到一樓，不料莎莉姨媽正好拿著蠟燭走來，我連忙把玉米和奶油塞進帽子，把帽子戴上頭，一秒後她看見我。她說：

「你剛下地窖嗎？」

「是的，阿姨。」

「你下去做什麼？」

「沒什麼。」

「沒什麼？」

「是的，阿姨。」

「哼，你中了什麼邪，為什麼半夜下地窖？」

「我不曉得，阿姨。」

「你不曉得？湯姆，你少跟我來這一套。我想知道你進地窖做什麼。」

「我什麼也沒做啊，莎莉阿姨。如果有，我隨便妳打。」

我以為她會馬上放我走，一般來說她會的，但我猜因為最近家裡怪事連連，有點差錯的事再小都會嚇出她一身冷汗，所以她以非常堅決的口氣說：

「你給我進那間起居室，待到我回來為止。你剛一定沒安好心，等我去查個清楚再說。」

她說完就走，我打開門，進入起居室。哇，裡面坐著一大票人！十五個農人，人手一支槍。我嚇得想吐，癱進椅子坐。他們隨便坐著，有些人低聲講兩、三句，所有人都在碎動，定不下心的樣子，卻又儘量假裝鎮定，但我明白他們很緊張，因為他們一直脫帽、搔頭、戴帽、換位子、摸鈕釦。我自己也很緊張，但我不敢脫帽。

阿姨怎麼不快點來啊？快來問她想問的話，打我一頓，然後放我走，讓我能去通知湯姆說，風波搞大了，我們捅到一個猖狂的馬蜂窩了，最好馬上停止胡鬧，趕緊帶吉姆走，不然這些惡煞失去耐性追過來，我們就慘了。

最後，姨媽來了，開始問我問題，但我太緊張了，回答得顛三倒四，因為這群壯丁現在碎動得厲害，有些人主張說，只差幾分鐘就到午夜了，應該現在就去埋伏亡命之徒，其他人叫他們再等一下，等咩咩叫聲傳來再出動。在這時候，姨媽問個不停，我從頭抖到腳，怕到腿軟坐不住。起居室愈來愈熱，奶油漸漸融化，流到我臉頰和耳後。不久，壯丁之一說：「我主張現在就進小屋埋伏，等他們自投羅網。」我差點跌出椅子。又有一道奶油從我額頭流下來，被姨媽她看見了，她的臉變成床單白。她說：

「我的地啊，這孩子生了什麼病？腦漿都流出來了，敢情是得了腦膜炎！」

所有人衝過來看我。她一手摘掉我帽子，抖出我頭上的麵包和融剩的奶油。她把我抓過去抱緊，說：

「唉，我被你嚇慘了！幸好你沒病，我好高興，好感恩啊。最近我們家運氣一直不好，壞運不來則已，一來就是整桶往我們頭上倒，所以我一看有東西流出來，以為你死定了，因為那顏色好像腦漿啊——親愛的，親愛的，你怎麼不早說呢？你餓了偷吃，阿姨怎麼會罵你？好了，滾上床去吧，明早之前別再讓我看見你。」

槍！

我立刻上樓，一溜煙順著避雷桿爬下樓，摸黑衝進棚屋。我好著急，幾乎講不出話，但我還是儘快告訴湯姆，我們最好現在就逃，不能再拖一分鐘——屋子裡面坐滿了壯丁啊，而且全帶槍！

他的眼珠子發亮。他說：

「不會吧！真的嗎？太棒了！哈克，如果能重新來過，我一定能動員更多人去抓兩百個！如果我們能拖延到——」

「快一點！快一點！」我說：「吉姆在哪裡？」

「就在你肘邊，你伸手就能摸到。他衣服穿好了，一切都準備妥當。我們現在可以溜出去，然後咩咩叫打暗號。」

然而，就在這時候，我們聽見一群人衝來門外面，有人開始動大鎖頭。有一個人說：

「我說太急了，你們就是不聽；看，門還鎖著，他們還沒到。這樣吧，我把你們幾個鎖進小屋，你們埋伏在暗處，等他們進門，來一個宰一個。我們其他人分散開，看能不能聽見他們走過來的聲音。」

幾個人進來，但小屋裡太暗，看不見人，差點踩到急著鑽床下的我們三個。幸好我們躲得快，沒被發現，以快而輕的動作鑽地洞——照湯姆的命令，由吉姆帶頭，我第二，湯姆墊底，從棚屋裡鑽出來，聽見棚屋附近有腳步聲，於是我們悄悄走向棚屋門，湯姆叫我們暫停，他一眼湊向門上的裂縫，可惜外面太暗了，他什麼也看不見。他低聲說，他打算仔細聽，如果聽見腳步聲接近門口，他會用手肘頂我們，吉姆先溜出去，湯姆墊後。於是，他改用耳朵貼裂縫聽，一直

聽，一直聽，靴子聲不停在門外兜圈子。最後，湯姆用手肘頂我們一下，我們彎腰溜出門，憋住氣，再小的聲響也不敢發出，排成一行，靜悄悄溜向圍牆，然後我和吉姆翻牆。最上面裂開的木板竟然勾住湯姆的褲子。他聽見來人的聲音，情急之下猛扯一陣，啪的一聲，把一小片木頭扯斷。他翻過圍牆，跟在我們後面，正要開跑，這時有人喊：

「誰啊？快報上名來，不然我就開火！」

我們不應，只顧著拔腿快逃。一陣騷動聲從背後傳來，接著是砰、砰、砰！子彈咻咻，從我們左右穿梭而過！我們聽見來人喊：

「他們在這裡！他們往河邊去了！弟兄們，追過去，也放狗去追！」

就這樣，追兵全力出動了。我們聽得見他們，因為他們穿靴子，邊跑邊吶喊，但我們沒穿靴子，也不敢叫。我們跑進通往磨坊的小路。他們快追上的時候，我們躲進樹叢，讓他們通過之後再鑽出。他們叫狗別亂吠，以免驚動壞人。但到這階段，所有的狗都能自由跑，汪汪叫著追過來，像有一百萬隻。幸好，牠們認得我們，所以我們停下來，等牠們跟上。牠們一見是我們，在我們身上找不到樂子，所以只湊過來打聲招呼，就繼續衝向有叫囂聲的地方。接著，我們再往上游跑，跟在後面狂奔，快到磨坊的時候穿越樹叢，來到我們繫獨木舟的地方，跳上船，用盡吃奶的力氣划向河心，儘可能不要出聲。然後，我們變得輕鬆自在，划向我藏木筏的島岸。我們聽得見追兵在河岸上下游嚷嚷吠叫，划遠了之後，聲響就變模糊，最後聽不見了。找到木筏，我們站上去，我說：

「現在起，老吉姆，你再度成為自由人，我敢打賭，你再也不想當奴隸了。」

「而且啊，哈克，你們做得棒透了，計畫得漂亮，做得也真漂亮。天下沒人想得出更複雜、更高明的計畫了。」

我們三個都快樂得不得了，但最得意的人是湯姆，因為他的小腿腹吃到一粒槍子。

我和吉姆聽見他中彈，神氣的心情馬上冷下來。受傷的地方很痛，而且流血不止，所以我們讓他躺進棚子，撕掉公爵留下的上衣當繃帶用，但他說：

「布給我，我自己包紮就好。現在不許停，不能拖時間，因為遁逃計畫的進展太精采了，趕快去掌槳，鬆開木筏繩！兄弟們，我們幹得好！真的。路易十六當年要是有我們幫忙就好了，他的傳記就不會出現『聖路易之子昇天！』這句臨刑遺言了。假如有我們幫他遁逃，他就能飛越國境——對，我們可以把他弄出國，手法漂亮得不留痕跡。掌槳啊！掌槳！」

我和吉姆不理他，商量著、思考著。想了一分鐘，我說：

「講出來吧，吉姆。」

於是吉姆說：

「呃，好吧，哈克，俺的想法是這個。假如爭自由的黑奴是他，帶他走的兩個弟兄之一受傷，他會說『甭找醫生救他了，快讓俺自由最重要』這種話嗎？湯姆．索耶少爺是這種人嗎？他會講這種話嗎？會才怪！所以呢，吉姆會講這種話嗎？才不會——醫生不來，俺一步也不肯離開這裡，哪怕一等就是四十年！」

我知道他有一顆白人心，也早知他會講這句話，所以我決定了。我告訴湯姆，我這就去找醫生。他吵鬧不從，但我和吉姆堅持，不肯讓步，他只好從棚子裡爬出來，想鬆開木筏繩，被我們攔住。然後，他罵我們幾句，但我們不聽。

見我準備划走獨木舟，他說：

「好吧，既然你非去找醫生不可，那我告訴你怎麼做。你進村子找到醫生家，進門之後把門關好，牢牢蒙住醫生的眼睛，叫他誓死不出聲，然後在他手裡塞一小袋金幣，帶他進小巷裡，到處摸黑兜幾圈，然後帶他坐進獨木舟，在幾座小島之間繞來繞去，然後搜出他身上的粉筆，等他回村子再還給他，否則他會在木筏上面做記號，方便他以後指認。大家都照這樣找醫生。」

我答應了，然後划走，叫吉姆一見醫生來，就躲進樹林，躲到醫生離開為止。

第四十一章

我把醫生叫醒。醫生年紀一大把了，態度非常親切，長相慈祥。我告訴他，我和我弟昨天下午去西班牙島打獵，撿到一艘木筏，在上面露營，他睡到半夜，做夢踹到槍，結果槍走火射中他的腿，希望醫生去河邊救他，不要聲張，不要讓任何人知道，因為我們想今晚回家給家人一個驚喜。

「你們家在哪裡？」醫生說。

「費爾普斯家，在下游那邊。」

「喔，」他說。一分鐘後，他又說：

「你剛說他怎麼中彈來著？」

「他做夢踹到的，」我說：「槍走火了。」

「令人匪夷所思的夢。」他說。

於是，他提燈籠，帶著鞍囊上路。來到河邊，他看到我的獨木舟，覺得不妥——說這船載一人夠大，坐兩人恐怕不太安全。我說：

「你別擔心啦，醫生，她載過我們三個，很輕鬆。」

「哪來的三個人？」

「呃，就是我和席德，還有——還有——還有**槍**啦。我指的是槍。」

「喔。」他說。

然而，他一腳踩船緣，晃一晃船身，搖搖頭，說他想另外找一艘大一點的船。但附近的船全都繫著鏈條加鎖，他只好坐進我的獨木舟，叫我等他回來，不然我也可以再去找船，或者最好先回家為驚喜預做準備。但我說不用。我告訴醫生去哪裡找木筏，之後他就划走了。

不久後，我想到一個點子。俗話說，快的話，羊搖尾三下就能成功，我心想，假如兩、三下治不好，醫生一待就是三、四天，那怎麼辦？繼續等到祕密被他揭穿嗎？不行。我知道我該怎麼做。我會等到醫生回來，如果他說他還得再回木筏，那我就游泳陪他去，我們把他綁起來留著，然後順流漂走。等湯姆用不著醫生後，我們可以付醫藥費，身上有多少就給多少，然後放他上岸。

然後，我鑽進柴薪堆睡覺，醒來時，太陽已經高高掛在我頭上了！我衝去醫生家，家人說他半夜不知幾點出診了，還沒回家。我暗暗叫慘，湯姆的情況不妙。我想馬上前進西班牙島。於是，我趕快走，轉個彎，差點一頭撞上塞勒斯姨丈的肚子！他說：

「湯姆啊！你這個淘氣鬼，跑哪裡去了？」

「沒有啊，」我說：「只是去找那個逃走的黑奴，我和席德一起去。」

「你們跑去哪裡找啊？」他說：「你阿姨急死了。」

「用不著啦，」我說：「因為我們很平安。我們跟在大人和狗後面追，不過他們跑太快，我們跟丟了。後來，我們好像聽見河上有聲音，所以划獨木舟去追，划到對岸也沒找到人影，只好慢慢往上游划，划到手有點痠，累了，所以把獨木舟繫好，睡個覺，睡到大概一個鐘頭前才醒，然後我們划船來這裡打聽消息，席德他去郵局打聽看看，我到處找東西給我倆填肚子，然後準備回家。」

就這樣，我和姨丈去郵局找「席德」。不出我所料，他不在郵局，於是老姨丈順便領一封信，等了好一陣子，還是沒等到席德，所以老姨丈說，我們先回去吧，席德玩累了，他自己會走回家或划回家，我們搭馬車先回去。我勸他讓我留下來等，但他說再等也沒用，堅持叫我上馬車回家，讓阿姨知道我們沒事。

回到家，阿姨見到我平安，樂得抱住我，一下子哭，一下子笑，然後給我一頓不痛不癢的揍，還說等席德回家，也會同樣教訓他一頓。

全屋子裡擠滿了農夫和農妻，大家吃著午餐，聒噪到什麼都聽不清楚。哈契基斯老太太是最聒噪的一個，舌頭動個不停。她說：

「告訴妳啊，費爾普斯姊妹，我去那個小屋翻遍了，我相信那黑鬼是個瘋子。我就對達姆瑞爾姊妹說嘛——我有沒有說啊？達姆瑞爾姊妹？我就說嘛，他瘋了，我就說嘛！我真的這樣說過。大家全聽見了：他瘋了，我就說嘛。證據到處都看得到，我就說嘛。看看那個磨石，我就說嘛。神經正常的動物，哪一個會在磨石上面刻一大堆鬼話？我就說嘛。刻了什麼某某人在此心碎，什麼在此苦熬三十七年的，鬼話一堆——路易某某人的私生子，什麼永生永世的廢話。他是真的瘋了，我就說嘛。我一開始就這麼說，到中間這麼說，一直到最後也這麼說，那黑鬼瘋了，和《舊約》的巴比倫王一樣是瘋子，我就說嘛。」

「而且，看看那個用破布做的梯子，哈契基斯姊妹，」達姆瑞爾老夫人說：「做那種鬼東西，到底是想——」

「同樣的話我不久前才跟厄特巴克姊妹講過呢，不信，她可以告訴妳。她……她……看看那個破布梯子，她……她。我就說嘛，對，看一看啦，我就說嘛——做這種東西，他到底在動什麼鬼腦筋啊，我就說嘛。她……她……哈契基斯姊妹，她……她……」

「奇怪了，那個磨石，到底是怎麼搬進去的？還有，那個窟窿，到底是誰挖的？到底是誰在——」

「跟我講的完全一樣，潘洛德兄弟！我剛就說——把糖蜜碟傳給我，可以嗎？——我剛就對唐拉普姊妹說嘛，就在剛剛說啊，他們是怎麼把磨石弄進去的，我就說嘛。沒人幫忙啊，真的嗎——沒人幫忙！那才見鬼哪。我就說，一定有人幫忙，我就說嘛，能幫的人多的很哪，我就說嘛。而且，幫那黑鬼的人有十幾個。假如是我們家的黑鬼，我一定把他們全抓來剝皮，問到底有誰幫忙，我就說嘛。而且還不只呢，我就說嘛——」

「十幾個，妳就說嘛！——四十個都忙不過來才對吧。看看那幾把折疊刀鋸之類的東西，他們一定埋頭做了好久。看看床腳也被鋸斷，六個男人合作一個星期才鋸得斷。看看乾草塞成的那個黑鬼。看看那——」

「可能被你說中了喲，海陶爾兄弟！就跟我剛剛對費爾普斯兄弟講的一樣。我親口對他本人講過。他就說嘛，妳認為呢，哈契基斯姊妹？他說。認為什麼，費爾普斯兄弟？我說。床腳被鋸成那樣，他說。我有啥想法呢？我說。我敢說，床不會沒事鋸斷自己的腳，我就說嘛——一定是有人鋸斷的，我就說嘛。這是我的見解，不接受拉倒，也許不值得採信，我就說嘛，不過照這種情況來看嘛，這是我的見解，我說。如果有人能想出一個更高明的見解，我說，就讓他去見去解吧，我說，就這樣。我對唐拉普姊妹說啊，我就說嘛——」

「唉，狗我貓的，他們家的黑鬼一定每晚躲進小屋，前前後後忙了四個星期，才做得了那麼多東西，費爾普斯姊妹。看看那件上衣——每一吋都用血寫滿了非洲天書！一定是從頭到尾，有整群人一起幫他寫的血書。我嘛，願意出兩元，請人解讀給我聽。至於寫這東西的黑鬼呢，我可想拿鞭子抽到他——」

「找人幫忙啊，馬爾普斯兄弟！唉，假如你最近來我們家住過幾天，你也會有同樣的想法。他們啊，能偷的東西全被他們偷走了——而且還是在我們眼睜睜的情況下偷走的喔。他們直接從晒衣繩偷走那件上衣！那張用來做破布梯的床單呢，他們不曉得前後偷過幾百遍了。另外，他們還偷麵粉、蠟燭、燭臺、湯匙、古董暖床盆，另外還有一千個我記不住的東西。還有我那件新的平紋洋裝。我、塞勒斯、席德和湯姆日夜看守喔，我剛才說過，連個鬼影或毛皮都沒抓到，然後在最後關頭，趁我們疏忽，直接在我們面前擺我們一道，而且被耍的還不只是我們，連印第安領地那幫壞人也被擺了一道，他們竟然成功救走那個黑鬼，十六個壯丁帶二十二條狗正在追！告訴你們，這比我聽過的怪事更玄幾百倍啊。就算是幽靈，也不會比他們更厲害更聰明。而我甚至在懷疑，他們該不會就是幽靈吧——因為啊，你們都知道我們家養的狗多厲害，沒有比牠們更厲害的狗了。放狗去追，竟然連個鬼影都沒嗅到！這怎麼解釋？你們給我解釋看看啊！你們誰能解釋？」

「是啊，絕對比——」

「哇，我這輩子從沒——」

「救救我吧，我不會——」

「是家賊，也是——」

「媽呀，在這種房子裡生活，我恐怕會——」

「生活你個頭啦！——我嚇得幾乎不敢上床、下床、躺下，連坐都不敢了，里吉威姊妹。他們啊，竟然偷走了那——唉，不想講了，昨晚到半夜的時候，我慌成什麼模樣，你們應該能想像。我害怕到以為，連家人都會被偷走呢！我已經被嚇到腦筋不正常的田地啦。到了白天，現在說出來給你們聽，聽起來很驢，不過我當時心裡想，我可憐的兩個孩子在樓上，孤零零睡著，我愈想愈不安心，所以悄悄上樓，把他們反鎖在房間裡！真的。任何人都會這麼做。因為啊，你們知道，一個人被嚇成那樣，怪現象又一直持續，情況愈變愈糟，腦筋被搞混了，行為也變得千奇百怪，後來心想，假如我是個小男生，待在樓上房間，門沒鎖，應該會——」她停下，露出懷疑的表情，然後慢慢轉頭，視線停在我的臉上。我站起來，去散個步。

我心想，如果我能去旁邊，稍微研究一下，更能解釋今早為什麼不在房裡。但我不敢走遠，不然會被她叫回來。等到時間晚了，大家全走了，我才進來告訴她說，昨晚外面好吵，有槍聲，我和「席德」醒來，發現門被反鎖，卻又想溜出去外面看熱鬧，只好爬避雷桿下去，兩人都受了一點小傷，以後不敢再爬了。接著，我把昨天對姨丈編的謊話全說給她聽，她說她可以原諒我們，反正平安就好，還說男生的個性就是愛搗蛋，她不意外。既然我們沒受什麼傷，她感恩都來不及了，有我們在身邊就好，過去的事就讓它過去，不用再煩惱。就這樣，她親我一下，拍拍我的頭，愁眉沉思起來。不久，她嚇一跳說：

「糟糕，天都快黑了，席德還沒回家啊！他到底出了什麼事？」

我逮到這機會，跳起來說：

「我可以跑去村裡找他。」我說。

「不行，」她說。「你乖乖待在這裡。一次搞丟一個就夠傷神了。如果他到晚餐時還不回家，你姨丈會去找他。」

晚餐時間，他還不回家，所以姨丈飯後就出發。

大約十點，姨丈回來了，神態有點慌張；他沒有找到小孩。阿姨一聽大驚，但姨丈他說，用不著擔心啦——男孩子就是男孩子，貪玩嘛，他說。早上就會好端端出現在眼前。她只好接受。但她說，她還是想等一、兩小時，亮一根蠟燭給他看。

後來，我上樓，她也拿蠟燭跟進，幫我蓋被子，用母愛呵護我，讓我覺得自己好卑鄙，不敢看她的臉。她在床邊坐著，陪我聊了好久，稱讚席德多聰明，怎麼講他都不累，還不時問我認為他是不是迷路了，有沒有受傷，該不會掉進河裡了吧，說不定正躺在野地裡，說不定死了，阿姨卻不在他身旁救他，說著說著，淚水就悄悄滴下來。我勸她說，席德不會出事啦，早上一定就回家。她聽了捏捏我的手，或親我一下，叫我再說一遍，一直說，因為她聽了心裡舒坦些，說她心頭很悶。臨走前，她站著看我的眼睛，目光堅定而溫柔。她說：

「我不會反鎖房間的門，湯姆。窗戶和避雷桿都在那邊，不過，你會乖乖睡覺，對不對？你不會溜走吧？看在我份上。」

唉，我本來多急著去看湯姆，橫了心，非去不可，但聽了阿姨這句話，就算世界末日到了，我也不會溜出去。

但話說回來，我把她放在心上，也把湯姆放在心上，所以睡得不安不穩，半夜兩次爬避雷桿下樓，溜到屋子前面，看見她點著蠟燭，坐在窗前，含淚望著門前的馬路。但願我能安慰她就好了，可惜我沒辦法，只能發誓說，害她傷心的事我再也不做了。第三次，我在清晨醒來，溜下去，她還坐在窗前等，蠟燭快燒完，一手托著花白的頭，睡著了。

第四十二章

早餐前，老姨丈再進村子，還是找不到湯姆，回家後夫妻坐在餐桌前，不說話，愁眉苦臉，咖啡涼了，一口東西也吃不下。後來，姨丈說：

「我有沒有給妳那封信？」

「哪封信？」

「我昨天去郵局領的那封。」

「你沒有給我信。」

「呃，一定是我忘了。」

他摸摸身上的口袋，然後去別的地方找，找到後回來交給她。她說：

「哇，是從聖彼得斯堡寄來的，寄件人是姊姊。」

我本想去散步透透氣，但我現在不敢亂動。姨媽還來不及拆信，就看見外面有動靜，扔下信跑出去看。我也是。躺在床墊上被抬回來的是湯姆．索耶，是老醫生帶他回家了，身旁跟著穿阿姨的洋裝的吉姆，雙手被綁在背後，另外也跟來不少人。我一有機會就把信藏好，然後衝出去。阿姨撲向湯姆，哭著說：

「唉呀，他死了，他死了，我就知道他死了！」

湯姆他稍微轉頭，喃喃說了一句，顯示他神智不清，然後她高舉雙手說：

「他還活著，感謝上帝！這樣就夠了！」她猛親他一下，衝進屋裡，把床鋪準備好，到處對黑奴和其他人下命令，口舌快到極點，動作飛快。

我跟著這群男人走，看他們怎麼對付吉姆，老醫生和姨丈跟著湯姆進屋裡。這群男人氣呼呼的，有幾個想吊死吉姆，用來警告這一帶所有黑奴別想學吉姆逃脫，惹出這麼大的風波，害全家人連續幾天幾夜嚇得半死。但其他人說，不能吊死他，因為他不是我們的黑奴，他的主人遲早會找上門來，逼我們賠償。聽到這句話，他們稍微冷靜下來，因為每次黑奴做錯事，最急著想吊死黑奴的人，總是在主人出面求償的時候，最不急著吐錢出來。

只不過，他們還是痛罵吉姆幾句，偶爾賞他一、兩個耳光，但吉姆不吭一聲，也沒表示他認識我。大家把他押進同一棟小屋，幫他換上他自己的衣服，再用鏈條把他拴住——這次不拴床腳，而是在最接近地板的原木上釘一個U形大釘，把鏈條另一頭拴在釘子上，而且是雙手雙腳都拴住，只准他吃麵包喝水，等主人出面再說。如果主人限時之內不來，就把他拍賣掉。地洞被填補好，每晚他們也派兩個農夫，帶槍在小屋四週看守，白天在門口綁一隻鬥牛犬。到這時候，大家差不多忙完了，人潮漸漸稀少，多數人在臨走前罵幾句，然後老醫生來了，看一眼說：

「沒事犯不著對他太凶，因為這黑奴的心地不壞。我找到那孩子以後，發現自己一人無法取出子彈，而他的狀況不佳，我也無法離開他去找人協助。我見他的狀況漸漸走下坡，久而久之，他開始神智不清，不願再讓我接近他，說如果我敢拿粉筆在他木筏上做記號，他就宰了我，不停講這一類的狂言，我束手無策，於是說，我非設法找幫手不可。話才一出口，不知從哪裡鑽出這黑奴，說他可以幫我，而且表現非常好。我當然判斷他一定是棄主黑奴，但我又能怎樣！人在荒郊野外，我不得不硬撐，渡過整天整夜。苦啊，我告訴各位！有兩個受風寒的病人等著我，我當然想回村裡探望他們，可惜不行，因為這黑奴可能會逃走，過錯會賴到我身上，話說回來，小船沒有一艘夠近，我無法呼救。因此，我不得不撐到今早天亮。我從沒見過比這黑奴更好的護士或更忠心的奴隸。他寧可拋棄自由，也要幫忙我，而且他累壞了，我明顯看得出他最近被操得很凶。我欣賞這種黑奴。我在此告訴各位紳士，這種黑奴值一千元啊——也應該得到親切的待遇。有他的協助，我萬事俱全，那孩子在木筏上的情況和回家一樣好——其實更好也說不定，因為河邊安靜得很。話說回來，我單獨面對他們兩人，不得不撐到今早快破曉的時分，才見到幾人划著輕舟經過，算我運氣好，這黑奴正坐在小床上，膝蓋托著頭，睡著了，所以我比手勢叫船上的人別出聲，他們偷偷從背後抓住他，綁住，他醒來已經太遲了，所以一點麻煩也沒有。因為那孩子睡得不太安穩，我們用東西蓋住槳，以免吵到他，也把木筏綁在輕舟後面，輕輕拖著她划著，這黑奴完全不鬧，從頭到尾一聲不吭。各位紳士，他不是個壞黑奴，這是我對他的觀感。」

有人說：

「大夫，聽起來很不錯，我不得不說。」

接著，其他人的態度也稍微軟化，我好感激老醫生反過來幫吉姆一個大忙，也慶幸我對這醫生的第一印象沒錯：我一眼就覺得他心腸好，是個大好人。然後，大家同意吉姆的行為非常善良，值得表揚獎賞。於是，其中一人拍胸脯坦率說，不會再罵他了。

然後，他們把吉姆關起來。我本來希望他們會說，鎖鏈那麼重，可以解開一、兩個吧，或者在麵包和水之外，可以給他蔬菜和肉吃，但他們沒考慮到這裡，而我覺得自己最好別插手。我覺得，我最好想個辦法，儘快把醫生的說法轉告給阿姨聽，但我更應該先克服眼前的難關——我該怎麼解釋我忘了提席德中槍的事，只記得說我們兄弟倆半夜追黑奴的經過。

幸好我的時間多的是。阿姨她不分日夜照顧病人，而我每見姨丈在晃蕩，就趕緊躲起來。

隔天早上，我聽說湯姆恢復了不少，大家勸阿姨去睡一會覺。於是，我溜進病房，心想如果他醒來了，我們可以合力，編一個姨丈姨媽信得過的說法。可惜他還沒醒，睡得很香甜，臉色蒼白，不再像他剛被扛回來時那麼火紅。所以，我坐下，等他醒過來。過了大約半小時，阿姨悄悄進房間，我嘛，又被逼進牆角了。她比手勢叫我別動，然後在我旁邊坐下，低聲說，大家都能高興了，因為所有症狀顯示他情況非常好，睡了這麼久，氣色愈來愈安祥，醒來時，有九成的機會神智會恢復正常。

於是，我們坐著觀察，後來他動了一動，以非常自然的動作睜開眼皮，看一下，說：

「哈囉！——哇，我回家了！怎麼會？木筏哪裡去了？」

「沒事了，」我說。

「吉姆呢？」

「一樣。」我說，但語調神氣不起來，還好他沒察覺。他只說：

「那就好！太棒了！我們終於平安沒事了！你告訴阿姨了沒？」

我正想說有，但阿姨插嘴說：「告訴我什麼事，席德？」

「不就是整件事的經過嘛。」

「什麼整件事？」

「哎喲，就是這一整件事嘛。最近的事情只有這一件。我們把棄主黑奴放走的事──我和湯姆。」

「我的地啊！放走黑──這孩子講什麼鬼話啊！完了，完了，他又神經不正常了！」

「我的神經正常得很，不是講瘋話。我們真的把他放走了──我和湯姆。我們想出一套計畫，一步步完成，而且也做得好精緻喔。」他講得好起勁，阿姨不想打斷他，只坐著盯著他看，一直盯，讓他講個過癮，我覺得我插嘴也沒用。「告訴妳喔，阿姨，我們費了好大的工夫啊──連續好幾個星期咧──每晚等大家都睡了，我們熬夜趕工喔。我們偷走蠟燭、床單、上衣，也偷一件妳的衣服，另外還偷湯匙、錫盤、折疊刀、暖床器、磨石、麵粉，多到數不清啊。而且，我們忙著做鋸子和筆，忙著刻字，事情多得很，妳一定想不到我們多忙，而且樂趣多大，形容給妳聽，妳也一知半解。我們還畫了棺材圖和其他東西，模仿壞人寫『泥名信』，爬著避雷桿上下房間，挖地洞進小屋，做繩梯，烤一個餡餅藏著，還透過妳的圍裙口袋送湯匙之類的東西進去──」

「可憐我啊！」

「──我們還抓了好多老鼠和蛇，放進小屋，跟吉姆作伴。後來，湯姆帽裡藏奶油，被妳抓到了，我們的進度被妳耽擱太久，計畫差點被妳搞砸了，因為我們在逃出小屋之前被包圍，只好趕快跑，被追兵聽見，放狗追殺我們。我挨了一槍，我們跑出小路躲起來，讓他們通過，狗來了只想往最熱鬧的地方衝，對我們不太有興趣。後來，我們找到獨木舟，划向木筏，一切就風平浪靜了，吉姆自由了，全靠我們自己的打拚，是不是很厲害啊，阿姨！」

「哼，我呱呱墜地到今天，從沒聽過這種事！原來是你這個小騙子啊，裝神弄鬼的，搞得大家整天魂不守舍，嚇得差點沒命。我倒真想現在就揪你起床，毒打你一頓。虧我在這裡連續幾夜照顧你啊——你儘管休養吧，等你身體一好，你這個調皮鬼，看老娘會不會把你們兩個揍得妖魔出竅！」

但湯姆他得意又開心，完全憋不住，嘴巴動得好起勁——阿姨不時插嘴進來，噴火一陣，一老一少開始比誰大聲，就像貓打架似的。阿姨說：

「好啦，你玩夠了，現在可以收收心了吧，要是你再去找他瞎混，當心挨老娘——」

「找誰瞎混啊？」湯姆說，收起笑容，露出訝異的表情。

「找誰？廢話嘛，當然是那個棄主黑奴啊。不然你以為是誰？」

湯姆轉向我，臉色非常凝重，說：

「湯姆，你剛不是說他沒事了嗎？他沒有成功逃走嗎？」

「他？」阿姨說。「那個棄主黑奴？才沒有呢。他被抓回來了，一根手指也沒缺，被關回同一棟小屋，只給他麵包和水過活，多用幾條鎖鏈綁緊，原主不來認領，就等著拍賣！」

湯姆在床上坐直，目光像火把，鼻孔像鰓似的開開合合，對著我大吼：

「他們才沒權利關他！動作快！一分鐘都不許耽擱。你趕快去放他走！他不是奴隸了；他和世上所有人一樣是自由人。」

「這孩子的話是什麼意思？」

「我講的字字都是實話，阿姨。如果沒人肯去放他，我自己去。我從小就認識他，湯姆也是。華森小姐兩個月前死了，最後她說，她本來想把吉姆賣到南方，現在覺得好慚愧。她寫遺囑交代把吉姆放走。」

「你既然知道吉姆自由了，為什麼還費了那麼多工夫放他走？」

「唉，這句話的確值得問，我不得不說。女人家就愛這種問題啊！告訴妳好了，我追求的是奇遇，就算眼前有鮮血淹到我脖子，我照樣涉血進——媽咪呀，**寶莉阿姨！**」

果然，我的媽咪呀，寶莉阿姨就站在門口，神情溫柔而知足，就像抱著一堆好東西的天使。

莎莉阿姨跳起來迎接她，抱到她的頭差點斷掉，哭出來了，我在床下找到還像樣的地方躲著，因為我覺得這場面有點太危急了。一會兒後，我偷瞄，看見湯姆的寶莉阿姨掙脫莎莉，眼珠子從眼鏡上緣看著湯姆，好像恨不得一眼看進他的骨子裡。然後她說：

「對嘛，你把頭轉過去比較好——假如我是你，我也會的，湯姆。」

「哎喲，不會吧！」莎莉阿姨說：「他變了那麼多嗎？寶莉啊，他才不是湯姆啊，他是席德。湯姆他在——湯姆他——咦，湯姆哪裡去了？前一分鐘還在啊。」

「妳指的是哈克．費恩才對吧！我養了這小鬼這麼多年，哪怕他化成灰，我豈有不認得的道理。化成灰都認得，那可不得了。還不快從床下滾出來，哈克．費恩。」

我站起來，完全神氣不起來。

莎莉阿姨她滿頭霧水，我很少見過比她表情更迷糊的人——不對，另外還有一個，就是塞勒斯姨丈。他進房間，大家把真相講給他聽，他變得可以說是像酒醉，接下來一整天麻木似的，晚上在教堂佈道時，講得顛三倒四的，世上最長壽的人也聽不懂他在胡扯什麼，鬧出有損名聲的大笑話。於是，湯姆的寶莉阿姨她揭穿我的身分，我只好坦白說，那天我實在被逼得沒路可走，被費爾普斯夫人誤認為湯姆——這時她插嘴說：「哎喲，直接叫莎莉阿姨就好了啦，我習慣了，沒必要改口。」既然被莎莉阿姨當成湯姆，那我就忍著點，反正我也想不出其他辦法，而且我知道，湯姆他不會介意，因為搞神祕正合他胃口，他也會把這事弄成一個奇遇，玩得滿意到底。情況照這樣演變下去，他假冒席德，儘量順著我的狀況做。

寶莉阿姨她說，湯姆說的對，華森小姐的確留遺囑釋放吉姆。湯姆果然是費了好大的工夫放走一個已經自由的奴隸！直到這一刻，我總算才明白，以湯姆所受的教養，他怎麼會幫人救黑奴逃走。

另外呢，寶莉阿姨她也說，她接到莎莉的信，得知湯姆和**席德**都平安到了，自己在心裡嘀咕：

「這下可有好戲看了！我早料到，放他自己一個人搭輪船，沒人管他，保證會鬧出事情，我非南下一趟不可，大老遠趕去一千七百多公里外的莎莉家，看看這小子這次玩的是啥把戲。寫信再怎麼問妳，妳也不理。」

「沒有啊，妳哪有寫信問我？」莎莉阿姨說。

「那就奇怪了！我寄過兩封信問妳，妳為什麼寫說席德在妳家？」

「姊，我一封也沒接到啊。」

寶莉阿姨她慢慢轉頭，表情凶巴巴說：

「你，湯姆！」

「我——怎樣嘛？」他說，有點鬧脾氣的模樣。

「少來這一套，你這個放肆的小鬼——把那幾封信交出來。」

「什麼信？」

「**那些信**。我發誓，你如果被我揪——」

「藏在大箱子裡面啦。好端端的，沒被我拆開看，也沒動過手腳。我只知道它們會惹麻煩，想說，既然妳不急，我可以——」

「你呀，真的是欠揍，真想打得你脫皮。我最後也寫一封信，通知說我準備來妳家。我猜，最後這封信也被他——」

「沒有，信昨天剛到，我還沒看，不過我已經拿到這封信了，沒問題。」

我可以跟她賭兩元，保證她一定找不到信，但我猜不講比較保險，乾脆憋在心裡。

最後一章

只剩我和湯姆兩人時，我趕緊問，在遁逃的那階段，他到底有什麼打算？如果遁逃成功，早就自由的黑奴被他放走了，他想怎樣？他說，從一開始，他在腦裡的構想是，如果平安把吉姆救走，我們三人可以搭木筏遊河，順流漂到河口，把所有的險都冒過一遍，然後告訴吉姆說，他自由了，然後帶他搭蒸汽船逆河回家，搞得風風光光的，付錢彌補吉姆浪費掉的時間，事先通知所有黑奴，叫大家準備拿火把遊街，找來一支銅管樂隊助陣，歡迎他回村子，把他捧成英雄，我們也跟著沾光。不過，以目前這種情形來看，也差不多一樣好。

我們急忙去解開吉姆身上的鎖鏈。吉姆幫醫生救湯姆的好事，寶莉阿姨和莎莉阿姨和塞勒斯姨丈得知後，對吉姆好得不得了，他想吃什麼就端給他，讓他開心，讓他享受清閒。我們帶他上樓去看湯姆，商量重要的事。湯姆給吉姆四十元補償他，謝謝他耐著性子扮演囚犯，做得盡心盡力。吉姆樂得快死了，脫口就說：

「你看吧，哈克，俺不就告訴你嗎？在賈克森氏島的時候，俺不就說，俺的胸毛很多，這是一個好兆頭。俺告訴你，俺以前發過財，將來還會再發財，結果成真了，財真的掉下來啦！你看吧！俺就說嘛，兆頭就是兆頭，你別再辯了。俺站在這裡就能保證，俺說過俺遲早會再發財！」

接著，湯姆他一直講一直講，建議我們三人找個晚上，溜出這裡，弄一套衣服，去印第安領地，找印第安人搞一個驚天動地的歷險記，玩兩、三星期。我說，可以啊，我有興趣，不過我沒錢買衣服，回村子也領不到錢，因為我爸八成已經回村子，我的錢全被他從柴契爾法官那裡搶走，全被他買酒，喝到一毛不剩。

「他沒有啦，」湯姆說：「你的錢一毛不少，還有六千多。而且，你爸後來一次也沒進村子。至少在我出發之前沒有。」

吉姆以有點沉重的口氣說：

「他不會回村子了，哈克。」

我說：

「為什麼，吉姆？」

「別管為什麼了，哈克，他不會回村子就是了。」

但我追著他問，他最後只好說：

「有一天，咱們不是看到一個房子從河上漂下來，記得嗎？裡面有個人趴著，俺去把他翻過來看，不讓你靠近，記得嗎？你的錢嘛，你想要多少就多少，因為那死人就是你爸。」[27]

現在湯姆差不多康復了，子彈被他拿懷錶鏈掛著，動不動被他拿起來，假裝看時間。寫到這裡，接下來就沒啥好寫了，高興都來不及了，因為早知書這麼難寫，我就不會給自己惹這種麻煩，以後再也不敢了。現在呢，我想趕在他們之前，投奔印第安領地，因為莎莉阿姨她想收養我，教化我，我領教不起啊。那種滋味我早嘗過啦。

27　譯注：這裡的吉姆說，屍體有布蓋著，他去掀開一看才知道死人是誰。但前文是，死者背部中槍趴著，吉姆翻過來看才知道是誰，然後扔幾片破布蓋住。

重見天日的刪節篇一：吉姆與冰屍

一九九〇年，《哈克歷險記》的手稿重見天日，其中有一段在馬克．吐溫問世的所有作品裡前所未見，一九九五年經《紐約客》雜誌披露如下：

「吉姆，暴風雨我以前遇過，去年夏天，那次跟湯姆和喬．哈普爾在一起，跟這個暴風雨差不多。那時我們不曉得島上有這個山洞，所以被淋溼了。那次的閃電劈碎了一棵大樹喔。奇怪，吉姆，為什麼閃電不會照出影子？」

「會啊，怎麼不會？不過，俺也不清楚。」

「真的沒影子啦，我確定。陽光一照就有影子，點蠟燭也有，偏偏閃電就不會。湯姆說不會就不會。」

「孩子，一定是你搞錯了。槍給俺，俺試給你看。」

吉姆把槍豎在門口舉著，閃電來的時候，槍沒有出現影子。吉姆說：

「哇，這就怪了，怪到沒道理了。聽人家說，鬼也沒有影子，你覺得是為什麼呢？原因當然是，鬼是閃電做的，不然就是閃電是鬼做的，俺不曉得哪個才對。但願俺知道就好了，哈克。」

「我也想知道，不過，我猜，答案大概沒人曉得吧。吉姆，你有沒有見過鬼？」

「俺有沒有見過鬼？嗯，好像有吧。」

「那就快告訴我吧，吉姆，快講給我聽。」

「外頭風雨那麼大，吵得很，講話幾乎聽不清楚，不過俺儘量講就是了。很久以前，俺差不多十六歲吧，小主人威廉在咱們以前住的那村子裡的醫學院唸書。現在他已經死了。那個學校的磚樓好大一棟，有三層樓，建在村子尾的一個大空地上，旁邊沒有其他房子。那年冬天才過一半，有天夜裡，小主人威廉叫俺去學校二樓的解剖室，幫他把解剖檯上的一個死人解凍，讓屍體變軟，好方便他切──」

「切屍體做什麼，吉姆？」

「俺哪曉得？他八成想看看裡面有啥東西吧。反正他叫俺做，俺做就是了。他還叫俺待到他來。所以，俺提一個燈籠出門上街。那一夜，哇，風好大好冷，還下著冰珠呢！路上一個人也沒有，而且風颳得俺差點走不動。那時差不多半夜了，黑漆漆的，怪恐怖的。

「終於走到學校了，俺好高興啊，孩子。俺開鎖，上樓進去解剖室。那個房間有十八公尺長，七公尺寬，兩旁的牆上全掛著黑色長袍，讓學生在切割死人的時候穿。俺嘛，晃著燈籠走過去，黑袍的影子在牆上跟著忽大忽小的，俺好害怕。黑袍好像在甩手驅寒似的。俺嘛，不敢再看袍子了，可是它們好像在我背後一直甩手，甩個不停。

「解剖室中間有個大檯子，有十二公尺長，上面躺著四個屍體，用布蓋著，膝蓋凸起來，看得出屍體的形狀。小主人威廉他叫俺解凍的是一個黑鬍子的大漢。俺掀開一個看，沒鬍子，可是他的眼睛睜得好大，嚇得俺當然趕緊把他蓋好。下一個的死相好慘啊，俺的燈籠差點掉地。俺跳過一個不掀，直接掀最後一個。俺把布掀開來，說著，老大啊，希望你是俺想找的人。他有黑鬍子，而且是個彪形大漢，長相和海盜一樣凶巴巴的。他赤條條的，所有屍體都是。他的身體壓著圓棍子——滾軸子。俺抽掉他身上的布，拉他的腳，讓他滑向檯尾，靠近壁爐。他的腿開開的，膝蓋有點向上凸，所以被俺拉到檯尾的時候，他在檯邊坐著，看起來滿自然的，光著腳丫子，翹著大腳趾，就像他正在湊著壁爐取暖似的。俺用滾軸子支撐他上身，然後拿布蒙住他的頭和背，幫他快點解凍。俺正想把布的兩角綁在他下巴下面的時候，媽呀，他的眼睛打開了！俺鬆手，後退幾步，看著他，覺得自己腿快軟了。他嘛，他沒有特別盯著哪裡看，也沒別的動作，所以俺曉得他老早就掛了。

「話說回來，見他眼皮開著，俺受不了啊，一看就覺得俺八成死定了。於是俺把布再往下拉一點，遮住他的臉，在下巴下面緊緊打個結。就這樣，他坐著，正面赤條條的，頭好像大雪球一個，遮背的布拖到他背後的檯面。就這樣，他坐著，腿開開的，可惡的是，他的模樣沒有比剛才好。不知怎麼著，他的頭好嚇人。

「幸好他的眼睛被布遮住了，俺不想再動他，不必再挪來挪去了。俺站在壁爐前，在他兩腿中間彎腰下去，把燈籠裡的蠟燭拿出來，讓解剖室再亮一點。壁爐裡的柴燒到剩紅炭了，柴全擺在房間另一頭。俺準備去拿柴，就在俺彎腰拿蠟燭的同時，燭火晃了一晃的，俺還以為死老頭的兩腿也動了，害俺差點哆嗦。他的腿在俺左腮幫子旁邊，俺伸出一手，摸一下，冷得像冰，所以能確定他剛才沒動。然後，俺摸摸看俺右腮幫子邊的那條腿，也同樣冷冰冰的。那時候，俺彎腰的地方正在在他兩腿中間。

「不一會兒呢，俺好像看到他的腳趾動一動。他的腳丫子就在俺的左右前方。不瞞你啊，蜜糖，俺愈來愈緊張了。那個老樓房很寬很高，整個房子裡只有俺一個人，抬頭見到一個蒙頭死人，外頭的野風呼呼吹，好像幽靈在慘叫，風颳得冰珠猛砸窗戶。這時候呢，村裡的鐘敲十二下，聲音遠遠傳過來，被風打散，聽起來倒比較像呻吟，哪像鐘聲？唉，俺心裡嘀咕著，真想趕快走。再待下去，不曉得會出什麼事？這傢伙正在動腳趾啊，俺知道——俺看得見它們在動，也覺得能看見他的眼睛，看見被布纏成包子的那個頭，也——

「就在這個當兒，他往下掉，冷冰冰的兩腿騎在俺肩膀上，把蠟燭踹滅了！」

「哇塞！那你怎麼辦，吉姆？」

「辦？辦個頭啦，沒輒了。俺只能爬起來，摸黑趕快跑。俺才不想等著瞧他想怎麼治俺哪。門都沒有。俺往樓下衝，狂飆回家，每蹦一步就狂叫一聲。」

「小主人威廉怎麼說？」

「他罵俺笨蛋。他去解剖室，發現死人在地板上，好端端的，就拿刀切他。該死，要是俺能劈他幾刀就好了。」

「他怎麼會騎上你肩膀啊，吉姆？」

「小主人威廉說，都怪俺沒用滾軸子撐好。俺倒覺得不是。死人哪會做那種動作嘛？有些人遇到那種事，說不定會被嚇死。」

「可是，吉姆，他不算鬼吧！他只是一個死人而已。你有沒有見過正宗的鬼？」

「當然有啊！俺見多了。」

「講給我聽嘛，吉姆。」

「好吧，改天再講。現在風雨變小了，咱們最好先把釣線拉上來添餌。」

重見天日的刪節篇二：筏伕記

作者在一八八三年出版的回憶錄《密西西比河上生活》第三章提及：

……這五、六年以來，我斷斷續續創作的一本書中，有一章刻畫龍骨船船伕的言行舉止，記錄了幾乎被世人遺忘的一隅。那本書可能再過五、六年才有付梓的一天[28]。

不過大家都知道，急著把事情搞清楚的年輕人哪沉得住氣？我和吉姆討論一下，不久吉姆說，反正夜這麼深，游去大木筏、爬上去偷聽，應該不會有危險才對。他們一定會提到凱洛鎮，因為他們大概想上岸去大喝特喝，就算不上岸，起碼也會派小船去買威士忌或鮮肉之類的東西。以黑奴來說，吉姆的腦筋算是很明事理了，有必要的時候總能想出一套好主意。

我站起來，甩掉一身破布，跳進河裡，往木筏的燈火游去，快到的時候，我放慢速度，動作小心一點，幸好沒有人在掌槳，一切平安。營火在筏子的中間，我沿著筏邊游到快和營火平行的地方，然後爬上筏子，慢慢移向營火。在風吹不到的地方，有幾捆木瓦堆著，我躲進去。我看見

28　譯按：以下段落應當接在第十六章第二段「……吉姆覺得這點子不錯，於是我們抽菸等時機。」之後。

十三個漢子，當然全是看守員，而且各個滿臉凶相。一大壺酒一直傳來傳去，用錫杯接著喝。有一個人正在唱歌，也可以說是吼歌，而且歌詞不文雅，進不了正當場所。他用鼻音吼吼唱唱，把每一句的尾音拖得老長。他唱完後，大家學印第安人嗚哇叫好，於是他再唱一首，起頭是：

鎮上有位姑娘，
在本鎮立戶，
深愛著夫婿，
更加倍愛情夫。
唱著哩嚕、哩嚕、哩嚕，
哩嚕、哩嚕、哩雷——咿，
深愛著夫婿，
更加倍愛情夫。

他足足唱了十四段，很難聽，每唱完一段，就有人罵說，把老乳牛吵死的歌就是這一首。另外有人喊：「唉，饒了我們吧。」也有人叫他滾蛋。見大家都在取笑他，他火大了，跳起來，對著觀眾開罵，說哪個臭小子皮癢討打，他想揪出來揍個痛快。

大家正想衝過去抓他，卻看見最高大的漢子跳起來說：

「各位紳士，坐好，別動。把他交給我就好了，他是我的獵物。」

說完，他連續騰空三次，每次都互碰鞋跟一下。他把掛滿流蘇的鹿皮外套脫掉甩開，說：「大家給我好好坐著，等老子收拾他。」大漢也摘下結滿緞帶的帽子，說：「等他的苦難結束，你們再動也不遲。」說完，他又騰空敲鞋跟，吆喝：

「嗚！嗚！我來自阿肯色州蠻荒，是鐵肥幫、黃銅嘴、紅銅肚、奪魂惡煞的始祖！看看我！世人稱呼我是猝死王和悽慘將軍！父親是颶風，母親是地震，同父異母兄是霍亂，母系遠親是天花！看看我！身體健康時，我吃十二條鱷魚、喝一桶威士忌當早餐，生病時，改吃一小桶響尾蛇和一具死屍！我一眼就能瞪穿萬年不化的頑石，一言就能壓制雷公！嗚！嗚！站開吧，給我施展雄風的空間！熱血是我的天然飲品，垂死的哀嚎是悅我耳的音樂！對我注目吧，各位紳士！且稍安勿躁，待我顯神通！」

他邊講邊搖著頭，露狠狀，胸膛挺得高高的，兜著小圈走，拉拉腕環，不時打直腰杆，握拳捶胸膛說：「看著我，各位紳士！」然後又騰空敲鞋跟三次，大吼一聲，「嗚！嗚！我是世上最嗜血的野貓兒子！」

這時候，最先鬧事的男人歪戴著帽子，把右眼遮住，然後彎腰向前，背鬆弛，屁股往後翹得高高的，拳頭不斷捶著空氣，兜小圈子大概走了三遍，挺胸深呼吸，然後打直腰杆，騰空敲鞋跟三次，又坐下（引來大家歡呼）。他開始高喊：

「嗚！嗚！低頭臣服吧，悲苦王國即將降臨！把我固定在地上吧，因為我的潛力蠢蠢欲動！嗚！嗚！我是罪惡之子，千萬別惹我！這裡有片毛玻璃，大家儘管用它遮眼看我，甭想用肉眼直視，紳士們！我調皮時，以經緯線為魚網，在大西洋網鯨魚！我用閃電搔頭，以雷聲為安眠曲！

冷的時候，我煮熟墨西哥灣，泡熱水澡。熱的時候，我用赤道暴風雨搧涼。渴的時候，我伸手搆雲，把它當成海棉吸乾。餓的時候，我周遊大地，所經之處必留下飢荒！嗚！嗚！低頭臣服吧！我伸手摸太陽臉，大地變黑夜。我咬月亮一口，加快季節遞換。我搖搖身子，山巒隨之崩塌！以皮革遮眼看我——千萬勿用肉眼直視！我心如槁木，胃腸如鋼鐵！我的休閒嗜好是去偏遠部落趕盡殺絕，平日的正事是消滅天下國族！一望無際的美國大沙漠是我私人物業，死者即地下葬在我家土地！」他連續騰空敲鞋跟三次，然後坐下（又贏得全體歡呼），同時呼喊：「嗚！嗚！低頭臣服吧！因為災難之子即將降臨！」

他的對手名叫鮑伯，又站出來，再次挺胸兜圈子，滿口狂言。他下臺後，災難之子又上臺，口氣比剛才更狂妄。接著，兩人同臺鬥，挺胸膛，面對面兜圈子走，舉拳頭，揮到差點打中對方的臉，學印第安人嗚哇亂叫一通。然後，鮑伯罵災難之子幾句難聽的話，災難之子也用難聽的話回敬。接著，鮑伯以更粗鄙的字眼罵他，災難之子也用最低級的言語回敬。接下來，鮑伯掀掉災難之子的帽子，災難之子撿帽子起來，把鮑伯的緞帶帽踹到兩公尺外。鮑伯去撿帽子，說著：「沒關係，我既記仇也永遠不饒人，這事絕不會就此完結，災難之子日後最好提防點，等時機一到，只要他還有一口氣在，他應該等著以最精良的熱血來應戰。」災難之子聽了說：「沒人比我更迫不及待，在此善意警告鮑伯，萬萬不要再妨礙我，因為我若不踏著你的鮮血前進，我絕不善罷甘休，因為此乃我本性，在此放你一馬是念在你可能有妻小。」

兩人分頭走開，邊搖頭邊低吼，揚言要怎麼給對方一點顏色看，不料有個黑鬍子傢伙跳上前去，說：

「給我滾回來，你們這兩個雞肝懦夫，看我把你們捶成肉醬！」

黑鬍子還真的打起人了！他揪住災難之子和鮑伯，甩來甩去，用穿著靴子的大腳踹他們，快拳打得他們爬不起來，才不過兩分鐘的光景，兩人被打得像狗一樣討饒——看好戲的人又叫又笑的，全程鼓掌助興，喊著：「再逞強啊，奪魂惡煞！」「再嗆他啊，災難之子！」「你真能幹啊，小戴維！」大家叫囂一陣，好不熱鬧。鮑伯和災難之子被打得鼻子紅腫，眼睛烏青。小戴維逼他們承認自己是小人，是孬種，不配和狗一起吃狗食，也不配和黑奴一起喝酒。然後，鮑伯和災難之子握握手，神情很凝重，互相說著平常其實很尊重對方，現在願意不追究往事。接著，他們用河水洗臉，這時有人吆喝說，前方有船即將交會，有些人趕緊去前面掌槳，其他人去後面掌後槳。

我靜靜埋伏著，等了十五分鐘，摸來一支他們沒帶走的菸斗。交會結束了，他們走回來，再喝一輪酒，又繼續聊天唱歌。有人拿一把舊的小提琴出來，一人拉琴，另一人跳著非洲朱巴舞，其他人的筋骨鬆散了，跳起傳統的龍骨船曳步舞。跳了一陣子，大夥喘不過氣了，不久又圍著大酒壺坐下，唱著「快活快活的筏伕生活最適合我」，合唱的部分意境很深，歌聲漸漸被聊天取代。有人討論著不同種的豬有何差別，習性哪裡不一樣。接著，有人談起女人，討論女人的哪些習慣不一樣。接著，他們聊到房屋失火用什麼方法滅火最管用。接著，他們討論應該如何對付印第安人。接著，他們聊到國王的日子怎麼過，財產有多少。接著，他們聊著怎麼逗貓打架。然後，他們聊到發羊癲瘋該怎麼救。接著，他們聊到清水和渾水的差別。名叫艾德的筏伕說，密西西比河的渾水比俄亥俄河的清水來得健康，如果舀一瓶密西西比的黃泥水擺著，最後沉澱的泥巴有多少，要看當時水位而定，泥巴少則一公分，多則兩公分。沉澱後的清水不比俄亥俄河水好到哪裡去，要喝就把泥水攪渾才喝。如果水位偏低，最好抓一把泥巴攙進水瓶裡，把渾濁度升到正常才喝。

災難之子說，就是這樣沒錯。他說，泥巴有營養，喝密西西比河水的人有心種玉米的話，連肚子都能長玉米。他說：

「不信你去看看墓園，一看就知道。在辛辛那堤的墓園，淨長一些不值錢的東西，而在聖路易斯的墓園呢，樹木能高到兩百四十公尺啊，這全是他們在世時喝的水的功勞啊。辛辛那堤的屍體埋再久，泥土也不會肥沃起來。」

他們也談到，俄亥俄河水不喜歡和密西西比河攪和。艾德說，在密西西比河上漲、俄亥俄河下降時，在兩河交會的地方，河道比較寬的俄亥俄河的清水會靠東邊往下流一百多公里，從東岸渡河的人走了四百多碼，通過清濁分界線，河水才變得黃濁，一路到西岸都是。然後，他們聊到怎麼防止菸草發霉，接著話題轉向鬼故事，講著別人見鬼的怪事，不過艾德說——

「要講就講親身經歷嘛。來，我講個我親眼見到的故事。五年前，我在一艘筏子上幹活，跟這艘差不多大，漂到大概在這附近的河道，夜裡月光好亮，我負責守夜，我的一個伙伴名叫迪克·奧布萊特，他負責前右槳。那時我坐在前面，他走過來，打哈欠，伸伸腰，蹲在筏邊用河水洗臉，然後過來我身邊坐下，拿菸斗出來，菸草才塞好，一抬頭就見到情況不對。他說：

「『咦，你看看那邊，河彎的那棟房子不就是巴克·米勒家嗎？』

「我說：『是啊——咦，奇怪。』他放下菸斗，一手托腮說：

「『我還以為，我們的筏子老早通過他家了。』

「我說：『我夜班結束的時候，也跟你有同樣的想法。』我們六個鐘頭輪一班。『不過弟兄們告訴我說，過去一個鐘頭以來，我們的筏子好像在原地踏步，不過現在呢，她倒是漂流得很順利。』他悶哼一聲又說：

「『在這一帶，我見過筏子發生過這種怪事。在我看來，過去這兩年，河水快流到河彎的時候等於是停了。』

「他嘛，他抬頭看了兩、三次，視線一直在河面上打轉。我也跟著他望河面。沒道理也照著做，人之常情嘛。看了不久，我看到右後邊有個黑黑的東西浮在水面上，跟在筏子後面走。我看到他也在看。我說：

「『那是啥啊？』

「他有點鬧脾氣說：『啥也不是，一個舊的空木桶而已。』

「我說：『空木桶！沒望遠鏡，你也看得到？太神了吧。你怎麼曉得那是個空桶子？』

「他說：『我哪曉得。我認為不是桶子，不過我本來以為是。』

「我說：『對，有可能是，不過也有可能是別的東西。離這麼遠，看得清楚才怪。』

「我們沒別的事可做，所以繼續看。一會兒後我說：

「『對了，迪克．奧布萊特，我覺得那東西愈來愈近了。』

「他不應聲。那東西確實是愈漂愈近，我估計它八成是落水狗，快游到沒力了。這時呢，有船跟我們交會，那東西漂到月光照亮的水面上，我的媽呀，果然是桶子。我說：

「『迪克・奧布萊特，那東西在八百公尺外的時候，你怎麼知道它是桶子？』

「他說：『不曉得。』

「我說：『快告訴我，迪克・奧布萊特。』

「他說：『唉，我就知道它是個桶子嘛。我以前見過，很多人都見過。見過的人都說，它是一個鬼桶子。』

「我把夜班的其他人叫過來，把迪克講的話轉給他們聽。就在這時候，桶子漂來筏子邊，和我們平行，沒有超前，離筏邊差不多六公尺。有些人提議把桶子撈上來，其他人不肯。迪克說，想對它動歪腦筋的筏子都倒過霉。夜班的頭子說他不信。他說，桶子追上我們，是因為漂送它的水流比我們的筏子快。他說它過一陣子就會自動漂走。

「就這樣，我們改聊其他事，也唱了一首歌，然後跳跳曳步舞。跳完舞，夜班的頭頭叫大家再唱一首，但這時雲來了，桶子停在原地不動，歌不知道為什麼，怎麼唱也唱不起勁，最後唱不下去，也沒人叫好，差不多是唱到草草結束，大夥兒一時沒話好講。過了一分鐘，大家同時開口，有人講個笑話，可惜沒用，大夥兒笑不出來，連講笑話的傢伙都不笑，和往常不太一樣。大夥兒只是悶悶坐著，望著桶子，心情七上八下的，靜不下來。後來呢，天變得好黑，四週靜悄悄的，然後風開始嗚嗚颳著，閃電來了，雷聲跟著隆隆。不多久，一陣常見的暴風雨來了，掌後槳的一個弟兄不小心摔倒，扭傷腳踝，只好躺下來休息。弟兄們不禁搖頭。每次閃電一來，桶子周圍會亮起藍光。大夥兒的眼睛一直守著桶子。不過呢，後來，天快亮的時候，桶子不見了。天亮以後，我們到處見不到那桶子，也不見得難過。

「到了晚上大概九點半，大夥兒唱歌耍寶，桶子又來了，出現在筏子右邊的老地方。耍寶的心情沒了，人人變得鬱悶，不再講話，所有人提不起興致做任何事，只悶悶坐著，望著桶子看。雲又多起來了。換班的時候，下班的人不去睡覺，反而陪著熬夜。大風大雨鬧了整晚，颳到一半的時候，又有個弟兄摔跤扭傷腳踝，不得不躺下來休息。快天亮時，桶子不見了，沒人見到它什麼時候漂走。

「一整個白天，大家都沒聊天的興致，也顯得冷靜。不是不沾酒時的模樣，而是話不多，悶酒比平常灌得更醉，而且不是聚在一起喝，而是躲到一旁，自己一個偷偷喝。

「天黑後，下班的人不想睡，沒人唱歌，沒人講話，弟兄們也不各坐各的，而是聚在筏頭，有點像縮在一起，一坐就是兩個鐘頭，一動也不動，全望著同一個方向，三不五時嘆一口氣。然後，桶子又出現了。又在老地方冒出來，一待就是整晚不走，也沒人睡覺。午夜一過，暴風雨又來了，天變得好黑，大雨嘩嘩一直灌，連冰雹都下。雷聲轟隆隆，高低音都有。風颳得像颶風登陸。閃電直往天邊竄，照亮一大片天地，整艘筏子亮得像大白天。四周幾公里的河面上，白花花的浪上沖下洗，白得像乳汁，那桶子卻和前幾夜一樣，在河面上碎動。有船來交會了，夜班頭頭命令弟兄去掌後槳，但沒人願意去——大家都說不想扭傷腳踝，連往筏尾移動的意思都沒有。就在這關頭呢，雷公把天空劈開了，閃電打中兩個後槳手，另外有兩個人也跛腳。怎麼會跛腳？那還用說嗎？扭到腳踝了！

「天快亮時，一道閃電來，桶子還在，下一道閃電再來時，桶子已經走了。那天早餐啊，沒人吃得下東西。早餐後，大家失魂落魄的，三三兩兩湊在一起，小聲交談。只不過，沒有人願意跟迪克湊一塊。大夥兒懶得理他，見他走過來，一小群人會趕緊解散溜走，也沒人肯和他搭檔掌槳。頭頭叫弟兄把輕舟拉到筏子上，疊在他的棚子旁邊，不讓他們把死人運上岸埋葬。他怕弟兄一上岸就不肯回來了。他猜對了。

「天黑以後，大夥兒知道，如果桶子又來，麻煩就大了。大家沉聲嘟噥著。有好多弟兄想宰了迪克，因為他在以前待過的筏子上見過鬼桶，霉運上身了。有些人提議送他上岸。有幾人說，桶子再來，我們大夥一起上岸。

「大家竊竊私語著，湊在筏頭找桶子有沒有來，這時候，鬼桶果然又出現了，穩穩慢慢漂過來，停在老地方。筏子上靜得連針掉地都聽得見。接著，頭頭走過來說：

「『弟兄們，你們是小毛頭，還是傻子？我可不想讓這桶子一路跟著我們到紐奧爾良，你們一定也不想。既然大家都不想，用什麼辦法最能阻止它？撈它上船，不就得了？我這就去撈。』大夥兒來不及搭腔，他已經走了。

「他游過去，推著桶子接近筏邊，弟兄紛紛讓開。上了年紀的他把桶子推上筏子，敲破桶頭，裡面竟然有個嬰兒！沒錯，一個赤條條的嬰兒。是迪克．奧布萊特的孩子。是他自己承認的。

「他彎腰過去說：『對，可嘆的它是我的親骨肉，是可憐的亡魂查爾斯．威廉．奧布萊特。』他只要有心，嘴裡能吐出最有學問的字眼，毫不費力，無論在哪裡都行。他說他以前住在河彎的上游，有一夜，嬰兒哭個不停，被他無意間掐死了，「無意」八成是抵賴。見小孩沒氣了，趁老婆還沒回家，他怕得把屍體塞進桶子，然後逃亡，挑往北的小路走，走進筏伕這一行。桶子已經追了他三年了。他說，一開始，惡運不太嚴重，最後厲害到死了四個人，桶子才不再出現。他說，希望弟兄們能再忍一晚，再撐一個晚上就好——但大夥兒都受夠了。弟兄準備用一艘小船載他上岸，處決他，沒想到他突然抱起嬰屍，流淚跳河，從此再也沒見他一眼，可憐的苦命人，嬰兒也一去不回。」

鮑伯說：「掉淚的人是誰？是迪克或嬰兒？」

「廢話，當然是迪克囉。我不是說，嬰兒已經掛了嗎？三年前就掛了。怎麼哭呢？」戴維說：「別管它會不會哭了，屍體哪能保存那麼久？你解釋看看啊。」

艾德說：「我也不知道。總之它就有辦法不爛。」

「那——桶子呢？怎麼處理？」災難之子說。

「就被他們丟進河裡，像鉛塊一樣沉了。」

「艾德華，那嬰兒看起來像是被掐死的嗎？」有人問。

「嬰兒的頭髮有沒有中分？」另一人問。

「桶子上印著什麼，艾迪？」名叫比爾的一人問。

「你有證明嗎，艾德蒙？」吉米說。

「對了，艾德溫，被雷劈死的人其中一個該不會是你吧？」戴維說。

「他？你搞錯了吧。被劈死的兩個都是他。」鮑伯說，全體都哈哈笑成一團。

「對了，艾德華，你最好還是吃個藥吧？你的氣色很差，你不覺得身體不舒服嗎？」災難之子說。

「唉，少來了，艾迪，」吉米說：「拿證據出來啊。那桶子的一部分，你應該留著當證據吧？

拿桶口出來給我們瞧瞧吧，不然我們統統不相信你。」

「好了啦，弟兄們，」比爾說：「我們分一分好了。我們總共十三人，他編的鬼話，我就吃十三分之一，剩下的給你們大家去硬嚥吧。」

艾德氣得站起來，詛咒所有人去一個很難聽的地方，然後嘟噥著髒話，走向筏尾，大夥兒則大呼小叫取笑他，一公里外都聽得見笑鬧聲。

「弟兄們，我們切個西瓜來吃吧。」災難之子說，然後摸黑走過來，在我藏身的木瓦堆之間找東西，結果摸到我，我沒穿衣服，身體軟又暖，他摸了「唉呀」一叫往後跳。

「弟兄們，快提個燈籠過來，不然夾個炭火來也行，快——這裡有條蛇，大得像牛啊！」

大家提燈籠衝過來包圍，探頭看見我。

「給我死出來，臭乞丐！」有人說。

「你是誰？」另一人說。

「你來這裡想幹什麼？趕快從實招來，不然推你下水。」

「弟兄們，把他拖出來。抓緊他的腳跟，拖他出來。」

我開始求饒，一面發抖，一面爬出木瓦堆，進入人群裡。他們打量著我，動著腦筋，災難之子這時說：

「該死的小偷一個！誰來幫我一手，把這賊丟進河裡！」

「不行，」大漢鮑伯說：「不妨把漆桶拿出來，把他從頭到腳塗成天藍色，然後扔他進河裡！」

「好主意，就這麼辦吧。吉米，去拿漆桶來。」

漆桶來了，鮑伯拿著刷子，正要動刷，其他人哈哈笑著，搓揉著手，我哭了起來，結果戴維看了不忍心。他說：

「住手！他不過是個小毛頭罷了。要塗就塗教他做壞事的大人！」

我四下看著他們，其中幾個嘟噥幾聲，暗罵一句，鮑伯放下漆桶，沒有人敢再去提起。

「過來營火這邊，告訴大家，你來這裡想幹什麼，」戴維說：「過去坐那邊，自我介紹一下。你上船多久了？」

「頂多十五秒吧，老大。」我說。

「頭髮這麼快就乾了，不可能吧？」

「我也不曉得，老大。我一向都這樣。」

「是嗎？算了。你叫什麼名字？」

我不想講真名，一時不知該怎麼敷衍，於是只好說：「查爾斯·威廉·奧布萊特，老大。」

大家哇哈哈爆笑，一個都不例外。我暗暗慶幸自己這樣回答，因為大家這麼一笑，心情會比較開朗。

等他們笑夠了，戴維說：

「騙誰啊，才過五年，查爾斯，你就長這麼大了呀？你從桶子出來的時候，還只是個小嬰兒而已吧，而且早就沒命了。好了，快講實話吧，如果你沒有幹壞事的念頭，沒人會打你的。你叫什麼名字？」

「艾列克・霍普金斯，老大。艾列克・詹姆士・霍普金斯。」

「好吧，艾列克，你打哪裡來的？本地人嗎？」

「我是從一個商船來的。她就停在那邊的河灣。我就是在那個商船上出生的。我爸在這一帶上上下下做買賣，做了一輩子。是他叫我游泳過來的。他剛看你們的筏子經過，說他想請你們傳話給凱洛鎮的一個鍾納斯・透納先生，告訴他說——」

「少來了！」

「是真的，老大，千真萬確啊。我爸他說——」

「去你奶奶的！」

大家全笑了，我想繼續講，卻被他們打斷。

「我懂了，」戴維說：「你被嚇到了，所以才胡謅一通。快講老實話吧，你是真的住在商船上嗎？或是在說謊？」

「真的，老大，我是住在商船上。她就停在彎道上游一點的地方。不過，我不是出生在那船上。那船是我們的第一個船。」

「總算講實話了吧！你上我們的筏子是想幹什麼？想偷東西嗎？」

「老大，不是的，我只是想坐坐筏子過癮而已。所有小孩都這樣。」

「這我倒是懂。不過，你何必躲著呢？」

「有時候，筏伕會趕小孩下船。」

「的確會。因為怕小孩偷東西。不如這樣吧，這次我就放過你，你從今以後不能再胡鬧了，可以嗎？」

「保證不會，老大。你可以信我這一次。」

「這次就饒了你。這裡離岸邊不太遠，你趕快下水吧，下次不要再胡鬧了。滾吧，小子，假如你被狠心一點的筏伕逮到，不被揍得鼻青臉腫才怪！」

我不想等到吻別的場面，急忙跳下水，拚命向岸邊游。等吉姆划船過來時，大筏子已經繞過岬角不見了。我從岸邊游向我們的船，好高興又回家了。

（全書完）

譯者後記

文◎宋瑛堂（《湯姆歷險記》暨本書譯者）

記得剛考上台大外文的我想磨練英文，心想《湯姆歷險記》是我讀過的童書，原文應該不會高深到哪裡，結果坐進圖書館，有英漢、英英字典左右加持，硬著脖子，一知半解陪湯姆刷完圍牆，才悻悻然闔書夾尾離開，暗罵自己英文不及格，台南土包子不加油不行。

時空快轉二十九年，我在美國有幸以拙筆詮釋馬克．吐溫經典作，挫折感並無稍減，只是自嘆的事項變了——現在讀是讀得懂，至於如何忠實呈現十九世紀美語原味，想必是再苦讀四年也熬不出的天賦。

很多讀者以為，《哈克歷險記》是《湯姆歷險記》的續集，兩者同文同種，翻譯時可一氣呵成，其實不然。在對話方面，兩書的口語同樣援引自作者童年、至今仍在阿帕拉契山脈和歐札克山脈（Ozarks）鄉間流傳的語法，但在筆調方面，一八八四年出版的《哈克歷險記》和《湯姆歷險記》相隔八年，馬爺以說書人的角度書寫湯姆的鬼靈精趣事，行筆文謅謅，諷喻時人時事的用詞也老成。反觀《哈克歷險記》，馬爺改叫哈克現身說法，曾是小遊民的哈克受過些許「教化」，談吐多了一分文明，但敘事口吻土氣未消，用詞粗淺（馬爺在潤稿時頻頻自問：「哈克會用這字嗎？」），處事態度也和湯姆涇渭分明，而且故事主軸從湯姆的調皮搗蛋，晉級到哈克的離經叛道，做的壞事從「撿、借」小東西，升等到解放黑奴。在美國文學史上，《哈克歷險記》更帶動第一人稱鄉土小說的新風潮。所以說，雖然《湯姆歷險記》是《哈克歷險記》的兄長，哈克比湯姆長進，思想也比湯姆成熟穩重，更懂得關懷人性，兩者可說是個性長相迥異的孿生兄弟，更像密西西比河灌進墨西哥灣產生的河海兩色奇觀。

我和美國友人討論馬克・吐溫時，多數人劈頭就問「那個字」翻譯成中文會不會礙眼。那字現代在美國只能以「N-word」取代，但在十九世紀並無傷人的貶意，連主張種族平等的馬克・吐溫都用了不下百次，因此我多以「黑奴」表示，只在歧視者講話時才譯為「黑鬼」，好讓台灣讀者體會這字在美國讀者心中的違和感。

細部分解兩書的用語，最常見的古文是by and by（未幾），在《湯姆歷險記》裡出現三十次，在《哈克歷險記》正本加增訂的內文更有九十一個之多，為避免重複過度，我輪流以「不久、未久、後來」取代。Honest Injun（老實說）在兩書裡也總共出現七次，是馬克・吐溫發揚光大的用語，今人因Injun一字對美國原住民失敬已停用，但honest Injun一詞能顯示當時白人觀念裡的原住民有老實和狡詐的差別，後者常和白人作對，前者則帶領白人探索美西，因此我翻譯時也加入「印第安人」。

此外，虔誠教徒忌諱藉驚嘆語濫用「上帝」、「天」等字，但當時社會邊緣人照用不誤，作者雖有心反映鄉音方言，卻百般不肯藉角色的嘴驚呼「我的天」，只讓有些角色以「地」代天，喊成「地呀」。為呼應原文，譯者在此也避免「妄用上帝之名」，以免讀者聯想到My God而違背原著的初衷。《湯姆歷險記》原文出現的例外只有哈克和麻夫，用的是Lord或lordy（主啊），但在《哈克歷險記》裡，哈克喝了一點墨水後，也改口喊by Jimminy（他爺爺的）。

馬克·吐溫的一大特色是跨時空封存了黑奴口音。在《哈克歷險記》裡，黑奴吉姆（與《湯姆歷險記》裡的小黑奴吉姆不是同一人）的口音很重，作者不必注明「吉姆說」，讀者一看即知是誰：

「...ef I didn' hear sumf'n. Well, I know what I's gwyne to set down here and listen tell I hears it agin.」

「該不會俺聽錯了吧。哼，俺曉得怎辦：俺坐下來，坐到再聽見為止。」

由以上的例子可見，眼閱吉姆的口語時，嘴皮非跟著動不可，才知道ef=if，sumf'n=something，gwyne=gonna，set=sit，tell=till，agin=again。我翻譯文學作品時，習慣先以有聲書自娛，這次我買的Audible版本由《魔戒》演員伊萊傑·伍德表演。我不是伊粉，但我聽了這聲優是由衷讚嘆，因為他不僅能單口揣摩數十個階級不等的老少角色，女音演繹得自然流暢，黑奴腔更是維妙維肖，伊粉不妨聽聽看。

密西西比河加密蘇里河，終年可航行的沃土幅員在全球名列前茅，馬克·吐溫請湯姆和哈克兩人揪團，帶世人到美國內地文化的源頭探幽巡禮，看透人生百態，諷喻中上階級的習俗，嘲弄當代流行的苦牢小說，把白人寫成假道學的金光黨，到最後，人人追拿的黑奴反而是最值得褒揚的一個。二十世紀之前醫藥不發達，生重病是死路一條，所以醫生上門無異於送終，地位遠不如現代，也淪為馬爺揶揄調侃的對象，眼尖的讀者必能會心一笑。

一九九〇年，在加州好萊塢的某家閣樓，《哈克歷險記》的手稿前半部重見天日，終於和長住圖書館的另一半破鏡重圓，其中包含前所未見的「吉姆與冰屍」鬼故事。另外，一八八三年的手稿曾出現「筏伕記」，後礙於篇幅等種種因素而割愛，日後《哈克歷險記》再版，作者幾度有機會把這插曲植回卻未果，後來才現身馬克．吐溫回憶錄《密西西比河上生活》。以上兩部分已收錄二〇一九年的麥田版中。

最後，在此感謝中興大學劉鳳芯副教授的指引鼓勵，感謝密蘇里大學新聞學院Elizabeth Brixey副教授以及溫哥華作家Grant Hayter-Menzies、波特蘭資深新聞工作者Vince Patton釋疑解惑，本書因各位的指教而加倍精采，內容若有疏漏偏差，若信達雅不及格，全怪我這個飛到美國還是一個土包子的譯者。

解說

逃離聖彼得斯堡與自由之路

文◎蔡秀枝（國立臺灣大學外國語文學系教授）

馬克．吐溫在一八七五年寫完《湯姆歷險記》之後不久，就立刻於一八七六年開始著手寫《哈克歷險記》，當時《湯姆歷險記》尚未出版。雖然《哈克歷險記》與《湯姆歷險記》在標題上相近似，內容也以少年哈克的歷險為主軸來進行，在書籍上市時，也特別說明《哈克歷險記》是《湯姆歷險記》的姊妹作（companion），而且《哈克歷險記》的副標題也名為「湯姆．索耶的伙伴」（"Tom Sawyer's Comrade"），但是從主題、語言、寓意到敘事方式等，《哈克歷險記》卻完全迥異於《湯姆歷險記》。如果《湯姆歷險記》是馬克．吐溫對美好童年時代（一八四〇年代美國社會）懷舊夢想的凝縮，那麼，《哈克歷險記》無疑地就是馬克．吐溫用以戳破《湯姆歷險記》鋪就開展出的這個永恆美好的夏日懷舊夢想的一個重磅打擊。

懷舊夢遮蔽下的現實

《哈克歷險記》講述的是一心想要逃離酒鬼父親壓迫與毒打的哈克，與從華森小姐家逃跑的黑人奴隸吉姆，共同乘坐木筏離開聖彼得斯堡（賈克森氏島）去尋求自由的故事（湯姆是在吉姆被抓去關入費爾普斯莊園時才登場）。藉由哈克和吉姆的脫逃與歷險，馬克・吐溫揭開了種族主義之下美國擁奴社會的偏見、殘酷、剝削與不人道，也同時藉他們溯河而上經過密西西比河畔的幾個城鎮，暴露出小鎮居民的自私、虛偽、低俗、貪婪，甚至凶殘。《哈克歷險記》不僅完全顛覆了《湯姆歷險記》裡聖彼得斯堡所展現出的溫暖人情味與城鎮風情，甚至連湯姆在費爾普斯莊園所設計的「協助吉姆的脫逃計畫」都只是「再度釋放」一個早已經是自由人的黑人。馬克・吐溫借古（吉姆脫逃的一八四〇年代）諷今（馬克・吐溫寫作期間，一八七〇到一八八〇年代），寓意深刻地諷刺當時黑人即使已經被解放，卻仍然飽受種族主義歧視、社會既定文化偏見和吉姆・克羅法（Jim Crow laws）的限制，未能享有政治、法律、教育等各方面應有的公民權利＊。

由於《哈克歷險記》的敘事者哈克貝里・費恩並不識字（在被寡婦收養後曾上學一段時間，但是不久後又遭其父親擄走），所以故事講述充滿了口語（哈克）和方言（黑人），十足展露地方文學的特色與精神。此外，哈克作為敘事者，也無法像《湯姆歷險記》裡的成年敘事者那樣，每

＊　馬克・吐溫寫作《哈克歷險記》時（一八七六年至一八八三年），解放奴隸宣言早已發布（一八六三年，美國南北內戰期間），而且美國憲法第十三條修正案也已經通過禁止蓄奴（一八六五年，內戰結束後），但是那個時代（一八七〇年代至一八八〇年代）的黑人卻依舊處境艱難。

每能於故事敘事中妙筆生花、十足幽默風趣地對事件進行成熟的說理和客觀的分析評價。哈克受家庭條件、年齡與教育的限制，僅能憑藉他自己有限的觀察力和僅有的生活經驗來述說，而非評斷故事，因此更能呈現出一種獨屬於他的、不同也不受限於既定社會文化觀點的直白看法。

哈克這個年輕敘事者無法對他所遭遇到的人們口耳相傳的迷信或資訊、書本上的知識、社會文化、道德觀念、教會宣揚的宗教信仰等做出判別，所以他只能夠運用生活中隨手可得的方式去探究虛實。哈克很迷信，因為迷信所觸及的多是凶兆與厄運，而這些都是與他餐風露宿的生活息息相關的，當然這也多半由於他總是能在憋屈的生活境況裡找到許多不如意來「證實」這些凶兆「果然是真的」。然而相對於這些看似靈驗的迷信與鄉里傳言（哈克總是努力在自己的生活中尋找「實例」去證實它們是否可信），哈克對於宗教、文學或文化等較為複雜與高層次的理念與抽象象徵的概念卻反而未必信服，因為這些屬於較高層次的、文化、宗教與政治意識形態的訓練，已經超越了他日常生活的經驗與實證的範圍。例如：在華森小姐教導他禱告的好處之後，他嘗試進行過好幾次禱告，卻沒有一次靈驗。而湯姆混合了《唐吉訶德》和《天方夜譚》的故事也讓他無法相信，因為他弄了盞舊油燈和鐵指環努力搓弄了半天，也沒看見什麼巨人精靈跑出來。

哈克在生活中找證據的方式，反而讓他能夠真正去感受與懷疑：他在聖彼得斯堡所習得的那些有關「黑人不是人，所以不具備白人的感情」的說法，是多麼與事實相違。哈克能夠用「心」去體會、去「看」周遭事物，所以當他聽見吉姆表達對家人的關心與愛護時，他覺得吉姆就像白人一樣，也會愛他的家人。這也是當他面臨最大的成長考驗、在內心糾結交戰是否要協助吉姆時，能夠突破社會灌輸給他的重重道德觀與良心枷鎖的原因。

禮教的束縛與黑奴悲歌

當哈克與吉姆的木筏漸漸離開聖彼得斯堡，他們兩人就已經開始脫離社會、文化與道德的枷鎖，只是這枷鎖對哈克與吉姆而言，代表著不同的意義，也因此指向不同的自由之地。哈克不願再被酒鬼父親殘暴毒打與威脅，所以要利用假死來斷絕與他父親的關係。同時他也不想再回到收養他的寡婦家，因為他對生活與環境的要求不高，與其吃飽喝足、睡在床上、學習禮儀宗教等繁文縟節，不如隨意撿些別人丟棄的殘食，睡在沒人要的大木桶裡，自由自在地生活，不受禮教約束。《哈克歷險記》裡，充分顯露哈克與湯姆因為家庭教養、生活環境、教育、宗教等因素而導致的迥異個性與思考模式。湯姆心懷浪漫英雄主義、幻想著組織幫派當海盜或強盜、成為風雲人物獨領風騷。哈克則不喜歡處在人群之中，寧願脫離群眾，孤獨一人，更不想穿上整齊乾淨的衣服，被逼著學習基督教與白人社會的禮儀規矩。哈克之所以需要離開聖彼得斯堡，是被社會禮教與父親的殘暴權威所迫。因此他毋需跑太遠，只需要離開社會人群，躲到賈克森氏島就可以了。

雖然哈克不會用道德的標準去評價人與事，但是他從白人家族間因為某些莫名仇恨或以榮譽為名的恐怖家族殺戮中，理解到表面高尚的白人社會內部所存在的暴力與殘忍。而他對於航程中遇到的兩個自稱為國王與公爵的大騙子無所不用其極地在沿河村鎮騙錢的作為，亦是發自內心地厭惡。這是哈克內心尚未被污染的真摯情操與判斷力。

但對於黑人吉姆而言，只有北方不蓄奴的州界才是黑人的歸鄉，他要的是身為人，而非貨物的尊嚴，以及不被奴役與殘害的人權。聖彼得斯堡（或其他蓄奴州的城鎮）對吉姆而言，代表著種族主義對黑人的迫害與奴役。種族主義經由文化與道德的包裝，讓白人社會得以將黑人貶為低等生物，將他們當作貨物買賣，並作為奴隸使喚。所以在這趟大河歷險裡，吉姆是哈克的老師，他教會了哈克不要用種族主義來看待人。雖然吉姆不識字、沒受過教育、而且非常迷信（這些是哈克和吉姆兩人共通之處），但是在許多方面，吉姆憑藉著他的聰明與年長者的經驗而扮演著代理父親的角色來引導哈克成長。當哈克欺騙他時，吉姆會指責哈克不應該如此，也同時告訴哈克，他把他當朋友，所以非常擔心他。在這趟航程中，哈克與吉姆朝夕相處、互相協助，因此哈克眼中的吉姆終於不再是一個可被擁有、買賣或奴役的貨物：吉姆不僅是一個愛護家人、有經驗、有腦袋的人類，更是始終與他站在一起，共同度過日月風雨、同舟共濟的朋友。所以當哈克回想這整段航程時，才會說出：「吉姆一直在我前方，不管是日是夜，有時候在夜光下，有時遇到暴風雨……」這樣充滿寓意的真心話語。

然而哈克這樣超越種族與膚色的友誼與情感，最終仍是必須要面對社會蓄奴制度的批判，以及道德和良心的責難。身處蓄奴的社會裡，哈克對黑人的認知很簡單：他們是「黑鬼」（nigger）*，是奴隸。所以協助黑鬼逃跑就是邪惡的人，上帝會懲罰他。即使哈克幾經考慮，想要遵從社會教育提供他的道德與良心的準則，而且也已經寫下信函要告訴華森小姐，逃跑黑奴吉姆的下落時，最終卻依舊能違背良心與道德的苛責，決心讓自己「下地獄」（因為他所犯的罪行上帝在天上看得一清二楚），去幫助吉姆脫逃以獲得自由。此時哈克內心的掙扎，包含了屬於現實社會裡的教條、道德觀與良心養成，和屬於純真的、不含種族主義偏見與沒有任何利益剝削的心態，清楚凸顯了兩者之間的衝突對立，暴露了所謂社會公認的道德（蓄奴的正當性）與良心（協助黑人奴隸逃亡是比偷竊更糟的罪行），其實可能只是在某種教條、意識型態或主義信念的教育養成下所形塑出的扭曲觀念。至此，《哈克歷險記》完全脫離了《湯姆歷險記》的懷舊範疇，並且豎起了「現實之鏡」，照向《湯姆歷險記》裡刻畫的、在道德統領下井然有序的白人社會。

再次禁錮，再次釋放

《哈克歷險記》在第三十一章中，哈克決定協助吉姆脫逃獲得自由時，達到了書中情感與人

---

* 「黑鬼」（nigger）是白人叫喚黑人的貶義詞，旨在拒絕承認黑人之為人，並以此來作為鞏固合法化奴役黑人的權力。語言文字的呼喚與使用除了表稱之外，更有命名與賦予合法性的意義。因此「黑鬼」一詞並非只是一個稱呼而已。根據學者計算，哈克在書裡使用兩百一十二次「黑鬼」這個帶有屈辱、貶抑黑人意味的詞彙，也因此引起了許多撻伐，認為本書充滿種族主義，不應該被列入學校的閱讀書單，因為它將引發非裔美籍學生的卑屈、恥辱、苦痛與憤怒。但是有鑑於哈克成長於蓄奴的社會，他在社會中生活學習與使用的語言必然會反映其社會的政治、文化、宗教等意識形態，因此我個人認為哈克在使用這樣的詞彙時，是有其社會文化脈絡的淵源的。首先，語言的使用原本就是為了社會群體間意見想法的溝通傳達而生，哈克在沿用社會公認的語詞（「黑鬼」）指稱黑人時，是受到社會文化的語言系統約定俗成的規則所制約與浸染培育的。其次，即使知道黑鬼是貶義詞，但是他所處的社會就是理所當然地稱呼黑奴為黑鬼。再者，他原本就不識字且受教育不多，在使用這個詞語來稱呼黑人時，也許並未每每都心存惡意想要去傷害、侮辱，和否定黑人，甚至，他可能並未真正清楚地意識到他使用這個詞語時對於黑人所造成的傷害有多深，以及這個詞語對黑人人權的剝奪。這也同時可以反證，為何當哈克直呼吉姆（Jim）之名時，吉姆才真正脫離哈克想像中的「黑鬼」行列（這個被社會用來貶抑並泛指一切黑人的集合指稱概念），也才能真正被哈克當作一個與他有情感交流的人類、一個共患難的朋友來相待。

性光輝的高點。但是自從第三十三章湯姆出現、來到費爾普斯莊園、展開他解救吉姆的計畫後，一直到書籍的終章，由於湯姆刻意挖空心思，設計許多不必要的古怪細節，以增加無意義的時間拖延，來折磨吉姆並增加他逃走的困難度，因此讓本書在此處呈現出一種反高潮。正如哈克所言，要救吉姆只需要偷出鑰匙，趁夜黑風高時打開牢房，再帶著吉姆乘木筏逃走就好了，但是湯姆卻堅持一定要依照他從書本上讀到的各種解救犯人的方法，來執行繁複而艱鉅的解救計畫，以滿足他對於浪漫冒險的熱情。此時的哈克對於湯姆內心陰暗複雜的計畫仍然一無所知，只覺得湯姆出身好、有教養、有品德、又聰明，居然肯為了拯救吉姆而離經叛道，讓自己與家人為此蒙羞，這樣的犧牲，讓哈克覺得也許自己應該出言制止他，畢竟他已經下決心要下地獄了，可是湯姆這樣有背景與品德的人並不需要如此犯事，來讓名譽受損。但是哈克卻反被湯姆堅定地要進行這件事的決心給說服了。然而最諷刺之處，就是湯姆自始至終都知道華森小姐臨終前已經釋放吉姆了，他早就自由了。湯姆主導的解救大戲根本是一齣狠心的鬧劇，只為了滿足自己的浪漫英雄情懷並展現自己的機智，就不斷拖延時間、折磨吉姆（還有哈克），只是為了能夠將早已經得到自由的人拘禁著，然後再度「釋放」。

很遺憾地，在這樣冗長又繁瑣的救援過程中，吉姆幾乎失去了他早先作為一個逃跑的、具有獨立自主精神的黑人形象。他一反在航行中所表現的聰明與鮮活的人格特質，變成一個普通的、符合白人刻板印象的黑奴。事實上吉姆聰明鮮活的黑人形象之所以得以出現並存在，是因為在吉姆與哈克的晝夜相處裡，哈克是將他當作一個人、一個朋友來看待的。可是湯姆卻只是殘忍地利用他不知道自己已經是自由人的事實，去壓榨他成為自由人之前的最後剩餘價值（明明吉姆早已不是奴隸），來配合他的英雄主義情懷。所以在這樣的英雄救援者與卑微奴隸的戲碼中，吉姆又再度被湯姆貶抑回「黑鬼」的身分。

無獨有偶地，馬克．吐溫在《哈克歷險記》新書推售時，也同樣採取了利用吉姆這個角色最後剩餘價值的手法。《哈克歷險記》於一八八四年十月在英國和加拿大出版上市，美國版則是由馬克．吐溫自己在一八八四年創立的印刷公司於一八八五年二月出版。為獲銷售佳績，在書籍即將上市前，馬克．吐溫決定重拾十多年來不曾再做過的旅行演講，並且在他的演講中加入了《哈克歷險記》中湯姆的救援行動片段，因此所到之處都成功地取悅了聆聽演講的觀眾。換言之，一八四〇年代的湯姆對已經獲得自由的吉姆所做的事，馬克．吐溫在一八八四年與一八八五年的旅行演講中，再次將它們搬上演講舞台。《哈克歷險記》裡刻畫的現實世界中，那些略顯殘忍的黑奴救援情節所展示的再次禁錮與再次釋放，帶來的可能是馬克．吐溫旅行演講裡因為某些滑稽情節而讓（白人）觀眾感到的小小愉悅，更甚者，也可能是讀者對於文學故事與歷史事件間往返復現的、對於黑人脫離奴隸身分與爭取自由的過程中漫長又屢遭屈辱的慨嘆。*

* 在此處，我們似乎見證了馬克．吐溫給這個情境設下的「再次被釋放」的預言。鑑諸歷史，我們回顧馬克．吐溫《哈克歷險記》裡吉姆的年代（一八四〇年代）和馬克．吐溫旅行演講的那段時間（一八八四年至一八八五年），我們知曉這些年代裡的黑人還必須要再等待許久，直到二十世紀六〇年代黑人民權運動之後，他們才能「再次被釋放」，然後真正擁有合法的公民權。

馬克・吐溫年表

一八三五年	十一月三十日出生於美國密蘇里州佛羅里達村，原名薩繆爾・朗赫恩・克萊門斯（Samuel Langhorne Clemens）。
一八三九年	舉家遷居至密西西比河畔漢尼拔鎮，即為《湯姆歷險記》、《哈克歷險記》的故事背景「聖彼得斯堡」雛型。
一八四七年	父親病逝，舉家陷入經濟困難，開始印刷廠學徒生涯。
一八四八年	進入報社印刷廠當排版工。
一八五〇年	年長十歲、遷居在外的兄長奧利安（Orion Clemens）返回漢尼拔買下《西部聯合》（*Western Union*），馬克・吐溫進入報社中擔任排字工人。
一八五一年	進入奧利安併購的《漢尼拔日報》（*Hannibal Journal*）工作。
一八五七年	於密西西比河上接受蒸汽船河道航員訓練，開始在紐奧爾良和聖路易之間擔任河道航員，歷經弟弟亨利（Henry）於蒸汽船爆炸中喪生之慟，於南北戰爭爆發後終止這份工作。
一八六一年	南北戰爭後，和奧利安一起前往內華達州淘金、不斷遷居。隔年於維吉尼亞城擔任新聞記者。

一八六三年	首度使用筆名「馬克・吐溫」於報刊發表文章。
一八六四年	遷居至加州，仍從事新聞記者業。
一八六五年	於《紐約週末報》（*The Saturday Press*）發表《跳蛙》（*The Celebrated Jumping Frog of Calaveras County*），獲得全國矚目。
一八六七年	展開歐洲之旅，並將此行旅遊見聞發表於報刊，日後集結以《老憨出洋記》出版。認識歐麗維亞・蘭格登（Olivia Langdon），兩人於一八六九年訂婚。
一八七〇年	與歐麗維亞結婚，定居紐約。長男出生後翌年夭折。
一八七二年	長女蘇西（Susy）出生。出版《苦行記》（*Roughing It*）。
一八七三年	出版小說《鍍金年代》（*Gilded Age*）。
一八七四年	次女克拉拉（Clara）出生。遷居康乃狄克州哈特福德寓所。到一八九一年為止，在這棟寓所裡安居的十七年間寫了《湯姆歷險記》、《哈克歷險記》、《乞丐王子》（*The Prince and the Pauper*）等名作。
一八七六年	出版《湯姆歷險記》。
一八八〇年	三女珍（Jean）出生。
一八八一年	出版《乞丐王子》，以愛德華六世時代的英國為背景。
一八八三年	出版《密西西比河上生活》。
一八八四年	在全美各地巡迴演講。
一八八五年	出版《湯姆歷險記》的姊妹作《哈克歷險記》。

一八八八年	獲頒耶魯大學榮譽藝術碩士學位。
一八九一年	舉家移居歐洲。
一八九四年	瀕臨破產。為清償債務，展開為期一年的環遊世界演講之旅，遠征斐濟、印度、澳洲等國。
一八九六年	演講之旅結束，長女蘇西過世。
一九〇一年	獲頒耶魯大學榮譽文學博士學位。
一九〇二年	獲頒密蘇里大學榮譽文學博士學位。
一九〇四年	妻子歐麗維亞過世。
一九〇七年	獲頒牛津大學榮譽文學博士學位。
一九〇九年	三女珍過世。
一九一〇年	四月二十一日於康乃狄克州瑞丁市過世。
二〇一〇年	逝世百年之際，晚年的手稿集結為《馬克・吐溫自傳》（*Autobiography of Mark Twain*）問世，為其最後著作。

GREAT! 47 **哈克歷險記**（美國文學之父馬克・吐溫跨越三個世紀經典雙書之二）

作　　者	馬克・吐溫（Mark Twain）
譯　　者	宋瑛堂
封面設計	莊謹銘
責任編輯	徐　凡
國際版權	吳玲緯
行　　銷	艾青荷、蘇莞婷、黃俊傑
業　　務	李再星、陳紫晴、陳美燕、馮逸華
副總編輯	巫維珍
編輯總監	劉麗真
總 經 理	陳逸瑛
發 行 人	凃玉雲
出　　版	麥田出版 地址：10483台北市中山區民生東路二段141號5樓 電話：(02)2500-7696 傳真：(02)2500-1967
發　　行	英屬蓋曼群島商家庭傳媒股份有限公司城邦分公司 地址：10483台北市中山區民生東路二段141號11樓 網址：www.cite.com.tw 客服專線：(02)2500-7718｜2500-7719 24小時傳真專線：(02)-2500-1990｜2500-1991 服務時間：週一至週五09:30-12:00｜13:30-17:00 劃撥帳號：19863813 戶名：書虫股份有限公司 讀者服務信箱：service@readingclub.com.tw
香港發行所	城邦（香港）出版集團有限公司 地址：香港灣仔駱克道193號東超商業中心1樓 電話：+852-2508-6231 傳真：+852-2578-9337 電郵：hkcite@biznetvigator.com
馬新發行所	城邦（馬新）出版集團【Cite(M) Sdn. Bhd.】 地址：41-3, Jalan Radin Anum, Bandar Baru Sri Petaling, 57000 Kuala Lumpur, Malaysia. 電話：+603-9056-3833 傳真：+603-9057-6622 讀者服務信箱：services@cite.my
麥田部落格	http://ryefield.pixnet.net
印　　刷	前進彩藝有限公司
初　　版	2019年5月
售　　價	399元
I S B N	978-986-344-638-5

國家圖書館出版品預行編目(CIP)資料

哈克歷險記（美國文學之父馬克・吐溫跨越三個世紀經典雙書之二）／馬克・吐溫（Mark Twain）著；宋瑛堂譯. -- 初版. -- 臺北市：麥田出版：家庭傳媒城邦分公司發行, 民108.5
　面；　公分. -- (Great! ; RC7047)
譯自：Adventures of Huckleberry Finn
ISBN 978-986-344-638-5（平裝）
874.57　　108002679

Printed in Taiwan.